一九五三年一月出生于湖南省。一九六八年初中毕业后赴湖南省汨罗县插队务农，一九七四年调该县文化馆工作，一九七八年就读湖南师范学院中文系。先后任《主人翁》杂志副主编（一九八二年）、湖南省作家协会专业作家（一九八五年）、《海南纪实》杂志主编（一九八八年）、《天涯》杂志社长（一九九五年）、海南省作协主席（一九九六年）、海南省文联主席（二〇〇〇年）等职。

主要文学作品有：短篇小说《西望茅草地》《飞过蓝天》《归去来》等，中篇小说《爸爸爸》《鞋癖》等，散文《世界》《完美的假定》等，长篇小说《马桥词典》《日夜书》《修改过程》，长篇随笔《暗示》《革命后记》，长篇散文《山南水北》《人生忽然》；另有译作《生命中不能承受之轻》《惶然录》。

曾获中华优秀出版物奖、鲁迅文学奖、萧红文学奖、华语文学传媒大奖年度小说家奖、美国纽曼华语文学奖等重要奖项，另获法兰西艺术与文学骑士勋章。作品有四十多种译本在境外出版。

# 西望茅草地

中短篇小说集

(1978 - 1984)

韩少功 著

上海文艺出版社
Shanghai Literature & Art Publishing House

# 自序

眼前这一套作品选集，署上了"韩少功"的名字，但相当一部分在我看来已颇为陌生。它们的长短得失令我迷惑。它们来自怎样的写作过程，都让我有几分茫然。一个问题是：如果它们确实是"韩少功"所写，那我现在就可能是另外一个人；如果我眼下坚持自己的姓名权，那么这一部分则似乎来自他人笔下。

我们很难给自己改名，就像不容易消除父母赐予的胎记。这样，我们与我们的过去异同交错，有时候像是一个人，有时候则如共享同一姓名的两个人、三个人、四个人……他们组成了同名者俱乐部，经常陷入喋喋不休的内部争议，互不认账，互不服输。

我们身上的细胞一直在迅速地分裂和更换。我们心中不断蜕变的自我也面目各异，在不同的生存处境中投入一次次精神上的转世和分身。时间的不可逆性，使我们不可能回到从前，复制以前那个不无陌生的同名者。时间的不可逆性，同样使我们不可能驻守现在，一定会在将来的某个时刻，再次变成某个不无陌生的同名者，并且对今天之我投来好奇的目光。

在这一过程中，此我非我，彼他非他，一个人其实是隐秘的群体。没有葬礼的死亡不断发生，没有分娩的诞生经常进行，我们在不经意的匆匆忙碌之中，一再隐身于新的面孔，或者是很多人一再隐身于我的面孔。在这个意义上，作者署名几乎是一种越权冒领。一位难忘的故人，一次揪心的遭遇，一种知识的启迪，一个时代翻天覆地的巨变，作为复数同名者的一次次胎孕，其实都是这套选集的众多作者，至少是众多幕后的推手。

感谢上海文艺出版社，鼓励我出版这样一个选集，对三十多年来的写作有一个粗略盘点，让我有机会与众多自我别后相逢，也有机会说一声感谢：感谢一个隐身的大群体授权于我在这里出面署名。

欢迎读者批评。

韩少功

二〇一二年五月

# 目录

| | | | |
|---|---|---|---|
| 1 | 夜宿青江铺 | 204 | 飞过蓝天 |
| 10 | 战俘 | 223 | 风吹唢呐声 |
| 33 | 吴四老倌 | 249 | 近邻 |
| 45 | 月兰 | 261 | 同志时代 |
| 60 | 过河 | 278 | 申诉状 |
| 65 | 火花亮在夜空 | 286 | 谷雨茶 |
| 75 | 回声 | 299 | 远方的树 |
| 151 | 孩子与牛 | 330 | 后视镜里 |
| 160 | 癌 | 341 | 暂行条例 |
| 170 | 西望茅草地 | | |

# 夜宿青江铺

夜深了，一列火车呼哧呼哧地喘着粗气，在浓重的夜色中驶进青江铺车站，给冷寂而安详的小镇带来一片喧哗。一大批身带泥土的民工下车了，卸下了行李、筅箕、锄头、锅桶、盆钵……杂七杂八的东西到处碰撞，人们争相夺路又叫叫喊喊。

镇上的人都知道，又一批民工到站了。八县民工会战洞庭湖的固堤工程结束，这个县的一万多民工马不停蹄，又要转到一个拦河坝工地上去，青江铺是他们必经的中转地。几天来，每逢到了北来的客车，都有这样一阵子混乱。

要是白天，民工们拍拍灰，清点一下行装，找个地方喝口酒什么的暖暖身，就会继续赶路的。可现在是半夜，既不见汽车也不见拖拉机，深冬的北风又很冷，雨点也洒落下来。不知是谁喊了声："下雨啦！"人影就纷纷贴向屋檐，拥向可以暂时避雨的树下或凉棚，更大的人流则顺着铁道线往左一拐，慌慌闯入空荡荡的青江铺正街。

人们走了之后，站台上还留有一老一少。老的脚下穿着湖区常见的那种白帆布防护袜，外套黄面胶鞋，腰中扎着黑布围兜，

1

两手戴着袖套,耳背和颈根都被湖风吹得黑黝黝的。看来他刚才好好睡了一觉,一个哈欠放出来,拿一件军用雨衣,往身上前一下,后一下,就算把灰土拍干净了。

少的上前问:"老常,我们往哪里去?"

老人说:"跟着大家走呗!"

少年说:"我先去把交通局的电话打了。"

老的随意"嗯"了一声,算是应允。

两人分手后,老人看了看候车室躺满一地的民工,也来到了正街,不一会在一栋楼房前停下来。这里挂着"青江铺旅社"牌子,也拉着"民工服务站"的横幅。值班室的灯还亮着。中厅过道里早已挤满了人。强烈的烟草味,湖区的泥腥味,还有不时钻入鼻孔的酒气,掺和着叽叽喳喳的人声,塞满了这个不太大的空间。

有人正在值班室前交涉:"请问这里还有床位没有?"

"你还要我说多少遍?"一个女声在回答。

"还有没有过道、饭堂什么的?随便什么地方,只要能躺就行。"

值班室里久久没有回应。老人探头一看,见一个年轻的女服务员正在火炉边梳着长发,实在忙得没工夫。她把头发梳顺了,用干毛巾擦过了,又把一盆洗头发的热水泼掉了,这才有懒懒的一句话丢过来:"没长眼睛呵?自己看吧。"

值班室外挂一个告示牌,上面写有大字"床位全满恕不接待"。

一个棉帽上带着干泥块的后生有点不甘心,继续赔着笑脸:"这……嘿嘿,能不能,还想点办法?我看这个堂屋……"他是指中厅,"闲着也是闲着,就让我们……"

对方不理睬。

"你看,天已经下雨了,又这么冷,我们这一夜怎么过?"

是呀，是呀，今天这一夜怎么过？好多人都应和着，笑着请求。

"你们问我，我问哪个呢？"

服务员不愿再纠缠，啪的一下关掉窗户，走出值班室，又随手咣的一下带上门，然后一手提着水桶，一手摇着一大串钥匙，向人群外走去。"都出去，都出去，要关灯了！"她对一个啃着煮红薯的后生更是不耐烦："皮往哪里吐？这是在你家里呵？这地方明天归你来扫？"

老人一直没说话，看到这里才皱了皱眉头。"大妹子，你不能就这么走嘛。"他拦住服务员，"大家刚从湖里来，顶风冒雨，泥滚水的，今晚要是站在外面吞西北风，受得住吗？当然，你们不是没有困难。我看能不能这样……"

服务员对拦路人很生气："你要干什么？"

"奇怪，你们这里不是民工接待站吗？"

"就你们是民工？"

"上面要求你们至少准备三百个铺位……"

"谁晓得你们来得这么急！"

"那好，今天就算情况特殊。大妹子，麻烦你打个电话，给区里领导反映一下……"

"我找不到人。"

老人仍然很耐心，"好吧，我们去找也可以，但请你先借个煤炉子，给几位民工烤烤湿衣，好不好？"

服务员辫子一甩走了。

这一走，引爆了人们一肚子火。有人把扁担一顿，"呸！还'为人民服务'呢，还挂着奖旗呢，我们把这些奖旗给撕了！"另一个人敲着铝皮锅也喊起来："她还真把自己当姑奶奶呵？走！不就是淋几滴雨吗？老子情愿淋雨，也不看她一张苦瓜脸！"一个个

3

愤怒的民工开始起身，开始向门外移动。老人看来也有些冒火，嘴角抽动了一下，但他还是摇摇手劝大家不要乱来："不要吵！更不要骂！骂有什么用？我们到学校去想想办法吧。"

老人随着民工们往外走，一眼看见服务员提一桶热水又转来了，想起了一件事："你们的意见簿呢？"

服务员愣了一下，看了他一眼，终于有了嘴角一丝冷笑。啪——意见簿从值班室里丢了出来。

老人不理会冷笑，摸出一副老花镜戴上，又抽出一支圆珠笔，靠着窗台，一笔一画写起来。正写着，嘿嘿嘿的一串笑声撞进大门。一个瘦个子中年人头戴绿呢子帽，脖子上缠着围巾，眼里闪着愉快的光，收起了手中的雨伞。"刘妹子！刘妹子！你看，运气不错吧？你要的那号上海花布，我在县里散会刚好碰到，好俏的货哇……"高兴自得的声音，像一阵旋风吹进值班室。

服务员一见来人便满面堆笑，"是吗？我看看……"于是，值班室里花布抖开，孔雀开屏一般，绽开出一大片鲜艳光斑，使整个房间都亮了几分。这情景再次让老人皱了皱眉头，但他还是坚持写完最后一笔，把意见簿郑重地递过去。"噢，提在这里了，你们看看吧……"

女子接过意见簿，眼皮也没抬一下，随意往旁边一甩，继续着关于花布的谈笑。没料到她用力过大，意见簿滑过桌面，掉到了地上。

老人没见她把红本子捡起来，没见她打算把红本子捡起来，眼光逐渐变得严厉，终于大喝一声："你混蛋！"

这一声如火山爆发，震天动地，让女子瞪大眼睛吓一大跳。

"捡起来！"老人以不可违抗的气势发布命令，"捡起来，打开它，给我读！"

"喂喂——"旁边那个中年人凑过脸来，挡在老人面前，

"吵什么吵？还骂人？嘴臭呵？"他问服务员这是怎么回事，"嗯""啊""嗯""呵"一阵，然后背着手，眉毛跳了跳，端出最高裁决者的架势："老乡，你走吧走吧，人家也不是有床位不安排嘛！"

"她至少应该先看看那些意见！"老人偏着头坚持。

"她现在看，以后看，有什么不一样吗？你不要一个手电筒光照别人，你自己就没有缺点错误？你开口就骂，哪有一点文明礼貌？你在这里大喊大叫，就不影响其他房客的休息？嗯？"他的语气也开始严厉起来，"喂，你是哪个单位的？"

"不管是哪个单位的，对不关心群众疾苦的人，都有权利说话！"

"关心群众，服务群众，这都没有错。但搞社会主义也不是请客吃饭。走一趟夜路就不行？淋几滴雨就会死人？那还谈什么大干快上？噢？当年红军爬雪山过草地，比你现在要辛苦几百倍，明不明白？"

老人冷笑了一声，"亏你说得出！亏你还晓得天下有红军！你说这些，你不脸红，我都要脸红了！"

"什么意思？"中年人被激怒了，"好哇！你这个老家伙，给脸不要脸，影响旅客睡眠，扰乱社会秩序，以为青江铺没王法了是吧？好，有问题到民兵小分队去解决，不要在这里胡搅蛮缠！"他随即摇起了电话机……不一会儿工夫，两个戴袖章的民兵就出现在值班室前，其中一个上前拍拍老人的肩，"走吧！老实点！跟我们走！"

风云突变的这一串事态，使还未出门的几位民工大为震惊。"不能走！哪里这样不讲理？""动不动就抓人，凭什么？"他们吼叫起来，有的护住老人，有的拦住民兵，双方开始揪扯和推搡。老人拨开他们的手，淡淡地说："不要紧，不要紧的，我倒还真想去走一遭,看他们能把我怎么办。"说完把军用雨衣往身后一搭,不紧不慢地朝外走了。

人们散了,旅社的弹簧门把最后一个人影推出门外。女服务员嚼了口零食,喝了口热茶,哼着小调再次翻看那色彩艳丽的花布料,对着镜子在自己身上比量……忽然,电话铃声急促地响起来。人们事后将知道,这是刚才在站台上与老人分手的那青年打来的。"……旅社吗?我有急事找人。我是谁?我是地委办公室小张!我要请地委书记常青山接电话……"

"你打错地方了吧?"

"没错,没错,常书记刚才到你们那里去了。"

"我怎么没看见?"女服务员有点糊涂,"……什么?什么?五十来岁左右?戴两只袖套?随身带了一件军用雨衣?……"

她突然想起什么,手忙脚乱地丢掉话筒,去翻看那红皮的意见簿,只见老人刚才写的那一页上,有触目惊心的两行大字:

  态度冷若寒冰,心中没有群众。必须认真整顿,打掉邪气歪风!

下面的署名正是——

常青山!

妈呀,书记!还地委书记!是个不小的官吧?她一阵风奔出大门,直奔民兵小分队队部,远远看见那里灯火通明,中年人还在对常青山拍桌子大声训斥:"你还不认错?好哇!茅坑里的石头,要同老子来斗法?如今大治之年,就是要整直你们这些人的骨头!让你晓得天有好高地有好厚!我一看你这样子,就知道你来历可疑,不会是什么好鸟。是混进民工队伍里的不法分子吧?来,你们给我搜……"

6

服务员暗暗叫苦,一步撞开门,上气不接下气地把中年人拖到门外:"吴党委,错,错了!……"

"什么错了?"

"他,他是书记……"

"你胡说什么?"

"真是书记,你看!"

中年人看一眼意见簿,笑着挥挥手:"大惊小怪,同名同姓的多着呢!"

"不对!他,他真是呵……"服务员把小张来电话的事一说,中年人呆了片刻,啊呀一声差点摔倒在地,急得又是搓手又是跺脚,真希望眼下是一场噩梦。但眼下的一切明明不是梦。你看,那被自己当作不法分子的老头,不还真真切切坐在那里吗?抽了自己一耳光,不明明白白地感觉到痛吗?他愣了一下,飞步返回门内,满脸堆笑地大声说:"哎呀呀!真是天大的误会!天大的误会!大水冲了龙王庙,只怪我有眼无珠。您就是地委常书记吗?……我,我犯了大错误,原则性的、不可挽回的立场错误!……"

书记淡淡地一笑,"审,接着审呵。不是要搜身吗?"

"开玩笑了。我不知道是您。对不起,这事只怪我。我的政治思想觉悟太低了,今天给党的工作造成了令人痛心的巨大损失……"

"吴党委,不要给自己上纲上线了。我有个要求……"

"常书记,您不要这么叫,还是……叫我吴伟昌吧。"

"叫吴伟昌就行?"

"对对,叫吴伟昌。叫小吴,叫吴矮子,也行。"

"好,吴伟昌同志,你是区委干部吗?……哦,还是在家值班领导?那好,请你把镇上各单位的电话叫通,我要开个电话会,行不行？"

"可以，当然可以！噢，常书记！我这就去安排。"

正在这时，一辆绿色吉普车风驰电掣般驶来，停在门外。刚才来电话的那位小张一跳下车就大喊："乱弹琴！你们把老常搞到哪里去了？老常同志——"

"在这里呢。"常青山吸了口烟，不慌不忙迎出门，"小张，车子怎么来了？"

"给民工送慰问品来了。"

"来得正好。你赶快跟车出去，看路上有多少冒雨赶路民工。如果看见了，就请他们回来，我们来安排住宿。"

"是！"小张跳上吉普车远去，临走时瞪了吴伟昌一眼。

整个青江铺沸腾起来了。一个紧急电话会议以后，一些有条件的工厂、学校、商店、机关等都成了临时接待站，到处都在铺稻草，煮姜汤，升炉火，煎面饼。小张把一些冒雨赶路的民工追回来了。真是巧得很，这些民工们刚进屋，屋外便哗哗哗下起了更大的雨。"天！多亏老常来这一招！"一个后生民工望望天，吐吐舌头，对正在分发馒头的小张说："老常呢？今天他一路上帮我们挑锅，我还以为他是食堂管理员呢。"

小张四下张望："是呀，他到哪里去了？"

小张最后在旅社找到了老常。原来，旅社有个大食堂，可以打地铺，但没有稻草，常青山刚才带着几个区干部到镇上搬运稻草，刚好碰上大雨，差点淋成了落汤鸡。他眼下正在一堆柴火边烘衣。

吴伟昌送上一条毛巾，"青山同志，你这怎么行呢？你有病啊！有很多大事要办呵！快去休息吧，我的房子已经腾给你了，鸡蛋面也准备好了……"

老人指指地下："我就睡在这里好。"

"哦。那，那也行，我去送床被子来。"

吴伟昌尴尬地走了。尽管他没有回头，但他分明听到了身后一阵轻蔑的笑声。

夜，更深了。常青山和小张合盖了一床被，身贴身，肩抵肩，热乎乎地挤在地铺上睡觉。不知什么时候，大地铺上鼾声四起，还有人在磨牙或者说梦话，老常却又点燃了一支烟。渐渐，连小张也迷迷糊糊发出鼾声了，但伸手不见五指的这个深夜里，一颗孤零零的烟头还在亮着，亮着，亮着……

一九七七年一月

此篇最初发表于一九七八年《人民文学》杂志，后收入小说集《月兰》。

# 战俘

某兵种程副司令员讲过这样一个故事：

一

一九三四年，我在红军里当连长。

这一年，我们独立师在沙寨一仗，吃掉了老蒋从湖北调来的一个旅。但那一仗打得好苦。敌人装备好，背的汉阳造，子弹都是满袋满袋的，大骡子还驮着迫击炮。但我们还是把他们一切为三，一块一块骨头啃下来。到最后，他们的旅长赵汉生带着几十个人，收缩在村子里放枪。当时我暴躁地喊："今天不把姓赵的拍死，老子的脑壳就给他垫屁股啦！冲呵！"

入夜，最后一个火力点总算被我们拔掉。一个冲锋，战斗稀里哗啦解决了。我们获得了一批枪炮，但几乎没有弹药。可见他们已经打到了山穷水尽的地步。赵汉生来不及自杀，束手就擒，被五花大绑送来师部。他个头高，长腿长腰，还有一张长长的马脸，帽子没有了，长发上有血和泥巴，大概是从尸体堆中拖出来的。他眼镜片在松明火把下熠熠发光,黑皮鞋掉了一只,走起路来一跛一跛。

如果不是他心狠手辣,我们不会死伤惨重的。战士们收尸时哇哇地哭,一见仇人分外眼红,一齐喊打喊杀。我也怒火冲天分开众人抢上前去,揪住他胸口就扇耳光。"龟孙子,你害得我们攻了一天一夜,你他娘的再打呀!"

他嘴角流血了,晃着眼镜大声抗议:"士可杀,不可辱!"

"杀?老子不敢杀?"

为罗排长报仇为刘大嘴报仇为小结巴报仇哇……战士们围在我身边,哭喊成一片。我将大刀片子刷的一下抽了出来。但手被另一只干瘦的手抓住了,这是师长罗东的。师长光着脑袋,穿着半短的裤,端着竹烟管,身上也是血呵泥的。

"血债血还,不过杀俘虏算什么?"他把我喝退一旁,"他姓赵的从湖北跑来,算是稀客吗,怎么非礼相待?"

赵汉生哼一声,脑壳扭到一边不说话。

罗师长把他打量一番:"不服输?"

"输?"对方嘴唇闭得紧紧的,眼镜后射出冷冷的光,"哼!"

"你不是党国的常胜将军吗?"

"这一仗不是被你们打输的,是被我们自己人打败的!"

他的意思我知道,这是责怪敌曹祖荫旅没有及时配合。曹祖荫是属于湘系,与鄂系素有不和,这次一直按兵不动,隔岸观火,让我们放心包了饺子。

师长笑了,"好哇,吃了败仗怨天尤人,可以理解。好在往后日子还长,我们慢慢看,慢慢看。"说完挥挥竹烟管,要我们把他押下去。

我疑惑地问:"不杀他?"

师长说:"不杀。"

赵汉生高兴了:"那好,你们放我回去,我赵某一定以礼报答。如果你们眼下需要钱粮和药品的话……"

师长说："我们不稀罕。"

"那么，大军围剿在即，你们已插翅难逃。要不要我回去替你们说说情，恕你们叛逆之罪，给一条出路？"

师长紧紧盯住他，目光逐渐变得严厉。"败军之将，阶下之囚，还有脸说大话？你也是读书人，可知道天下有廉耻二字？你们恃强欺弱，苛捐杂税，为非作歹，恶贯满盈，还说我们有罪？你们把一个好生生的中国糟蹋得不成样子，准备恕谁的罪？俗话说得好，不是不报，时候未到，时候一到，一切都报。人民要审判你们这批罪人！"

这时周围闪着一双双愤怒的眼睛，战士们挡住了去路。吵嚷声、哭闹声、刀枪碰击声，好像要把整个屋子胀破。

"不能留着这团毒，杀！不杀不平民愤！"

"为死去的兄弟们报仇哇！"

"取了他的狗头祭坟呀！"

……

师长伸开双臂，好不容易拦住大家，又靠着警卫员和参谋们帮忙，才拉开一条通道，使赵汉生没有变成一团肉泥。他在混乱之中也免不了挨了几记乱拳。待赵汉生跟跟跄跄地走远，师长揉着自己的肩背，瞪了大家一眼："俘虏政策呢？都还给我了？回去！干部领头，把本本再读两遍！"他又指着我的鼻子，"赵汉生由你负责。他少了一根汗毛，我拿你是问！"

我叽叽咕咕，虽有意见但没敢高声。

二

以后一段时间，赵汉生就由我们特务连收押看管。

他这个人很怪。每天早上天不亮就起床，一个人在禁闭室里出操，立正，向右转，正步走，手脚抽筋似的扯得笔直，走到窗前咔地来一个立正，然后又向后一转，咣咣咣地正步走回来。原地跑步，俯卧撑，打拳，也是他经常有的节目，闹腾得自己一身汗水淋淋。接下来，他久久地盘腿闭目，叽里咕噜胡言乱语。

我以为他癫了，忙去告诉罗师长，说这个人留着也没用。师长觉得奇怪，跟着我到禁闭室窗口听了一阵。

"没什么，他在背总理遗训。"

"不是念经念咒吗？好多之夫也者。"

"那是背唐诗。"

"唐诗？"

"是呵，俗话说：熟读唐诗三百首，不会做诗也会吟……"师长解释了一下什么叫唐诗，然后自己也哼了几句，声调忽高忽低倒也滑稽。我知道，他读过不少书，行军时行李一小卷书倒几大堆，大家都说他有孔明之才。

我有了主意，"我们连正少个文书师爷，留了他也好。"

"师爷？大材小用吧？他洋墨水都喝过的。你晓得什么！"师长说完，因为有事就匆匆走了。

师长刚走，我身后传来怯生生的声音："长官……"赵汉生一张白脸探出了窗口。"请问，刚才是谁在此吟诗？"

"我们师长。"

"罗东？"

"你也叫他的大名？大胆！你该叫他罗大爷。要不是他，你就是有九条命，也早就成了孤魂野鬼。"

他没与我计较，只是轻轻哦了一声，摇摇头，"可惜呀。当年在广州，我拜读过他的文章。北伐时攻打岳州，他还率部为我解过围。他可是个文武双全出类拔萃的将才……"他盯着师长远去的那身带补丁的军装,叹了口气。

我记得一个私塾先生对我说过:有几本古书如《水浒》和《三国》,讲的都是用兵打仗的事,为兵家必读之书。我寻思,赵汉生既然背得遗训吟得唐诗,想必《三国》《水浒》也是懂的,何不叫他把肚子里的存货也通通缴出来,让我程拐子也长长见识?

当晚,擦完枪,查完哨,没事了,我扯两皮旱烟叶,提一条板凳,踢开了牢房门。

他扶扶眼镜,看清是我,上前来欠了欠身子,"贵军优待俘虏,为我疗伤治病,本人……深表感激。"

我挥挥手要他坐下,自己把板凳一放,屁股坐一头,两脚踏一头,也坐好了。

他以为我是来提审,静静地等待着。

我卷着烟丝,"你读过那本水什么……《水浒》吧?"

没有回音。

"问你!读过没有?"

"哦……当然……"

"那好,今天给我讲一段。"

"什么意思?"

"没什么意思,要你讲,你就讲。选好听的来一段,我想听。"

他脸上有哭笑不得的神情。犹疑了好半天,大概是感激我们的优待,自己也有点闲得无聊,响亮地清了一下嗓子,终于用缓慢平静的腔调开讲。"你是真要听《水浒》?你连《水浒》也没听过?唉,可怜……"这一夜,他讲了宋江三打祝家庄。我听得出神,两皮旱烟叶很快就烧光了。哨兵也听得眉飞色舞,一不留神,竟给反动军官鼓掌。

接下去几个晚上,他绘声绘色讲了鲁智深三拳打死镇关西和大闹五台山,讲了豹子头林冲误入白虎堂,刺配沧州道,火烧草料场，风雪山神庙，雪夜奔梁山，等等。好些战士加入了听众队伍，兴致勃勃地听上了瘾，有时还真把他当成了说书先生，有烟分他一撮，有水分他半碗。发现小土房里太热了，有人殷勤地上前给他摇蒲扇。他有时也摆摆架子，比方讲到什么诗文，就说："这个你们反正不懂，不说了。"

当然，我们没忘记他是俘虏，遇到白天行军，还是一根绳子把他五花大绑。从他嘴里，我们慢慢知道他父亲是个教书匠，受一个大恶霸的欺，打官司倾家荡产，结果是父亲气得吐血伸了腿。他十五岁就闯荡江湖习武从军，后来在和军阀张作霖手下作战勇敢，步步提升，从士兵提到营长，还到德国进了炮兵学院。回国时他遇到北伐战争，投身国民革命军旗下，从广州打到河南，还到过张家口和内蒙古，见识过那种"早穿皮袄午穿纱，晚围火炉吃西瓜"的草原日子。因为这些经历，他见多识广，带兵较为有方，对各种洋炮更是了如指掌。几个参加了红军的俘虏兵还告诉我们：这个赵旅长在军中不嫖不赌，爱护下属，有一次发现军需官贪污，下令把那家伙痛打了一百军棍。

听了这些事，我觉得他与我们也没什么太多的不同，对他的恶感稍有缓解。何况师长向我打过招呼，说这家伙是个炮兵专家，在敌军中又很有影响，不管从战略还是战术的角度考虑，争取他投诚，对红军有好处。

一天，我等他讲完林冲的故事，笑着问他："赵先生，你看那林冲如何？"

"林冲？"

"你说他算不算一条好汉？"

"好汉，当然。有仁有义，智勇双全，八十万禁军教头，天下能数得出几人？"

"那你怎么不学学他？"

"学林冲？"

"是呀。"我拍拍胸，"你看看，我们就是梁山泊，你就是落难的林冲，懂不懂？你反正到哪里都是吃粮，就入了吧！"

旁边的战士们也热情规劝：

"对对，入了吧。"

"入吧，我们红军官兵一致，日子快活。"

"你教我们打炮，我们一定天天请你吃肉喝酒。"

……

他立即恢复了旅长那种不可侵犯的架子。"不不，三军可以夺帅，匹夫不可夺志。我是民国军人，总理的信徒，信仰三民主义，岂能背叛党国不仁不义？其实，我看你们也不大像泼皮刁民，品质都还纯正，为何要落草为匪？我劝你们……"

"放屁！"我一把揪住他胸口，"你叫花子坐上席呵？倒来算计我们了？"

他不吭声，大概知道与我争不清楚。

我强迫他："你入不入？"

他摇头。

"敬酒不吃吃罚酒，就不怕老子动大刑？"

"何不快快动手？不成功，便成仁，我赵某早已置生死于度外。"

望着他那张白脸和那副眼镜，我真想一拳打出个水陆道场，但总算记起了俘虏政策，还是忍住，没动粗。战士们围着他也没敢打，只是晃拳头，瞪眼睛，吐唾沫，扎扎实实把他骂了一顿。

这一天，书场自然是不欢而散的。第二天晚上，闲得无聊的时候，有些战士又在议论："不知那林冲上了梁山后，后事如何？""那个白衣秀士王伦恐怕容不下他吧？"……我知道他们还想去听一段。其实我心也是痒痒的，一直为林冲的下场捏了把汗。但我一刀把个树蔸劈成两半："那个四眼狗——不要去找他！"

## 三

　　进入洪家堡的时候，战士们一只只粮袋都见底了。看到两个兄弟已经饿晕，我心急火燎，一拔枪就带着大家去找粮食。

　　这就发生了所谓抢粮事件。其实，说抢真冤枉。我们在一些寨子里筹粮，都是给了光洋的，只是稍微勉强了一点，动作和语气粗鲁一些。有人踢破了老百姓的门，吓得一位女人当场晕倒——我是后来听说的。我还得强调：只是晕倒，没有死，没伤皮肉。

　　师长闻讯骑马赶来，脸色铁青，鼻子不是鼻子眼不是眼，一下马就命令紧急集合。

　　全连在集合号声中排成了队列，一看师长那脸色，就知道大事不妙，来者不善，一个个都是屏声敛气的。

　　师长两手一叉腰："谁去抢了粮，给我站出来！"

　　我和手下人都没有动。师长冷笑一声，盯住我的脸，"做了事不敢认账，什么好汉？你这个连长当得不错嘛。"

　　我急急地分辩："报告师长，我们给了钱的，不算抢！"

　　"胡说！明火执仗，破门入室，不由分说，还不是抢？是不是还要杀人放火？"

　　我委屈地大喊："揭不开锅了，你要我这个连长怎么当？"

　　"当不了就说当不了。要当，你就给我正正派派地当。我要的是红军连长，不是山大王、土匪头！"他朝其他人看了一眼，又追查另一件事："谁在天主堂前拉屎？说！"

　　大家交头接耳。我记起来了，我是拉过一泡屎，在一个破竹棚前面，但我不知道那是什么东西，不觉得它是什么洋庙，更不相信这会冒犯老百姓。

　　听我解释事情经过，师长更冒火，"你混账不混账？连自己的屁股都管不住，还带得了什么兵？来人！下他的枪！"

战士们本想笑，一见这情形都咬住了舌头，脸色全变了。

不容我分辩，我被推进禁闭室，看样子连长是当不成了，以后能不能混个火头军还说不定。更气人的是，我与赵汉生居然关在一起，真是人不人鬼不鬼，天道不公呵。我确实是没本事筹粮，但那又怎么样？我不会像三连长、八连长他们那样眼观四路耳听八方诡计多端口若悬河，但老子身上至少有六处伤吧，跟他罗东鞍前马后指东打西没讲过价钱吧，怎么到头来连一泡屎都不值？

我在禁闭室里叉着腰不停地叫骂，骂他罗东的娘，骂他翻脸不认人。赵汉生很奇怪，扶扶眼镜上前来问是怎么回事。见我懒得理睬，又缩回墙角不再言语。

大概是三更过后，月亮冒出东山，月光浓浓地漂流在山谷中，照得房门口两块破瓷片发亮。四周很静，只有墙缝里的小蛐蛐高一声低一声地叫唤。我睡得正香，突然被摇醒了，睁眼一看，迷糊中看见一张长脸，还有眼镜片被月光映出光点。

"兄弟，醒一醒……"赵汉生显得很兴奋。

我翻了个身，不想理他。

"长官，我有话同你说。"

"有屁快放。"

他做了个示意轻声的动作，小心选择字句："你是堂堂红军长官，为了弟兄们吃饭，竟然横遭禁罚，大祸临头，真是好心不得好报呵。"

"关你什么事？"

"我看着都愤愤不平。你也是七尺汉子一条，难道就这样老老实实逆来顺受？"

"老实？我程拐子天不怕地不怕，把我惹急了，阎王老子都不认。怕他个鸟！等老子睡足了再说。"

"宁折不弯,好,大丈夫气概!"他观察着周围的动静,"不过,依赵某之见,军法如山,六亲不认,你这次不死也要脱层皮,闹有什么用?"

"那又如何?"

"俗话说,此处不留爷,自有留爷处。山不转水转,退一步海阔天高。"

"你什么意思?"

"只要你同意,我们今晚就可以……"

他更加兴奋,比比画画解释起来:"两个人合作,事情就好办。这墙我看过了,是土砖墙,尿湿一下,就可以用指头挖穿。你知道哨位,知道口令,熟悉附近的地形和情况,眼睛又比我好。引个路,怎么样?至于我们出去以后,有上下两策:其下,你我井水不犯河水,各奔前程;其上,你可屈随我赵某。汉生不才,但素来重情重义,决不会亏待你。"

我现在才明白是怎么回事。

他把头凑得更近:"你仔细想想吧……"

我一耳光把他打得飞了出去,在墙角里稀里哗啦,大概眼镜也不知去了哪里。"狗杂种,冤枉主意打到你爷爷头上来了?我能往哪里去?能往哪里去?我程拐子一家八口被还乡团杀了七口,上无片瓦下无寸土,连讨饭都没个碗,要死也没个坟,我不跟着红军,还有什么活路?"

我不记得还骂了些什么,只记得我扑过去骑在他背上,两只拳头擂鼓一般,把他一顿痛打猛捶,一边打还一边骂:"我看你跑,看你跑,看你不老实……"直打得满屋的稻草须乱飞,打得哨兵慌慌地跑来拉动枪栓。三班长老吴的头探进来。

我跳起来喝道:"这家伙想跑,去,拿绳子来!"

老吴还是习惯把我当连长,大声答:"是!"

一根棕索很快拿来了，把垂头丧气的赵汉生捆成个粽子样。一切平静后，我睡意全无，索性一屁股坐在一边，吸着老吴拿给我的旱烟，盯着他直出粗气。他缩在对面墙角里，也呼哧呼哧出粗气。窗外有一块月光投进来。我恨恨地冲他哼一声，他也恨恨地朝我哼一声，那样子就是两只斗鸡。

不知什么时候，耳边有了鸡叫声，天已粉粉亮。我准备外出检查早操，一摸枪，发现胯边空荡荡，才记起自己的处境。没办法，我叹了口气，挠耳挠腮，只能盘起腿来发呆，听着远处出操战士的口令声和唱歌声，更是心里猫抓似的。我终于冲着赵汉生发话："来，讲一段，那个宋江最后到底是如何落草的？"

他没有说话。

"你他娘的装什么蒜？我昨晚又没打伤你。你嘴都不能张了？"

他还是不说话，两眼死死地盯着地，像要用目光在那里挖个洞。

## 四

师长来了。看来这一段的筹粮和招兵把他累得很惨，他须发并茂，声音嘶哑，眼里布满血丝，四十来岁的人看上去已是个老大爷。

他提着一个装象棋的布袋，来到小土屋的门口，让哨兵开了门。"赵先生这些天委屈了，我们吃糠菜，没法给你白米饭。等条件好了，我请你下馆子。"

赵汉生受宠若惊："不敢不敢。"

"今天想不想走盘棋？"

"你怎么知道我会下棋？"

"你公文包里不是有棋吗？⋯⋯"师长与赵汉生说到棋，说到什么棋谱,说到什么侯先生,似乎是双方都熟悉的人,越说气氛越轻松了。

看着他们兴冲冲地在地坪里靠石磨盘坐下,叭叭叭摆开棋局,我十分不快,忍不住插进去嘟哝:"师长……"

师长懒得看我,"听说你还要闹。闹吧,闹吧,我耳朵正闲着。"

我结结巴巴地说:"报告师长,我哪敢同你闹?我都想通了,我是不该去抢粮,不该乱拉屎。这些都怪我野性子没改。师长,你大人大量,行行好。"

"真是这样想的?"

"菩萨面前不烧假香。我晓得,三大纪律八项注意是命根子,老百姓是我们天和地……"我把师长平时教我们的那一套搬出来,有三没四地说了一通,反正是要哄他高兴。"这些都是你说的,句句在理,句句是真经,都在我心头刻了字。"

"看不出呀,一张嘴巴还变乖巧了。"

"不是乖巧,是心服口服。师长,我以前嫌这些条条多,记不住,但我现在已经背得滚瓜烂熟,下辈子也忘不了。"

赵汉生笑着看了我一眼,"你们这位兄弟虽是个粗人,对贵军倒是忠心耿耿。可见鲁先生治军有方呵。"

师长冲着他一笑,"他昨天痛打你一顿,你不生气?"

"义士各为其主嘛,不打倒是不义了。就凭他这一顿拳脚,要是在我的手下,我不但不会罚他,还会给他记功。"

"你这是为他说情?"

"身为俘虏,哪有资格说情?说说而已,说说而已。"

"好,"师长显得高兴了,盯了我一眼,"看来你们不打不相识。今天呢,我给赵先生一个面子,放你一马,处罚暂免,责令你戴罪立功,怎么样?"见我眉开眼笑跳了起来,又大声喝住:"臭麻子，你把人家的眼镜打坏了，不去想个办法？"

没想到师长还记着这件小事。这一天，我夹紧尾巴做人，去一些老百姓家登门道歉，帮他们又是挑水又是砍柴，取得了他们的谅解。回头靠镇上一位教书先生相助，给赵汉生找来一副新眼镜，大体上适合他的近视眼。我去送眼镜的时候，见师长与他杀得兴起，不过话题似乎与象棋没什么关系。

师长说："你们口口声声奉行三民主义，口口声声要剿匪安民，事实不是很清楚吗？谁在安民？谁在祸民？"

赵汉生脸色微红地分辩："国军中确有害群之马。鄙人对有些地方政府的腐朽无能和风纪败坏，也一直痛心疾首。"

师长说："得道多助，失道寡助。一个军人应以人民利益为重，以国家前途为重，不然就是军阀，就是盲人瞎马。中国的志士仁人从来都胸怀天下，仁义之师从来都是顺从民意除奸革弊。你自命为总理信徒，岂能不明辨是非服从真理？"

赵汉生这一回没有言语。

师长一个卧槽马和沉底炮，赢了最后一盘，三战两胜，然后休战。临走前，他叫来警卫员，取来一包卤水豆干和两块肥皂给赵汉生，看来是事先准备的。我看得出，赵汉生在接下这些物品的时候，眼里隐隐透出慌乱和感动。

从这一天起，大概是他与师长有了棋友交情，大概他还想表示一下对红军优待俘虏的感谢，他就成了我们的炮兵教官。用他的话来说，军人以武会友，英雄相惜，是不怕对手武艺高强的。我们都叫他"赵教官"，不再叫"四眼狗""眼镜鬼""狗旅长"。但他有些口白习惯改不了，一说到红军还是"共匪"，一说到老蒋还是"总统"，常常引来我们的争辩和叫骂。训练不得不中断，于是吵一架，学一阵，再吵一架，再学一阵。他在教学时也过于严厉，见谁偷工减料或心猿意马，不是皮鞋踢就是柳条抽，有时甚至一个拳头捶过来,打在哪里是哪里。战士们哪受得了这一套?什么水平、公尺、夹角、抛物线,本就啰嗦得大家舌头打结,心里发毛,看着他一身黄呢子将官服更觉戳眼,有时火气一冒,几句话不上板,一个枪口就顶住他的胸膛。

"闹什么闹?"我对战士们大声呵斥,"尊师之礼都没有了?有本事就学出个神炮手,将来一炮端掉他的指挥所,那才算本事!"

"连长,他娘的打人!"

"你这笨手笨脚的样子,比大肚婆还不如。我看该打!"

"他一个国民党凶什么凶?"

"他现在是教官!"

"教官又怎么的?"

"没听说吗?一日为师终身为父,打了几下算什么?"

战士们看我一眼,翻翻白眼,忍气吞声地散了,回到各自的位置上继续舌头打结,咕叨着什么夹角和抛物线。

## 五

队伍来到了石家峒。这里是个石山沟,有几个土家族和汉族杂居的破寨子。政府军想困死红军,大搞无人区,把这里的井填了,把粮食和牛羊抢走了,还烧了好多房子。加上秋旱,四面望去,莫说是庄稼,就是草木也稀稀拉拉,真是个鸟不拉屎的穷地方。

刚到这里时,我们看见一些废墟在冒烟,一些孤儿寡妇披麻戴孝在新坟前面捶胸顿足哭天喊地。他们并不了解红军,一见这么多枪兵来了,眼里就透出恐惧,纷纷四处逃散,躲进一些残存的房子,吱吱呀呀关紧了门。我们去敲门借门板、借稻草、借水桶以及打听水源,宣传解释了好半天,但口水讲干了也不顶用,战士们都无功而返。

睡在露天里怕下雨。但现在我们倒是求雨而不得，因为最大的困难不是没地方躲雨，而是没水喝。井被填了，塘里也干了，我们找到五六里路外一个小石洞，才在洞里找到一片青苔，一股清凉的细流。滴滴答答接上半天，接满一桶水，可以让大家稍微打湿一下喉咙，免得那里干得冒烟。

这一天，队伍又转移到另一个山头，避开敌人的锋芒。中午时分，炮弹嗖嗖嗖地从头顶飞过，零零落落砸在山上。敌人在山下不敢轻易上山，就胡乱放炮壮胆。战士们对德国山炮有些熟悉了，也知道夹角和抛物线了，不但不再乱叫乱跑，还嘻嘻哈哈取笑赵教官："喂，老师，这也是你训练出来的兵？不怎么样呵。要给老百姓耕地？"或者说："看见我们要吃饭了就放礼炮，也太客气了。"赵汉生也觉得自己很没面子，横眼看着山下，骂骂咧咧的。最后看到一发炮弹落到后山去闷响了一声，忍不住跳出掩体冲着山下大骂："混蛋！五十八师的，饭桶呵？拉屎也不能这样拉吧——"

要不是有人冲上去把他拉下来，说不定他就成为冷枪目标了。

回到掩体里，他把白手套脱下来狠狠一摔，还在怒气冲冲地喊话："秦矮子你白吃饭呵？带的什么兵？把我的脸都丢尽啦……"

他是说敌五十八师的师长，他的一个军校同学。

我们的笑声戛然而止。原来又有几颗炮弹砸来，在附近几栋老百姓的吊脚楼后爆炸，噼噼啪啪地引起了大火。秋旱季节，木墙板像油浸过似的，一点就着，一烧就旺，加上风一鼓，很快就成了一片火海。孩子的哭声和大人们惊慌的求救声刺心地传出，整个山寨刹那间变成了地狱，烟子呛得大家又咳又流泪。

战士们奉命去救火。一部分去断火路，保住牛舍和其他吊脚楼。另一部分进入火场救人。有的脱下衣服扑打,有的用树枝扑打,但不论是用什么,由于火温太高,这些东西很快也燃成了火团,以火扑火,不起什么作用。烧塌了的梁木一根根垮下来,封住了门道。但火那边还有老人或孩子的叫声,情况十分危急。

我大声喊:"要水,要水!听到没有?"

不知是谁回答我:"报告连长,井都填完啦!"

"炊事班有水!"

炊事班那里确实有水,但那几桶水是战士们从几里路之外背来的,是一滴滴从岩石下接来的,是冒着敌方的枪炮拿一条命换来的。几个战士冲到那里,突然想到什么,谁都不敢下手,你看着我,我看着你,脸都白了。我后来见那里老是没动静,赶到那里一看,看到的就是这种面面相觑。

"为什么不动手?"我气冲冲地问。

"连长,就这一点点水了。"

"救人要紧!"

"我们自己喝什么?"

"再去背!"

"敌人已经把山道封锁了。"

"那就喝尿!喝血!"

一定是我的震怒惊天动地,把他们的犹豫一扫而光。他们醒过来似的,重新有了动作。有的把树枝或衣服在水里打湿,有的用水把被子或蓑衣淋湿,在自己的头发上拍点水,然后嗷嗷大叫着再入火场。有一锅水已经烧热,煮着一些菜叶,因此有的人冲向火场时,头上或肩上还粘着零星菜叶——赵汉生从我面前闪过的时候,正是这番模样。

扑灭明火已是黄昏时分。我们身疲力乏,口渴难耐,喉腔里冒火,但只能从土里刨出些草根什么的,塞到嘴里嚼巴嚼巴。幸好老百姓看着我们脸上的烟灰，闻到我们衣上的焦糊味，不忍心地眼泪哗哗，纷纷从家里搬出瓦罐或木桶，倒出了他们各自深藏的存水，让我们好歹喝上两口，不至于真去喝尿。他们还拿出鸡蛋、腌菜、玉米棒什么的，往战士们的手里塞。有一个女人，见到每一个战士都倒地下拜。

敌人的炮声不知什么时候停了，四周静得出奇。突然，有一个战士来报告，说赵汉生刚才趁混乱逃跑，幸好被哨兵发现，给抓了回来。

我见到他的时候，发现他被五花大绑在一棵大树下，嘴边有血迹，身上和头发上全是尘土，国军领章也被扯掉了一只。

"选了个好时机呵？"我冲着他冷笑。

他横了我一眼，吐出一口带血的泡沫。

"你还客气，没打算把大炮也带着跑？"

他狠狠地又啐了一口。

"你硬要走，就好好地走嘛。等你把徒弟都带出来了，我去同师长说个情，好酒好肉给你送行。大家好聚好散，将来战场上再交手，也有个面子礼数不是？"

"我没有跑！"他大吼一声。

"那就怪了，他们抓的是你的影子，还是你的魂？"

"你不要来问我。"

"这事也用不着问。"

他冷笑一声，"好一个仁义之师，我看不过是乌合之众，黑白颠倒，指鹿为马，我赵汉生瞎了眼啦……"

我听出来这话中有话。看着他被士兵们押走，脑子里还总是冒出他这几句，还有他参加救火时大步往前冲的身影……这些事情连不起来，看来还别有文章。

晚上，我想了想，来到他的拘押地，打算找他问个究竟。开始他气不打一处来，并不愿意说。见我态度诚恳，给他倒茶水，给他卷旱烟，才忍不住吐露出三言两语。事情大概是这样的，他救火以后去树林里方便，发现那里有两个战士用枪顶住一个本村女人，从对方身上搜出两个金手镯，往自己的衣袋里塞。他当时十分震惊，说你们也是红军，怎么能这样？这就惹恼了行劫者。他们朝赵汉生啐了一口："妈妈的，你这家伙也来管闲事？"见赵汉生不服，态度就更凶狠了："你一个国民党军阀，发了好多财，双手尽是血，不撒泡尿自己照照？妈妈的还有资格来训老子！"说完抓住他好一顿拳打脚踢。更要命的是，他们的打骂声引来更多人，但红军都相信自己弟兄的话，不相信他的话，一听他要逃跑下山，真把他当逃犯捆绑，免不了还在他身上练了一番拳脚。

没等赵汉生说完，我脑子已经大了："你胡说！"

他全身一震。

"你他娘的造谣，抹黑我的弟兄？"

"这是事实！"他脸色变得灰白。

"是事实也不能胡说。你屁股上有屎，手上有革命者的血，弟兄们骂你几句又怎么样？打你几下又怎么样？他们不相信你这个国民党军官的话，是因为你们从来不说真话，从来都没干好事。他们凭什么要相信你？凭什么？你们自己挖井自己跳，自己挖坟自己钻，到头来有什么好冤的？"

我来回踱了两步，一把拖住他就走。

"到哪里去？"

"去！给我认出那两个混蛋！"

## 六

事情还真像赵汉生说的那样。特务连的两个贵州兵确实是趁火打劫,这有藏在他们被子里的金镯子为证。我从他们那里还找出了烟土和光洋。据事后调查和当事人供述,他们以前抽鸦片太多,毒瘾一上来就猴急猴急,没烟土钱不行。更可恶的是,其中一个姓熊的家伙鸡巴太骚,不久前还强奸一位女子,逼得对方寻了短,实属民愤极大罪不可赦。他捞钱也是为封住女方家人的嘴。

姓熊的倒是打仗的能手,人虽瘦小,但比猴子还灵活,每次端掉敌人火力点都是无坚不摧,还曾经一个人接连砍翻九个白军,把刀片子都砍卷了刃。我在沙寨能捡回一条命,也搭伴这小子手脚快,把一个我身边冒烟的手榴弹捡起来扔远了。

念及这些战功,在公开宣判的军民大会上,我解下他手上的绳子,拍拍他的肩膀,敬了他一大碗谷酒。"兄弟,对不起了。"

"连长,是我没脸,对不起你,对不起弟兄们。"

"今天我得送你上路。"

"我不是个东西,让三连、八连、五连、六连都看我们特务连的笑话了。"

"你不要怨大哥心狠。"

他一饮而尽,笑了笑,"罪有应得,罪有应得,你不欠我的。"

"我们给你父母捎去了十块光洋。你还有什么后事?还有什么话要说?"

"没什么要说,只想道一声谢。连长,十八年后又是一条好汉。我来世再报,再来为兄弟们来扛炸药,炸碉堡,打前锋。"

"我程麻子要是命大,十八年后一定等你。"

"你们一定要等着我,千万要等着我。不管你们到了哪里,我会来找的……"

战士行列里已有了抽泣声,有的还抢上前来,给姓熊的叭叭叭叩头。赵汉生慌慌地赶来,抓住我的手说:"请容我……说一句。这位兄弟罪不至死吧?他贪财好色,有种种不是,但大家都说他作战勇猛，何不让他戴罪立功？你们不会是因为我……"

姓熊的打断他："不要说了。赵先生，砍掉脑袋碗大个疤，算什么呢？我这个人性子邪，早晚有这么一天，能活到今天已是大福。"

赵汉生眼镜片后有了泪花："兄弟，我不知道贵军的规矩。早知如此，早知如此，我也不会……"

"杀一儆百，有什么稀奇呵？金字招牌的特务连，特务连！你还以为这里是你们白军？"姓熊的说完哈哈大笑，朝赵汉生挤挤眼睛，肩膀撞了一下，算是道歉与和解，然后不待我发令，大吼了三声嗨嗨嗨，朝法场大步而去。我远远地还听他丢来一句："弟兄们，后会有期呵——"

"壮士也，壮士也……"赵汉生看着他的背影，不知如何是好。

一声沉闷的枪声远远传来。

场上寂静一片，大家心里都割了一刀，有些不好受。几个受害的老百姓终于呜呜哭起来，哭声似乎是感激，也杂有别的什么情感。本来应该喊一阵口号的，但大家没有喊。本来要请受害者家属上台讲话的，但他们也没有讲。我只是抹了把眼泪，代表连部再次强调了人民军队铁的纪律，希望战士们以熊某为教训，不可居功自傲，不可胆大妄为，一定要当好人民的子弟兵，不管到了哪里都要做到秋毫无犯。最后，我补充了几句："……前几天我们救了一场火，总结时表扬了一些同志。现在我还要表扬一个，就是当时漏掉了的赵先生。他是个俘虏，是个国民党，是我们的敌人。我们没叫他去救火，他主动参加了。我们说他借机逃跑，是冤枉了他。我们有些人还打骂他，那更不应该。因为他没有做坏事，只做了好事。他路见不平，主持公道，维护我们红军的群众纪律，不许那两个家伙趁火打劫搜刮民财，有什么不对？他虽然不是我们红军，但在这件事上应该立功受奖，应该成为我们学习的榜样！"

大家热烈鼓起掌来。有人还在队伍里喊："赵教官，对不起啦！""赵教官，你也打我两下吧！""赵先生，你不要同我们一般见识……"

我又说："师长说过，我们要讲公道，哪个做了件好事，都不忘记。赵汉生原来做了一些坏事，今天做了件好事，我们都记上账，红账黑账分个清楚。希望他往后多做好事，红账上多记点，就是说，重新做个好人！"

场上又响起一阵掌声，如同一阵急风暴雨，所有热情的目光一齐投向赵汉生。当我代表战士们向他鞠躬致歉时，他一把抓住我的双手，泪水夺眶而出。

他朝我行了个军礼。

## 七

后来，赵汉生教出来的炮兵，在我军打击曹祖荫部时发挥了重大作用。他的生活习惯还是老样子，早上打拳，操步伐，背诗词，晚上则给我们讲书。师长常和他一起棋场酣战，做诗唱和，海阔天空地闲聊。不久，他准备回去找熟人朋友招集旧部，拉一支队伍来参加红军，临走时师长还送给他一首诗。诗的前几句好像是这样的："云低雾暗笑时艰，薄酒送君赴沙场。翘首心清呈北斗，欲铸长矢射天狼。"

我不一定记得准。赵汉生也回赠了几句，记得头两句是："逢君恨已晚，握别泪沾衫。"后面几十句我已记不清楚了。

他走后不久，中央一个党代表就来到了师里。这个人在苏联留过学，穿着黑皮夹克，抽着歪把子烟斗，动不动就是说一些洋名词，还教我们唱什么《马赛曲》。不知为什么，他一直对师长不满,后来借口师长"私放敌军将官""右倾""通敌""对抗中央",把师长抓进了保卫局,在大转移时还把师长杀害,投尸长江。当时我们很多人也关进了保卫局,没法搭救老师长。

师长他死得好冤啦!大大小小几十场战斗,他死里逃生。老蒋悬赏五万光洋,也没有拿到他的人头。没想他最后死在自己人手里。

第二年,赵汉生派人送信来,说他串通了两个团准备起事,请红军前去配合支援。但这时师长不在了,那位中央代表又以"中间势力最危险"为借口,以"鹬蚌相争,渔翁得利"为策略,拒绝派兵前往。

直到红军在万家坪一仗,歼灭曹祖荫一个旅,吃掉黔军三个团,打破了国军的进剿计划,曾去协助赵汉生工作的老吴经过几个月的流落才找到了我们。他长长地叹了口气,眼里旋着泪花,谈起了赵汉生的故事。

经过是这样的:就在这个万家坪,赵汉生领着一个起义团与八倍之敌拼死战斗,坚持了七个白天黑夜。最后弹尽粮绝,除了少数突围出去之外,大部分都牺牲了。赵汉生身中四弹,腿也被打断了,但还亲自守着迫击炮向敌人射击。敌人抓住他的时候,他已昏倒在炮座旁,腿上血肉模糊,整个一条裤子都已染红。

敌人的军事法庭在万家坪审判他。审判长卢迅是赵汉生的老同学,当时脸色有些沉重,亲手替赵汉生松绑,扶着他下马车。赵汉生呢,失血过多,脸色惨白,但非常安详平静。他拄着拐杖,拖着一条僵硬的假腿,来到一个高冈上,看看四周在微风中摇曳的野花,嘴角浮出了微笑。他回头说:"这里风景太美了,就在这里开枪吧。"

卢迅一抬手:"不,不要这样说。你的罪行其实要大可大,要小可小。上峰一直器重老兄的才华和战功,只要你悔过自新,事情还可以……"

赵汉生说："兄弟，我领了你的情。不要说废话了，开枪吧。"

卢迅说："汉生兄，还有最后一刻，你不要逼我。你一不是共产党员，二又没正式参加红军，即使附逆作乱，据我所知也有权奸相逼的隐情，你何必要赌这一口气？"

赵汉生轻轻叹了口气，扶扶眼镜片，拍拍身上的灰，一跛一跛走向更高处。他仰望长天，脸上露出一丝淡笑，口里喃喃背诵着文天祥《正气歌》里的诗句："……顾此耿耿存，仰视浮云白。悠悠我心悲，苍天曷有极？哲人日已远，典型在夙昔……"

这是他最后一次背诗。

审判长看了好几次手表，最后只得闭上眼睛，举起了白手套。

那一天，审判长向他的尸体三鞠躬，以尽学友之谊。在他的默许下，一些国军中赵汉生的学生也朝天鸣枪志哀。

在老吴介绍了这一切后，我们也去那座高高的山冈上，找到赵汉生的坟墓，在坟顶上安放一顶红五星军帽，还在坟前摆满了各色灿烂的鲜花。

事情就是这样。

一九七八年五月

○ 此篇最初发表于一九八〇年《湘江文艺》杂志，后收入小说集《月兰》，曾改编为连环画、广播剧等。

# 吴四老倌

吴冲有个吴四老倌，本名吴本义，除了有时腰子痛，身体还算好，吃饭搬大碗，下雪天不着棉袄，捏根牛鞭无论犁耙都是好角色。他眼不花，耳不聋，要是天边有架飞机飘过去，声音像蚊子叫他也听得见。

那一年，公社实现广播化，他屋前的大树上也装了个喇叭。人们看见他每天吃了晚饭，就端个黄铜闪亮的水烟管，拖一把竹椅子，坐在那喇叭对面，同喇叭说话。

喇叭里说："……大干促大变，社会主义是干出来的！"他忽哧一下吹出烟筒里的烟灰："讲得不错，人哄地皮，地皮哄肚皮。"

"要大干就要堵死资本主义的路！现在有的队还是工分挂帅的阴魂不散，要搞什么包工定额……"他觉得这一句不大顺耳，眨了眨眼："不包工如何办？又搞政治评工？大家都坐大船，不养懒了人？"

"还有的生产队还是自由化种植。公社里要求插三四寸、三五寸，他们硬要插三六寸、四八寸……"这几句更不顺耳了。他用点火的纸枚子指着喇叭："你晓得么事？插密插稀那要看田，看水，看时候。晒垫大块地方，住上十几口人，那如何舒服？还不个个都长得像丙伢子？"丙伢子是隔壁一个很瘦弱的娃。

"有的人留恋小自由，屁股上长着又粗又大的资本主义尾巴……"喇叭里越说越来劲，说得他黑了一张脸："还要割尾巴呵？什么时候割脑壳？割得你外公连烟都没有烧了！你晓得不？"

……

正在这时候，几个收工较晚的后生从他门前走过。一个年轻妹子笑道："四爹，你讲这些不是空场合？公社里又听不见！"

"那你们开大会批判林彪做么事？林彪未必又听得见？"他振振有词。

"我们不能同你比。你是革命老前辈，给红军撑过船，给游击队送过信，给农会敲过锣的。你现在也只能三百里外骂知县呵？"

这次轮到他无话可说了。更让人恼火的是，在喇叭里胡说八道的不是张三，不是李四，居然是他的一个外孙女，那个新上任的广播员荷花。荷花一口屁话不着四六，当外公的不也跟着失了面子？一颗脑袋还能往裤裆里藏？想到这里，他收起水烟筒，洗了脚，换上一双新布鞋，背着手闷闷地翻过屋后的猫公岭，往女儿家里去。他得提醒女儿，要她管教管教自己的崽女。正巧，这天荷花回家了。外公一见她就劈头盖脸地开骂："你明天给老子回来，翻粪凼！泼油菜！莫到喇叭里去鬼喊鬼叫！"

外孙女莫名其妙："我犯什么错误了？"

"你还装蒜？以为外公耳聋是不是？天天就是你在喇叭里叫，什么政治评工，什么割尾巴，喊得七冲八坳都听见了。你黄瓜才起蒂，豆角才抽藤，晓得什么？外公今年六十几岁，做了五十多年田，当了十三年队长，九州三十六县都到过，搞农业还没有你清楚？……"

外孙女眼里含泪，"外公你说些什么呀！那都是区里吴党委的报告，我只是念一念。"

"吴伟昌？就是那个办点干部？"

外孙女从书包里拿出一沓纸，"你看嘛，都是这上面的话。"

吴四老倌从来不喜欢看横行子的书，而且认得的字也不多，便眼睛一闭："我不看，你读！"

外孙女读了两段，果然都是喇叭里讲的那些。老人听后狠狠地烧了两筒烟，"这吴伟昌是哪个吴家祠堂的？如何以前没听人说过？我看呵，他肯定不是做田出身的，不是什么好货。听他的话，不拐场我就不姓吴！"说完不顾女儿和外孙女的挽留，叹了口气，闷闷地踏着月光回家去了。

从这一天起，吴四老倌门前那个喇叭，不知为什么就不响了。大队宣传委员吴忠阳来检查广播，首先发现了这一事故。他是吴四老倌的一个侄子，长得白白净净，讲话柔声细气，还掌握了很多形容词和时事新闻，是个刚提拔的年轻人。他到吴四老倌屋后转了一圈，回头问："四爹，你老人家屋后那一截广播线到哪里去了？"

四爹正在门前犁田，赶着牛头也不抬："风吹跑了吧？"

"风吹得跑？"侄子虽然怀疑，但也没想得更多，只以为是哪个调皮伢子偷铁丝做弹弓去了，便找来一根新铁丝，把广播线重新接上。不料他几天后再来检查，发现广播还是不响，刚接上去的铁丝又不见了。他再去问吴四老倌。这次老人正在菜地上泼粪，还是头也没抬地说："怕是被黄野狗叼走了吧？"

"黄野狗？"吴忠阳望了望吴四老倌的粪桶，赔着笑脸道，"嘿嘿，你老人家莫逗我，你用它做了尿桶箍嘛。那铁丝我认得……"说着指了指粪桶箍。

吴四老倌瞒不过去，一瓢粪泼过来，差点泼在侄子的脚上，"明人不做暗事。告诉你，我就是不喜欢广播。没把喇叭盒子拆下来换纸烟，算是给你面子。"

"四爹，这可是宣传毛泽东思想……"

"毛泽东思想？毛主席同意你们这样胡作非为？呸！毛主席大仁大义，文武双全，上知天文，下知地理，八年抗战，十年内战，四海翻腾云水怒，五洲震荡风雷急。他要是听了你们那些话，不治你们的欺君之罪，你就来问我吴四老倌！"

一通没头没脑的话，把宣传委员训得晕头转向。但吴四老倌还不罢休，又讲出一些不知从哪里听来的机密："告诉你，林彪在毛主席面前玩了一百零八个诡计，也被毛主席看穿了。你们也要老老实实当差，莫捣鬼！坳背冲的人讲，毛主席下半年要坐飞机来看禾，到时候哪个队的禾不好，你们捣乱的都要拿绳子来捆。阳伢子你放明白点！"

吴忠阳吓得转背就溜了。

过了不久，吴四老倌这些话传到上面去了，传到了吴伟昌的耳里。吴伟昌大为震怒，把呢子帽往头上一戴，笔记本和手电筒往衣袋里一塞，骑着脚踏车就下到了吴冲。当晚，他宣布召开群众大会展开大批判，催人到会的哨子吹得嘟嘟响，闹得鸡婆鸭崽都不得安宁。只有一些小娃崽来劲，以为又有什么热闹戏看，大的背细的，细的扯大的，像一群湖鸭子往政治学习室里钻。他们研究着吴伟昌的手表和皮鞋，争论着这个陌生人到底是像戏台上的座山雕，还是像坳背冲的王屠夫。

等了好一阵，人群中还不见四老倌影子。吴伟昌很不满意地敲着桌子，要吴忠阳再去找。可怜吴忠阳最怕蛇，最怕鬼，因此最怕走夜路。眼下不光在四爹家里找了好几轮，还提心吊胆到岭上转，很快就吓出了一身冷汗。好容易，他在养牛的金海爹那里找到了四爹，发现他正在那里喝茶。他身后的那一片水田映着月光，明晃晃的，呱呱蛤蟆声此起彼伏。

"四爹，你让我好找。开大会了，您怎么不去？"

"我的鸡婆没看见了，要寻鸡婆。"

"吴党委亲自主持会，点名要您去。你到哪里反正都是坐。"侄子好言相劝，"到那里，您愿听就听，不愿听就装耳聋……"

"我要寻鸡婆！"四爹吼起来了。

吴忠阳只好头一缩，回去了。他在吴党委面前扯了个谎，说四爹到女儿家去了，不在家，没法找。吴伟昌也没法，只好来了一场缺席批判，从美国总统尼克松下台，讲到孔老二小时候做过贼，又讲到大批资本主义的重要性，最后要求全队社员来个"一学二批三看四竞赛五评比"的运动。一些四六句子脱口而出，颇让一些社员们啧啧佩服。他们说吴党委不愧是当老师出身的，不要稿子，一讲两个钟头不重复，真是出口成章，有才学！

这次会以后，吴伟昌还是没听到什么好消息，听说吴冲那个老鬼还是经常指桑骂槐讲怪话，有点聋子不怕雷的劲头。四老倌说："对门山上的禾鸡婆只晓得一张嘴巴叫叫喊喊，不做正经事。"还说："这几天没看见黄鼠狼来偷鸡了，怕是也到哪里开会作报告去了。"还说："搞什么科学种田？最好是科学种空气。要科学家发明一种办法，让大家吃两口空气就肚子饱了，就不用我们种田了。那才是共产主义！"……这些话逗人笑，听上去倒也没有什么，但又好像有些什么，让吴伟昌气也不是，不气也不是。最气人的还在后头。那天春插算是完成了，绿绿的秧苗盖满一垄，色彩深浅相叠。随着一串笑声炸开，累得刚伸腰的姑娘们爬上田坎，青春身段从防雨的塑料薄膜中透出来，好似都披了一件件飘逸轻纱。正在这时，惊天动地一声吼，吓得这群喜鹊子都哑了喉。吴党委出现在田边，手拿一杆尺子，声色俱厉地开骂："怎么？这几丘田还是插的四六寸？好哇！阳奉阴违，对抗密植，这还了得！返工！返工！统统返工！"那目光是足够威严的了。

哑喉的喜鹊子吓得贴墙溜,往屋场里躲。

"快牵蒲滚来,把这几丘田都蒲掉!"吴伟昌又喊了几声,但四周没人回应。远处只有几个干部模样的人,大概是与他一起来检查春种的吧,正在大树下笑谈,用斗笠扇着风。吴伟昌大概想在同僚面前露一手。"喂,你们都到屋里去歇一下,喝杯茶,我亲自把这丘田蒲了就来!"说完从路边牵来一头牛,架上田角里一张蒲滚,挽起袖子,一声吃喝,真的把一丘已经插秧的田蒲碾起来,只是动作不大熟练。

此事惊动了社员们。很多人闻讯赶来,不敢上前阻拦,只是远远地叹气和摇头。只有吴四老倌冒失,气呼呼地冲上前去,大踏步跳进水田,激起泥水飞溅。"我说你这位同志,休得无礼!"他一把抓住牛绳,"怎么跑到我们队来破坏秧苗?"

"这事要先问问你们自己!"

"你把道理讲清楚好不?讲清楚了,要蒲就蒲,要犁就犁,我们自己动手,不用麻烦你,还要请你吃杯姜盐茶。讲不清楚,那就对不住,请你走你的路。"四老倌朝对方打了个拱手。

"讲理?"吴伟昌沉下脸来,"你参加过学习没有?一亩田要保证三百万蔸基本苗,你自己数数,这里有好多蔸?"

"挤得那样密,手脚都不好放,不通风,不透气,发的禾蔸只有铜钱眼大,到头来收一田草,这事去年已经有样。喂,同志你做过调查没有?已经插下田了,现在又缺秧,你要我们如何返工?未必插稻草?"

"你还道理一担?没有秧就把田空起来!荒了!不让你们心痛,你们不晓得厉害!"

"我说了要你放手!"

"嗬,好大的口气?你是县长还是专员?居然对我发号施令?"吴伟昌使劲一甩,甩开四老倌,朝牛背上又是一鞭,哗哗

38

哗，铁蒲滚又把几排秧苗碾入泥水中……

说心痛，吴四老倌真的心痛了。他气呼呼地大吼一声："细满伢子，跟老子把这个破坏青苗的坏家伙抓到公社去！"说完一跺脚，把袖子一捋，追了上去。那叫细满的后生没读过多少书，也是一个天不怕地不怕的蛮角色，早憋了一肚子气，两步就抢过来，赶到吴伟昌面前，把他一把拖下蒲滚，揪掉了一粒扣子。"黑皮，快去找根绳子来，把他绑了再说！"

"我，我……"吴伟昌做梦也没有想到碰上了这些硬三锭，脸上哭不像哭，笑不像笑，"我是吴伟昌，区上的党委，你们不认得？"

"你还冒充吴党委？那更要抓！"

"我真是，我有证件……"

四老倌掏出他衣袋里的红本本，看也没看，"哪里偷来的，说！"

一老一少，一前一后，一推一拉，真的把吴伟昌扭着，拉上了田，要往公社里送。正在这时，吴忠阳不知从哪里冒出来，哭笑不得地快跑过来："四爷四爷，他真的是吴伟昌，办点的老吴呀！"

"老吴？"四老倌眨眨眼，打量了吴伟昌一眼，摇摇头，"不对不对！吴伟昌是共产党员，哪里会做破坏青苗的事？人民政府有条文规定，那是犯法的呀！我活了六十多岁，做了五十多年田，当了十三年队长，未必这一点还不晓得？这个家伙肯定是冒充的，走走走，到公社去，到那里赶中饭。"

"他真的是呀！"侄子急得差点要哭了。

这时，喝茶休息的干部们被吵闹声吸引，走出屋场来了。他们见吴伟昌的狼狈样，有些哭笑不得；见群众越围越多，知道众怒难犯，便有人上前来打圆场，意思是这个队违反密植命令是不对的,但既然已经插了,就算了,下不为例,不一定硬要返工重来。如此等等。吴伟昌见自己没得到强有力的支持,只好自认倒霉,整整衣领,强打精神充硬汉:"我晓得就是吴四老倌存心捣乱。今天的事不能完,也完不了,你明天来公社里作检讨!还有你们的队长!不然的话,无产阶级专政不是白吃干饭的!"

说完,夺路就溜。几个小把戏跟着他拍掌笑闹,看他满身泥水,看他一双赤脚在路上一瘸一瘸。他们已经研究出,吴伟昌不像座山雕而更像王屠夫了。

第二天,吴四老倌没有去公社。第三天,第四天……情况还是如此。这事真苦了他侄子,只能对四爹赔笑脸,讲软话:"……四爹,你就到公社去一遭吧,山不转水转,你这一回就让让他算了。"

四老倌正在堂屋里独自品酒,眼皮也没抬。"今天就是高宗皇帝十二道金牌,也莫想把我召去。我三十晚上的砧板——不得空!"

"领导总归是领导,哪朝哪代没有个领导呢?你一只蚂蚁还想顶翻磨子?"

"老倌子要清静,你少啰嗦。"

"他说了,就派民兵小分队来,抬着猪笼子来。四爹,四爹,四爹……"

四老倌心里运神:真要是这样,闹起来不好看,也吃不消。再说我堂堂吴本义快活到七十了,做了五十多年田,当了十三年队长,九州三十六县都闯过,还怕他吴伟昌?这样一想,就说:"使牛使累哒,脚杆子痛,没得劲。你要他派个车来。"

"你还想坐飞机呵?"

"那如何办?你……背我去?"

老人看着侄儿那胆小怕事的样子,一肚子火气正想找个地方出。侄儿明知道对方是有意磨人，但也没办法，喊天不应，叫地不灵，只好咬一咬牙，今天当一回牛马。可怜从吴冲到公社有七里来路，吴忠阳一想就两眼黑。他刚出学校门不久，当了干部后经常捏着笔杆子跑统计，搞批判，读报纸，在业余剧团里演戏，参加劳动实在很少，眼下背着一个大活人翻山又爬岭，把吃奶的劲都用出来了，不一会就气喘吁吁，汗如雨下，面如纸白。四爹在他背上又好气又好笑，就是不愿下来。

好容易骑着吴忠阳到了公社。吴伟昌立刻如临大敌，放下一场扑克牌没打，一个全社电话会没开，把袖子挽了又挽，把公社所有在家干部都喊来会议室助战。那架势，像把一个瘦老头子一口吞得下。

"你说！你为什么反对密植？为什么反对科学种田？"吴伟昌把桌子捶得咚咚响。

"你把广播线都扯掉了，这是破坏宣传毛泽东思想！你好大的胆呵？"

"你还在群众中说，什么'如今没有一个人的武艺比得上豹子头林冲'，什么'申公豹的脑壳有七十二个，砍了一个还有一个'，这是宣传封建迷信，猖狂反对唯物主义，你怕我不知道？"

"你这个老家伙专搞破坏，是个定时炸弹，将来第三次世界大战爆发，先要把你抓起来枪毙！"

……不管吴伟昌带着干部们如何叫喊，四老倌横直不发声，只是闭着眼睛，扯自己的胡桩，来一个"哼哼"主义。这些哼哼有多种含义：有的表示反对，有的表示好笑，有的表示不相信，搞得吴伟昌没奈何，如同老鼠咬竹扫把，不知如何下口。至于那些助战人员，则有点三心二意：农技员是同情四老倌的；宣传委员着急上面要推销几千册革命图书，生产队却拿不出钱；财粮员想着月底要结账，好多欠款还没追回；青年干事则在想着找电话员谈爱的事，眼睛老是朝窗外瞟。大家心不在焉，随便凑几句也就算了，一场批斗会开得松松垮垮，最后只能草草收场。

但四老倌被"请"进来，就不那么好出去了。吴伟昌挥挥手要他快回去，也以为他回去了，不料门上咚咚响了两声，他的脑袋在门后露出来，脸上还带着一丝笑。

"你怎么还没回去？"

"嘿嘿，有水烟筒吗？借我一借。"

"我哪有什么水烟筒？去去去，快走！"

门关上了，可过不了片刻，咚咚的敲门声再一次响起，四老倌的一张老脸又出现在门口，"喂，有解手纸没有？"

吴伟昌正在用煤油炉子煮猪肚子，准备招待远道来的老婆，没料到猪肚子碰上了解手纸，自然气得脸上成了猪肝色："这里哪有解手纸，去去去！"

"你当干部的如何会没有纸？未必你用稻草擦屁股？"

"我用什么关你什么事？你用什么又关我什么事？我到这里来是给你管茅坑的？你真是老憒了，老疯子一个呵？"

对方眨眨眼："哎，你有话好好说呵。我快活到七十岁了，跟你爹的年纪差不多，你这家伙还骂我？"

对方不敢恋战："好好好，算了算了，你走吧，走吧。"边说边来推。

"怎么就算了？你说算了，就算了？你去外面问一问，这四乡八里我不管到哪一家，水烟筒随便拿，板凳随便坐，遇到饭时就上桌，怎么一到你这里就出鬼名堂？这个事怎么能随便算了？问题不搞清楚，我四老倌不走！"说着一屁股坐在一张椅子上，坐在屋中央。

吴伟昌哭笑不得，暗暗喊天。他老婆也脸上红一块白一块，赶快找来两张黄草纸递给老人，意思是催他赶快走，去解决他的问题。

　　老人现在倒不着急解决问题了，指着吴伟昌的鼻子，认认真真地训了一顿："你看看，你堂客就比你贤惠。你要向她学习。大妹子，你娘家是哪里的？"他问完女人娘家在哪里这一无关紧要的问题，又问完她生没生孩子一类更加离题万里的问题，差一点还问到生男孩还是生女孩一类更加莫名风马牛不相及的问题，最后还是指着吴伟昌的鼻子，"你坐下，好好听着。你家里明明有纸嘛，为什么说没有？是不是看不起老百姓？是不是当了两天官就不知东南西北？难怪你尽讲些不入格的话。昌伢子，告诉你，你一个'官'字顶在额头上，把群众的话当耳边风，这样下去，迟早要当秦桧，要当高俅。知道不？你坐下——"他再次以主人姿态命令对方坐下来，"老实告诉你，毛主席站在天安门，眼睛望到全中国，哪个奸哪个忠将来要算总账的，三百斤的老母猪，最后总要一刀撬，你要想明白……"

　　最后，要不是吴伟昌的老婆来赔笑脸讲好话，要不是当广播员的外孙女荷花来劝，四老倌还真会把政治报告作到断黑。

　　嘣——门总算关了。

　　吴伟昌看着一锅香喷喷的猪肚子，完全没有口味，哭丧着脸叹气："唉，俗话说出门三不惹——不惹小把戏，不惹老家伙，不惹叫花子。我怎么碰了鬼，会惹上了他呢？"他走出房门，冲着农技员和财粮员又叹了口气："唉，如今呐，上面一些人只晓得一张嘴巴喊，也不晓得我们基层干部好难当呵……"

　　这一天，四老倌由外孙女陪着，雄起起气昂昂地回队上去了。出公社机关大门不远就是供销社和仓库，好多人在那里买肉、打煤油、扯布挑鞋、兑换禾种，一时间热热闹闹议论纷纷。有人认出了吴冲的四爹："四老倌，当了两天公社干部了？""你这个老鬼这下要老实了吧？""检讨写得什么样？给我们看看

43

好不？"……

"呸，逗我老倌子好耍呵？"

四老倌从来都爱面子，把鼻子擦了一把，"他们敢把我怎么样？还不是请我来玩两天？白天就参观广播室、电话室、会议室，嘿嘿，还尽是些新名堂。晚上就看什么电视，好吓人呵，一下子打仗，一下子又火车来了，一下人又掉到海里了，好吓人，好吓人的。不过，还是没有人唱的戏好看。坐的呢，是皮椅子，还吃了两餐油豆腐。啧啧，豆腐好吃，菜油炸的，放了酱油的，就是差点子葱花，五老倌不晓得搞……"

他说的五老倌，是公社的厨房师傅。

一九七八年十二月

○
此篇最初发表于一九八〇年《湘江文艺》杂志，后收入小说集《月兰》。

# 月兰

长顺家的灾祸,是由四只鸡引起的。

这件事发生在一九七四年。那一年我参加农村工作队,去一个叫吴冲的生产队办点。我是刚参加工作不久的城里伢和学生仔,在机关里属于小字辈,可上面居然要我去指挥一个队,负责全队的春种秋收,岂不是赶着鸭子上架?奇怪的是,那里的很多社员对我"干部"前"干部"后的,居然对我唯唯诺诺。

那个队有十八户人家,大多姓吴,零零星星散落在一条黄泥冲子里,也就是一条峡谷里。队上刚刚遭受过天灾,穷极了,资金账上只剩下三角八分钱余款。临立春,仓库里还空荡荡的,只有两个破塑料袋,一两化肥也没买进。集体猪场里除了两只瘦得像豺狗的老猪婆在呻吟,其余的猪栏全都空着,粪池里也没几担猪粪。碰上这样个烂摊子,我怎么能实现亩产过千斤的目标?怎么学大寨?

我心急如焚。听熟悉农村的同事指点:进队就要抓肥料,有了肥就有了主动权。我一方面去借钱买化肥,另一方面按照工作队的布置狠挖内部潜力。具体做法是这样,首先召开大会批斗一个富农分子，借此形成政治压力。接下来宣布工作队的系列命令：限制私人家禽家畜数目；立即追还各超支户的借款；封存私人的织机纺车；两个月内不准家粪上自留地；禁止猪羊鸡鸭下田，以确保绿肥草籽的生长……头几条不算新鲜了，社员们有意见也没吭声，只是对后两条轰的一声议论开来。尤其是一群正在打鞋底或者哄小孩的妇女，冲着我七嘴八舌直嚷嚷："自留地荒了，你要我们餐餐打盐水汤呵？""猪羊不下田还讲得过去，鸡鸭不下田就要退瘦咧。""如今人都没得吃，把鸡鸭关在坿里，拿命去喂它呵？""隔山那个县就没得这号搞法，你们这样窬心枯，也太新鲜了！"……还有些话，因方言口音太重，我没听懂，反正嘈杂声音一股脑把我淹没。

但我没让步，用当地话来说是"捏住一寸不让一分"，逼得他们嘟嘟哝哝闭了嘴。会后几天，事情还算顺利，一切遵令进行，比方说，墙上满是标语，一个个"禁"字杀气腾腾，果然是气象一新。

可是，有一次我从大队开会回来，发现田垄里有一些鸡，黄的、黑的、白的，在草籽田里觅食，强有力的鸡爪不时翻拨绿苗，尖嘴一啄一啄，模样好悠闲。

"哪家的鸡下了田？"

没有人回应。

我又吼了一声，还是没人回应。

"再不来我就要把鸡抓走啦！"

靠猪场那边，一棵大枫树下的土砖屋里传出一道颤颤抖抖的声音："哦，是，是，我家的咧……"一个妇女从屋里闪出来，约莫三十来岁，身子瘦弱，皮肤黑黑的，脸盘子有点瘪，眼里透出惊慌和畏怯，两只冻得红红的手正在黑布围兜上急急擦拭。她点头赔笑道："哦哦，是干部同志，真是，对不起！我刚才在洗猪菜，要我屋里海伢子看住这几只鸡，莫让它们跑下田。天晓得他这一阵子要到哪里去了？"说着，她慌慌张张跑下田垄，一边"呵唬呵唬"地轰鸡，一边用土块投射那些闯祸的鸡，还夹着骂自己的儿子："背时鬼！只晓得玩！两只脚哪里这么野？等他爸爸回来，不打他一顿足实的才怪……"

我不好再说什么，去赶别的鸡去了。

不料，第二天上午，一些鸡又出现在草籽田，简直像偷偷摸摸的一些贼。我看清楚了，其中也有那四只眼熟的黄鸡婆。"喂——鸡又下田啦——"

无人回应。

"这些鸡没人要是吧？莫怪我不客气呵——"我又进行威胁。

"哎呀！"那个不怎么好看的瘪脸女人又从土砖房里闪出，脸红到了颈根，眼里照例透出惊慌和畏怯，手脚照例很慌乱，嘴里照例在骂自己的儿子，"……背时鬼！要他老老实实看住鸡，他又不听……呵——唬——等他爸爸回来……呵——唬——"她一边赶一边胆怯地回头瞟了我两眼。

这个女人是谁呢？我进队时间不长，加上这个会那个会，实际在队上的时间并不多，因此与很多人还不认识。但我努力回想着，总算记起了一些零星印象。记得她来参加过两次妇女会，出工队伍里也有过她的身影。她出工总走在前面，只是没有青年妇女那种活泼，从不说话，更不开玩笑。要是碰上开会，她坐在角落里打鞋底，见火塘上吊壶里的水开了，不用人吩咐就会主动起身给大家筛茶。在你接过热茶的时候，她淡淡一笑，算是打招呼，看样子是个贤良媳妇。可她在其他方面乏善可陈，有次竟来找我，要求把她家纺车上的封条取掉，让她纺两斤纱卖钱，实属胆大包天。我当然没同意。还有几次，她没交批判孔老二的批判稿，说自己没文化，不识几个字，而且眼下男人不在家，家务事太多，既要服侍婆婆又要种菜喂猪……她叫什么名字,我一时怎么也记不起来。

这天晚上,政治夜校上课,人还未到齐的时候,我向妇女队长打听她。

"她叫月兰,从陈家桥放到这边来的,男人叫吴长顺,在建筑队烧砖。"妇女队长正在给娃仔喂奶。

"今晚上学习理论,她怎么又没来?"

"请假了。她经常脑壳昏,还是月子里害的病,去年又动手术割了个瘤子,可怜哩。"

我没大注意这个月兰。可接下去几天,在下田的鸡鸭中,总有她家的那四只黄鸡婆。这一下我可冒火了。我断定:鸡一定是她存心放下田来的,而她那些话,纯粹是为了哄骗我这个城里人!是要与我斗心眼!我怒从心头起,捡块石头就去打鸡。鸡惊叫着拍打翅膀飞了。我继续追赶,连扔了十几个石头都没打中,只击得几片鸡毛纷纷扬扬地飘落。追击得眼红脖子粗之际,我一失脚,跌倒在一丘水田里,两只胶鞋陷入淤泥,拔都拔不出来,泥水溅得我满脸满身,引来几个看牛伢子拍手大笑:"牛跌下山啰,牛跌下山啰,今天有牛肉吃啰……"

我又急又恼,几乎欲哭无泪:天啦,连几只鸡都降不住,连几个娃仔都可以取笑我,我这一年的办点日子还怎么过?我狼狈不堪去向工作队其他同事请教办法。一个姓杨的副队长住在邻队。他喷了口烟,哈哈笑道:"你呀你,真是个书呆子。不晓得放一把农药就索索利利了吗?告诉你,对付农民一要吓,二要蛮,三担牛屎六篼箕,平平和和是斗不倒资本主义的……"

我深受启发,兴冲冲地回来找老队长吴六。

六叔有五十多岁年纪,种田经验丰富,可还像年轻后生一样爱说爱笑,爱看连环画也爱看电影,爱讲段《水浒》《说唐》《东周列国志》。缺点是不爱政治学习，开会打瞌睡，卷烟时没纸就撕报纸，撕墙上贴的学习心得。眼下，他正在禾坪里歇气，又在撕墙上的大批判标语，撕一片纸卷烟丝。

"六叔……"我皱着眉头。

他回头见是我，似乎猛醒："哦哦，又不记得了，该死该死！"说完打了自己的脸一下，嘿嘿笑起来。

我转入正题："你去开仓称斤把谷给我，把一〇五九也拿两瓶，我想……"

"一〇五九？"他吸了口烟。

"不放农药，鸡鸭是禁不住的！"

"这……"六叔沉下脸，想了想，又狡黠地眨眨眼，"不大好吧？如今家家户户都底子空，堂客们买油盐，就靠几个鸡蛋，造孽哩。那些鸡婆鸭崽就是她们的油盐罐子，真要闹死几个……哎呀，搞不得，搞不得。"他头摇得像个拨浪鼓。

"照你说，那就放任自流？"

他听不懂什么自流不自流，待我解释后才说："反正没吃没穿不是社会主义。讲实在的，我看田里没得禾，只是点绿肥，让鸡鸭去寻点野食，也不算犯法。"

"难怪，队干部思想不通，怎么能带动群众？"我顾不得他是长辈，当下驳了他的面子，从大批促大干的原理，说到坚持制度和服从指挥的重要性，足足训了他好一阵。

他蹲在地下没吭声，用两块硬币扯了半天胡须，最后说了声："对不起，反正我吴老六不捧场。你们硬要放就去放，莫问我。"说完扛起一张犁冲冲走下禾坪。

这天，我称了一斤谷，拌上剧毒农药一〇五九，散放在田边。为了避免它被牛误吃，我没把这些谷子放得很散，而是隔几十步一堆，插枝为标记，好让放牛伢子辨认。

我以为难题就这样彻底解决了。第二天我带着两个人去收家粪，正忙着，几个奉命替我侦察敌情的小把戏突然吵吵闹闹地跑来，说又有鸡鸭下田了。他们还争着邀功："是我先看见的！""是我！""是我！"……他们没有说假话。草籽田里，几堆拌有农药的稻谷不知被谁用瓦片盖起来了，还有一堆被小木盆盖着。看来做这事的人不敢把毒稻谷搬走，又希望鸡鸭下田不被毒死，便想出了新的招数。真是道高一尺魔高一丈呵。靠了这些防毒设施，田里的鸡群肆无忌惮，欢天喜地，正把草籽吃得开心，只是一看到我就认出了对手，怯怯地开始交头接耳，似乎正在商量着往哪边逃窜……

我心里暗骂：这些农民也太自私自利了！太没有社会主义觉悟了！难怪集体生产搞不好，难怪大家都这样穷，不都是你们自己作践的吗？我上前咔咔几下踩碎了瓦片，飞起两脚，把成堆的谷子踢散，使它不可能再被盖住，然后又把那个小木盆提到手里。我终于有了破案的铁证。

"盆子是海伢子屋里的。"有个女伢告诉我。

"不管是谁的都要没收！"

"哈哈！没收啦！没收啦！"

"要写检讨，贴到大队上去！"

"海伢子没有盆子洗脸啦——"

两个光头小伢不知是觉得有趣，还是幸灾乐祸，拍着手欢呼起来。另外几个稍大点的伢仔没有笑，忙去给大人们报信。

当天，吴冲发生了一件震动全队社员，尤其是震动妇女们的大事：月兰由于去大队参加挖山，回来晚了，加上邻舍没来得及帮她收鸡，她那四只鸡全部被毒死了。我知道消息时已是傍晚。在稻草烧出的缕缕炊烟中，我远远看见月兰家门前熙熙攘攘围了十几位妇女，像在开妇女会。不就是几只鸡嘛，惊动这么多人,真有点奇怪。更奇怪的是,一道伤心的哭声从人群中飘出来:"……天啦,这是最后四只鸡呀。海伢子读书,我婆婆抓药,就靠这四只鸡……我不是想损害集体,我不是想对抗干部,我是没法子呀,没法子呀,没法子呀。人都没有吃,我拿什么喂鸡?没法子呀……"几位妇女在撩起衣角擦眼睛。

我等待月兰骂我,但她没骂。我走上前去。一个壮壮实实的中年男人,捧着头蹲在门边,见到我来到便站起来,大概有点近视,所以看我的时候细眯着眼。他黑黑的脸,长长的下巴,不合身的布衫紧紧绷在宽阔胸膛上,肩头开了几朵花。

我打量他,"你是长顺吧?听说在公社建筑队?"

"嗯,那里的事搞完了。"他笑笑,掏出一支皱巴巴的纸烟递给我。

"谢谢,我不会。"

"哦,"他把烟小心地放回原处,看样子准备继续保存,直到下一次见到贵客的时候。"你……你们干部同志真是太太好了,要不是毛主席共产党领导新社会,你们何时会到我们这鬼地方来。你们自己带钱带粮来,抓生产,参加劳动,真是……"

我不喜欢这些结结巴巴的客套,马上谈到了鸡。"鸡?"他怔了一下,搓搓手,长脸上掠过一丝苦笑,回头呵斥妻子:"哭什么哭?还不快进屋去,丢人现眼的!"又换上笑脸冲着我:"这没什么,我那堂客就是死、死脑筋,几只鸡成了她的命。我看……死了就死了嘛……"他费力地挪了挪厚厚嘴唇,大概想不出新词了。

一个平头小孩,大概就是他家海伢子,跑过来缠住他:"爸爸,爸爸,我要上学读书!我要买练习本!"

长顺在小孩头上猛磕了两指头:"闹死!"

孩子哇的一声哭了,这使地坪里更加乱,有人来拉海伢子,有人指责长顺……我说,你不要打他,打人是不对的,对孩子也不能打。工作队希望你们家吸取教训,并以这个教训来教育大家。因此,你们要马上写一份检讨,印上百来份……"

"检讨?还要印?……"他浑身一颤。

"要贴到每个队去。这是工作队的规定。你们今天晚上就写吧。"

长顺一把抓住我,歪着头,结巴了半天才说出话来:"你你你做点好事吧,我那堂客,她,她……再也经不得风浪了。"

"我也不想逼你,但这事不是我做主。我有什么办法?"

他双眼盯着地上一块石头,没有答话,完全呆了。

那位叫月兰的,已经由两位妇女劝进屋。其余的人叹息了几声,也渐渐散开。场上只剩下几个小孩,在拨弄那四只直挺挺的、全身发黑的鸡。

我明显感到大家在畏惧我,疏远我,不满意我。连平时爱说笑的六叔路过这里,也一反常态不与我说话,只是看看鸡,然后去塘边洗锄头,闷闷地走了。

难道我错了?细一想,大概没有。我是有言在先的,是先教后诛的,是忍无可忍才强硬制裁的,而且我保护绿肥就是保护队里的收成,就是保护每个社员的饭碗,与我个人利益倒毫无关系——我不会带走他们一颗粮!我有什么可慌乱或者可惧怕的?后来几天,我到县里参加学习培训,没顾上队里的事情,只是偶尔听两个进城拉粪的社员说,长顺家这一段过得不清静。月兰病了几天,她婆婆还埋怨媳妇丢了全家的面子,海伢子成天跟着妈妈哭闹,长顺呢,只知道下力干活,回家就坐在阶前生闷气……我没把这些婆婆妈妈的事放在心上。

回队那天,第一件事就是听人说:长顺和他堂客刚刚吵了一大架。我到现场时,长顺正坐在门槛上,蜷缩着身子,脚上是破布鞋,粗大的手掌揪着头发。六叔背着双手在一旁狠狠教训他:

"顺伢子你疯了！上屋下屋哪个不讲你们是和睦夫妻？你今日发什么狗脾气？月妹子哪点对不起你？侍候你的娘，养大你的崽，好容易呵。你是狗咬吕洞宾，无情无义，没心没肺哩……"

长顺突然站起来，喷出一口酒气，震天动地大吼一声："莫讲了！我就是没心没肺，你拿刀来，剁了我好不？"

一对充血的红眼睛看看我们，他又慢慢地蹲下去。

从旁人的谈话中，大概可以听出事因是这样的：我不在队里这几天，工作队老杨巡视到这里，定要查出是哪些人抗令不遵，发现无人出头认错，便把斗争火力集中在那只木盆子，集中在长顺这一家。要他们交出检讨不算，还要每只鸡罚款五元，将来秋后扣除。这一来，长顺家更是黑了天。今天，夫妻俩为儿子的课本费发生口角，正巧碰上长顺刚才在邻居家喝了点闷酒，一时心躁，酒性发作，就撒野动粗，一巴掌打得月兰脸上起了五个红指印。"你还说老子没用，不是你贼婆子成天惹祸，如何会罚款？"大概是这一句太伤人，可怜那月兰，起先惊呆了，不觉一只碗失手砸碎在地，然后委屈地一咬嘴唇，扭头就跑出门去。

"你怎么能打人呢？"我批评长顺，"她现在哪里？"

他没有答话。

"还不赶快去找人？"

夜里，星光闪烁，淡蓝色的光雾笼罩着山林。湿润的空气里，有田垄犁破后发出的泥腥味。一条山泉在月下抖动着碎银似的光斑。不知什么时候，初春的第一声蛙鸣响了，叫得那么吃力，那么孤单，然而它终于冲破一切响了，给人一种异样而复杂的感觉。

我无心注意夜景，只希望赶快找到人，以免人心浮动，影响明天的生产。我又埋怨长顺夫妇，怎么那么狭隘？为点小事就闹得不可开交，真是一个绳结越解越乱。可这种埋怨情绪又经常混杂着隐约的不安。为什么不安？我还没工夫想清楚。

"月兰——"老队长在喊。

"月兰——"山岭发出空空回声。

雾气更浓了，衣衫和头发都湿漉漉的，但我们还是高一脚低一脚地找，找呵找，好不容易才找到油茶林里一个黑影。

她坐在一块石头上，一动不动，一声不响，似乎刚才没发生过任何事，像一座安详的石雕。不管大家怎样惊喜地叫她，亲切地拉她和劝她，她总是不说话，眼直愣愣的，没有任何表情。

"回去吧，可能快下雨了。"我说。

她看了我一眼，默默地抹了一下头发，然后慢慢往山下走。两只泪眼一晃，在松明火把下发出光亮。

"走错了，路在那一边。"有人提醒她。

她呆了一下，木头似的转过身子，顺从拐入正确路线。

"你看着路，低低头呀。"又有人提醒她。

她显然没看见一根横在空中的树枝，额头已重重地撞了一下，但她没有叫痛，好像全身已没有感觉，只是机械地向前迈步。

回到她家，已是深夜。说来惭愧，下队已经两个月了，我忙来忙去的，还没来过他家。一进门，我的血仿佛凝结了，简直不相信自己的眼睛。这是两间矮小的房子，床是用土砖和门板搭起来的，低垂的破蚊帐因靠近柴灶，已被烟火熏成酱色和黑色。被絮破旧，没有包被单，差不多就是一堆黑棉花团子。土砖架着另一块木板就是饭桌。桌上一盏用墨水瓶做成的油灯，没有玻璃罩，晃着昏黄的火苗。隔壁房里飘来一股难闻的气味，大概来自长顺他娘的连声咳嗽。听得出，老太婆还在低声数落着媳妇，好像是埋怨媳妇八字薄，身体不好不说，还不会持家，差不多是个灾星，搞得她的孙子读书都没有个着落。

"张同志，请坐。"长顺苦笑着把一条锎刀凳抽到我面前，"实在对不起,椅子都没一张……"

"怎么没椅子?"

"我……"他不好怎么说。

六叔磕磕烟袋,插嘴进来:"他家是大超支户,去年清超还欠,把他家的床柜桌椅都作价抬到大队上去啦。"

"你家四口人,负担并不重,怎么会超支?"

长顺又露出一丝苦笑。

还是老队长帮他说清的。原来去年月兰生了个子宫瘤,缺工不算,光是请郎中和住医院,一下就开销五百多。虽说国家和集体给她补贴了两百,但远远填不满这个洞。碰到这几年队上收成不好,上面的摊派年年增加,社员做一天工,只挣得一两角钱,光是吃饱肚子还得靠萝卜白菜红薯芋头,哪有什么钱还债?照这样下去,他们两眼墨墨黑,至少还得有四五年的"有期徒刑"吧。

屋里沉寂了。

我摸着粗糙的铡刀凳,看着床头海伢子那稚气的脸,好像有沉重的东西压在胸口。早就听人说,这一带的社员们苦,可我没想到有人竟苦到了眼前这种景况。

老队长后来的话,我无心听了。我不知道怎样离开长顺家的,甚至把一件被雨淋湿了的衣也忘记在那里。这一夜,我翻来覆去久久没有入睡。

第二天,我在工作队的会议上谈到了月兰家。我希望免除对她家的罚款,解决他家孩子读书欠费的问题。会上争论不休,迟迟没有结论。我有点坐不住,像在担心什么。细想一阵,对了,我是在担心月兰。昨天那么一场急风暴雨后,她沉静安详,不有点反常奇怪吗?该不会再发生什么吧?……工作队的老李看出我的心思,悄悄对我说:"对,你先回去看看吧。农村有的妇女容易想不开。前次也是有两公婆不和,差点出了人命案子的……"这一说，我更急了。

我没等开完会就溜出会场，朝队上赶去。一进村，像证实我的预感，气氛十分反常，长顺家没有人，另一家也没人，再一家还是没有人……我如同走进了一个无人世界，一个虚假的世界，连小河边常见的牛羊也不见踪影。我在这片巨大的寂静里腿发软，胸口咚咚跳。好容易，我找到一头牛了，就像找到了我得以逃出恐惧的救星。我跑出村子，好容易又看到人影了，是在水库那边，在大坝上。其中有一个背药箱的赤脚医生正从坝上走来，垂头丧气的样子。

我大喊："人呢？老六呢？长顺和月兰呢？"

一个老太婆看看我，掩面大哭起来，驼着瘦硬的背脊，边哭边往家里跑……

呵，呵呵，我担心的事情偏偏发生了！我只觉得天旋地转，全身一阵阵发紧，胸口堵得厉害。不知是谁迎上来向我介绍情况。他说，他好像是说，月兰的自杀心谁也没察觉。她这天上午把家里一切都擦洗得很干净，把衣服都洗好补好了，给海伢子做完了一件新衣，借来糯米给婆婆做了一餐好饭，还给丈夫切好了一袋烟丝。后来，长顺收工回家，没见她的人影，觉得有点不妙，赶快找到水库边，果然发现了她的一双鞋……

尸体这时已捞上来了，全身湿淋淋，一张白脸还是清瘦而平静，只有鼻孔留一丝血污。长顺抱着冷冰冰的妻子痛哭，像一头猛兽发出声嘶力竭的号叫，泪水一颗颗滴洒在妻子脸上。他用拳头把自己的脑袋捶得咚咚响："……海伢他娘，我昨天不该打你呀，不该呀，不该呀！我说过决不会打你，从没打过你一回。我不该呀……你过门这些年，没过上一天好日子，是我对不起你哇。你没日没夜，忙里忙外，饭不够你就自己不吃，要还债你就偷偷去卖血，在月子里连个鸡蛋打汤，你都舍不得。听说我想吃荞麦粑粑,那一次你跑七八十里路,回娘家去找荞麦,一身衣汗得透湿……我对不起你哇,不该打你呀。我娘她嫌你,我怎么还能够伤你?你不是心里苦到了极处,你是不会这样狠心哇……"

海伢子也趴在尸体边,摇着妈妈的手哭喊:"妈呀妈呀,我再不找你要学费了,我不读书了,不行吗?我去放牛,去捡柴,不行吗?我再也不哭闹了……"他从口袋里掏出几条泥糊糊的小鱼,塞到妈妈的手里,"妈呀,妈呀,你看看,你摸摸,我已经学会捉鱼了,我们回去做鱼汤,我要让你喝鱼汤。你说话呀……"

围观的人都在抹眼泪,都在长长地叹气。有个女人把海伢子抱起来,但孩子猛烈地挣扎,"我要妈妈,我要妈妈……"

树上一只乌鸦哇地怪叫了一声,拍打着翅膀飞远了。

不知过了多久,有人在我肩上拍了一下,回头看,是眼睛红红的六叔。他递给我一件折好了的衣服:"这是你的吧?她……托我还给你。"

哦,这不就是我昨晚遗留在她家的那件?它被洗干净了,叠好了,肩上一个破洞也被补好,针脚细密,补丁很合色。但我不敢接下它,不敢接下补丁上的体温,一种即将消退然后永远不会再有的体温。我鼻根一酸,泪水夺眶而出,泪眼里的一切开始模糊。我看见的不是补丁,它分明是月兰的面孔,一针一线里满是她善良、柔弱、惊慌、自责、请求原谅的眼神。

我扭头走开去。

我到哪里去呢?水库边的柳丝正在飘荡,它在我眼里变成了月兰的长发。山泉在岩上哗哗倾泻,它在我眼里变成了月兰的泪流。空中弥漫着乳白色的毛毛雨雾,一切都渐渐融化在雨雾之中,这使我想起了月兰脸色的苍白。水闸那边发出哗啦啦涛声,如滚滚雷霆,充塞着天地,但我觉得它是哭声,永不停息的哭声,千万个月兰无人倾听的号哭……

我迎着雨雾奔跑。哦哦,月兰,我来迟了。你现在无可挽回地永远睡去,而我刚刚醒来。我到哪里才能找到你?我们还能不能在梦中相见?我无意推脱我身上的罪责,也不敢祈求你的宽恕。可这是怎么回事呵?怎么回事呵?月兰!

雷声响了,这是对我的回答。

这一年秋后,工作队要撤离了。例行总结的时候,工作队评我为先进队员,发给我一张大奖状。月兰之死,在工作队的会议上几乎从未提起。乡亲们把这个女人的葬礼办得出奇的隆重,送葬人特别多,爆竹声特别多。这些意味着什么,工作队的会议上也无人深究。只有杨副队长在出事不久对我说过几句:"小张呵,这些天你怎么恍恍惚惚的?那个女人叫什么名字?这种人心眼窄,自找死路,我们工作队能看得住吗?她那个男人叫什么?他对这事要负全部责任,动不动就打人,像什么话呢?脑子里还有没有国法?"

离队之前,我曾去看望过长顺,不料父子俩不在家,不知到哪里去了。

以后,我回到县政府机关里。有次六叔来县城开会,顺便告诉我:长顺的一个表哥要给他续一门亲,由于女方的坚持,长顺只得把海伢子过继给另一家人。

"那户人家在哪里?"我心里一惊。

六叔说了一个地址。

我后来去了那个地方,不过是在海伢子不在家的时候,是我偷偷看见他去了学校以后。我怕他一见到我就想起自己亲娘。我看了看他现在睡觉的床,摸了摸他的被子和枕头,好像嗅到了一种熟悉的气息。

见我给孩子带去了新笔记本、新书包,还有两件新衣,海伢子现在的父母睁大了眼睛,"你是他的什么人呢?"

"这，你们不要问。"

"我们好给孩子说呵。"

"你们什么也不要说。"我要求，"你们要好好地抚养他，不要亏待他。"

"那，那当然啦。有我们的饭，就不会让他饿着。有我们的衣，就不会让他冻着。我们一直把他当自己的骨肉。"

"你们要让他好好读书，读初中，读高中，争取升大学。上学的费用，我可以付。"我说这话究竟有什么意思，自己也不知道。

"上学的费用倒不必。可你……究竟是他的什么人呢？"

"你们不要问吧，不要问。我以后会再来的。"

我没再说什么，匆匆走了。

一九七九年四月

○ 原名《最后四只鸡》，由编辑更名为《月兰》，最初发表于一九七九年《人民文学》杂志，获一九八四年湖南省文学艺术奖，后收入小说集《月兰》等，已译为俄文。

# 过河

  曹正根外号正呆子，这几天难断家务事，同老婆的关系无法挽回，已经气得七窍生烟。不知是性格不合，还是前缘已尽，不知是娘家有人嚼舌头，还是婆家有人烧阴火，反正双方越看越不顺眼，越说越离腔走板。就因为呆子有一次上床前没洗澡，不知为什么，小事竟闹成大事，大事闹成了死结，最后桂芳砸烂了一个瓷碗，呆子砸烂了一个瓦坛，幸好有邻居前来拦阻，否则一只陪嫁的闹钟也会在石阶上粉身碎骨。

  "你要是不想过了，你就走！"呆子气得大叫。

  这一句很伤人，呛得女人的泪水夺眶而出。"走？这是你说的？好，这是你说的。老娘今天要是不同你离婚，不算是人养的！"

  不管邻居如何劝解，话已说得这样绝，两口子都红了眼，大有恩断义绝誓不两立之势，说离就离，说走就走，他们气冲冲出了门，朝乡政府赶去。

  "姓曹的，等一下你要是不签字，你就是只猪！"

  "姓王的，等一下要是我的手颤了一下，我这一世就爬着走！"

他们一路上还唇枪舌剑。

正在这时，天边一阵闷雷滚过，凉风袭来，天色突变。顷刻间大雨哗哗，使远近山川都飘忽在乳白色雨雾之中。轰轰的溪流声由弱至强，震荡山谷。很快就有浑水漫出围堰，朝水田里缓缓盖了过来。

他们忘了带伞，可一场大雨也阻挡不住他们的坚强意志。谁都不想表现出丝毫犹豫和动摇，似乎看看天，擦擦雨，缓一下步子，都有借机退缩之嫌，都有下辈子变猪变狗变毛虫的危险——不，他们都不愿意被对方低看，谁都不愿意食言。既然狠话已经砸在前面了，那么一团狗屎也得吞下去。今天就是天上落刀子，也得把对方给休了——滚他娘的蛋！

一条小河横在前面。平时，河中间有几个青石墩，人可以踩着石墩跳过去。但现在大水一淹，青石墩不见了，唯有黄浪汹涌而下，一条小渡船也不知脱锚漂向何处。曹正根朝上游下游各打望了一眼，没发现船，就脱去鞋袜，挽起裤腿，走过河去了。他走上岸，继续走了一阵，突然发现身后没有脚步声，回头一看，原来桂芳还在河那边，焦急地四下张望，像要找船，或是找桥。

呆子这才想起，他老婆不会水，也最怕水，眼下没法过河。他只好在路边坐下来，权且等候片刻。

雨小了些，但河水一时退不了。呆子发现老婆还在河那边，急得团团转，最后看看脚下，似乎在考虑脱鞋袜。不过她提着鞋袜刚下水，一个趔趄，一声尖叫，差点摔倒在河里。呆子赶快几步抢过去，一把抓住老婆，看着她连连翻白眼，好容易一颗心落了位。

"背吧！"他把老婆拖上岸，冲着她蹲下去，粗声粗气地说。

"你这没良心的，这才晓得要背呵？"老婆大概早就等着这个办法，委屈的泪水一涌而出，朝他背上猛捶，"你早做什么去了？你瞎了眼，存心要淹死老娘是不？"

"你不是本事大吗？"

"我不稀罕你，就是不稀罕你！"

"那我不背了？"

"你正好就不离婚了是吧？你想赖？"

"那还是要背？"

老婆把他捶打得更厉害。

过河的过程几乎成了厮打的过程。老婆动作太大，也太多，使呆子稳不住，一脚踩空，两人差点齐刷刷滚到河水里。呆子大喝一声："抓紧点！"老婆这才稍有收敛，把胸脯紧紧贴过来，把两手紧紧地搂过来。在面颊靠到丈夫后颈的那一刻，她大概吸到了一股暖烘烘的热气，还有她熟悉的汗气和体味，一种太阳晒出来的皮肤焦香。这种气味突然让她安静了几分，甚至不再说话。

哗——曹正根脚下再一次打滑，在摇晃中不由自主地紧紧抓住老婆，而老婆也条件反射地一阵紧张，不由自主地把丈夫搂得更紧。她当然知道，她以前过河都这样搂着的，而眼下这一搂多少有点不同，可能就是最后一次了。

"你要淹死我呵？"她哭起来。

呆子有点奇怪：这不是已经上岸了吗？

"贼养的，你把我鞋袜搞丢了！"

呆子更奇怪了，鞋袜不都在她手里？

雨完全停了，河岸边冒出几个小把戏，在齐声拍手取笑他们："公鸡背母鸡，母鸡笑嘻嘻……"被曹正根一喝，这才四散。

大路边，有个昔日的小庙，外搭一凉棚，挂着邻村一个代销点的牌子。棚里正热闹，有一个青皮后生子正在和年轻的女营业员谈笑。有两个出差干部模样的人还在躲雨，没注意到天已放晴。

还有两三个老头子正靠着柜台喝酒,也不要下酒菜。

呆子先进了凉棚,要老婆在这里歇口气,他得去洗脚穿鞋袜,还要找熟人借两件干衣服来换上。他刚走,桂芳的耳里就突然跳进一句:"喂,贵老倌,听说对河那边有个叫曹正根的后生,是个治虫大王,走到哪里都妙手回春,让虫子一片片死绝。他还到农学院去讲过课。这下肯定发财了。还有镜框子奖状,那也走不开。"

"那应该。"白胡子老倌表示赞赏。

留西式分头的后生插进来说:"听说姓曹的同乡里的农技员关系最好,只怕是人家的功劳,让他顶了个名声吧?"

桂芳瞪了那后生一眼,可惜对方并没看到。

后生撇撇嘴:"现在到处都讲假话,什么事情都只能倒过来看。姓曹的若不是有背景,人家会抬他的轿子?"

"那也是,"白胡子老倌点头,"我们队那个三拐子,仗着有个当局长的舅舅,好吃懒做十几年,居然吃上了国家粮……"

桂芳已忍无可忍:"喂喂——你们怎么开口就臭?那个姓曹的有什么背景?你们是他本家的还是外家的?你们倒说说看!"

"对,"白胡子老倌呷了口酒,对西式分头又及时表示怀疑,"你说说看!说不出吧?我看你就是拿起粪箕比天。秋伢子,你怕人家个个都像你?狗屎棍子闻(文)不得也舞(武)不得。三百斤的野猪一张寡嘴。我听人家讲,那个曹家后生硬是有志气。人家三伏天晚上摇蒲扇,到禾坪里去卧南风。他呢,提起马灯下田看虫子。这叫工夫不负有心人。"

"领导培养他当典型,他当然搞起来有劲。"

"哪个培养他?"桂芳更不平了,气不打一处来,"一没评他个劳模,二没发展他入党,好容易搞到农中代了几天课,又给打发回来啃泥巴……"

西式分头这才叽叽咕咕没吭声。

白胡子老倌眨眨眼:"哎,这位媳妇,你何事对他那样熟?"

"我……"桂芳耳有点发烧,答非所问地骂上一句,"熟什么熟?我看他是吃人饭拉猪粪,蠢得做猪叫。"

"你同他是一个村的吧?"营业员妹子突然拍起手来,停了停又吞吞吐吐地问,问他是个什么模样,好多岁了,结了婚没有……一直问到自己脸色飘红。这使旁边那个西式分头又懊丧又嫉妒,捡起石头恨恨地去打鸟。

桂芳盯了那小女子一眼,心里忍不住开骂:这小妖精,同他倒也般配,只是八字还薄了一点吧?下手还慢了一步吧?……她还没想好怎么回答,见曹正根穿好鞋袜转来了,把一套干衣服对她一扔,瓮声瓮气地说:"去,找个地方去换了。"

"换什么换?"

"换了好走路呵。"

桂芳没搭腔,气冲冲地掏出钱来,买了半斤红糖、一斤咸鱼、半斤海带。她把这些往丈夫怀里一塞,然后瞪了一眼,恶声恶气地说:"走就走,走遍天下老娘也不怕!"

说完就上了路——不过是回家而不是去乡政府的那条路。

这是什么意思呢?呆子看着她冲冲而去的背影,"喂——错了,你走这边呵。"

老婆还是没有回头,顷刻间就变成了一个黑点。

一九七九年七月

○ 此篇原名《离婚》,最初发表于一九八〇年《洞庭湖》杂志,后收入小说集《月兰》。

# 火花亮在夜空

新年一步步走来，送来休息、欢乐以及亲人的团聚。对孩子们来说，新年还代表着长辈的抚摸，满口袋的糖果，美丽的贺年片，香气扑鼻的厨房和餐桌，还有闪耀在夜空中的礼花。正因为这样，小芸早就有几分激动。她发现学院门口的牌楼已经扎起来了，红灯挂起来了，红对联贴出来了，娃娃头和小熊大象的面具上街了，大包小袋的节日食品挤满了家里的橱柜，那么下一个节目将是——笑眯眯的姑妈出现在门口。

姑妈是一个在国营成衣厂的老工人，没有家，自然也没儿女——这一点如果向小芸说，她肯定不会同意。怎么没有家？姑妈的家不就在这里吗？每个星期六的晚上姑妈不就回到这个家里来吗？小芸很喜欢姑妈，在学校里写《我最喜欢的人》这篇作文时，把姑妈当作了笔下的主人公。她总结了姑妈三大优点。一是学习成绩好：她本是文盲，但听爸爸的话，进了扫盲班，戴上一副老花眼镜，一字一字地读报纸，现在还可以写毛笔字了。二是劳动成绩好：每次过年都要带回一张大奖状，先进生产者荣誉一次也不少，而且一进门就要抢着做事，不是抢扫帚就是抢菜刀，有时抢得同妈妈像打架。三是最喜欢小芸：偷偷给小芸塞点好玩或好吃的小礼物，要是小芸闯祸了，犯错误了，她也总是护着小芸，不让爸爸妈妈粗声恶气。"孩子还小嘛，还小嘛。你们没年纪的时候就不做个错事呵？"她总是这样说。

当然，姑妈也还有两条缺点：一是嘴唇太厚了点，背也不好看，有点驼；二是太讲客气了，一点好吃的总让给别人。有一次小芸把蛋糕塞到她嘴里，她就像革命烈士受刑那样紧紧闭着嘴巴，怎么也不屈服。

这次过年，姑妈会给小芸带来什么礼物呢？小芸把墙上的日历翻呀翻，一下子就翻到折角的一页和红红的一页，一个跟头翻下床，跑到厨房里抱着妈妈："过年了，过年啦！我去接姑妈回来好吗？"

妈妈转过头，压低声音："不要你去，做你的作业去吧。"

"早就做完啦！"

"窗子擦干净了吗？"

"已经擦过三遍了，你去检查。"

妈妈又一刀砍着砧板上的鱼。"那你就到院子里玩去吧，姑妈……听说他们厂里不放假，她可能不会回来的。"

"不放假？大家都放假，他们厂为什么不？"

"可能是生产任务重吧。我怎么知道？"

"不！我要姑妈回来！我要他们放假！我要！"

"你是他们的厂长呵？好芸芸，别闹了。"

"就要闹，就要闹！就要大闹特闹！"她的两只脚已把地板跺得震天响。

不可想象，节日里怎么可以没有姑妈！没有姑妈，小芸还会心甘情愿地给你们过年吗？拉倒吧。还会老老实实地给你们洗脸、吃饭、换衣服吗？拉倒吧。姑妈是小芸的生活中的重中之重，是她的玩具加图书加公园加棒棒糖加新疆舞蹈。她小的时候，妈妈长期患病，小芸就一直由姑妈带养。只有姑妈才能分辨得出，她的哪一种哭声是表示要吃，哪一种是表示要睡觉，哪一种是要撒尿。也只有姑妈才能做出她最爱吃的东西，比方蚕豆糕，比方炒米糖。那时候小芸每天还得跟着姑妈睡，常常搂着姑妈的脖子，研究姑妈额前七根白发，三条浅浅的皱纹，还有厚厚的嘴唇和软软的耳垂。

"姑妈，这上面有个小孔，是虫咬的吗？"

"不是，是戴耳环时穿的。"

"为什么要戴耳环呢？"

"这你不懂，是旧社会的事。旧社会，姑妈的命好苦哩……好了，不讲这个。"姑妈讲起了公鸡和狐狸、孔雀公主、老鼠国王，还有自己当保姆或杂工时听来的一切稀奇事，同时把小芸冰冷的小手小脚紧搂在自己怀里，直到她热乎乎地睡着。

爸爸担心姑妈宠坏了小芸，常劝诫姑妈不要太心软。姑妈点头答应，可一带着小芸出门，还是偷偷地买这买那，甜枣啦，蛋卷啦，牛奶啦……把小芸的肚皮喂成个圆球以后，叮嘱她不要告诉爸爸。这种暗中串通的小动作，使小芸觉得特别兴奋，也暗暗得意。这就是说，如果这样一个姑妈过年不回家，小芸的得意几乎就没有着落。而且爸爸妈妈都那样忙，谁来同小芸玩击掌的游戏？谁来同小芸一起点爆竹？谁来给小芸扎灯笼和编维吾尔姑娘的小辫子？

小芸正闹着，门外传来爸爸洪亮的声音："……章主任，不进屋坐一坐？不坐了？那好，明天来坐吧。有机会，我想找你谈谈，请教几个政治学习中的问题……哪里，哪里，章主任，看见你走在前，我当然得加油赶啦！"接着是一串爽朗的大笑。

门开了，爸爸那半白的头发，矮胖的身子，标准教师风度的沉稳步态，几张夹在腋下的报纸，一齐出现在门口。一闪，他进厨房去了，顺带咬出低声的几句牢骚："什么狗屁主任！只知道做官当老爷。今天学校里做大扫除，他无病无痛，没摸一下扫把，躲在办公室听黄梅戏的唱片！还以为人家不知道？"

"你呀，当面就……"妈妈叹了口气。

"谁敢当面说？老虎的屁股……"爸爸的声音更低了。

爸爸生谁的气呢？小芸眨眨眼，心头有些沉重。她发现爸爸近来在家里生气的次数越来越多了，不过一出门还是笑呵呵的。大人们的事多么神秘又多么可疑！

爸爸进屋来了，将报纸一甩，脱下外衣："她姑妈还没来吧？"

厨房里的声音："还没呢。"

"你早点去吧。"

"我这就要去了。"

小芸跳起来："爸爸，姑妈为什么不回来？我要她回来，要她回来！"

"她忙嘛，现在全国都是建设社会主义的热潮，好多单位都在节日加班，要过一个跃进年、战斗年、革命化的年。你懂不懂？"爸爸微笑着拍拍小芸的头，岔开了话题，"毛主席这一篇《为人民服务》上面的字，你都认识了吗？"

"我……还没有。"

"那就要赶快学。你已经不小啦，要懂得政治思想上求进步。去吧去吧，去找章伯伯的小胖他们一起学习去……"

敲门声响了。

正在这时，敲门声意外地响了！不仅小芸，爸爸妈妈都像触电似的惊住了。门被轻轻推开，一个额前飘有一绺白发的中年妇人，穿着一件蓝晃晃的新衣，提着鼓鼓的大草篮，面目柔和得线条模糊，把一脸微笑探进门来。

"呵——"小芸疯了一般，叫着扑上前去，刹那间就挂在姑妈的脖子上了，就把妇人当一棵大树攀爬起来。

"下来，快下来。这么重了，姑妈抱得起吗？"刚才还不无犹疑的爸爸，上前训斥女儿，又向姑妈露出笑脸，"二姐，你今天怎么这么早就来了？我刚才还……"

"厂里提前完成任务，所以多放半天假。下午没什么事，我就先走了。"姑妈气喘吁吁把草篮往厨房里提，"刚才机会好，碰到了好鲤鱼，我又买了两条。恐怕要赶快剖一下。这是芝麻糕和雪枣，芸芸最喜欢吃的。这杂烩是厂里会餐的加菜，味道蛮好，我留给你们也尝一尝……"

"你真是……"妈妈有点嗔怪，"一点杂烩都舍不得吃。难怪你们同事都说你太省，恨不得餐餐吃白饭，连豆腐白菜都买得心痛，一点钱尽往这里拿！"

"没有，我吃了呵，哪一顿不是吃个大饱？"姑妈微笑着搓搓手，开始挽袖子和扎围兜，"忙得差不多了吧？我来剖鱼吧。刀在哪里？"

"不，你歇歇手！"妈妈慌忙说。

"就是，你休息休息嘛！"小芸上前拖住姑妈，拖向一张圈椅，"姑妈姑妈，我还以为你不会来了哩。爸爸妈妈都说你……"

叭——爸爸在她肩上猛拍了一下，打断了她的话，"这是哪里沾的灰？快拍干净。哦，你去给爸爸买包烟吧。"

小芸只得意犹未尽地离去。不过，只要姑妈回到了家，别说叫她买香烟，哪怕叫她做更多的家务，她都会兴高采烈。就算要她做十道最难的多位数混合题，要她再抄写十页生字生词，她也不觉得有什么可怕。她逢人便得意地宣告："我姑妈回来了！""我姑妈回来了！""我姑妈回来了！"甚至碰到她心目中的另外一些朋友——勇敢的小白杨啦，爱臭美的石榴树啦，最狡猾的仙人掌啦,最忠厚的大石头伯伯和它的孩子们啦,她也是这样一一宣告,让大家共享欢乐和激动。

她没有料到,当她唱着歌蹦蹦跳跳回到家,突然发现了一个奇怪的场面——妈妈扶着姑妈的一只胳膊,一边细细交谈一边出门去了。姑妈还是提着那个草篮,另一只手不时扯着袖口抹眼睛。

"姑妈……"

一双红红的眼。一只手伸过来摸了摸小芸的头。"真乖。"

"你们到哪里去?"小芸有点紧张。

"不要问,我们有事去。"妈妈说。

"你们会回来吗?"

"当然……当然……"

小芸走进屋里,发现这里已空荡荡的,只剩下爸爸像一头困兽,脸色不大好看,背着手走来走去,不时重重地叹气。厨房里水烧开了,也没人去管。

发生什么事了吗?小芸一阵疑惑和恐惧,不敢说话,脚步轻轻地进了另一间房。好一阵,她听到妈妈回来了。

爸爸的声音:"那只红烧鸡,还有年糕和橘子,都给她了?"

没有妈妈的声音。

"她刚才在路上讲了些什么?"

还是没有妈妈的声音。

"你给她说了没有?我们不是无情无义,实在是没办法。章主任就住在旁边,楼上楼下都是积极分子。要是我们把一个反革命分子的老婆接到家里来过年,吃吃喝喝,人家看见了会怎么说?我们还有没有阶级立场?政治处正在查我,查她,查她前夫,查民国三十五年那件事……我们还送辫子给人家抓吗?"

"过一个年有什么了不得?以前不也是这样过的?"

"以前是以前,现在是现在。我的祖宗,你不明白吗?现在气氛越来越不同了。报上的火药味一天比一天浓。我们事小,万一连累孩子,你说说……"

妈妈突然哭了,"她不是坏人,不是坏人!让人家查吧,才怕他们不查呢!你也说过,她是被逼去王家的,也就是当了一年小老婆,后来一个铜板也没带,就自己跑出来了。你说说,她在解放前过了什么好日子?她什么牛马罪没有受过?……"

"你呀你呀,知道什么!"爸爸急得直跺脚,直咬牙,"这么大声嚷嚷,怕人家听不见吗?政策,政策,政策有什么用?那是纸上的东西。'莫须有'都可以论罪……"

妈妈还在哭。

眼前的事太令人费解,"民国"一类生词完全超出了小芸的理解范围。她全身发抖,一阵阵恶心,差点要呕吐。她突然发现了生活还有另一面,父母还有另一面,完全不像平时那样慈祥,那样快乐,那样对任何事都有办法和有把握。大概只有拖着狼尾巴的人,才会在关起房门来的时候,有这种气急败坏和鬼鬼祟祟……她吓得不敢往下想,不敢想象父母身后的狼尾巴。

她猛地推开门,走出那间房,脸色很平静,目光却放射出怀疑、挑战甚至仇恨。

"芸芸……"爸爸诧异了。

小芸把买来的香烟重重摔到桌上。

"芸芸……"

几个找零的硬币也摔了出去,骨碌碌在地上滚动。她走动的时候,故意踢倒了扫帚,还把椅子踢得哗啦一响。她似乎想挑战一切:爸爸,妈妈,还有衣柜和饭桌,布娃娃和大皮球。如果有足够的力量,她几乎想一跺脚,让整个楼房夷为平地,世界立刻消失。

不管爸爸妈妈怎样叫唤,她咬住嘴唇跑进了门外的寒风,跑过了一条又一条街道。节日夜晚的大街像个万花筒。每扇窗子都送出温暖的灯光。一声声笑语在随风飘扬，落在满地鞭炮纸屑的大街上。精力过剩的孩子们，又喜又怕地点燃爆竹，把一朵朵呼啸着的礼花送上天空，于是在明亮如昼的高空，菊花在开放，火轮在旋转，宝石在闪光，数不清的金鱼在游动……

她什么也没看见，什么也没听见，只是流着泪，跑呵跑，把家远远地抛在身后，抛在千条河与万座山的后面。

一辆汽车在她面前猛刹车。司机伸出头来叫骂："谁家的孩子，一个人乱跑？不要命？"几个行人也投来惊异的目光。

她从地上爬起来，继续往前跑。

姑妈的那家工厂，她去过好几次。她不用问路就找到了那冷清狭窄的小巷，找到了麻石街上的水迹，还有屋檐下昏黄的路灯。在这个年关之夜，临街铺面都已关闭，小巷里只有她空落落的脚步声。

"你找谁？"当她吱呀一声推开门的时候，传达室里看报的老头从眼镜上边射来目光，"……找姑妈？这不是芸芸吗？你姑妈刚回来，在楼上呢。哎，你姑妈去你家怎么又回来了呢？厂里的人都回家了，留在这里有什么意思？冷火悄烟的，鬼都没一个。要她提个火炉子上去，她也不要……"

唠唠叨叨的声音已经远了。小芸从很多机器中穿过，从很多布料和成品大包中穿过，找到了楼梯，一条又窄又陡的木梯。没有灯光，梯板在暗中吱吱响——这个小厂占用着一个旧公馆，大部分是木板房，差不多是木质危房，很多地方都是一碰就晃和一碰就响的。

"姑妈！"小芸在黑暗中有些害怕了。

前面，保管室、加工车间以及集体宿舍组成了迷宫，组成了黑暗的各种障碍和虚空，但没有任何动静。

"姑妈!"又转了个弯,她的脚步继续探索。

黑暗中还是没有回音。

"我是小芸呀,姑妈,姑妈,我来找你。我怕呀……"她要哭了。

终于,在黑暗的深处,在三楼某个遥远的角落,飘来微弱的一声应答。那是姑妈的声音!是孩子一着急一委屈就总会听到的声音!小芸哇哇大哭,踩着吱吱呀呀的楼板飞跑,不小心头碰到了门槛,不小心碰到了一口木箱,不小心碰到了一个双层床,但她已经熟门熟路,很快扑倒在一个温暖的怀抱里,黑暗中抓到了另一张双层床的床沿,抓到了一双粗糙的手。有一种呼吸响在耳边。有一种熟悉的气息笼罩着她。有一滴冰凉的东西掉到了她脸上。

"姑妈,姑妈,你怎么一个人坐在这里?你怎么不开灯?回去吧,爸爸妈妈要你回去,我们都在等你……"小芸也学会了撒谎。

一只手摸着她的脸。"我厂里有事,不能回去,你懂不懂?我在这里过年蛮好的。"

"你在这里过年不好,不好。"

"你怎么一个人跑来了?爸爸妈妈会四处找你。快回去吧,呵?"

"你不回去,我就不回去……"

"你是爸爸妈妈的好孩子。听话,听姑妈的话,回去吧。"

小芸还是伤心地大哭。一边哭,一边把小口袋里的糖果、新蜡笔、小玻璃球,还有心爱的花炮,一齐往姑妈的怀里塞——她的礼物太有限了。

"你回去吧。你是你爸爸妈妈的女儿,你这时候不能在这里!"姑妈几乎喊起来,但那双手反而把她搂得更紧更紧。又有几颗带咸味的东西,叭啦叭啦落到孩子的脸上,和着她的泪水一起往下流。一片寂静中，她们都听到了对方的心跳。

窗外，嘭的一声巨响，又有一颗花炮飞上天空，在寒冷而深广的夜空中绽开火花，把光明投进这间小屋，直到天上数不清的金色游鱼拖着尾巴消失。

一九八〇年五月

○ 最初发表于一九八〇年《上海文学》杂志，后收入小说集《飞过蓝天》。

# 回声

### 抗旱时节

双河县公检法军管小组布告：刘犯根满，湖南双河县人，现年三十一岁，捕前系本县青龙公社社员。该犯从小资产阶级思想严重，一贯好逸恶劳，对社会现实不满，一九六六年借文化大革命之机，纠集串通一小撮坏人猖狂炮打无产阶级司令部，严重搅乱抓革命促生产的社会秩序……

镇中学的红卫兵跑进青龙峒来造反，搞得各个屋场都人心惶惶，鸡犬不宁。红卫兵是什么？造反不怕杀头吗？太平世道下造么事反？作孽呵，他们住在街上还不安生，跑进山来为哪样？

刘家大屋场的知识权威——完小的刘老师没有回家。剩下那个最懂得齐桓公、程咬金和平平仄仄的麻子会计，但他连抽了两支纸烟，也不能回答这些问题。众社员当然都目瞪口呆了。

不过，有人还是记起了根满。

根满姓刘，是个单身汉，就住在屋场东头一个孤零零的茅屋子里。他的大名,有些人不大记得了,喊他帮忙的时候,有的喊"丁满",还有的喊"公满"或"阴满",他也不在乎。他穷得家里灶头冷,猪栏空,要搬家一担箩筐就差不多,自己邋遢得颈根上结一层黑壳,身上有时还会跳出什么飞虫,不大被人家看得起。但他也算得上见多识广,在省城长沙当过两年泥水工以后,说起长沙的哪条街哪个楼,大体上是不会错的。喜欢听新闻的后生们间或找他问问城里的电影、汽车、冰棍以及兰花豆,还蛮有兴趣地伸手摸过他脚上的破皮鞋、腰上的旧皮带,还有下身的呢子裤……每当这个时候,他扯开厚厚的嘴唇,露出焦黄的板牙嘿嘿笑。

现在,队长玉堂老倌四路去找他,最后才在窑棚里找到。

根满一脑壳扎在稻草堆里呼呼大睡,听见有人喊,爬起来,摇摇脑壳,抖落几片碎草屑,发现是玉堂老倌来了,以为队长要指责他出工偷懒,连忙装出一副哭相,按住自己的右脚踝。"哎哟哟,刚才担泥坯,老子一下拗了脚,我的娘……"

眼睛偷偷朝队长瞟了一下。

为了证实这是实情,他又单腿跳了两跳,脸上有痛苦万分的表情。

心急如焚的队长哪管这些:"根满伢子,你晓得不?学生伢子进峒了!"

"进峒?"他眨眨眼,"来抗旱的?"

"哪里,来打床的。"

"打床?"

"还说是毛主席要打的,你看碰鬼不?"

根满也不显得怎么权威,慢慢地抓了抓脑壳,紧了紧快垮下去的裤子,一对十几天没洗的黑耳朵抽跳了一下。趁队长没注意,他偷偷把右脚伸直了。

"你不晓得这是为么事？"

队长如此客气的询问，唤醒了他的自豪感。"嗯……呐……只怕……哦，我晓得的。上个月初八我跟拖拉机到县里拖酒糟，听城关的一个老伙计讲，如今要搞爱国卫生运动，到处在打老鼠。酒厂的厨房里起火，烧掉了两间屋。学校里在贴大字报，说校长有男女作风问题，还是个特务……我那老伙计还拉我一起去武汉看大轮船，我说不得空呵，队上还要抗旱，还要翻红薯藤，还要砌猪场屋……"一讲又讲远了，讲多了，就是没有回答关于打床的紧急问题。

"我的娘，我三伢子去年重阳定的亲，今年就要收堂客的哟。"队长还想着自家刚打好的那一张雕花床。

"那你快点回去，花床只怕成劈柴了。"

"何得了，何得了！"玉堂老倌急得团团转，"我刘玉堂实在没有做过亏心事，老天爷如何不开眼呵？"

根满吓走了队长，一边暗笑，一边抹了把鼻涕，打了个哈欠又准备睡觉。不过重新倒在草堆上时睡不着了。狗婆养的，为什么要打床？什么人来打床？城里又出了什么新鲜事？他虽然经常以半个城里人自居，但对城里人总有暗暗的反感。在他看来，城里人不种粮有饭吃，不种棉花有衣穿，每个月发饷，数得十几张大票子，下班后还可以进戏院坐汽车甚至男女成对地游马路，十分可恨，十分无聊。不过打床呢，这事太古怪。嘿嘿，如今古怪事越来越多，城里人的脑袋里长霉了。

他根满好在没有床，更没有雕花床，只有几块土砖上搭的一块门板，打床关他屁事。呼——他差点又要睡着。

妇女的哭声和叫骂声，像一根游丝顺着七月南风从屋场那边飘来了，看来事情正在越闹越大。他一家伙起了身，走，看看去！

离开窑棚,顺着一条小路下岭,就到了刘家大屋场。早先,这刘家大屋是一栋青砖牌楼屋,进大门有三个天井,牌楼有两丈多高,住着刘姓十几户。那是长期定居的结果,一看就容易叫人想起宗族的历史,还有户口保甲制度。解放后,不知是土匪没了,还是族规废了,还是大家喜欢自由了,反正人们拆了大屋,一哄而散,盖起各自独立的小屋。大屋只剩下一个空空的青砖牌楼,还有一块平时可供集会的宽大地坪。大跃进那年,有人在牌楼上画了些月亮、粮山、和平鸽什么的,现在还隐约可辨。

地坪里眼下浮动着女人们的哭声和骂声。老人们手脚发抖,缩在墙根不敢上前。只有小把戏们好奇地睁大眼,在人群里钻来钻去。好神呵!一群十五六岁的学生伢,挂着自来水笔,穿着土林布的褂子,戴着戳眼的红袖章,挨门挨户地抄查,一见到画有龙凤、花草、观世音、胖娃娃一类的雕花床和绘花床,一见到同样五光十色的柜子和箱子,一律怒不可遏,锤子和柴刀打向前去,顷刻间便五彩凋零,好端端的家具东偏西倒。绘有花色图案的热水瓶、马桶一类,也被搬到地坪中央集中,被宣布没收,完全不由分说。

"同志们,革命派战友们:这是破四旧!是横扫一切资本主义、封建主义、修正主义的文化!我们心中的红太阳毛主席教导我们:凡是反动的东西,你不打,它就不倒……"一个脸皮白净的学生操起纸喇叭筒,用普通话腔调发表演说。屋场的垄对面是一面山壁,回声从那里传过来。

"可惜!"好些目光盯住了那些破碎的木器。

"可惜!"根满也有些遗憾。

不过他没有忘记挤在人群中,把滚到他脚边的一个铝皮热水瓶盖子捡起来,压进抄头裤的裤带里。那大概是可以换口白酒的。为这事,他同一个细伢子争了半天,一脚把对方踢得哇哇大哭。

红卫兵又从某家查抄出一床绣了龙凤的绸子被面，哗的一下，把它当众撕破，气得一个胖姑娘伤心大骂，跳起来骂："土匪！土匪——"

根满定睛一看，嘿，那不是刘裁缝的女儿翠娥吗？看到她，看到她哭天抢地，根满不由得心中升起一种恶毒的快感。他曾经花了半个腊猪头请人家去找她提亲，还帮那个介绍人发狠做了两天义务劳动，不料那翠娥硬是不答应，红着脸又哭又闹，一点面子也不给。有次在大队部看戏，他什么也没做，只是往翠娥身边挤了挤，那家伙就把他当狗公刺，跑出去老远。她是嫌根满太穷吧？是仗着家里的大柜花床狗眼看人低吧？……呸，你这骚婆娘，老子还看不上你呢。也不撒泡尿自己照照，胖得像个红薯，鲢鱼嘴巴太瘪，笑起来丑死人。好呀，现在你去享福呀，发财呀！绣花被子都剪烂了。剪烂最好，大家都莫收堂客！

他回头又看见连连跺脚的玉堂老倌，心里也有酸溜溜的味道。家伙，你也急了吧？你刘玉堂不是神通广大财大气粗吗？怎么也有犯急的一天呵？平时你太会做功夫了，一家人的劳动力太强了，一年进得了一万多工分，几十斤茶油，还养出四五个肉猪，腊肉一串串挂在厨房里像开肉铺，连碗筷嘴巴都油了。要得，要得，现在是天塌下来先压死长子，大家都莫吃腊肉，省得你玉堂老倌酒醉饭饱去榨床……他冲着队长鼓起眼珠子。

"横扫四旧——"他终于情不自禁地跟着学生伢一起高喊口号。

周围的社员群众不免愕然。

"誓将文化大革命进行到底！"他再一次激动。

"你好像就是本队的吧？你贵姓？……"一个戴眼镜的青年很快走过来，热情地与他握手，"我们向贫下中农学习。我叫路大为，你认得不？"

根满觉得对方面熟，但记不起自己在哪里见过了。

"我是省农学院的,前年在这边参加工作队,搞过社教的呀。"

"哦哦,对,路干部,路大学生。"根满知道对方来自省城,咳了一声,连忙换上官话,想以文明的姿态同对方谈谈,但好半天也没想出堂皇的话,心里有些懊丧。

"谢谢你支持我们的革命行动!太谢谢了!"对方没注意他的神情,拉着他的手转向大家,"社员同志们,你们看看,真正的贫下中农是同我们站在一起的,是会站出来同旧势力决裂的。我们不要心痛这些破家具。这些东西越是好看,就越有毒,就越有危险性。它们是埋在我们身边的定时炸弹。我们希望真正的贫下中农擦亮眼睛……"下面是一串热情的鼓动呼吁。

在他的带领下,学生们喊起了口号:

"向贫下中农学习!"

"向贫下中农致敬!"

红卫兵们唱起了革命歌曲,还把带来的毛主席画像和各种革命标语,贴到社员们的家里去。正在这时,大队会计从公社粮库回来了,买回了十几斤面条。山里人生性好客,虽然对打床行动非常不满,但既然这是上面部署的革命行动,也就没有人敢公开反对。对进山来的红卫兵,也不能没有必要的款待。队长刘玉堂调了两个劳动力,架起一口大锅,煮了两大锅面条。小将们革命好半天以后也确实饿了,一个个都吃得狼吞虎咽。根满自然不会放过这个机会,混在学生伢中间,吞吸了一碗,外加两碗面汤。他觉得猪油葱花面十分美味,只可惜少了点酱油。

## 孙大圣开始行动

……当前,亿万人民群众对修正主义的仇恨正像火山一样爆发出来,史无前例的无产阶级文化大革命,正以排山倒海之势迅猛地开展。这场革命,是资产阶级阴谋复辟和无产阶级反复辟的一场你死我活的斗争,是一场关系到亿万人民基本利益和长远利益的斗争,是一场阶级大搏斗。

——引自《人民日报》一九六六年九月五日社论

打床行动以后,文化大革命在青龙峒隆重开始,成了人们议论纷纷的一件大事。刘根满喊了两句口号,吃了一碗面,在队上的地位显著提高。他那间小茅屋,平时无人问津,阶檐上都长了不少青草,现在居然也有了不少客人。那个叫路大为的读书人,带着他的同学就来过好几次,成了引人注目的新现象。

路大为也是本县人,三年前考上省农学院,两年前随同学们到这边参加了半年的社教运动。他曾经是省城数学竞赛的优胜者,看书把眼睛都看近视了。为此急得哭过,因为怕眼睛坏了将来不能参军,不能去越南打击美帝国主义。文化大革命一开展,他和很多同时代青年一样,很快成了狂热斗士,兴趣转移到哲学、政治、国际共运史这方面。他以毛主席发动农民运动为榜样,带着个小分队下乡煽风点火,完全模仿当年的领袖,走毛主席考察湖南农运的路线,步行七八个县做调查研究,准备写一本《农村文化大革命考察报告》。

他选择这里下手,是因为对这里情况相当熟悉——这里原是个老苏区:一九二七年,这里组织过农会,湘北党团特委训练班旧址就在现在的青龙峒。一九二九年,黄公略领导的红五军一部分,到这里发展苏维埃。一九三四年,肖克带着红十七师打九江后也路过这一带。这里有革命传统,阶级斗争一直激烈。人们说这里有三多:烈士多;叛徒多;地主小老婆多——解放前一个大地主总占着好几房女人。所以在路大为看来,这里的群众基础十分理想,文化大革命也一定能结出丰硕成果。

根满就是一个烈士的孙子，属于根正苗红的那种。路大为以前并不了解他，但如果根满的挺身而出给他深刻印象，那么根满破茅房更引起他的注意和同情：家境这样穷困，这样的人不革命，还有谁会革命？这样的人不依靠，还有什么样的人可以依靠？

端起根满家里的一碗凉茶，看着碗里一圈黑印子，实在恶心，但小路又提醒自己：要同贫下中农真正结合，怎么能那样讲究卫生？

想到革命经典上的许多教导，他就高高兴兴地喝下去了，觉得这一碗白水胜过神话里的甘露。

不过找根满谈工作不那么容易。第一次登门，根满帮人家盖房子去了。他给人家帮工从来很热心，有求必应，而且不要什么报酬，只要有一碗酒就行，最便宜的红薯酒也要得。这天他居然遇到了陈年谷酒，一喝就喝过了头，喝得天旋地转日月无光，一见路大为就傻笑着喊"舅舅"，害得路大为他们白等了半昼，看他胡言乱语倒在床上，睡得像只死猪，只好悻悻而去。

第二次登门算是碰上了，不料刚搭上腔，听得对门山上有人喊抓贼，大概又是邻队的人来偷竹木，被放牛伢子看见了。根满一听就往山上跑，表现出维护集体利益的可贵品质。据说每次为山林问题同邻队的人吵架，他总是一马当先，动不动就骂娘，就动粗。就算是本队的人犯事，哪个想揩集体的油，比方说，偷队上的化肥，或者是把猪放到绿肥田里去吃草籽，只要是被他看见了，也是送肉上砧板，得好好领教他的一番毒辣。这一次，他果然发现了偷竹子的两个贼，一口气穷追不舍，翻了两个山头，最后成功缴获了对方的柴刀和扁担，还逼得那贼骨头跪地求情。不过，当他得意洋洋回到村上时，天已经断黑，路大为和他的同学已经离去。

两次都未能与根满接上头，路大为并不埋怨什么。相反，抓贼一事更增加了大学生的好感。急公好义，见义勇为，勇往直前，不正是革命造反派最需要的精神吗？这种发现和敬佩使路大为第三次登门。

"你们坐，坐……"根满搓着手，把客人让进屋里，回忆着玉堂老倌经常对来宾们讲的话，"我们这个地方穷得鸟不屙屎，工作做得很不好，欢迎你们来指导工作，多多批评。"

"你不要客气，刘根满同志。"

"你们坐呀，坐呀，实在对不起，没个好坐处，茶也不好。抽烟？"

"不要，谢谢。"

"那就真的没什么好招待了。"

"我们是来学习的，不要什么招待。"路大为客气了一番，然后把话头引入正题。他向根满宣讲一系列党中央最新文件的精神，介绍省城里和县城里的革命形势，希望根满在这个村子带头烧火，尽快成立贫下中农的造反组织。在这一说服鼓动过程中，大学生尽量运用本地农民可以听懂的词汇。

根满打了个哈欠，没怎么听进去。他暗暗着急，眼看着日头爬上了屋顶，但这几个学生伢还不走，还在这里神叨叨地闲扯，就不怕耽误他刘根满的工？他今天至少少车了两丘田的水，到年终算工分，黄瓜打锣去了一截，他找哪个要饭吃？

不过，烦恼之余也有一份自得。首先，他觉得城里人找他来闲扯，还是一件比较体面的事情。学生伢给他送来好些宣传资料，他以后上茅房也就有了手纸，不必去找树叶子和树棍子。想到这里，他精神振奋地一拍胸口，"你们找我，真是找对了。我这个人天不怕，地不怕，敢把皇帝拉下马。莫说是搞文化革命，就是上山打野猪，下水塞涵洞，没有我不敢做的。玉堂老倌怕鬼，我说哪天捉个鬼给你们玩玩！"

这一番豪言壮语，说得大学生们心花怒放和信心百倍。他们邀请根满出任公社文革筹备小组负责人之一，刘根满没听清，但一口应承下来。

奇怪的是，自从路大为这几次上门，队上社员对根满客气多了。尽管私下里有一些叽叽咕咕的议论，但大家一见到他，总是满脸带笑，甚至点头哈腰。他跨进别人家的大门，立刻有人给他递红漆椅子，递水烟筒，筛上姜盐豆子茶——这可是史无前例的隆重。到最后，太阳从西边出来，连公社的孟书记也前来登门拜访。

孟书记是什么人？经常穿着凉皮鞋（塑料凉鞋），戴着亮壳子（手表），洗脸用香碱（肥皂），一身的现代文明，是何等了得的人物。他这次没有骑自行车，还戴了个十分朴实亲民的斗笠，刚走进村里，根满一见他就脔心冲，以为又有什么麻烦上身，吓得打开后门就往山上溜。

"根满，刘根满——"

听见公社秘书喊他，他溜得更快了。

"根满同志，你回来，孟书记找你有事呢。"这是秘书在叫他。

好不容易，他两手打颤，心里打鼓，犹犹豫豫从后山上下来。不过令他惊奇的是，平时骂人像阎王老子样的孟大胖子，今天居然满脸是笑，坐到他家的土砖上，还递过来一支纸烟。

"我有，自己有。"根满的手往后缩。

"不要客气嘛。"

他好容易接过那支烟，但半天不敢抽，太阳穴上还有点冒汗。"孟书记，对不起，我家里连老木叶也没有了。"

"把我们当外人呵？我们不喝茶。你坐你坐。"

"孟书记，我这一段遵纪守法，既没有偷队上的红薯，也没有偷队上的茶叶，不信的话你去问玉堂老倌……"

"你说什么呢?"对方哈哈大笑,"你是好同志,好社员,我们对你还有什么信不过的?今天我们来不为别事,就是想听听你的意见……"

孟书记越是和蔼可亲,根满就越是紧张,总觉得对方话里有话,在玩什么诡计。他记不住对方还说了些什么,只知道他们对路大为拿来的宣传资料十分在意,翻着看了看,互相交换了眼色。最后,秘书问他听到什么新消息没有,问路大为这些学生仔有什么打算,最后还希望他根满坚持抓革命促生产,站稳贫下中农的阶级立场……"贫下中农的觉悟就是高,你刘根满也是最听党的话。对不对?"

"对对对,你们指东我就打东,你们指西我就打西!没说的!"根满也来了一番豪壮。

说到最后,对方好像也没有什么诡计。

根满一连抽了孟书记几支纸烟,觉得自己更有了大面子。想想看,大学生来了,孟书记也来了。村里谁抽过孟书记的纸烟?玉堂老倌没有,麻子会计也没有,至于刘裁缝那家伙,哼,更莫想啦。人一高兴,话就多。晚上在禾坪里歇凉时,从他口里飞出来的宏论经常使左右邻舍惊异不已:

"你们晓得不?现在就是要斗修正主义。那修正主义实在恶毒,吃了豹子胆,经常披着马克思的大衣,打着列宁的伞……"

"根满,修正主义老是打伞干什么?那里经常落雨呵?"

"根满,修正主义天天穿大衣,是虚寒上身吧?"

根满没法回答这些理论问题,记不住大学生是怎么说的,只好再加上一点自己的理解。"你们也太没知识了。六月炎天穿什么大衣?穿大衣的肯定是贼!赫鲁尿壶最喜欢偷东西,不是个好货。"

他把苏联领袖赫鲁晓夫说成了赫鲁尿壶。但听众大多数还一知半解，没有吭声，只有两三个人加深了理解：啧啧，这个尿壶也太巧滑了，太反动了。

也有人小心地劝他："根满伢子，病从口入，祸从口出，你还是少说为妙。我们泥腿子老老实实做田是正经。"

玉堂老倌提醒他："喂，明天早上要散凼粪，你早点去睡觉吧？"

在公众场合，扫兴的劝告令人不快。"怕什么怕？"他抹了把鼻涕，"如今城里人都是这样讲的，坳背冲的人也是这样讲的，我就讲不得？毛主席说，搞文化革命，造反有理，讲话不犯法，有话只管讲。"

后一句，是他顺口编出来的。刚出口，自觉有点心虚，因为不记得路大为那天传达的原话是否如此。不过他发现听众都无言反驳，好些人还信以为真，叽叽喳喳展开议论，于是又飘飘然起来。哼，有什么关系呢？毛主席只怕也是这样讲过的。

此后，他成了毛主席在刘家大屋的嘴巴，语录创作法所向无敌。举例来说，那天他到一个富农婆的菜地上去偷南瓜，被对方发现了。对方大喊大叫："根满兄弟，你要积点阴德呀。手脚不干不净，要遭雷公打的咧……"他眼睛一瞪，说："毛主席说，四类分子不老实，你还想翻天？"这话很灵，吓得富农婆赶快溜了。又一次，他找队上借五元钱，说是要看病。玉堂老倌晓得他在说假话，平时闭起眼睛借，决算时变成超支户也不管，所以不怎么同意。根满脸一沉，又编出一条："毛主席说，搞社会主义就是有钱大家借。"这一来，队长也哑了口，半信半疑，只好批条子。

用得顺口，"毛主席说……"就成了他的口头禅，队上很少有人看书读报，自然也就无人拨正他。

根满就这样过了一段比较爽快的日子。

不过，南瓜几餐就吃完了，五块钱也只容他端得几回酒碗，生财之道还是个问题。他在茅屋里睡了两天,望着屋顶上那个掉下来又爬上去的蜘蛛,想起那天吃的猪油葱花面,缩一缩鼻子,似乎还能嗅到香气。他从床上弹下来,捶了捶脑袋,觉得美好的文化大革命应该继续进行下去。姓路的大学生不是要我带个头闹革命吗?不是要我尽快成立造反派的组织吗?他根满怎么把这件事给忘了?

他夹着一些宣传资料,去寻找革命的同志。他没有料到,山里人对这种事总是有些怀疑和畏惧,最关心的不是革命,而是革命是不是有工分。如果不记工分,革命还有什么意思?玉堂老倌觉得革命是要搞,毛主席的战略部署是要紧跟,但那是城里人的事,他们反正吃了饭没事做嘛。乡下人抓泥捧土忙不过来,哪有工夫去鬼打锣?……就因为这些闲言碎语,根满忙碌了好几天,只找到两三个热心人。一个是完小的民办老师,因为西式头就像盖在头上的半边瓦,所以外号叫"半边瓦"。另一个是王漆匠,他听说城里搞"红海洋",到处都刷出了红彤彤的油漆语录墙,使漆匠们都赚了大钱,因此总是埋怨青龙峒宣传毛泽东思想太跟不上形势。他们凑在一起,不知是出于对红袖章和红旗子的好奇,还是出于对猪油葱花面的热爱,决定把革命的熊熊烈火烧起来。尤其是半边瓦最着急:"你们看看石桥镇吧,造反派组织早就成立起来了,我一位同学早就当司令了。我们再不行动,青龙峒就面子扫地了,像什么话!"

他提出了革命的急迫理由。

第二天,他们的"青龙公社贫下中农孙大圣兵团"横空出世,第一个行动就是找来几尺红布做旗帜,然后举着红旗出发,一行人雄赳赳跑遍了邻近十几个屋场:坳背冲,唐家桥,岩坪坝,团鱼冲,傅家坡,烂石桥……口号一路喊过去,声势相当浩大,给寂静的山谷增添了几分热闹。可惜的是,修正主义早被红卫兵斗完了,他们整整忙碌了大半天,只砸了一块绘花的玻璃镜,把一个已经捣毁的土地庙再捣毁一遍。

烈日照得这一行人油汗直冒,南风吹得口里像要冒烟,肚子饿得咕咕叫,脚杆子也感到乏力。根满不免怨恨起路大为来:你们也不留下一点?

他们没有预先考虑吃饭的问题,临到正午,神色有些惶惶。幸好王漆匠有个徒弟就住在烂石桥,家境还不错。在王漆匠的建议之下,他们决定去那里解决肚皮问题。

走到烂石桥的村头,突然有人叫:"根满伢子。"

抬头一看,是公社社长丁德胜来了。见到他,根满的战友们有点畏,纷纷往路两边躲。其实来人模样很平常。山里人的小个子,黑脸,全身瘦精精,像一只熏烤过的老山鸡。他戴着一顶刷了桐油的铜色斗笠,提着两皮水车叶子,一双赤脚沾泥带水,正从垄对面看禾过来。"你们到这边来搞什么?来买秧?"

根满马上让路,"我们……嘿嘿……来破四旧……"

"破四旧?"社长眉头一扬,朝这行人打量,"哪个要你们来的?孟老倌?"

"我们,嘿嘿……自己……"

"自己?根满伢子,我看你自己就是个四旧。一身衣服像灶上的抹布,熏得我都睁不开眼了。你以后还想找媳妇?"

"丁社长,我这就回去洗干净。"

"根满伢子,四旧是要破,不过我喊应你们,莫做缺德的事。社员们做一天只有十分工,只有几角钱。打张床要费几百个工分。费力不费力?"

"当然,费力……"

"准备一套嫁妆要几年的积蓄,可不可惜?"

"当然,可惜。"

"晓得就好。"社长缓了口气，走出几步又回头补上："我不管你们破四旧还是破五旧，如今田里干得厉害，你们要想吃饭，赶快回去跟我车水！"

"对，车水，昨天都在车的。"

"告诉你们队长，横冲子那八坵田赶快车满。抽水机烂了，来不成了。"

根满提了提抄头裤，兴冲冲地说："好，我这就去。"想了想又补上一句讨好的话："丁社长，横冲子要车，丝瓜冲也要车满吧？"

对方似乎讨厌这种毫无意义的请示，没搭理，朝前面走了。

淋了这一盆冷水，孙大圣兵团的战友们都像断了根的瓜藤，无精打采泄了劲。有的后悔今天没留在家里泼辣椒秧，油漆匠后悔今天有两张椅子还没漆。根满是个为头的，有气只能往肚里吞。正巧这个时候有条白狗走到他脚边上，他好像觉得所有霉气都是这狗带来的，冲上前，狠命一脚，踢得狗汪汪惨叫，又飞起一块石头，打得那畜生忘命地窜到山上去了。

### 走资派的面相

……一九六九年七月二十日上午十时五十六分（美国东部夏令时间），"阿波罗十一号"顺利着陆月球。奈尔·阿姆斯特成为踏上地球以外另一个星球的第一个人。他说："对一个人来说，这是一小步，对于人类来说这是迈出了一大步。"

——引自美联社一九六九年七月二十日消息

接连几天，还是又热又旱，太阳火辣辣的没有减威。田里的禾发黄，眼看就要变成一些枯草。禾苗，棉花，黄豆，还有人，都像被烤瘦了,烤干了,烤得冒烟冒火。四面的山峰一片死寂,好像也热得憋不过气来。有时从鸡公山那边飘来几朵云,带来点阴凉,但响了几个空雷,云又散了,让人们空喜一场。大家碰到一起时的话题经常是天,天,天!

根满自从上次碰到丁德胜以后,在队上安分了几天。车水抗旱,挑泥做瓦,翻红薯藤,出牛栏粪,什么都做。队上人也以为花床打完了,文化革命也结束了,生活的秩序又恢复正常。晚上,大家照旧摇着蒲扇到禾坪里去,打打哈欠,看看星星,听着对门山上的禾鸡婆咕咕叫,听麻子会计讲薛仁贵征东之类的故事。

有些人也渐渐觉得根满还是根满,并没有真正成为孙大圣,并没有身上多长一块肉或者锅里多出几斤米,革命不过是多喊几句口号,那不是革了空气的命?想到这里,人们有水烟筒也不给他递,有红漆椅子也不给他让,这使他有些愤慨,但也没办法。

几天后一个上午,路大为带着一个人又来找他。这天根满刚车满了一坵田的水,坐在牛栏房前歇气,闲得无事时朝一只蚂蚁大吐痰水,想把它淹死。吐了几下,都没吐中,他心里好冒火。

小路向他介绍了一下同行者。此人姓周名光,外号周胖子,是周家大队的一个党员,还是大队级的财粮委员。刘根满其实认得他。早些年公社修水库的时候,根满是工地上的民工,周胖子在工地上管伙食,两人曾打平伙吃过一回狗肉。但两人也结过仇。周胖子有回拿了根满的两副箩筐绳子没还来,被根满大骂了一回,只差没有打架。为此事两人多年没打交道了。

现在,根满一见周胖子,想起箩筐绳子的旧仇,立刻警惕地鼓着眼珠子,两只手捏成拳头,一个准备打架的样子。

周胖子毕竟当过干部,涵养好得多,冲着根满笑了笑,脸上放着红光。"根满,吃过早饭没有?……吃过了?哦哦……你们队的禾,也干得蛮厉害。这天气……"他望望天,扯起不打紧的话题。

对方表示退让友好,使根满放心了一些。"这天气,狗婆养的……"他瓮声瓮气地搭上腔。

"抽烟。"周胖子递来一支。

根满不想接,但还是接下来了。一口烟下肚,非常舒服,脸上终于有了一丝笑。"走,你们到我屋里坐去。"他也稍微客气起来。

走进屋,路大为喝了一大茶缸冷水,然后冲着根满面露惊奇:"你们这里怎么还是一潭死水?他们周家大队的形势好得多,党支部、队委会,统统靠边站了。揭发干部贪法腐败的大字报,贴满了一墙。老周,你介绍一下你们的经验吧。"

"你们把床都打完了,还怪我?"根满想起这件事就有点气。

路大为莫名其妙,听他一五一十说完来由,又好气又好笑。文化大革命就是打烂几张床吗?事情哪有这么简单?说实话,他路大为对打床之类根本不感兴趣,只是觉得要打开局面,先来点激烈形式,利用本地学生伢冲一冲,也不无好处。"根满同志,破四旧只是序幕,运动最主要的目的,是要挖出修正主义的根子,打倒各级走资派,让革命群众真正地当家作主。"

"走资派?"根满不懂这个名词,不好意思说不懂,就采取不吭声策略。

见他不发声,小路以为他懂了,于是往下谈赫鲁晓夫哪,勃列日涅夫哪,十月革命和巴黎公社哪,滔滔不绝像讲天书。根满没注意听,也听不懂。

他还是不吭声。

周胖子插断了小路:"你那些少讲点,我们农夫子就是三担牛屎六箩箕,一根扁担直来直去,不喜欢啰嗦,绕弯子。你只讲,要如何搞,要如何斗。依我看,生产队长这些芝麻豆子就算了,要斗就斗孟中和,先吃个大粑粑。"

"孟中和?"根满眨了眨眼。

"对,他还不算个走资派?专门搞腐化,耍威风,比烙铁头还毒。"周光的烙铁头是指一种毒蛇,"你看他,每天洗脸还用香碱,一身香喷喷的,不是资本主义是什么?讨的那个老婆比他小了十岁,成天穿着皮鞋子哚哚哚,不是资本主义又是什么?"

这些话根满都能懂,都让他觉得十分在理。"要得,斗他一家伙,让他也尝尝站台子挂牌子的味道。"

根满与孟中和实有积怨——那是哪一年呢?队上安排他喂五头牛。有一次他把牛牵上山,自己去打牛草,看见有人偷队上的树,竟一心一意去抓贼。不料,那条刚刚"抱福"的大肚子牛婆,踩到一块不牢实的石头上,踩得石头一垮,便掉下坡去。不仅摔断了一条腿,而且经抢救无效,两天后一命呜呼。当时孟中和正好在这个生产队蹲点,对根满早就没有好脸色,一是因为根满做事经常偷懒,二是因为他背地里说过孟中和的坏话,比如说,书记喜欢去玉堂老倌那里,是看中了灶屋里的一串串腊肉等等。这次,水牛婆一死,队上春耕拖后一大截,孟书记脸上无光,盛怒之下大骂根满"不是人脔出来的",断言这是一起蓄谋破坏农业生产的大案,立即下令召开群众大会进行批斗。根满慌了神,看见自己被押上批斗台,同一个地主分子站在一起,知道大事不好。但他记起俗话说"伸手不打笑脸人",忙冲着台上台下笑了笑。

孟中和一看更气了,把桌子猛地一拍:"你们看看,他破坏了生产还有脸皮笑,无皮无血呵?"

一个民兵冲上来,给根满一巴掌:"老实点!"

笑脸人也挨打?根满感到万般委屈。

这次大会,根满在四周的怒吼声中同意赔款。可怜,一条大肚皮牛婆值得上千元,根满拆了自己一栋屋还没赔清。最后,挂着四个牛蹄子,挂着"破坏春耕犯"的木牌,他被民兵押着敲锣游乡。游到公社门口时,一不小心踩了狗脚,差点被公社那条大黄狗咬了一口,一条裤子被咬破,屁股都露出半边,引来周围一阵哄堂大笑——这算是根满一生中最大的耻辱了。

他当时把一同挂牌游乡的老地主狠踢了一脚,骂了几句娘,一泄心头邪火,才感到稍稍有点宽慰。

赔了一栋房子不算,更伤心的是连竹妹也不理睬他了。竹妹是他的同村人,还是他的小学同学,比他年龄小,胆子也小。那些年上学要翻鸡公山,根满就一路操着树棍打狗和打蛇,保卫漂亮的花神竹妹。哪个同学欺侮了她,根满也非把对方打得鼻青脸肿不可,为此经常被老师留校和训斥。进三年级那年,父亲病故,母亲改嫁,根满成了孤儿,读不成书了,但与竹妹还有些往来。摘了两条黄瓜,摘了一些板栗,在路上捡了根红塑料带子,他总记得给竹妹送去。

不过女孩子在某些方面早熟,竹妹不知从什么时候开始不再喜欢黄瓜和板栗,一见到他也总是躲躲闪闪,即算说上几句话,也摆出公事公办的模样,比如,要根满好好劳动,好好自学,争取以后再考中学,等等。

要是附近有人走过,竹妹连这些话也只说个半截,红着脸匆匆离开。

她为什么脸红?是感到害羞吧?想到这里,根满心里甜酥酥的,有一种异样而模糊的热血沸腾。好一段,他脑子里总是冒出竹妹,冒出对方的瓜子脸、鲢鱼嘴、柳叶眉,嫩得像葱根的手指,还有头发上淡淡的香味。

他胸口一阵阵痛。

但他知道,他的胸口再痛,竹妹也不会属于他。随着她进中学,进卫校,当护士,当乡村医士,当劳模和团委干部……那个让他胸口炸裂的背影像一支箭、一只鸟，越飞越高了，高不可攀了。她将来要成为另一个男人的新娘，另一堆娃崽的母亲，另一堆娃崽的祖母和外婆，而且看见根满时两眼茫然，有点认不出来，更不会求他去打蛇或者打狗！

根满痛苦地抽打自己的耳光。他决心死了这个念头，也相信自己真的死了这个念头。但不知为什么，只要竹妹出现在眼前，他的心里还是咚咚跳。她从田上走过的时候，扶犁的他就不由自主把牛打得飞跑。她送药下田的时候，割禾的他就不由自主地迅猛挥刀，割伤了自己的指头也不停手。那天，他挂着牌子游垄，突然看见了前面的公社卫生院，估摸竹妹会在那里，两眼立刻有黑花四溅。

"走，快走！"一个民兵在后面呵斥他。

"我，我不去。"他往地上一蹲。

"你老实一点！"

"我脚痛，走……走不动了。"

"莫装蒜！"

"我肚子痛。"

"那就到卫生院查一查，看你玩什么花招。"

"我……我到其他垄里去游好吗？你要我多游两条垄也要得，多游三条四条也要得。"

"不行，不行，快走！"

"我求你，求求你。"根满要哭了，扑通一声跪下去，"我给你磕响头，我叫你叔叔，叫你伯伯，叫你爹爹，叫你祖爹爹，好不？我不去！"

民兵不知他为何突然紧张起来，围观的人看见他急着求饶，发出了一些哄笑。当然也有人为他求情，但没有用，在孟中和的指挥下，他被人一脚踢得蹦起来，继续朝前面的人间地狱走去。

在卫生院门口,他确实看见她了——一张白脸,在人群中一闪,就不见了。根满有五雷轰顶之感,当场就想一头在墙上撞死。

事后,他想去找竹妹解释一下,向老同学说明水牛婆的真正死因。他在路口守了好几次,好容易看见竹妹回家来看望母亲。在他的意料之中,竹妹一脸的严肃,目光冷若冰霜:"根满,我没料到,你是这样一个人!"

"我没有做坏事……"

"那他们都是瞎说?"

"当然是瞎说,当然是放屁。你听我说……"

"我还有事。"竹妹拔腿就走,很快又变成小跑,似乎把他当成了瘟疫,怕他再送上什么红塑料带子。

"喂——喂——喂——"根满不敢喊她的名字,急得直冒汗。

对方头也没回,小辫梢在油茶林里一闪就不见了,只留下根满熟悉的淡淡发香——他在那一刻似乎能嗅到这种气味。

凭良心说,根满并不想高攀她,并不想吃到天鹅肉,只是希望她的目光不那么冷冽,不把它看成瘟疫,这也不行吗?这有什么过分吗?根满跑回家号啕大哭起来,一筐青辣椒拿去换成酒,很快就喝下肚子。他红着眼,骂天骂地,捶东打西,操起柴刀把屋里的一张板凳砍得稀巴烂。

不过,这一段往事,根满从不愿意说出口,城里人路大为也永远不可能知道。小路眼下只是考虑运动的方向和策略。"孟中和的问题当然不能放过,"他沉吟着说,"但他昨天向我们表态,坚决支持红卫兵,支持群众起来揭发阴暗面,态度还算不错。看来至少可算个三类干部,是我们争取和利用的对象。"

周光说:"那怎么办?"

小路说:"先打丁德胜,教育孟中和!"

根满说:"这走资派到底要打几个?上面没有指标吗?送公

粮，修公路，都是有指标的。搞文化大革命就没有指标？"

小路说："有多少打倒多少，哪有什么指标？依我看，丁德胜首当其冲。他大搞物质刺激，大搞经济挂帅，还派人撕大字报，是可忍孰不可忍，必须先打下他的威风。"

"不对，不对。"根满对老丁印象还好，因为老丁有一门捉蛇的技术，实在令他羡慕和佩服。

"为什么不对？你说说。"小路很注意不同意见。

根满不便说捉蛇，不便说老丁杀猪和烧炭，结巴了好一阵，去茅厕里打了一个转身，最后总算想到了一条理由："老丁一看就不是个坏人，顶多就是戏台上那种黑花脸，对不？哪像那个姓孟的，天生一个拐家伙，眉毛枯，耳朵吊，脸上没肉，做事歹毒，不是个奸臣就有鬼。"

大学生自然不同意以相取人，"你怎么能这样说呢？我们闹革命未必是算命看相？你这还是四旧，还是封建迷信。"

"你是说，看相也不对？以后就不能看相了？"

"对呀。俗话说，知人知面难知心。我们最要紧的是看心，看一个人是忠于毛主席的革命路线，还是反对毛主席的革命路线。"

"买只狗，买头猪，买条牛，不也是要看看嘴呵牙的？"

"那是另一码事。"

"怎么是另一码事？你看戏就不分个红脸白脸？照你这么说，以后奸臣可以扮红脸，忠臣可以扮白脸？"

"这……不是不可以考虑。"大学生没想过这个问题。

"你还是个大学生，书读到屁眼里去了呵？"根满大为不满，"以后戏台上要是演你，把你画成个三花胡子，你愿意？"

两人像牛斗架，一时僵住了。周胖子对脸相问题没有兴趣，对先斗哪个走资派也没有兴趣，伸了个懒腰说："算了算了，肚子饿了，搞碗饭吃再争吧。"他看了看壁上挂的一条草鱼，那是队上刚分下来的——这个队刚抽干了一口塘。

根满注意到周胖子的目光,后悔自己有点粗心,没有把那条鱼藏起来。

### 不准牛鬼蛇神翻天

　　八月二十日,我国外交部严正照会英国驻华代办处,要求港英当局撤销对香港三家左派报刊的停刊令,释放所有被捕的革命记者。二十二日,外交系统造反组织一万多人集会英国驻华代办处,一举焚毁帝国主义的房屋和汽车,狠狠打击敌人的嚣张气焰。一些英国红卫兵也参加了这次革命行动。他们在英国女王画像上愤怒踩踏以表示抗议……
　　　　　　——引自《清华井冈山》一九六七年八月二十三日消息

　　提起丁德胜,小路其实有点心情复杂。前些年在这个公社参加社教时,工作队派他跟老丁跑过一段,两人经常钻一个被窝筒,共一盆洗脚水。他学会打算盘,还是老丁教的。老丁瞌睡少,精力充沛,经常鸡没叫就起床下田去了,但从不喊醒睡在脚头的小路,这使小路非常感动。老丁长工出身,种田是行家里手,到某个队不要半个月,就能把全队的主要劳力和几百丘田叫得出名字,讲得出各自的特点,子丑寅卯一大堆,也使小路佩服。当时他还写过赞颂老丁的诗,不信,现在找他的日记还查得到。

　　年轻人的记忆力总是很好。

　　记得那一年,公社计划修东方红水库,解决几个大队缺水的问题,不过算盘一扒,各方资金凑起来,还差一大截。老丁在干部会上提出,晚禾收完后组织几批劳力到岳州、长沙去寻副业,八仙过海,各显神通,抓得到三万元就是胜利。抓不到,过年公社干部会餐不吃肉。当时孟中和忧心忡忡："不太好吧,这样搞,将来上面一个什么帽子戴下来……"老丁两手一摊："不搞怎么办?没得米,想吃饭?不打土豪,想分田地?你我一不贪污,二不挪用,三不把钱送蒋介石,要砍脑壳我丁胡子去就是。"

当时小路觉得这些话有道理,有豪气,不过按现在的标准审查起来,那不是明目张胆地鼓吹"利润挂帅"吗?不就是搞资本主义吗?不想则已,一想就问题更多了。还记得有一次,小路在队上刷了很多语录牌和石灰大标语,组织青年们排演文艺宣传节目,结果受到上级有关部门表扬,奖了个"突出政治好"的大奖状。他拿着奖状兴冲冲地去向老丁汇报,不料老丁冷冷地把镜框看了一眼,用手指了指："它结谷不?煮得不?吃得不?"

小路当时哭笑不得。

社长尤其对劳动力在白天排演文艺节目尤为不满："唱戏唱得出粮棉油?十七八岁的妹子,不去捡棉花,脸上揩两块红,上台扭来扭去,汗滴滴的,不怕丑死人?"

说完扬长而去。

看看,这是反对突出政治的典型事例呀,这是对社会主义文艺革命的恶意贬低和猖狂进攻呀。眼里只有几粒谷、几株棉花,算什么共产党?加上红卫兵这一段的调查,查出了老丁曾经主张包工定额的事,曾经反对并组合队的事,还有解放前在国民党部队当过兵的事……真是不查不知道,一查吓一跳。事情似乎很清楚:他个人品质上看来比较干净,但这只是更有欺骗性,更有伪装性,对革命事业危害更大——路大为经常这样思索,探寻一些深奥的真理。

几天前,老丁在公社供销社的门口碰到他,黑脸上舒展几条皱纹,算是笑。"下来几天了吧?城里热闹呵?"

"当然……"小路有点冷淡。

"得空到山峒里走走，观观景致，看看熟人，练一练脚力，那还是要得的。难得的稀客哪。"他一眼看见了对方的红袖章，突然压低声音，"我看你还是个好伢子，眼睛要看清楚点，做事多运神，不要乱来哇……"

小路淡淡一笑，"谢谢你的忠告，我会懂得要如何做的。只是，运动对你对我都是一场考验，我希望你不要成为绊脚石。"

"绊脚石？"

"青龙峒的盖子还没有揭开，你应该是知道的。"

对方笑了，"你们学生娃娃，懂得什么哟。"

大学生对老人的自信感到不快。"当然，你比我们懂。你懂得阻止红卫兵下乡进村。我还记得，你懂得不择手段抓钱，攻击突出政治，主张包工定额。要不是参加文化大革命，我确实不懂得这些。"

气氛变得紧张了。

"还有吗？"

"当然还有。"

"你乱弹琴！"

"你害怕了吧？"

"我怕什么怕？"老丁沉下脸色，"你是个大学生，说话怎么这样没桥没路呢？你吃过多少盐？走过多少桥？你不会说我是三反分子吧？告诉你，我早就是三反分子了，第一反帝国主义，第二反封建主义，第三反官僚资本主义。我倒是怕你栽跟头呵，小路伢子。农村的事很复杂，你不懂，快点回学堂里去算了。"

"运动不会以你的意志为转移。"

"你不回去？要我派民兵把你们赶回去？"

"这就是你对文化大革命的态度？对红卫兵的态度？"

争吵引来了一些过路的群众，引来了人们的七嘴八舌，但很快又被老丁喝散。到最后，社长吁了口气，手抹了一把脸："小路，你硬要斗那就斗吧，不过你斗我丁胡子不赢的，我早算个八字给你听。"

小路气愤地甩手冲走了。

不过，小路真要想斗倒丁德胜还不那么容易。他们勒令对方限期交出检讨书，但老丁那里根本没有回音。他们要查抄对方的办公室，但办公室里除了几张报纸，空空如也，主人从不在那里办公，成天在山里面转。那天红卫兵小分队刚刚在供销社门前贴出几幅大标语，就差点被一些过路社员痛打。结果，标语被撕了，糨糊钵子被打破了，学生们的喉咙喊哑了，真是秀才碰上了兵，有理讲不清。老丁听说闹事，倒是及时赶到现场，要社员们把红卫兵放了，把撕下的标语重新糊上墙，事后还指着标语说："你们字都写错了。打倒丁得胜，'得'字要改成'德'字吧？"

这不是有意嘲笑吗？

小分队回到红卫兵接待站，坐在地铺上愁眉苦脸，下一步不知从何着手。在城里，他们是有很多办法的。要使标语引人注目吗？搞点新花样就是。你来横的，我就来竖的。你用墨汁写，我就用红墨水写。你的字写得好，我就给标语加框边，加图案，夹进各种花体字，反正要形式上自成一格，当然能引人注目以少胜多。群众情绪调动不起来吗？那也不要紧。路大为最善于用两个化名去写观点对立的大字报，一人唱两个角色，人为制造出辩论假象，一下就把火烧起来了。他们在广场抢广播，进省委大院揪斗书记，砸烂学院里的"伪文革委员会"，从来得心应手。可是一到乡下怎么就像龙困沙滩呢？这贫下中农们怎么一点也不像是革命先锋，倒像是反革命的还乡团和维持会呢？

现在，鱼汤已经喝干最后一滴，三个人重新开始研究。小路总算说清了不可以相取人的科学道理，也总算说服了两位农民领袖,下一步把斗争矛头指向丁德胜,至少不能把丁德胜轻易放过。周胖子喷了口烟,感觉到一些困倦。"算了算了,我们见锣就打,见肉就吃,见当权派打倒了再说。矛头向上,大方向就没有错。"

路大为还是有点犹豫,"打击面这样宽,会不会有策略上的错误?群众的思想跟不跟得上?对干部队伍的分化是否有利?"

"你真是太书生气了。"周胖子用火柴棍戳着牙齿,满不在乎地笑了,"在我们农村搞事,哪来那样多的策略?软的怕硬的,硬的怕不要命的。只要你说话砍截一点,喉咙扯大一点,做起事来蛮一点,还怕人家不服?"

"光蛮恐怕不行吧?要群众跟你走,就得摆清事实,讲明道理。"

"道理?道理有什么用?一张嘴巴两张皮,顺讲倒讲都由你。辩证法,就是要变戏法嘛⋯⋯"

"不,不能这样理解。你说得太庸俗了。"

周胖子拍拍路大为的肩:"莫当真,这是开玩笑。你放心吧,我们这里群众的觉悟高得很,对丁德胜、孟中和早就有不满情绪。只要有人带头,真正的贫下中农就都会站出来讲话,哪个也压不住。根满,你讲是不?"

根满刚才已经走神,想到自己的南瓜去了,听周胖子这一问像从梦中醒过来,随口答道:"是的,是的。"

"只要把杆子一立起来,动员个千儿八百的社员来参加,那也没问题,是吧?"

"嗯,嗯啦。"根满又点了点头。

议到了这一步,算是有了个初步协议,客人们便告辞。周胖子要去看邻队的一个姨父,说顺便到那个村再去串联一下同志。路眼镜要到公社完小与中学,再去发动一下老师和同学们,然后回红卫兵接待站。

根满送走客人，回头倒在床上，看着屋梁上那只上上下下的织网蜘蛛，回味着今天的一切，觉得事情有点不可思议。妈妈的，孟中和倒霉的时辰终于来了吗？当权派说打倒就可以统统打倒了吗？真要那样，真是太好了。姓孟的，你等着吧，我要你看看，我刘根满也是一条汉子，不是你想屙就屙想啐就啐的一把尿壶。不是不报，时候未到。时候一到，一切都报。他开始细想起来：抓住姓孟的以后如何办？对，首先扇他两耳光，笑脸人也要打。然后命令他跪下来，最好是跪在有碎石头子的地上，对，公社一侧就有那样一块钉板。当年你们用竹条子抽过我，老子今天也要用竹条子抽他。不，竹条子还不行，得找一把狗公刺，那打起来才真正是个痛。

根满浑身抽搐了一下，似乎已经感到了那种痛。他到屋后寻了一把狗公刺，用草绳子捆好，试着舞了舞，设想如何打，打孟中和的哪个地方，还设想出当孟中和求饶时，自己该如何还腔应对。对了，就这样说："你骂老子不是人肏的，你自己才是猪肏的呢。你是个大杂种，是猪和老虎配的种，又蠢又恶……"那么孟中和会如何回答呢？大概会哭着喊爹爹吧？会喊祖爹爹吧？"呸，哪个是你爹？你这号人，把祖宗的脸都丢尽了，给我当孝子贤孙我都死得不安心……"他一步步设想下去，仅仅遗憾的是，不能找一条狗去咬破孟中和的裤子。

前景使他浑身是劲，情绪是从未有的饱满。玉堂老倌喊他出工，他走到一架水车旁又发表最新言论："你们晓不晓得？下个月就要解放台湾了，再过三个月就要解放美国了。你看那些修正主义还往哪里跑？"

群众对这种急剧的形势发展深感鼓舞，只是有点半信半疑。他们只听说再过三个月要去修渠，没听说要解放美国呵。

"现在很多城里人改姓毛，忠于毛主席呗。我们要是把这里的运动搞好了，也可以改姓毛。"

群众对这一点更为疑惑：做义子义女也不用改姓吧？再说毛主席收这么多干儿子干女儿，认得过来吗？

有人提到孟中和，说没听孟书记这么说过。根满哼了一声，"孟老倌算什么？他就要打倒了，就要坐牢了，老婆也要同他离婚了！"

听者都愕然。玉堂老倌惊恐得手打颤："根满伢子，你发癫呵？"

"我发什么癫？如今到处在造反，毛主席号召炮打九级司令部，你没听说过？长沙城里把省委书记都挂了牌子，你没听说过？"

"这样说，文化大革命还没归完呵？"

"怎么就归完？起码要搞到腊月间。搞完了好过年。"

整整一个下午，在田里做功夫的人都人心惶惶，议论着孟中和与要搞到腊月间的文化大革命，还有解放台湾和美国的好消息。这当然令根满自豪和快活。他踩水车比哪个都踩得快，车槌翻飞炫目，打了同车人麻子会计的脚背。对门山上的禾鸡婆似乎也叫得很好听，他学了几声作为回应。

收工回来，他得意地哼着花灯小调。还没进门，看见屋门口有个黑影往菜地上一闪。

"哪个？"

没听见应答。

"哪个王八蛋，敢到老子屋里做贼？"

"根满兄弟，是……是……我哩。"

根满走近一看，原来对方是一个地主分子，一身干瘦，一脸灰色，像是从棺材里拖出来的东西。他打着赤膊，穿着条抄头裤，怀里揣个米升子，里面是白花花的糯米，因为米粒长，山里人就叫这种米"三粒寸"。

"是万玉呵，你来做什么？吓我一跳。"

"根满兄……嘿嘿……如今，要搞文化革命了？"

"那是当然。关你什么事？"

"嘿嘿，好哇，好哇。"

"什么好？"

"大家都好，你更好哇。你不是要高升了吗？"

"逗我耍？老子今年还只有两千多工分，往哪里高升？是去爬树还是爬山？"

"嘿嘿，你莫瞒我。"老地主弯了弯腰，"我早晓得你是福命，非常人有非常之相。你才两岁的时候，我就同你爹爹说过的，你将来一定洪福齐天。"他递上米升子，"这里有升把糯米，送给你做几个粑粑，尝个鲜……"

"糯米？"

"小意思，不成敬意。"老地主脸上又扯开几条僵硬的笑纹，试探着往深里说，"根满兄弟，我们同一个屋场，你婶婶还是与我舅娘共外婆。你是晓得我的，晓得我是老老实实改造的，是吧？往后，你要是高升了，嘿嘿，还希望你继续帮助我……"

"那当然。政策你是晓得的：坦白从宽，抗拒从严，老实改造，才有出路。"

老地主连连点头："是，是！"

根满望着白花花的糯米，手在裤子上擦了两下，准备去接下。不过他突然又心生狐疑：这家伙无缘无故送什么糯米？地主是贫下中农的阶级敌人，这糯米里会不会有毒药？他突然记起了前不久孟书记作报告讲阶级斗争，说阶级敌人最会笑里藏刀，当面笑嘻嘻，攀亲送礼，转背就记变天账，只恨老蒋的飞机不回来……这一想，全身出了冷汗。呸，好恶毒的家伙，你以前收了几房老婆，吃得一肚子油膘，那时候为何不给我家送糯米？如今做好人，还不是想拉贫下中农下水？……

"你老实说，你找我有什么事？"

"根满兄弟，确实没有什么事。"

"我不信。你早不送，晚不送，为什么偏偏这个时候送？"

"根满兄弟，不是要搞文化大革命了吗？我早就相信，总有一天会有贵人来搭救。我没想到这个贵人就是你。"

"我怎么搭救你？"

"你看呀，你品行端正，急公好义，劳动积极，上屋下屋哪个不服你呢？哪个不夸你呢？只要你真把共产党的司令部都打倒了，你就是我的再生父母。等我把那些田收回来，你要哪几丘，只管说。等我把那些山收回来，你要哪几个坡，就你一句话……"

根满开始还有点飘飘然，打算谦虚几句，不过听着听着有点迷糊，对方在说什么？怎么说到了田和山？好半天，他才明白对方是盼着变天，是误以为孟中和与丁德胜他们一倒，地主们放田收租的好日子就回来了……他毛发倒竖，眼睛圆睁，一巴掌就把老地主打出丈多远，白花花的糯米洒了一地。

"根，根满兄弟……"

"毛主席说，四类分子就是想变天，得狠狠地斗！斗你这个绝代根，斗你这个砍脑壳的，斗你这个吃枪毙的！走，跟老子到大队部去！"

他上前又是几脚，把老地主的胸脯踢得咚咚响，吓得对方脸色惨白，爬起来，手忙脚乱地跑了。

"贼养的！"根满追了十几步，狠命地射出两块石头，可惜没打中。做完这件事，他觉得自己完成了一项壮举，实在英雄，实在可歌可泣。他抹了把鼻涕，背着手来回踱了两步，觉得应该去告诉玉堂老倌一声：阶级斗争真是复杂呵，尖锐呵，激烈呵，今天晚上得要大家把门关紧,民兵也应该派些岗哨。万一老蒋的飞机来了,把老地主的儿子从台湾派回来了,那如何是好?

## 红绳子衣

> 回声在山谷中飘。它是自由的,但它是障碍的表现。它是人的声音,又不是人的声音;是山的声音,又不是山的声音。
>
> ——摘自路大为一九六八年日记

"革命无罪,造反有理!"

"向党内一小撮走资派发动猛烈进攻!"

"誓将无产阶级文化大革命进行到底!"

……

口号声把各个屋场的狗都引得汪汪叫,一张张脸也从门口探出来张望。么事呀?不过节不过年,怎么这样热闹?大路上的一行人,打着"孙大圣"或者"红遍天"的红旗子,摇着毛主席语录红本本,是到哪里去?他们是要到公社去斗干部?老天,吃了豹子胆呵?老蒋还没回来,他们就造共产党的反了?……

根满穿着一双破皮鞋,穿着一条旧呢裤,手里抄一把狗公刺,自然走在这一群人当中。今天要去查封公社机关,所以他手里还有一沓盖有"孙大圣"印章的封条。看到路边一双双乡亲们好奇的眼睛,他昂首挺胸,举目四顾,很体面的样子。他觉得旗手应该把旗帜舞起来,忍不住挤到队伍最前头去指教,苦于田埂路太窄,一下把好几个战友都挤下了田。队形乱了,泥水溅起来了,王漆匠不免愤愤地大叫:"满伢子,你搞什么鬼?"

"不要吵,不要吵,注意组织纪律。"路大为过来整顿秩序,又交代根满,"你喊口号就好好地喊,不要乱来。"

"我喊什么了?"

"什么孟中和是个臭鳖,哪有这么喊的?也太不文明了。"

根满眨眨眼,算是不置可否。

顺着傍山的大路往垄下边走,过了一个石堰,再转过一个坳口,就可以看到公社了。几条垄在那里汇合,形成山中间一大块平坦当阳的土地,山里人把这叫作"坪"。青龙坪早先还有条小街,有铁铺、米铺、酒店、甜酒铺、裁缝铺、南货摊、百货贩子、药铺,逢墟赶集,热热闹闹。五十年代后期,像很多地方一样,一栋供销社的大砖楼冒出来,像一个巨人,张开大口,吞吐一切商货,不可阻挡地使小街冷落了,消失了,只留下一些保留柜堂式样的普通居民屋。前几年,卫生院、粮食仓库、公社机关、中学、兽医站又出现在这一带,青龙坪有了新的热闹。公社立了根树干,安装了几个高音喇叭。那听不太懂的北京腔和乐曲,盖过了青龙溪的流水声。如果顺着公路和青龙溪再往下走,走四五里路就要出山了。山外是黄土丘陵区,山口离洞庭湖估摸只有百把里。三国时期鲁肃训练的水军,南宋时期杨幺的起义部队,在那一带留下了很多断矢残戟和种种传说。

队伍已经接近公社那两栋青砖平房。越是接近,根满的心不知为何越跳得厉害,脚杆子也有点发软。他以前到公社去,大多是去挨批评受处分,那青砖房对他来说实在有点寒气袭人。还有那条足有二十来斤的大黄狗,看一眼也令人心惊肉跳,谁知它这次会不会又来那么一下?……不自觉地,他抹抹鼻子,放慢脚步,悄悄往人们后面缩。

公社大门前,有人影晃动。公社秘书笑容可掬地迎了上来:"欢迎!热烈欢迎!欢迎大家来促进我们的工作!"

他找路大为握手,路大为根本没理睬,走过去了。

秘书又把手向根满伸来。根满根本没想到那是要来握手，不习惯这种方式。他的目光向旁边转移，最终落到地上，脸上的表情似乎在说：嗬呀，这是什么呀？是蚂蚁呵。蚂蚁打架打得真好看呀——其实那里什么也没有。

但他的手还是被秘书握住了。"这不是刘根满同志吗？到屋里去坐，去喝茶。"

根满受宠若惊，连忙用劲握了好几下。

"根满同志，去屋里坐吧。里面还有西瓜，大家随便吃。大家一路上辛苦了，先休息一下，先休息一下。"

"哦哦，不，我不是……"

"莫客气，你们来向公社提意见，批判资产阶级反动路线，我们坚决支持！我们也受了修正主义的压迫，也要革命，也要造反。我们是同一条战线的战友嘛。"

"不不，我是到供销社……买盐的。"

买盐的还是被秘书拖向大门口。这时，根满一眼看见了站在大门口的孟中和与丁德胜，看见丁德胜铁青的脸，还有他们身后那条高高挺立大声狂吠的狗，脑门上照例又冒出豆大的汗珠。他把手从秘书那里抽回来，顾不得对方的客气和盛情，也顾不得旁边人的奇怪，丢了狗公刺和封条，扭头就窜。

"根满，你到哪里去？"好像是周胖子在喊他。

"我，我……我的粮票，我的两斤粮票丢到哪里了？"他煞有介事地一边摸口袋，一边在路上寻找，急匆匆而去。

后面发生了什么事？他不知道。反正他一口气跑回队，一躲就是好几天。玉堂老倌见他挑水，忍不住问："满伢子，你何事回来了？公社里搞得个么样了？"

他低着头，好像自己根本没听见。

到第四天，他酒瘾发作，摸着布贴布的空口袋，拿一只塑料

凉鞋,到大队代销点去换酒吃。代销点里有打酱油的、买盐的、买红糖的、买电池的,熙熙攘攘。好多人在议论公社里发生的大事:

"听说青龙坪翻了天,老孟和老丁都挨了斗争,挂了牌子。"

"听说丁社长那天剎了半斤肉,吃饱了专等造反派来斗。哪晓得造反派罚他一跪就半天,半斤肉哪扛得住?"

"哎呀,这样毒辣,将来就不怕报应吗?"

"都是些暴脑壳,想发不义之财。三伢子,你莫跟着去闹!"

"依我看,丁社长学过功夫的,扛得住。孟书记一身泡肉,那就难说了。"

"把干部都斗了,下回哪个来检查生产?"

"以后打结婚证去找哪个?"

"没地方打结婚证了,以后男的女的随便搭伙呵?"

……

根满也觉得打结婚证是一个难题,怕众人因此怪罪自己,便缩在一个角落里喝酒,闷闷地喝酒。突然,听见代销点门外有周胖子的声音,探头一看,正是他,推着一部脚踏车。他身后还有两个骑车的后生。

周胖子一眼看见了他:"根满伢子,你原来在这里?真是没有味,点了把火又自己抽柴禾,搞了半天是个阳雀子胆。"

"我……是腰子痛。"

"屁股也痛,脑壳也痛,是不?"

"嘿嘿……你喝酒?"根满想缓和一下。

"不要不要。"

"你到哪里去?"

"到哪里去?抓走资派!孟中和这个家伙跑了。"

"跑了?"

109

"他跑得了和尚跑不了庙,躲得过初一躲不了十五。如今全国都是造反派的天下,他跑到九州外国也要把他揪回来!"

"公社里……到底如何了?"

"还有如何?都听我们调派!每餐要开十几桌,两个人打豆腐都打不赢。革命群众都起来了,形势是越来越好。"

"真的呀?"

听对方介绍,根满这才略知一点时局。他当时真不该逃跑,错过了天大的美事。其实那天一点危险都没有,走资派说斗就斗了,办公室说封就封了,造反派心想事成战无不胜。县城的造反派打来电话祝贺。邻近两个公社的造反派还前来助威。各路英雄会师,情深谊厚,肝胆相照,于是不仅吃掉了一锅面,还杀了一头猪,调来几担谷和黄豆,还找来几个厨子,只差没有大秤分金银了。这今后的好日子到哪里去找?

"你骗老子?"根满试探着说。

"骗?好好好,就算是骗你。"周胖子事情多,丢掉一个烟头,带着手下人匆匆告辞,继续去抓走资派。他们一定要找到孟中和带走的钥匙和印章。

根满心里七上八下,不是个滋味。早知今日,何必当初?他好歹也是个造反派头头,居然没有吃到肉和豆腐,实在不公平。他恨不得狠狠抽自己一个耳光。

这一天,他赶到公社时已近黄昏。两排青砖房前,大字报和标语贴得到处都是,地上还飘着一些碎纸片。"孙大圣"一类的旗子,插成一排,哗啦啦飘扬,好不威风。一张张办公室的门确实被封掉了。几个干部愁眉苦脸地抽椅子坐在门口,没地方可去。有些路过这里的社员,担着箩筐,或推着土车,三三两两进院门看热闹,交头接耳地议论着。

几个干部一看到根满,像看了什么救星,立即拥了上来。

"刘同志，你让我们等得好苦哇。"

"你看看，你们把办公室封了，我的绳子衣和解放鞋都在里面哩。"

"我还有一个洋瓷缸也在里面，现在都没法喝水。"

"刘同志，我们晚上总要有个地方睡觉吧？再说现在抗旱正紧张，一下要调资金，一下要调物资，我们总得有个办公的地方呵。"

七嘴八舌像蛤蟆闹塘，根满什么也没听清。他开始有点紧张，更有些不解，不知干部们说的这些与自己有什么关系，不知他们为什么要对他说。这不是应该对丁某某孟某某说的话吗？不过，听着听着，他发现世道真是变了，一搞文化大革命，他好像不再是刘根满了，已经成为丁德胜和孟中和了，就是可以听取汇报和发出指示的人了，是干部们也要一齐来笑脸讨好的人了。在闪电般的那一刹那，他突然明白了：革命！

对，妈妈的，这就是革命！大快人心的革命！一把封条封了这些办公室，声威赫赫法力无边，张三李四都不敢来擅自启封。

他脸上放光，大吐一口长气，响亮地咳了两声，把手背到身后："这个问题嘛……当然，我们可以研究研究。"他回忆着孟书记平时的姿态和口气，"你们是哪个单位的？"

"我们就是青龙峒公社的呀，你怎么不认识了？"秘书笑脸相迎，递上一支纸烟，"革命造反派的觉悟是最高的，是最讲政策的。你想想呵，公社总要办公呀，总要抓革命促生产呀。你们是不是不要占那么多房间？两间就差不多了吧？"

"那怎么行？"根满闭着眼睛摇摇头，"六间！"

"两间算了吧？"

"六间！""六"字又拖得很长。

"三间怎么样？"

"六间！"

"三间吧？"

"好吧，五间。再少不得了。嗯？"

"那……桌子，给你们六张行了吧？"

"六张怎么办公？起码八张。"他又闭上眼。

"六张吧？"

"八张！"

……

这样讨价还价好半天，直到最后，根满研究了很久，"政策"和"原则"了很久，算是给一个大面子，同意让出几间房子和几张桌子。干部们咕咕哝哝不满，但也没得办法。

回到公社的周光得知根满擅自决定，私启封条，不免大为光火地前来恶吵。周光还不知道，根满不仅丧权辱国，还私判了几桩大案。其实他是不想判的，是人们见周光和路大为不在，逼着他判的。他只好代表临时权力机构，把一对来公社闹离婚的男女骂了个狗血淋头，要女方踢了男方三脚，算是对男方打老婆的惩罚，然后把他们轰了回去。他还代表临时权力机构，同意傅家坡那个生产队到供销社赊购一千斤石灰，说要是将来没钱还，就把账挂在公社名下，让孟中和掏工资还。

如此等等。

当领导真是很忙呵，很累呵，很烦心呵。他当时摘了把狗公刺放在桌上，说哪个再来告状，先抽他一顿再说话。

好在那一刻没人来要求击鼓升堂。

路大为从县城赶回来，见他与周胖子恶吵，好容易把他们劝说开来，然后召集一个造反派领导联席会议。大学生介绍了外地的革命形势，强调造反派必须继续揭批走资派，指出革命的根本问题是政权问题，夺权难，掌权更难，还讲到一九一七年俄国两个政权并存的情况……根满对那些没兴趣,只是继续对周胖子发闷气,把两只蚊子当周胖子狠拍,最后在会议室里打了一阵瞌睡。

散会后,他进了自己的新居——孟书记的房子。里面有带镜子的黑漆大柜,有办公桌、洗脸架、几张报纸,还有亮得刺眼的电灯。根满觉得这地方太新鲜了,太有味道了,太让人惬意了。他在房里转了几圈,想到今后有那么多公务需要处理,整天出头露面的,得稍微讲究一点才行。他坐在桌前,拿起一份文件来看,尽量做出思索问题的样子,但认不了几个字,看下去实在有些疲倦。他拿起电话机摇了摇,但不知要打到哪里,也觉得没有什么好讲,便只问了问话务员现在是什么时候。背着手走了几趟八字路,他还觉得不尽兴,在抽屉里找到一只破笔帽,插在上衣口袋里,觉得还像那么回事。他又照了照镜子,发现头发乱糟糟,很不美观,便用水抹了抹,直到头上油光水亮。"哦,原来干部的头发都是用水抹光的。"他觉得自己发现了一大秘密。

忙碌了一阵,他看看镜子,满意了。如果说还缺点什么的话,就是缺一件红色羊毛衣,就是农民们说的"红绳子衣"。他记得,好些干部都有那么一件,穿在外衣下面,露一块耀眼的红色。

他踱出房门去散步,望着青龙坪一片如水的月光,打了个长长的哈欠,不知为什么突然想到了翠娥。

那婆娘这几天会不会来公社?

"翠娥……"他想着。

突然,他听到一个人说话声,胸口猛地一跳。

## 竹妹的故事

爹妈打我你莫来,
打死打活我来挨。

> 打不死我有命在,
> 头发打散梳拢来。

——录自青龙峒山歌

竹妹二十出头,有了高挺的胸脯和丰满的大腿,有了后生们经常想看又不敢看的那些曲线,眼里也有了一种撩人的明亮。几年来,向她求亲的人几乎踏溶了她家门槛,但几乎无一成功。山里人也经常议论她,对那些公认不合格的求亲者,一齐表示怒斥和嘲笑,像在执行一种共同的权利,捍卫一件共有的宝贝。她呢,倒没有热心人那么激动,只是温和地一次次回绝。

她在等待一个理想的采花者,等待一个梦——只是自己对这个梦也说不清楚。

她终于等到了路大为。这个大学生参加社教了,而且来到青龙峒了,一直走到竹妹面前了。他当时护送一个社员来卫生院,头发乱蓬蓬的,不光是身上,连脸上和棉帽上都有干泥块——这可能是挑塘泥的结果。竹妹几乎忍不住捂嘴大笑:嚇,哪里拱出个这样的泥巴坨?

大学生一次次来到卫生院,但都不是来看病,是送社员来看病。他掏出钱给病人交医药费,一次,两次,三次,四次……几乎每次来都是这样。有次,他还把自己的棉衣脱下来,盖在一个病重的老贫农身上,然后双手插在裤兜里,在走廊里来回走动取暖,直到这个老贫农的手术做完。

细心的竹妹后来发现,他以后就再没有穿棉衣。单单的蓝布学生装里,身子似乎在轻轻颤抖。

有一次竹妹终于开口:"你身上的衣太少了吧?"

"我的体质好。"

"你到我的房里去烤烤火吧。"

"我最讨厌烤火。"

他轻轻吹起口哨,在走道里望着墙上一张宣传画,等候又一个社员看完病,在药房里抓好药。

就在那次见面后不久,大学生又来卫生院时,突然发现自己的挎包里有一件新毛衣。"这是哪个的衣?怎么放在这里?"他大喊大叫起来。

竹妹暗暗跺脚。喊什么?你疯呵?你傻呵?怎么不细心看看?衣下压着一张字条呀。可读书人还是粗心,叫到各个病房去了,叫到药房和院长那里去了。事情当然引起了小小的骚动。院长和几个医师拿着毛衣看了看,很快找到了没有落款的字条,都会心地一笑。有人朝竹妹挤眉弄眼笑起来。哎呀呀,真是羞死人了。竹妹恨不得天马上垮下来,恨不得自己变成一只蚂蚁,钻到地缝里去。

路大为可没注意到这些,搔搔头,大步走过来:"是你送给我的呀?"

还这样高声呢,疯子!竹妹觉得自己的耳朵滚烫。

对方又搔搔头,再次看看衣:"织得这么好看,太谢谢你了。不过你为什么要送给我?"

"你……不冷吗?"

"我真的不冷。"

"你看看人家,都穿上棉衣了。"

"但我有热情,有热情,你懂不懂?"

尽管说不冷,但有热情的人还是收下了礼物,临走时还向竹妹敬礼与握手。他的手确实很暖和,余温久久地留在竹妹的手里。夜晚,她摸着自己的手,在床上翻来覆去睡不着。多好呵,他接受了,与她握手了,看他有几多高兴呀……她欢乐得几乎喘不过气来。

不过,姑娘总是怀疑和挑剔自己所得的成果。他是个大学生，看得起乡下人吗？他只是偶尔在这里停脚的飞鸟，能在这里停留多久？而且，看他当时的样子，高兴虽然高兴，但也太大方了，太公事公办了，根本一点也不那个，一点也不像是……竹妹流泪了，紧紧地搂着被窝，直到胸脯压得隐隐作痛为止。

每次乡邮员经过卫生院，她都不自觉地要去翻翻邮袋，看有没有路大为的信，看信封上的笔迹，像不像女人写的，看一种女人的笔迹，是否同上次某信封上的一样。有一次，她恨恨地问："路大为，你女朋友来信了吧？"

"什么女朋友？"对方不明白。

"你的对象呀。"

"什么对象？"对方还是不明白。

"就是……就是……就是那个呀。唉呀，就是那个人，那个以后要给你做鞋子、做饭菜，还要给你生孩子的……唉呀，我怎么说得出口？"

大学生明白了，脸红了。"你胡说八道什么！"

其实，竹妹自己也脸红了，甚至比对方红得更厉害，慌慌地夺路而逃，像做了什么见不得人的丑事。这以后一连几次，她都不敢走近路大为，更不敢对路大为说话，直到有一次路大为来帮她砍削矫正肢骨的木板，她才心慌意乱地找到话题："你……喜欢我们这里吗？"

"喜欢呵。"

"喜欢这里的哪样呢？"

"什么都喜欢。我小时候就有个愿望，以后要不是住在大海边，就一定要住在大山里。"

"我也喜欢山。山里的优点最多呢，海边上哪里有我们这样好？"她夸耀起来，"你现在来的时候不好，要是春天，映山红一开，最好看了！还有老虫花、扣子花、蝴蝶花……到秋天呢，满山的毛栗子、板栗子、猕猴桃、八月瓜、野芭蕉，吃都吃不完，你要好多有好多……"她试探着说："只怕你说好是口头上的，等社教一结束，打起背包一走，你看也不得朝这方看了。"

"不，毕业以后，我还想申请分配到这边来工作。"

"真的呀？"竹妹不相信自己的耳朵。

"真的。"

"我不信。"姑娘撇撇嘴，"要是我，就不会像你这样蠢。山里再好，也没城里好。在城里住的是洋房子，走的是大马路，天天晚上可以看电影，风吹不着，雨淋不到……哪一点不比乡下强？"

"你怎么这样说？听说你还是个新党员，思想不怎么样呵。"

竹妹伸伸舌头，心里在暗笑。

"你还笑？"对方居然看出了她的笑，"要是大家都像你，山区还要不要建设？城乡差别哪一天才能消除？不是我说你，同志，你脑子里已经有毛病啦。什么病？资产阶级的香风臭气……"

竹妹噘着嘴，一副不服气的样子，心里却甜蜜蜜的。骂吧，使劲骂吧，她竹妹就希望听到这种叫人开心的骂，叫人放心的骂。尤其听到来自他的骂，在这个问题上的骂，天天听到才好呢。他骂得越凶越好——要是他把竹妹当普普通通的人，不闻不问，或者还讲什么方法呀，态度呀，那才不好呢，顶顶不好呢。

金桂和银桂满山开放的时候，他走了。但竹妹记得他的话，他还会到这里来的。

前不久，他真的来了，据说戴着红袖章来发动文化大革命。那天听人家这样说的时候，竹妹给病人打针的手都在发抖，回家煮饭时又把茶油当酱油倒进锅。她不知道他变了好多没有，不知他会在什么时候来看她。她希望他白天来，因为晚上路上不安全，可能碰到毒蛇、野猪甚至豹子。她希望他上午来，因为中午和下午的阳光太毒，可能会使行路人中暑。她还希望他戴上斗笠或草帽，因为这一段松毛虫发得多，经常掉到行人的头上……她把每个危险的细节都想得翻来覆去，直到世界在她的想象中完全是荆天棘地，来客的每一步似乎都有生命危险。

他终于还是来了，当熟悉的笑脸出现在家门口，她的心像只兔子要蹿出口来，全身一阵阵抖，一阵阵紧，紧得作痛，以至他叫她时，她根本不能回答。不是不想答，确实是答不了，攒了好大的劲也没发出声。

"你怎么搞的，病了吗？"眼镜片后透出惊慌。

她已经要晕过去了。

"你是不是……太累？"

她已经晕过去了。

幸好对方扶住了她，让她坐下，喝了口水，恢复了神智。好，现在没事了，她重新活了过来。这一天真是她愉快的节日。她觉得天更高，地更广，她的大学生更英武了，也更有学问了。他讲了好多关于文化大革命的事，动员竹妹也参加运动。竹妹哪会不答应呢？要她带头破四旧吗？行！要她宣传《十六条》吗？行！要她写大字报揭阶级斗争的盖子吗？也行！只要是路大为要她做的，是跟他去做的，什么都行！

竹妹一天到晚哼哼唱唱，对妈妈也特别亲热，好几天引起妈妈怀疑的目光。

可是，谁料想得到呢？现在，现在……竹妹怎么也不相信自己的眼睛。她今天听说公社里出事了，心急火燎跑到公社，发现这里一片乱糟糟的景象。党委会的牌子给砸了，一些不三不四的人却在这里大吃大喝。更重要的是，她给老丁处理伤口时，竟然听说这是造反派打伤的。这就是文化大革命？

不料大学生这样回答她："是的。这就是革命。革命不是请客吃饭，不是绘画绣花，不是做文章。"

这些话比劈顶炸雷还可怕。

"你……你不是造反派吧？"

对方点点头："我是。是我主持的批斗会。"

"你没有。你乱说！乱说！"她几乎喊了起来。

"你这是怎么回事？嗯？丁德胜是走资派呀，你没有去看看那些大字报揭发出来的罪行？"

什么是走资派？竹妹怎么相信老丁是走资派？不，如果别人还可能不了解丁社长，但竹妹是最有发言权的。老丁有胃溃疡，这点她最清楚。老丁吃饭只能喝稀的，或者吃面食，胃痛起来汗珠直滚，但一年到头很少休息，一双解放鞋一个斗笠，总是往队上跑。年纪过五十了，干什么都冲在前面，学什么都兴致勃勃，尤其喜欢同中学的理科老师，农技员、司机、兽医、老农交朋友，同他们一起琢磨农事。身上那件旧棉袄穿了十三年，唯一一件灰色咔叽布新衣，要进县城开会才穿上一回……这样一个人都成了罪人，这天下还有没有天理？

她不懂什么"经济挂帅"什么"物质刺激"，她只知道哭，绝望和恐怖地哭。"我就是想不通，想不通，想不通！"

"竹妹，你要冷静，你要看运动的主流……"

"我就是不冷静，就是不看主流！"

"你要看看全国的大形势。"

"我就是不看大形势！"

她甩下路大为，朝暗夜里跑去。

这就是根满在夜里看到的一幕。当时他听到竹妹的声音，大气都不敢出，全身有些僵硬。直到路大为后来发现他，他还神情恍惚地听而不闻。

"刘根满，你聋了？你在这里搞什么？"

根满像从梦中醒来："我……我……屙尿。"

"你们队的那个竹妹,中毒太深了。真是想不到。"

"不,"根满插断对方,"她是个好人!"

"好人?哼,中国人如果都这样好,修正主义早复辟了。"

"她真是个好人,比你好得多,好一百倍,一千倍!"

路大为推推眼镜,似乎看出根满有些异样,尽量表现出耐心:"你们不能因为是同队,又同姓,就讲什么私人交情。更不要因为受过什么恩惠,你就……"

他还想摆出更多的理由,不料有人叫他去接电话,他只好打住话头,若有所思地走了。

根满朝他啐了一口,回头寻找竹妹,只见竹妹远去的方向,有一星光亮,大概是一只松明火把,在上下飘忽。他不自主地紧追上去,跳过一条条水圳,绕过一丘丘田,一不小心失脚踩在水沟里,跌了一跤。他眼睁睁地盯着那一点火光过了青龙溪桥,最终融进卫生院的几点灯光中。他此时真愿意自己是条狗,那么他就可以追上去,跟上去,久久地伴随在一个女人的身边。

**掌权逸事**

十七时十五分,又一个激动人心的时刻终于来到了!我们最最伟大的领袖毛主席,乘敞篷吉普车从大会堂东门出发,再次接见天安门广场上的百万红卫兵。广场上红旗如海,欢声如潮,来自全国各地的红卫兵小将们含着激动的泪水一遍遍高呼:"毛主席万岁!""毛主席万岁!""毛主席万万岁!"……

——引自新华社一九六七年九月十五日消息

根满的痛苦很容易忘记。比如,看杀猪佬杀猪剁肉,看两个细伢子打架骂娘，都可以使他从痛苦中解脱出来。

更重要的是，他现在过着好日子，不用自己煮饭，甚至不用自己洗衣了。造反派一纸命令，调来了一些受管制的四类分子，即地主、富农、反革命、坏分子。他们是免费的劳动力，负责修路挖塘，种菜种粮，还得侍候造反派的吃喝拉撒睡。别说是洗衣，就是洗脸水和洗脚水，每天也由他们烧好，恭送到造反派的面前来。路大为对这种安排很反感，但眼镜鬼的话没有什么人听。

当然，阶级敌人是必须警惕的。有一天，食堂里吃鱼，吃得两个人肚子痛，大家立即心惊肉跳：是不是阶级敌人放毒？这一想，老地主万玉是破鱼的人，立即倒了大霉。"老杂种，你想变天呵？想毒死贫下中农呵？讲！毒药在哪里？枪在哪里？"根满是万玉的凤敌，首先给了对方一巴掌。

"没有哇，都没有哇。"老地主磕头。

"不老实，吊起来！"

这里的吊法比较特殊，麻索子只绑住一只手和一只脚，叫作挂半边羊，一吊就有猪一样号叫。万玉老倌哪里受得这一挂？

"还不老实，压土砖！"

"好好好，我说，我说……枪，藏在门前的水塘里了。"

总部下令车塘排水，调了几十个劳动力忙了大半天，大家满身污泥大汗淋淋，挖出两箩藕，但没有发现枪。

"不老实，再吊！"

"好好好，我讲实话，讲实话，枪……藏在井里了。"

总部又调劳动力淘井，搞得一井水浑黄的，几天还不会清，但还是没找到枪。

万玉老倌自然又挨了根满的巴掌。"毛主席说，四类分子就是巧里巧滑。你这个家伙不老实，今天硬要剐你一身皮！"

"好好，我讲实话，讲实话。"

"狗婆养的，你讲呀。"

"我……我实在没有枪。"

"没有？那你为什么要说有？你这个家伙，想欺我们贫下中农？想害得我们流汗？白费力？那就更应该吊！"

老地主说实话不是，说假话也不是，反正得对造反派的肚子痛负责，大受一通皮肉之苦，直到最后不了了之，还是去挑粪种菜。这一段，重大的事件还有打击九宫娘娘。事情是这样的，不知从哪里传出消息，说南山坡有一位九宫娘娘显灵了，人们只要到南山坡去烧香朝拜，就可以在坡下的圣母池里取得神水，据说这种水包治百病，跛子喝了可以走路，瞎子喝了可以开眼。一时间，远近的老百姓都来到南山坡朝圣，道上的行人络绎不绝。造反派听到这件事，说这不是搞封建迷信吗？不是明目张胆对抗毛主席的革命路线吗？于是大张旗鼓实施了代号为九七的紧急行动。他们不光是对天放枪，吓走了迷信的群众，还命令几个四类分子，往什么圣母池里挑了十几担大粪，把圣水变成了臭水，看你们还喝不喝，还敢不敢喝！

除了这一类革命壮举，根满每天不看书不看报，不愿意参加路大为组织的学习，大多时候去公社附近的供销社一带转悠，伏在柜台上和营业员谈谈天，到收购部逗逗铁笼子里的小猴子，丢个烟头进去，看猴子学着抽烟，看猴子烫着手，于是咯咯咯大笑一通。回到公社，听周胖子南京城隍北京土地地扯白话，什么员外小姐找了个丑八怪啦，什么禾种是狗从天上偷来的，所以老班子讲"狗有一份粮啦"。也没什么味道。半边瓦经常卖弄聪明来出谜语，那更是听得心里躁！"老娘猪，抱根索，五个人赶，五个人捉。是什么？"——呸，早晓得了，织布梭子！什么狗屁谜语？

一天，根满正想找个更好的办法解闷，听到门外有狗叫，听上去还有些耳熟。这不是公社那条大黄狗吗？前几天把它打跑了，现在它又回来了？顿时，深仇大恨涌上心头，他往手里吐一口唾液，搓了搓，操起一杆锄头，立即蹿出门去。不料那畜生认得仇人，一见根满就夹住了尾巴，贼一样夺路而逃，不管根满如何亲切地叫唤，也决不上当受骗。眼看着它已经钻入了树丛，跃上了石坡，还回头瞪大眼，露出牙，汪汪叫几声，似乎在说：想追上我？休想！

畜生！今天冤家路窄，不剥了你的狗皮我就不姓刘！

根满眼睛红红的，额上青筋直暴，仗着吃了几天好伙食，一口气追出了里多路，在茶树林里上蹿下跳，左冲右突，跌倒了也不怕痛，衣被挂破了也不收兵。他追得那畜生逃进一个屋场。一个石头丢过去，没打中狗，咣的一声，把门前一个大瓦坛打烂了。

"哎哟我的老天，"一个老婆婆拍着双膝大哭，"这位叔子你与我无冤无仇，打烂我的坛子为么事呵——"

"我没打！"根满气喘吁吁。

"我看见是你打的……"

根满三十六计，走为上计，拔腿就溜。

他更加恼羞成怒，发誓与那条老黄狗一拼死活。好在老天有眼，不知是从哪里来了一条白色母狗，尖声尖气地叫唤，带着一条黑狗狂跑。老黄狗也被这叫声吸引了，耳朵转了转，尾巴摇了摇，忘乎所以坠入情网，立刻加入了追逐异性的行列。根满利用了仇敌的弱智状态，脚步轻轻跟在后面，偷偷地展开包抄，一见那老黄狗进入了一个走道的死角，马上正面封锁，拿出吃奶的劲头迎头痛击。老黄狗刚刚爬到母狗的背上，神智不太清楚，在飞来横祸之下一个趔趄，已经摔倒在地。根满眼明手快，抓住机会再下毒手，几锄头砸下去，那畜生就开始口吐鲜血。

他觉得还不解恨，又扎扎实实再补打了几锄，直到老狗眼光发直，断了气，狗头差点变成一堆肉泥。

"哎呀——"一个过路人发出惊叫。根满回头一看,发现是翠娥挑着一部缝纫机,大概是做完上门生意准备回家。她穿一件红花衣,一双女式皮鞋,一身结结实实的皮肉被衣服紧绷着。

"是你呀。"根满丢了锄头,赶忙检查一下自己的装束。糟糕,刚才一路穷追,衣衫挂破了几处,笔帽也不知落到哪里去了。

"你是做上门生意来?"他明知故问。

对方没搭腔,进退两难。

"你……一个人?"还是明知故问。

翠娥低着头,"根满,你让我过去吧。"

"当然当然,"他笑着让开路,"不过,我想同你说几句话。"

翠娥还是不看他,"有话你快讲。"

"我……"他搓手搓了好半天,突然看到地上的狗,"我把这条狗送给你,你看看,这狗起码有七八斤,煮得一大锅,狗皮还卖得钱。"说着就要把血淋淋的一堆,往对方的担子上塞。

"不要不要,我不要!"女裁缝吓得连连后退。

"那……那我帮你来担一截吧。"根满不由分说,上前抢过缝纫机担子,上肩就开跑。翠娥急得直跺脚,想逃跑,又舍不得缝纫机,只好跟着追。"你放下,你放下,你放下!"但她哪里追得上。根满像腾空起飞,作起了神行法,足足跑了两里多路,才在一棵大樟树下,稳稳当当放下担子。

"谢谢你……"翠娥又气又羞,口里还只能这样说。

"这算什么?以后只要你有事要帮忙,喊一声就是。"

"我不要人帮忙,不要。"

"总有求人的时候吧?"根满突然一拍腿,"哦,对了,你那个花木箱子,还想不想要呵?"

"箱子?"

花木箱子是翠娥的最爱,备用的嫁妆,被红卫兵抄走了,现在收在公社仓库里,曾被根满一眼认出。"箱子当然想要啊!"翠娥口气软下来,"根满哥,你们还给我吧。那算什么四旧呢?上面就描了几朵花。我问过路干部,他也说不算。你们收了它又有什么用呢?要是说不能有花,我拿回去用漆涂了它就是呵……"

"没问题!"根满一拍胸脯,"涂也不要涂,过两天我把它送到你屋里去。你还想要花床、花柜子,只管开口。我也送过来。"

"不要不要,我只要我的箱子。"

"那我就送箱子。"根满见翠娥担起缝纫机要走,又急起来,"喂,还没说完呢,你慢点走。"

"还有么事?"

"我给你箱子,你要答应我一个要求,好不?"

翠娥的脸一下红了:"哪样的要求?"

"你要先答应我,我就说。"

"你不说,我何事答应?"

"你要答应!"

"那我走了。"

翠娥要走,急得根满一把扯住担子:"你……你……你给我做老婆!做老婆啰!"

"你放屁!"翠娥的脸更红了。

根满心如火烧,情潮大发,真有点忍耐不住。他盯住翠娥丰满的胸脯,气喘吁吁地扑上前去,一把箍住她的腰。"文化大革命都胜利了,你还不答应我?你也不看看,这青龙峒最忠于毛主席的是谁?你根满哥!这青龙峒阶级斗争最勇敢的是谁?还是你根满哥!城里那些红卫兵最看得起的是谁……"

"救命啦——"

翠娥是个强劳动力,平时挑百多斤的担子毫不在乎。她一回肘,捅得根满眼冒金星。又飞起一脚,把瘦弱的求爱者踢倒在地。

然后脚一跺，担子也不要，朝路上没命地跑去。

"根满，你这是干什么？"不知什么时候，路大为出现在身后，看着翠娥远去的背影。

"下手好狠呵。这样一个恶猪婆，哪个男人还敢要？"根满捂着肚子呻吟，摇摇头，像从梦中醒来。

"我到处找你，你原来在这里干这号事？"路大为看了看缝纫机，还有落在地上的女人发夹，气不打一处来。"你简直——无耻！你说说，你还像个造反派战士吗？才造了几天反？就被资产阶级糖衣炮弹打中了？不光要前呼后拥，还想要三宫六院呵？难怪好多人都说你这个人底子差，当不得大用。"

根满自知做了错事，不吭声不透气，只是盯着地上一块石头，好像那块石头很值得研究。

"去，赶快向她赔礼道歉！"路大为指着远处的翠娥——她哭哭泣泣在那里等着来担缝纫机。

根满还是像个死人。

"你去不去？"

根满横了战友一眼，气冲冲扬长而去。

"好，你不去？"大学生一气之下也动了粗，上前一把揪住对手，拖着他就走。根满不服气，冲着路大为的手就咬。两人很快扭打成一团。你一拳我一脚，你揪衣领我揪头发，转眼间已打得尘土飞扬天昏地暗。根满的嘴角出血了。路大为的眼镜也不翼而飞。直到井边两个洗衣的妇女尖声大叫，直到更多的人赶来劝解，他们才气呼呼地收手。

## 鱼鳞也不给一片

　　……上海市广大革命群众，在批判上海地区党内一小撮人所执行的资产阶级反动路线的斗争中,取得了初步胜利,并进入了更深入更广阔的新阶段:夺权!把权利从一小撮走资派手里夺回来,这是革命斗争的需要,是时代的必然要求!

——引自上海工总司等组织一九六七年一月四日通告

路大为在总部联席会议上大拍桌子,提出内部整风,严肃处理少数人的违纪行为。很多人一提起翠娥就笑,强烈要求根满提两个猪头去赔罪,说得根满脸上红一块白一块。他赌气冲出会场,爬上一部拖拉机出山而去。

他回来的时候,已是第二年夏天。这时候的他,比以前大不相同了。大概是在外面吃饭油水厚,他的脸胖了些,也白了些,整个脸盘子大了一圈。他蹬一双皮鞋,穿一件军上衣,敞开的衣领下是一件蓝白两色的海员衫,都是当时的时装。他的头发梳得整整齐齐,胸前还戴着一个碗大的红像章,像戏台上古代将军的那种护心镜——不用说,那当然是只有在大城市才能有的奇珍。他的官话说得更有腔有板了,还常常带上一些新词,比如"观点""立场""政策攻心"等等,让乡亲们听得一愣一愣。

他绘声绘色讲述长沙的"六六"惨案、"坪塘战役""火烧湘绣大楼"事件,还有斗省委书记和军区司令的情景。至于"高司""工联""湘江风雷"之间的纷纭战事,种种趣闻,那当然更不在话下。这当然令人肃然起敬。对省委书记和军区司令,孟书记和丁社长都没见过呢,他根满不但见过,而且还斗过他们,啧啧,真是饱享了眼福!

更使他威望大增的是,他是坐一部小吉普车进山来的。同来的有一个高个子,带着身后好几个警卫员,都挂着长枪短枪,据说这是某某组织的政委。他由根满陪同,视察了这里的情况,吃了一餐酒饭，吃了几个西瓜，然后宣布批准接纳"孙大圣"为省会"红导弹"联队的下属组织，还当场留下两箱手榴弹，作为军火支援，又甩出六百块钱，作为活动经费。这又使孙大圣们轰动：呵呀，到底是根满的脚路宽，有办法，一下就搞来几百块，比我们砍竹子炸石头要松快得多……这些议论在青龙峒传播得飞快。

相违几乎一载，公社里当然也有些变化。据说城里来的红卫兵基本上都撤光了，只剩下路大为一个。原因呢，是学生们对这里的革命看不惯，大为失望，对这里的蚊子和猪粪也不习惯，实在无法忍受。他们能在这里撑上几个月已是奇迹。只有路大为是个木瓜脑袋，居然还对穷山窝上瘾，在这里办什么农民夜校，扬言要拉起一支真正的左派队伍。

听说毛主席在北京发话了，不惜重上井冈山也要继续革命到底——他居然把这事当真。

对这些传闻，根满听了撇撇嘴，发出一声冷笑。他现在根本不怕路眼镜了，那四眼狗算什么东西？指手画脚，高谈阔论，也就是三百斤的野猪一张嘴。根满眼下是见过大世面的人了，是直属省里总部领导的造反派司令了，差不多把满世界的大学生都见过了，难道还怕他不成？

根满更不把周光放在眼里。周胖子有什么本事？他手里有几颗手榴弹？能搞来六百大洋的活动经费？恐怕吉普车也没坐过吧？能有辆拖拉机坐坐也就不错啦。想当初，他还与刘根满争风头，说他没文化，又不是党员，不配当一把手。现在风水轮流转，他刘根满要想当十个党员，不也只是一句话的事？

根满见了周光，不拿正眼看。看了看树上的鸟巢，看了看墙头的青草，走过去了。

"根满，根满！"

根满头也不回。

"刘根满，你回来，我有事找你。"

根满回过头来，"你找谁呵？"

"我找你呵。"

"你是谁？"

"我？你不认识了？周光呵，周胖子！"

"哦，你是周光？你就叫周光？你还叫周胖子？"

根满拿腔拿调，一个领导接见上访群众的姿态，把对方气得七窍生烟。当然，更令人气愤的是，他根满一回到公社，就找来公社党委的公章，给自己办了一个党费证，还叫半边瓦去贴了张庆祝刘根满光荣入党的大海报，此事根本不与周光商量，事后也根本不接受批评。用周光的话来说，共产党又不是菜园子，你想进就进呵？怎么说也得由周光这样的党员来批准一下吧？

接下来，他们又为一件事接上火。事情是由东方红水库引起的——水库修成于一九六五年，占了周胖子那个大队的田，事后由几个受益大队划出田来补偿。水面则由公社渔场管辖。文化大革命一闹，渔场散了伙。周家大队一些人要下水库打鱼吃，引来隔山的刘家大队意见纷纷。因为刘家大队已划田给了周家大队，照理水库里的鱼就不再姓周。再说，要算老账的话，水库淹掉的田，土改前本就是属于刘家祠堂，刘氏水草养的鱼，怎容得周家人来伸手？这一争，意见越闹越多，周家人说修水库时动了周姓祖坟，挖断了"龙脉"，那纯属资产阶级反动路线的"迫害"。刘家人又说，水库的水来自刘家山上，洗走的肥土没有作价，无异于打家劫舍，完全是修正主义大举复辟的"血债"。双方都觉得文化大革命是他们扬眉吐气的好日子，于是互不相让，唇枪舌剑，动手动脚。风波的最高潮自然是周刘两姓领袖的谈判。

"根满伢子，"周胖子目光咄咄逼人，唾沫星子满天飞，"你们那些人太没觉悟了,抢了我们的渔网,抢了我们的桨,只怕还想打架?你们想独吞水库里的鱼,哪里有那样好的事?"

根满打了个哈欠:"闹什么?这个问题……我们研究一下再说。不过,现在事情比较多……"

"什么研究不研究?你不要打官腔!说你脚细,你还真的要扭几下?"

根满很不满对方这种目中无人的气势。手榴弹和六百元经费是靠他争来的,这就是他看不起周胖子的充足根据。"你们也想吃水库里的鱼?我怕你们想偏脑壳呵?说这些没屁眼的话,也不怕遭雷打。当年修水库,几丘田早就还了你们。你们又没来挑一担土,没来砌一块石头,哪像我们,腊月里牙齿都差点冻脱。狗婆养的……"

"你才是狗婆养的,嘴巴哪里这样不干净?"

"如今鱼长得斤把多一条了,你们又要来退田?我懒得同你讲。一句话归总:明天我们开闸起鱼,鱼鳞也不给你们一片!"

"你们敢!"

"不敢?我怕鱼刺卡喉咙呵?哈哈——"

门外是一片人头攒动,喊声四起。不仅有人在争夺渔网和船桨,还有人拖来了锄头和扁担。之所以还没有开打,是两派还在等待谈判结果。半边瓦在那里使劲地吹哨子,不知道是什么意思。有人在哭着喊娘,也不知道是什么意思。片刻之后,咣当一声,人们挤破了门,七嘴八舌地拥入屋内。这个说:"杂种,你看你这尖嘴猴腮的样子,还像个人样?晓得你是哪里来的野种!"那个说:"你是什么好角色?那年你贪污大队上的钱,你以为大家不晓得?"又一个说:"你家的三毛佗偷公家的塑料布,丑不丑呵?"另一个说:"人家都说你婆娘懒得做猪叫,养出了一肚子油,养出了一身膘,只能往屠房里送!"……若有一位局外人在这里,肯定会听得一头雾水。事实上这里不再是谈判，谁对谁说并不重要，谁说得在理也不重要，重要的是嗓门和气势，是出他娘的一肚子邪气。大家都在骂，也都在挨骂，大家的祖宗、婆娘、子女等等一律臭烘烘地蒙受恶名。

到这个时候，好些人才想起：造反到了这一步，荷叶包钉子个个想出头，恐怕也不是美事呵。

半边瓦提议去找下台的当权派来断案。刘根满和周光一时无奈，也忘了革命和夺权这回事，觉得当权派还是当权派。于是一行人直往刘家坡的猪场而去。

丁德胜住到那个猪场已有几个月了，这是很多人在路上才知道的。这几个月，对于老丁来说有几年那样长。他头发胡子白了不少，看上去已经像个老汉。虽说挨斗时的腰伤已经治愈，但风湿关节炎犯了，腿脚还是不大方便。看着同事的干部大多跑了，他本来也可以跑，但一想到自己工资照拿，不能光吃饭不做事，便一直守在山岫里，有时还习惯性地下达一些命令，要这个队防山火，要那个队打药杀虫。造反派倒也奇怪，虽说已把他赶下了台，看着他擅权干政，却也大多睁一只眼闭一只眼，只当没这回事。有的人喊顺了嘴，一见他的面甚至还是"社长"前"社长"后的。其实他们也没喊错，丁德胜按政策照拿着工资，还是当官的命，不是社长是什么？

有一次，他对周光大声呵斥："老子风风雨雨见得多了，还怕你们几个蛆婆拱磨子？等运动结束，老子枪打出头鸟，一个个来收拾你们这些家伙！"

当时，周光偷偷塞给他两包纸烟，赔上一个笑脸："我这不也是没办法吗？毛主席要我们造反，我们总得造一下吧？"

周光当着众人的面，还有造反司令的威风凛凛和凶神恶煞，只是一转背就私下里暗通曲款，在老社长面前说软话，两头都做好人。听说把社长送到竹妹家养伤,派人送来一些活鱼和麂子肉,也是他的暗中安排。

那一段,丁德胜过得逍遥,没事的时候就要竹妹读一段报纸听听。

"……党内最大走资派的黑爪牙不是一两个,是一大层,我们就是要把他们统统挖出来,打翻在地,再踏上一只脚!"竹妹读了一段,发现社长脸色不对,赶紧换了另一张报纸。

"……造反,是无产阶级的光荣传统,我们就是要造反,造反,再造反!一千年还要造反!一万年还要造反!"另一张报纸上还是这些话。

老丁越听越心闷,长长地叹了口气,望着酒杯,眼皮都撑不起来。

"丁伯爷,你不要着急。"

"不急,我不急。"

"是不是我们真的跟不上形势?是不是……"竹妹有些担心。

社长岔开话题:"你们院里每天还有几个人出诊?"

"每天三个人守院,五个人出诊。"

"那好,那好。有些人手头钱紧,舍不得请郎中。你们到村子里要多问问。我这里很好,你不要管我。"

关节不那么痛了,腿能走了,他就扶着拐棍向大山里走去。这连绵起伏的青山,对他来说太熟悉了。哪个坡上有棵什么树,有块什么石头,哪块田叫什么名字,他都很清楚。可现在能做点什么呢?他怀疑眼下中央是不是出了奸臣,但他又更愿意相信,中央是对的,是英明和伟大的,主要是下面的造反派中有坏人。他决计要同这些人斗。可怎么斗呢?拉一批民兵去打游击?不妥。到北京去告状?也没用。山高水远的,怎么去得成?他又想起报纸上那些话,心里有股说不出的滋味。看来上面有些人太不顾基层的实情了,太乱弹琴了。尤其对乡村干部,又冷又狠。人家泥里水里辛苦不算,还像个床脚下的夜壶,要用就拖出来,不用就一脚踢进去……他就这样想着,走着,伤心着,咒骂着,在他父母的坟前还大哭了一场。

好在他人熟地熟,走到哪里也可以吃到饭。尽管公社党委不存在了,大部分队还是不忘把公粮交足——山里人就是这样本分。这让他比较放心。

他回到县城女儿的家里,也过了一段神仙日子。老婆每天给他打个荷包蛋,小外孙每天围在他膝头。出门有个小庭院,靠围墙有一片绿绿的青苔,几株车前草和鸡冠花,几只老母鸡经常在那里寻找野食。上面,还有一个葡萄架,葡萄由绿豆子那么大,变得黄豆那么大,蚕豆那么大。风一吹,树叶沙沙响。整整个把月,他懒得去打听外面的消息,对家里的事,倒变得细心起来。他从不关心儿子婚事的,现在也意外地找儿子来问一问,出出主意。为了给小外孙做个捕鸟的夹子,可以忙得满头大汗。

但他又总觉得好像失去了什么,胸中像空了一块。

孟中和上门来看他,拉他去参观县城里的批斗会。据说挨斗的县委某副书记乱搞女人,终于被群众揭发出来了。据说某局的局长占用了公家的一个水桶,吃了公家的两个西瓜,也被群众愤怒地揭发,在批斗会上挂上了牌子,戴上了高帽子。孟中和说到这些的时候,脸色发白,嘴舌有些哆嗦。

"我没乱搞女人,又没拿水桶和西瓜,怕什么怕?"丁德胜觉得对方大惊小怪。

孟中和着急地说:"搞女人,拿桶子,吃西瓜,都还只是小节。要是对抗毛主席革命路线,那罪名就大啦!"

"我没对抗。你对抗了?"

孟中和苦笑着摇摇头,"老伙计,形势看来不是我们估计的那样。你晓得不？上头很多人现在也转向了。红不红，线上分呀……"

"你什么意思？"

"我的一个老上级，在省委干了七八年，厅级干部了，是有天线的，消息灵得很，将来很可能是个书记副书记什么的……"

"有人管事就好。要冬种了，现在连电话会也没开一个。"

"你没明白我的意思。我是说，我们也得耳朵灵一点，眼光尖一点，走一步看三步……"

"你到底想说什么？"

孟中和大谈了一通天下大势，说到全国眼下是大洗牌，重摸牌，各级都要搭班子了。据说新班子都要吸收一部分干部，但反对造反派的干部不能要，群众通不过的不能要。所以人在屋檐下，不得不低头，他已经报名参加"孙大圣"，不能让老伙计吃亏，所以也给他要来了一张申请表。

丁德胜盯着那张表，忍不住勃然大怒："叛徒！"

"你这话是怎样说？你这话……"孟中和脸上红一块白一块，"我不都是为你好吗？你看不起周光、刘根满这些烂冬瓜臭茄子，我也看不起。将来有机会，要抓的还要抓，要关的还要关。是不是？但不看僧面看佛面，你得给党中央毛主席一点面子吧？毛主席要我们支持革命群众，我们有几个脑袋，敢同他老人家顶牛？呵？"

丁德胜读书不多，肚子里没有多少文墨，没法驳倒这些冠冕堂皇的话。焦躁之下，他挥挥手，"你走吧，走吧。我要洗澡。"

对方按熄烟头："好吧，你先想想，我过几天再来找你。"

客人走后，丁德胜气得一把撕了申请表，骂了一通无名娘，飞起一脚把扫把踢出了丈多远。他应该骂哪个呢？一般的造反派，无非是造反有利，好像还可以原谅。他丁德胜最想骂的就是那些见风使舵的家伙，那些软骨头的领导，那些脔心七窍聪明到顶的人。大刀还没有搁在脖子上吧？还没有上老虎凳灌辣椒水吧？怎么就一个个顶不住了？

他得顶住，得拿出个样子给世人看看。想到这里，他后悔这一段在女儿家的躲藏，第二天就搭乘一部拖拉机回到了青龙峒。他白天带领一些人寻护山林，垦覆茶园，修整渠道，晚上就住在一个猪场里。养猪的孤老叫丙三爹，与老丁在解放前同做长工，结拜过兄弟。这一年多来，他除了每天喂好那两只猪婆以及十几头肉猪，最大的事情就是插三炷香，希望关帝显圣，保佑天下早日太平，保佑好人不吃亏，保佑队上的猪不发病。闲时他们两人也喝点闷酒，或者捡几个石头，在地上玩一盘棋。

周、刘两姓群众来找当权派断案的时候，丙三爹出外买糠饼去了。老丁听得山口那边吵吵闹闹，探头一看，发现是造反派上门，以为他们又是来开批斗会，就提着一把柴刀上山去了。

"走资派呢？妈妈的！"周胖子在猪场四周找了一阵，没找到半个人影，"走资派是你们藏起来了。你们想霸占水库，怕他出来作证。"

"你骚起嘴巴叫，走资派是你们抓走了！"根满也不示弱。

"你把走资派交出来！"

"你交出来！"

两人又差点祖宗八代不可开交。最后周胖子扬长而去，"好吧，我丑话讲在先：你们要是一意孤行，造成的严重后果由你们负责！"

"送瘟神，送瘟神啰——"见周胖子一行去了，根满叭叭叭热烈鼓掌，又指挥手下人整齐地高喊："一二三四五，你们走得好辛苦！一二三四五六七，你们慢走不要急！……"这是他从城里学来的新招，意在快快活活地羞辱对方。

## 我恨你

　　八月二十日夜间，苏、波、保、匈、德五国出兵侵占了捷克斯洛伐克，红军的坦克控制了布拉格。莫斯科和华沙广播电台宣称：这是为了提供"国际主义援助"，为了"避免一场内战和反革命事变，保卫社会主义成果"……

　　　　　　——引自共同社一九六八年八月二十一日消息

　　门外箩筐扁担一响，丙三爹弯腰进了门。"那群暴脑壳来过了吧？"

　　"来过，老子躲起来了。"

　　"你没听到什么风声吗？"丙三爹神色慌张，"不得了，不得了，要出大事啦。"

　　"么事？"

　　"刚才听人讲，周家大队的人要把坝炸掉！"

　　"炸坝？你没听错吧？"

　　丙三爹把听来的消息一说，让丁德胜吃了一惊。为了几条鱼就要炸坝，这些造反派是不是疯了？是不是搭错了筋？丁德胜从来把东方红水库看作自己的命。想当年，找门路抓资金，他受了好多气，受了好多上级的批评。为了按期完工，他寒天冷地催着民工大干快干，惹得好多民工骂他"丁阎王"和"丁扒皮"……他几乎六亲不认，不顾一切，在骂声里闯，在困难里滚，终于有了那个大坝，有了五千多万方的抗旱水和救命水，怎么能让它今天毁在几个暴脑壳手里？

　　他激动地朝门外走，一个趔趄差点跌了一跤，"丙三，我的腿不知怎么了，你来扶我一把。"

"你去做么事？"

"我要看他们有好大的脑壳，有好大的胆子，敢来同老子玩命！"

"那号场合，别人躲都躲不赢，你还寻了去？"

"你怕？阳雀子的胆呵？"

"我去倒无所谓，我反正无儿无女，是快入土的了，料木也都准备了，死也死得了。德夫子，你去不得。秤砣压千斤，青龙峒以后还要靠你呢。"

"水库都没有了，还有什么青龙峒？还要我这个社长做什么？"

"德夫子……"

"你今天不帮我，我就没有你这个兄弟。我把话放在这里！"

丙三老人怔了一下，眼睛里湿漉漉的。他抹了把眼睛，搓搓手，只得低下头去，到床下去寻马灯。他点燃了马灯，扶着老丁走一段，又背上老丁走一段，再扶着老丁走一段，再背着老丁走一段，直走到天快亮的时分，才深一脚浅一脚来到坝上。马灯油也烧干净了。他们发现这里已经有了很多人，场面盛大足以吓他们一跳。这里不仅有水库受益区的村民，还有一些非受益区的村民，还有一些教师、兽医、邮递员、养路工的面孔。他们大概也是听到消息了，大概也是急了，就带着铺盖、雨伞、马灯以及干粮什么的，不约而同来到这里。一道人肉防线，大概是要阻挡炸坝。几个老汉也扶着拐棍上了坝，一些妇女也上了坝，还有些娃崽也揪着母亲的衣角跟上了。

大家默默地坐满了坝的两头，守住水闸房。轰轰的闸道流水声中，没有人讲话，只有黑压压的人影在等待，像等待一个什么庄严的仪式。

丁德胜发现，这里的人们还特别齐心。哪个肚子饿了，旁边的陌生人就会塞来一个玉米或者红薯。哪个在太阳下流汗了，旁边的陌生人就可能递来一顶草帽或一把蒲扇。周家大队造反派的探子才露面,大家就一齐喊打,吓得对方屁滚尿流。那探子嘴边不知何时还被糊上了一把牛粪。这使丁德胜此前的担心完全有些多余。他现在的工作得反过来做:劝大家不要火气太大,不要动手行武。有些后生贴出"破坏水库,断子绝孙"的标语,他得劝他们出言不要这样毒辣。

不用说,这一天的炸坝当然流产,没人敢断子绝孙。但意外的情况是,有一个大圣爷想拿手榴弹炸鱼,一不小心拉动了引线,没扔出去,造成了轰隆一声之下的血肉横飞,吓得人们晕了头。一死一伤,应该是意外事故。但晕了头的大圣们不相信这是事故,不愿意相信这是事故,一口咬定这是周姓人狠下毒手。大屠杀开始了,开始了,开始了呵。尸体抬回家以后,锣声一阵紧一阵地敲响,敲得人们心慌。刘家大屋牌楼前人头攒动,有人操锄头,有人操铁尺,有人操火铳,有人操梭镖,纷纷叫喊着血债血还和以命抵命。妇女们在哭,怕自己的亲人有三长两短。几个老人在灶屋里烧香,求菩萨显灵免除灾祸。小把戏则被眼下的混乱吓得哇哇大哭……

根满平时一见血就腿软,并没有英雄虎胆,但他今天离爆炸点很近,一块弹片削去了他半只耳朵,不但痛得他满地乱跳,还破了他的相。他大为震怒。妈妈的,周胖子也太毒辣了。老子还没讨老婆,你怎么冲着脸下手?你他娘的怎么真敢动手?

他到处找自己的半片耳朵,没找着,血已染红了衣领。这样,当他跳到桌子上时,半边脸上缠着染血布条,样子很是吓人。"同志们,贫下中农战友们——"他脚一跺,"姓周的杂种欺侮我们,老子禽他老娘,禽他姥姥,禽他姥姥的姥姥!今天不是你死,就是我活。现在我命令:哪个去打,一天记三十分工,加一包纸烟。打伤了的,队上出钱治伤,外加十斤肉奖励。打死了的,队上出钱下葬,奖镜框子一个。他的爷娘就是大家的爷娘,他的崽女就是大家的崽女,年年白分粮食白分油。听见没有?今天不打破他们几个脑壳,决不收兵!"

决不收兵,决不收兵,决不……人们齐声高喊。但也有人交头接耳,在讨论奖惩条例是否合理。还有,要是有人不参战怎么办?

"不去?妈妈的,扣他的口粮谷!回头再赶他屋里的猪!"根满对乱糟糟的场合表示不满,又在跺脚。可惜没跺响。

"司令!"半边瓦上来扯了下他的衣角,"有人找你。"

"哪个?"

"眼镜。"

"我没得空!"

"只怕是有重要的事,你还是……"其实半边瓦是害怕打架的,特意派人把路大为找来,让他劝劝根满。

路大为正在牌楼内劝说玉堂老倌等人,已经劝得较有成效。尤其是听说解放军即将进山,好几个后生已经把手榴弹和梭镖交给刘玉堂,算是顺势下台阶。还有些后生在犹豫,半信半疑地听大学生继续说:"造反派自相残杀,就是覆灭的开始,只能使亲者痛,仇者快呵。党中央一再要我们要文斗不要武斗……"

"不是姓刘的滚出去!"根满冲上去大喝一声,"我们的兄弟死了,不是死一条狗,不是死一只猪!知道不?"

大学生看清了根满,冷笑一声,"人到底是怎么死的?原因查清了没有?把手榴弹当玉米棒子,能不出事吗?"

"你是周家人派来的探子吧?"

"我是什么并不重要。就算我今天改姓周,你也得听我把话说完……"

"不准在这里放屁!"根满打断对方,眼一横,突然振臂高呼,

"不准臭知识分子在青龙峒放毒!"

路大为和听众们都没有反应过来。

根满又朝路大为瞪着眼:"姓刘的贫下中农不好惹!"

既然提到刘姓,又提到好不好惹的问题,有些后生的怒火又被点燃。"姓刘的贫下中农就是不好惹!"他们也跟着举起了手臂。

"誓死捍卫毛主席的革命路线!"

"誓死捍卫毛主席的革命路线!"

"誓死保卫党中央!"

"誓死保卫党中央!"

口号喊顺了,道理就说不清了。当根满带着一伙人冲出牌楼,路大为成了挡车的螳螂。他被人们挤倒,一只鞋不见踪影,眼镜也被人揪走,不知摔到哪里去了。更重要的是,他和刘玉堂好容易收缴的几件武器,又被人们一窝蜂抢光。

这天下午,竹妹去救护伤员,也在烂石桥的武斗现场见到了路大为。她没想到自己一见到对方还有激烈心跳。路大为算什么?与她有什么关系吗?很长一段时间来,她以为自己早忘记这个人了,甚至咬着牙诅咒过他,赌咒发誓不再理睬他,就当他是一只误吞入腹的苍蝇。

她有时看见眼镜鬼在公路上跑步。有些社员说:跑得大汗直流,这样重的功夫,有工分没有?……碰了鬼,只怕是个神经病呵。

她懂得那不是发神经病,但她装作不懂,也跟着人们讥笑。

她听说眼镜鬼办什么农民夜校,自己掏钱印课本,还编了些新民歌教大家唱。有些社员说:他不是到峒里来传教吧?既不是洋和尚,又不是土和尚,他是想传什么教呢?他要传教,也得先供个菩萨给我们看看吧?

她知道那不是传教,但她装作不知道,也跟着人们开骂。

后来，夜校的学员越来越少。即算留下来几个，也大多是想学写几个字的人，或者是想找他借钱的人。一旦他鼓吹"破私立公"，鼓吹什么上交自留地，学生们就觉得他满口黄牙，一阵拍桌子打椅，把他轰下了讲台，赶出了屋场。到这个时候，竹妹又暗暗觉得他可怜。他也太老实了，太迂腐了，太不谙世事了。读了这么多书，做事怎么还像个娃呢？你以为大家都能像你一样，只剩下一分钱也往外掏？

有一次，她终于接受丁德胜的委托，去给他送一个字条，内容是约他来谈一谈。不知为什么，她去找他的时候，顺手还带上了一瓶蜂蜜，似乎是准备送给他的，似乎又不是。她在供销社的路口边守了半个下午，待到日头落到了山头，才看见一个熟悉的身影远远地来了。他一身晒得黝黑，蓬头垢面，没有戴眼镜，眯缝的眼睛老是紧张地看地，好像怕碰到石头和泥坑。

二十米，十五米，十米……竹妹已经看清他消瘦的脸了，看清他干枯的嘴唇、雪白的牙齿了。

她扯了扯衣角，露出一丝和解的笑容。只由于脸皮薄，她没有出声招呼。她想，男的总比女子胆大吧？

可是，他望了她一眼，脸上没什么表情，走过去了。

这是怎么回事？她笑了，而他走过去了，真的走过去了！竹妹像挨了狠狠一棒子，只觉得头昏眼花，鼻子一酸，扭头就跑。

偏巧就是这个时候，公路那一头有人在叫路大为，是个风尘仆仆的城里姑娘，大概是什么同学来找他来了。竹妹躲在大树后抹眼泪的时候，听到了他们的说话。

"周小慧，你怎么到了这里？"

"我哪是周小慧？讨厌，你看清楚一点！"

"哦，对不起，莎莎呀。"

"瞎子，你没戴眼镜了？"

"摔坏了。托人拿到县城去修配去了。"

听到这里，竹妹其实应该明白，刚才路大为视而不见，也许情有可原。但此时的竹妹已满腔委屈，一看到另一个女子的白跑鞋和花裙子更是昏了头，根本没工夫细想一切。她听他们谈起了城里的武斗，谈到同学们的茫然和逍遥，当然还有路大为在这里的四处碰壁。有些话她没听清。她满脑子都是跑鞋和裙子，还有男人朝女子肩上捶了一拳，女子也朝男人肩上捶了一拳，然后两人哈哈大笑。

竹妹的眼泪哗哗流。她不能忍受这种笑，还有那亲热的一拳又一拳。她算是看清了，鸡还是鸡，鸭还是鸭，鸡和鸭是搅不到一块去的。难怪你路大为眼睛长在额头上，见人睬都不睬。好，竹妹成全你，去找你的鸭吧。可你为什么又要跑到山里来？为什么一来再来而且赖在这鸡窝里？为什么曾经用那么热情的目光盯得竹妹心慌意乱？好坏呀，你好坏。你跟着那个什么莎莎滚吧，滚得远远的——她就那样花容月貌？瘦弱不说了，声音尖细也不说了，连名字也古怪：莎莎。根本不像个人名，一点也不好听！

竹妹感到自己好可怜，把一瓶蜂蜜丢进水沟，跑回家去扑在床上大哭了一场。她又找来菜刀，莫名其妙地把一截竹筒剁成碎渣，然后把碎渣拿到门口迎风扬撒，好像这样一剁一扬，自己的胡思乱想就随着竹筒永远消失。

她没料到，有一天晚上路大为意外地到卫生院来敲门，敲得她的心里嘣嘣跳。

"你是谁？"

"我是小路。"

"你……来做什么？"

"我……想找老丁，丁社长。你能帮帮忙吗？"

她当然能帮上忙。要是在以前，她一听这事还会高兴得直跳,但她现在愤怒地说:"你滚吧。他根本不在青龙峒。"

"听人说,你几天前还给他送过药……"

"他凭什么要见你?我凭什么要帮你?你是谁?你以为你是谁?你是杀猪的还是阉鸡的?是偷棉花的还是偷南瓜的?是脑袋上生了疮的还是脚板上流脓的?……"那一刻竹妹骂得好痛快。

"竹妹,你听我说……"

"我是聋子,听不见!"

后来从门缝里看,他快快地离去,身影消失在一片银色的月光中。这算是竹妹最后一次与大学生的交往,也是她最开心最得意的报复。因此,眼下来到烂石桥,她根本没有想到自己会为这样一个人扑上前去。当时小桥被几根伐倒的枫树拦住,桥上还有风车、禾桶以及破土车——那是周姓人设置的路障。附近有零星的枪声,有喊打喊杀的一阵阵吆喝声浪,只是人们分隔在小河两边,藏在土坡后或树林里,都不敢贸然上前。竹妹一眼就在人群中看到了熟悉的人,看到了熟悉的浓眉大眼和高高颧骨。他浑身泥汗,飞舞着红语录本,在小桥上朝河两边大喊:"社员同志们,大家要文斗不要武斗!要团结不要分裂!贫下中农不能打贫下中农……"

竹妹被眼下这个场景惊呆了。喊打喊杀的声浪又一次呼啸而起,把他沙哑的声音淹没。更要命的是,她看见有些人把手榴弹盖旋开了,有些人把子弹上膛了,而且有颗手榴弹已经在小河岸边爆炸,只是炸点还算远,没有伤到人。

有人大叫:"杀呵——"

更多的人一齐大叫:"杀呵——"

竹妹就是这个时候冲上前去的,想把对方拉下来。在那一刻,她完全不知道自己为什么会这样做。

"竹妹,你快离开这里!"

"你疯子呵？这里关你什么事？你快滚吧！"

事情就在这时发生了。又一颗手榴弹飞过来，被竹妹一眼看见。也许投弹人并不是真想行凶，只是想吓唬一下对手，但由于心慌手颤，一投就偏了方向，一只死亡的黑影竟直冲着桥上而来。

竹妹恐惧地睁大眼睛，猛推了路大为一把，自己却不知道如何闪避，只是呆呆地站着。她没有看见自己背后的沙石飞散和硝烟升起，只觉得沉闷的一声以后，背上微微一凉，自己有点摇晃。

可怕的惊呼从小河两岸传来。"炸死人啦！""炸死人啦！"……枪声与铳声再次响起。还有轰隆两声，大概是另外的手榴弹在爆炸。

"竹——"路大为扑到竹妹跟前，使劲摇着她，声音完全异样。

她闭着眼，头扭到一边。

"你没事吧？没事吧？你是不是……"

她的嘴里开始流血。

路大为脸色大变，一把抱起她，撒腿往桥下跑。大概是一高一低的步子震醒了竹妹，她在路大为的怀里慢慢睁开眼，看着路大为脸上豆大的汗珠，还有干枯的嘴皮，被牙齿咬破的血痕。

"你……放下我。"

"竹妹，你不要怕。"

"放下我……"

"忍着点，就要到了，就要到了……"

好容易到了一户农家。路大为不由分说踢开门，放下竹妹，立刻请户主帮着找草纸，找布条，找担架。他的嘴皮发抖，手也发抖。

竹妹这才明白了什么，嘴唇已经发白，闪亮的眼光射向路大为，泪珠突然夺眶而出。她好像有些害怕，一只手紧紧抓住路大为的手，指甲差一点把对方的皮捎破。

路大为挣脱她的手，准备烧纸灰止血，拿着几张草纸，划断了三根火柴，因为手哆嗦不已，还是没有把火点燃。

"你有……血……"竹妹艰难地说。

"我没有伤，是你的血。"

"你……是流血了……"

"不是我的血。你不要讲话，不要动。"

又一汪泪水涌出了竹妹的眼窝，她呼吸急促，越来越急促，脸一下全部失去血色，张大嘴，像要喊出什么。借路大为给她嘴唇擦血的机会，她突然一口咬下来，咬住了路大为的手——这是她最后能够做到的。

我恨你——这是她眼中明明白白的话，在路大为眼里逐渐模糊。

"竹妹，竹妹……"

路大为手痛得戳心，但没有把手抽回来，似乎愿她咬下去，永远咬下去。

但她的牙齿渐渐显得无力，最后完全松开。

## 大军压境

妈妈，回声真的是个调皮的小伢伢吗？他怎么老是学我说话？他躲在山上吃什么呀？

——孩子的话

根满当时不在前线。倒不是因为害怕，是一时内急，他要方便一下。等他走出厕所，听说前面已经打起来了，听说竹妹已经中弹，大吃一惊，发了疯似的夺路而去，一路上撞倒了人也踩死了鸡。

来到一户路边的人家,他看见竹妹躺在门板上,已经合上了眼睛。周围的人哭泣不已。几位妇人正在给死者梳头,洗脸,找衣服,想抢在尸体僵硬之前换装入殓。

路大为一见到根满,目光闪闪逼人,突然冲上前来揪住他的胸口。啪的一声惊天动地,一记耳光狠狠摔在根满脸上。

根满木头一样,好像不觉得挨了打。

"刘根满你这个杂种,是你杀了她!杀了她!"

根满还是不动。

他眼里只有地上那张脸,那张惨白如纸的脸,那张他以前不敢观看甚至不敢想象的脸。但那张脸他是熟悉的,曾经对他展开过笑容——小辫子一蹦一蹦,上面有个发结,有时是红的,有时是绿的,有时还配有桃花或者茉莉花。"根满哥,狗!我怕,我怕狗!"是的,是狗,从一个屋场里扑出来了,眼里闪着凶凶的绿光。一个石头猛砸过去。它跑了,又回头叫,好像还不甘心——"根满哥,你边放牛边读书,我们以后一起考中学好吗?""好呀。我一定好好读。"笔记本递过来了,雪白雪白,一股纸香。就是自己的笔不听话,字写得歪七扭八。不留神,墨水泼了,在本子上留下个黑团,像牛的形状。妈妈的,队上的黑牛婆最不老实,赶也赶不动。哎呀,石头垮了,牛摔伤了——"根满,你怎么是个这样的人?太可耻了!"是我可耻吗?我真是那样可耻吗?她跑了,青辣椒也没要。青辣椒换了酒,那酒太没味了,只怕掺了水。代销点那个青皮后生,一个不老实的相。——"我跟你磕头,磕响头,我不去呀,不去呀。叔叔,伯伯,爹爹,祖爹爹!""呸,不老实?快走,快走!"真的走了。是她走了,白脸一闪,不见了。

"呵——"

根满不像哭,不像笑,令人毛骨悚然地怪叫了一声。

周围的人都脸色大变,目光全部投向了他。

"冲啊——"他眼睛发红,从门后夺来一把锄头,冲出门见树打树,见墙打墙,见狗打狗,见鸡打鸡,一路打向烂石桥去。"杀人呵——杀人呵——"这是他的声音,是大家后来依稀能够分辨出来的声音。

"杀人呵——"对门山上送来阵阵回声。

领袖身先士卒的冲锋壮了战士们的胆。他们总算把嘴里的冲杀变成行动,跳出各种掩体,高举着梭镖或锄头,一齐向桥上冲去。

这天的晚霞,特别红,也特别静。

三天以后,刘家大队的战友们在水库里打了几网鱼,杀了两头猪,又打了两桌豆腐,还泡了几十张红薯粉皮,痛痛快快吃了一顿。刘姓的"孙大圣"造反纵队仗着人多势众,铲平了周姓的"井冈山"造反兵团,统一了全公社的权力,还为自己四位战死沙场的英雄隆重下葬,只差没杀几个周姓的地主富农来祭坟。为了统管武装,孙大圣的"革命军事委员会"也宣告成立,召开了成立大会。青龙坪热闹非凡,张灯结彩,鞭炮齐鸣,唢呐哇哇叫,手铳和三八大盖啪啪响。大小不齐的红旗子在公社门前插了一线,还架门板搭了个大戏台。正逢上赶墟,鸡蛋壳、瓜子壳、枣核、橘皮,丢满了一地。

临到开会,刘大领袖却不见人影,急得半边瓦秘书长汗直冒,打发手下人四处寻找。据说后来在刘家坡的后山上,人们发现根满独自在那里砍柴。种种传说不胫而走。有的说根满几天来一直痴痴呆呆,见到半边瓦就喊爹,见到刘玉堂就喊娘,见到几个小娃崽还喊叔叔婶婶,只怕是发癫的老毛病又犯了。还有的说,他经常喝酒,但喝上两口就把自己的脑袋往树上砸,把自己的鞋子往水塘里射,不晓得是什么鬼找了他,至少酒量已大不如从前。几天下来,他已经脱了原形,下巴尖削,脸色灰黑,瘦得脸上只有两只眼睛一张嘴。要是嘴一张开,就有浓浓的胃中浊臭扑面而来。

半边瓦请他签署文件。那是总部最新通告:第一,责成各大队旧班子暂时把生产管起来;第二,加强造反派的组织纪律,严禁乱打乱杀;第三,揪出几个挑动武斗的四类分子,把这些真正的罪魁祸首交"贫下中农最高法庭"审判。如此等等。

根满看也没看,就用指头蘸上红印泥,在文告上戳了个指印。"一律记工分,记工分!"

只是回答得有点文不对题。

半边瓦又递上一份报告,说是翠娥要求结婚,对象是一个木匠。

根满又戳了个指印,还是有点用词不确:"同意报销,报销!"

半边瓦最后又汇报:"路大为那家伙不见了。"

"他要再回来,我就打断他的狗腿!"

这一指示倒是很清楚,只是他说过以后,不知为何突然两眼失神,朝天上望了好一阵,捂住脸哇哇哭起来。"你不是我的兄弟,不是我的兄弟,不是我的兄弟呵。你看不起老子,同老子没缘分呵……"

半边瓦眨眨眼,觉得他的领导确实乱了神脉,胡言乱语不知是何意思。

就在根满莫名号哭的时候,有一个人已经只身走出了青龙峒。青龙溪唰唰地流淌,推动着溪边的水车木轮,漂涌着几片花瓣,几片落叶。山里的流水绿得发蓝。水里那些白的卵石、黑的水草,都可以看得见。小鱼结成伴,摇着尾巴,一下向南,一下向东,一下又静止不动,好像任何事变都不会搅乱它们的安闲。

这个人回头看了一眼,隐隐看见青龙坪会场里的密集人影,看见了眼熟的那些黑瓦白墙,大树小桥,远山近岭,还有卫生院的两列平房。他忘不了最后一次离开那里的情景：那个夜晚满垄蓝色的雾气又沉又凉，月光洒下一片银色的雾。他被她挡在门外，只得回头归去。他的赤脚踩在路边草叶上。草叶湿漉漉的，水田明晃晃的，被脚步声惊起的蛤蟆扑通扑通跳下田，搅碎了水面的月亮。

青龙溪的水花快快活活蹦蹦跳跳地往山外流。几只竹排顺流而下，驶入了水中大片绿色的倒影。不知是谁在竹排上放出了歌声：

> 哎呀咧——
> 姐屋门前一丘田，
> 郎一边来姐一边。
> 郎在一边栽甘草，
> 姐在一边栽黄连。
> 甘苦相交万万年，
> ……

这个人听得有些心酸，赶紧往山外走。

他出山不久就迎面遇上解放军队伍。大概是暴雨和滑坡把前面的山路中断了，军人们没有坐车，也没带枪械，只是背着被包，高举着一排排毛主席的画像和语录牌，大汗淋漓地急步行军，发出嚓嚓嚓的整齐脚步声。他们看来是奉令进山平乱的，没有言语，没有表情，对周围的一切看都不看，像一道排山倒海的绿色闪电突然出现。纷纷跳跃的红五星帽徽和红领章十分亮眼。

完了。路大为一看见这些嚓嚓嚓的军人，就知道事情完了，文化大革命要落幕了。当他看见嚓嚓嚓的军人队伍前还走着丁德胜和孟中和，走着另外几个陌生的面孔，更知道今后的一切不再属于他，只属于他感到陌生的力量。他成了一个失败者，一只可笑的蚂蚁或者臭虫，不再有任何意义。可是在嚓嚓嚓的秩序和力量面前，他是该笑还是该哭呢？是该庆幸还是该沮丧呢？

他全身酸痛，一身褴褛，嘴皮子干得生壳起泡。终于，当竹排上的几个山民笑着朝军队纷纷鼓掌的时候，他也情不自禁地拍了几下巴掌。

唯脸上有一丝苦笑。

有人朝他看了一眼，但整个军队没有停下来，继续嚓嚓嚓地前进。

  双河县公检法军管小组布告（续前）：
  ……一九六七年，刘犯根满代表一小撮地富反坏的利益，唆使暴徒围攻殴打革命干部孟××、徐××、王××，对抗新生的红色政权，后果十分严重。事后又挑动指挥宗族械斗，造成七人死亡，二十一人重伤，血债累累，民愤极大。为了捍卫执行党的"九大"团结胜利路线，为了发展无产阶级文化大革命的全面胜利，为了捍卫以毛主席为首、以林副主席为副的无产阶级司令部，经上级批准，判处刘犯根满死刑，立即执行。
  此布。

一九六九年九月三十日

一九八〇年五月

○ 此篇最初发表于一九八〇年《青年文学》杂志，后收入小说集《月兰》。

# 孩子与牛

牛原来是一位大神，住在五彩云之上，金色的宫殿之中。那时候，天不分昼夜，地上的人们只知道做事，饿了就吃，困了就睡，不管时辰钟点。有时睡得太久了，醒来时锄头把子上都长了菌子。天帝看到这样，觉得不好，就派那位大神下凡来帮助人们。大神走过彩虹桥来到人间，指头一挥，分出了昼夜，分出了春夏秋冬。但他把吃饭的问题搞错了。天帝交代一天只能吃一餐饭，大神却安排一天三餐饭，于是粮食就不够吃。天帝事后很生气，罚那位大神变头牛来帮人们种田。现在，牛拉犁拖耙，你怎样打它，它都不说话，是因为他办了错事，情愿这样。

这是爸爸给福佗讲的故事。

福佗是个放牛娃，每天放学以后和上学以前，都牵着牛到山坡上去，看牛咔哧咔哧地啃青草。

福佗很小的时候，刚学会走路，有一次就趁大人们不注意，摇摇晃晃走到大黑牛那里，去牛屁股头抓尾巴。一不小心摔倒在牛肚子下，眼看着错乱的牛腿踩过来，其中的一条腿朝他落下，已经盖在他头顶，接近他的鼻尖，只要再下去一点点，大概就要踩出一团肉酱——但就在那一刻，牛蹄突然停在半空中。

大黑牛回头看了他一眼，把蹄子收了回去。

这一次把在场的人差点吓了个半死。但从此以后，福佗更不怕牛了，而且队里这条性子最烈的牛，似乎只容他来撒野。他可以拖牛的尾巴，揪牛的耳朵，抱住牛的腿，攀住一只牛角打秋千。不论他怎样无法无天，大黑牛也听之任之从不发烈，甚至拿鼻子来拱拱他，拿尾巴来戏弄他，同他玩成一团。

父母看到这种情况，都有点奇怪。

福佗常常想起爸爸说的故事，为大黑牛感到委屈——你老是弯着背，低着头，不言不语，让犁套扣进皮肉，让牛绸穿进鼻孔，在泥水中深一脚浅一脚往前走。你欠了什么债？欠的债还没还清吗？天帝是个什么样的刁老头子，竟然对你这样不公平？

想到这里，他总是找最鲜嫩的草给牛吃，找最洁净的水给牛喝，用竹梢赶走牛身上讨厌的牛蝇，用草把洗去牛身上可恶的泥块，还用爸爸给他做的竹笛吹出优美的曲调给牛听。吹呀吹，吹呀吹，他吹过桃花溪，吹进枣树林，吹得太阳升起星星落，落进清水塘……

大黑牛熟悉了他的笛声，熟悉了他。每到附近学校里放学的钟声敲响，大黑牛就嗷嗷地叫，似乎知道这钟声一响，小主人就要来了。要是哪一天福佗生病不能来，别的大人或小孩来放牛，它就别着脑袋，硬着脖子，四蹄在地上生了根似的，哪怕鼻子被牛绳拉破，也决不移动半步，一派气呼呼的样子。

有一次事情更是怪。福佗在后山上捡蘑菇，突然遇见一群红毛狗，也就是书上说的豺狼。福佗吓得大叫起来。当时大黑牛被关在牛房里。它耳朵一竖，听到了远远的动静，竟像一座火山爆发，一声大吼就撞断了木栏杆，四蹄生风地朝后山跑去。它来得太及时了，红红的眼睛，顶向前的牛角，嘴里嗷嗷嗷地大叫，还有蹄下刨出来的沙石飞舞，都镇得四五只红毛狗傻了眼，龇牙咧嘴地不敢上前。其中有一只贼心不死，从它身后展开袭击，但被老黑牛一个弹腿，踢得蹿向天空，画出一道长长的曲线，掉到山坡下去。其他的红毛狗见势不妙，这才一哄而散逃得远远的。

妈妈后来听说这事，笑着说："你呵，前世一定是牛，同牛硬是有缘分。"

福佗摸着自己的头："那我的头上会长角吗？"

妈妈笑起来，"说不定会长的。你等着吧。"

福佗从此就经常摸自己的头，尤其是一觉睡醒的时候。

每到农忙，人们知道牛最累的时候到了，就要给牛喂稻谷和豆饼。队上要求每家献出三个鸡蛋和两斤甜酒，集中起来喂牛。这时的福佗就总是盯着妈妈，缠着妈妈，要选出小木柜里最大大的鸡蛋王来，送到队上去。

可是今年，不知道为什么，各家各户都拿不出甜酒和鸡蛋了，甚至一把豆子也拿不出来了。听大人们说，这都是什么"大跃进"闹的。但什么是"大跃进"，为什么会有"大跃进"，这些复杂的问题福佗并不明白。

放学了，他照例去放牛，但在牛房前等了好半天，还不见用牛人把大黑牛送回来。他便去田头寻找，好容易才发现在枫树坡下的水田里，大黑牛四肢打战，口吐白沫，热汗直流，已经跪倒在泥水里，眼里透出惊慌和哀伤的目光。但它还背着犁套。身后一个汉子还扬着牛鞭大声呵斥："装什么蒜？起来！起来！走！……"

福佗大为气愤："它要休息啦！"

汉子看清了来人，"福佗你来得正好。这头牛是你看的，听你的话。你要它快点站起来，莫偷懒！"

福佗大喊："大黑牛趴下，趴下，不要起来，就是要偷懒！"

汉子瞪大眼睛,"你怎么不听三叔的话?"

"它已经累了,要去吃草了!"

"犁完这一丘我就放它。"三叔又扬起了鞭子,"起来!"

"不准你打牛!"

"牛不就是挨打的吗?"

"你才是挨打的哩。"

"笑话,它是你爹?是你娘呵?要当老祖宗供起来?"

"你敢打它,我就打你!"

"那好,三叔今天倒是要看看,看你小豆子一粒打得过谁。"汉子哈哈大笑。

福佗自知不是三叔的对手,但决不容许对方胡作非为,想了想,冒出一个较为恶毒的主意。"我到你的水井里去拉屎!"

这一招果然灵,顿时把汉子吓呆了。

"我要小朋友都把屎拉在你的水井里!"

"呵呀呀,我的小祖宗哎,你不要乱来,不要乱来。我怕了你们好不?……"汉子完全招架不住了,结结巴巴只得甘拜下风,不但鞭子没有打下去,而且很快卸了犁套,乖乖地放老黑牛一马,让它跟着小主人走。看着没有犁完的田,他长叹一口气,苦着一张脸,只好自己扛着锄头去挖。尽管福佗在远处丢来一句话,说是去叫他爸爸来帮着挖,他还是一点都高兴不起来,口里直骂福佗是"背时鬼"。

这一天,太阳落在枝头了,他还没有放学,在操场里扫地。一个鼻尖有泥点的小孩,双脚飞动成一串花,飞快地从远处跑来。"福佗,福佗哥!大黑牛快牺牲了!"

"你说什么?"

"大黑牛摔断腿啦!"

"没有!"

"骗你是小狗……"

"小鼻涕!"他用恶毒的外号,报复这个带来坏消息的人。

"真的,我亲眼看见了,流了血,一只腿断了……"

"小鼻涕!小鼻涕!小鼻涕!"

他愤怒而无礼,莫名其妙大叫,想盖住对方的声音,然后身子一闪,撒开两个光脚板,沿着青石板路朝牛房跑去。

完了,大黑牛确实受伤了。好多人呀,围在牛房前,看兽医给牛疗伤。爸爸手中的粗木杠子和粗大麻绳,大概就是刚才抬牛的工具。带着小药箱的兽医正在给牛灌草药,注射器也摆在旁边。老老少少们正在议论纷纷,一声声大骂偷牛贼。事情原来是这样:今天有两个外地来的偷牛贼进了村,其实还没动手,不知为什么就让大黑牛盯上了。大黑牛好像有点神通,见了外来的小商贩或者剃头匠都不斗,见了陌生的下乡干部也不斗,一见到这两个人就两眼发红,尾巴直立,嘴里呼呼呼地直出粗气,突然挣脱了牛绳,排山倒海般地朝两个贼人冲去。贼人见势不妙,拔腿就跑,不料大黑牛穷追不舍,把他们赶得满山跑。要不是老天爷救命,让大黑牛一脚踩塌翻落山下,他们身上可能就要留几个血窟窿了。

等社员们闻讯赶来,贼人已不知去向,可怜大黑牛也倒在山下的杂木林里,流出一摊鲜血,怎么也站不起来了。

福佗急得哇哇大哭,从大人们的腋下,挤到人圈子里面去,撞倒了人家的娃,踩痛了人家的脚。他伸过手去摸摸牛头,看见牛正在流泪,全身抽搐着,但有一条腿完全不能动弹,想必是十分疼痛。正巧这时候兽医又一次喂药失败,不知道该如何办。大概是这一种草药太苦,气味太烈,大黑牛一嗅到药气,就使劲地甩头,把人们强行灌入的渣水吐了出来。兽医很高兴福佗的到来。"你是看这条牛的吧?你来试试,可能它会听你的话。"

人们的目光一齐投向孩子。只见他果然身手不凡,既不需要向牛嘴里插竹板，又不需要抓牛头，只是伸手把牛脸摸了两下，嘴里嘟哝了两句，牛就安静下来。当他把药渣塞进牛嘴时，大黑牛尽管有点犹豫，有点不大情愿，但两片嘴唇一挪一磨，居然把药渣吃进去了。

人们长长地松了一口气，也有点惊讶不已。

"它还站得起来吗？"福佗问兽医。

"看看吧。"兽医正在包扎牛腿。

"你说清楚，说清楚，它还站得起来吗？"

"我也不知道。"兽医叹了口气，"它年纪太大了，这次又伤得不轻，不光是断了腿，内脏还出血。娃呵，我尽力而为吧。"

福佗吓得脸都白了。

孩子暗暗发誓，要为大黑牛报仇。他想他一定要找到那两个贼人。找到以后怎么办呢？要用狗公刺刺他们！用鹅卵石打他们！用牙齿咬他们！他们求饶怎么办呢？那也不行，要罚他们三餐不吃饭，罚他们吃世界上最苦的药……

爸爸把他叫到跟前："福佗，从明日起，不去放牛了，跟姐姐去割猪菜吧。"

"牛给哪个去放呢？"

"不用放，它起码一两个月动不了。"

爸爸对牛事是有经验的。他可以凭牛的角，牛的牙齿，一眼就断出牛的年龄。他还可以用烟丝、豆油、盐之类配成些土方子，治好一些牛病。他的估计大概不会错。

"那我打草给他吃，不行吗？"福佗反问。

"喂点干草也差不多了。"

"干草没有青草好。"

"你懂什么？猪也得喂，不然让猪都饿死吗？队上人手紧得很呢。"

父亲严厉的目光，封住了孩子的嘴。福佗低下头，咕咕哝哝踢飞一块石子，走了。第二天清早，天上还有稀稀疏疏的星斗，东方有了一道亮色，冰凉的雾气沉重地游动和漂流。福佗从床上一骨碌起来了，放出了小鸡，叫醒了小狗，然后背起了筐，拿起了镰刀。

妈妈还在床上："福佗，你带镰刀做什么？"

他噘着嘴不吭气。

爸爸正起床："你还要去打牛草？"

他还是噘着嘴。

爸爸明白了。"你才多大个人，做得了那么多吗？"

他头也没回地走了。

从这天起，他一个娃干两个娃的活，不但割猪菜，还打牛草——尽管没有人要求他这样做。他打来的牛草果然鲜嫩，总是让大黑牛眼里放出兴奋光芒。不过大黑牛眼里的这种光芒一天天在减少，在黯淡，在熄灭，整个身体也日渐消瘦。照兽医的话来说，它年纪太大了，胃和肝也伤得太厉害了，恐怕是不容易回头了。看着小主人打来的青草，它吃得越来越少，越来越吃力，最后干脆紧闭嘴巴，直到青草在它面前堆成了小山，开始枯萎和腐烂。它有时把青草舔一舔，好像只是做出个吃的样子，尽力让小主人高兴。

它的一切心思都从黑眼睛里透了出来。

福佗不能失去这样的眼睛，但他没有回天之力，只能跑到山坡上去吹响竹笛。他听爸爸说过，天上住着一位仙姑，种着一些仙草，常常用仙草给人治病。他向着蓝天吹呵吹，吹破了嘴皮，吹干了嗓子，真希望能用笛声引来仙姑，还有金光灼灼的仙草……

身后有人声，侧耳一听，不是仙姑，是两个挖沟的社员。他

们在荫处坐下抽烟,先谈了一段关于南瓜的事,然后提到了牛:

"伙计,明天兴怕有牛肉吃了。"

"要杀牛?"

"明摆着的事,迟早都要一刀。要是再不杀,就只剩下一堆骨头了。"

"队上决定了?"

"昨天开了会。"

福佗几乎不相信自己的耳朵,浑身打了个寒战,翻身就往家里跑。他打算找爸爸大闹一场,但一见到对方却不知如何是好。爸爸在牛房里抽着闷烟,眼里也闪着泪花。

爸爸叹了口气,摸着牛头说:"……黑大哥,实在对不起,你是我儿子的救命恩人,是我们全队的大恩人。你吃了好多苦,受了好多罪,我们都是记得的。不是我们狠心,是你没有办法,我们也没有办法。长命百岁,终有一死。你这样拖着也是受罪,明天就好好地上路吧。若是有来世,我们来世相会。到时候你做人,我做牛,我们还是一起耕田。要是没有来世,你就算是先走一步,反正我们也快了,都要到黄土里一觉不醒。是不是呢?到时候我就在你的身边,给你做个伴,让你不太孤单……呵?"

爸爸把一碗酒喝了一半,另一半洒在大黑牛的面前。大黑牛把眼睛眨了眨,显然也明白了一切。

爸爸还说了些什么,福佗没有听到。他只是大喊一声"爸爸",一步扑进门去,抱住爸爸放声大哭起来。

第二天傍晚,福佗割完猪草回家,见妈妈端出一碗香喷喷的东西。

"福佗,趁热,快来吃羊肉。"

福佗闷闷地坐到桌前,似乎没听见。

"吃呀,味道鲜呢,是舅舅特地从镇上买来的。你也好久没有吃肉了吧？"

孩子咬着一只红薯，对肉碗仍然看都不看。

爸爸和妈妈对视了一眼。爸爸说："你以为是牛肉吧？还真不是。舅舅今天真的来过了，你看他的自行车，不还停在院子里？"

"骗子！你们骗人！"孩子愤怒地大喊了一声，端着一碗光饭，泪眼花花地跑出门去。姐姐跟着追出门，怎么也追不上，发现他疯了一样，撒开两个脚丫子狂奔。

他要到哪里去呢？他能到里去呢？这个世界太大了，大得他永远跑不到头。这个世界太空了，空得他有点无依无助，似乎一不小心就会在风中消失无踪。他看见风吹树影摇，觉得是大黑牛来了，定睛一看，不是。他听见风吹山谷响，觉得是牛在叫，仔细一听，不是。在牛房，在路口，在山坡，大黑牛没有了，消失了。消失了，没有了。他的小镰刀割呀割，一筐筐草割满了，可是谁来吃它？他的小竹笛吹呀吹，笛声如行云流水，莺啼燕啭，流转而颤动，可是谁来听呢？

孩子的泪水无穷无尽。

他走到草坡上，走到绿树林里，走到太阳最先照耀的山峰上去，对着远山长长地大叫了一声。在那一刻，几乎全村的人都亲历一件奇事：所有的牛都嗷嗷地叫唤起来，汇成了山谷里无边无际的声浪，好像是一次齐声应答。

一九八〇年七月

此篇原题《晨笛》，最初发表于一九八〇年《上海文学》杂志，后收入小说集《月兰》。

# 癌

小郑真真切切听清了那个字——"癌"！不是同音的"呆"，或者"埃"，或者"捱"，而是晴天霹雳一样的"癌"。她懵了，差一点晕过去。

怪不得一个普通的淋巴瘤，检查过程搞得那样复杂，又是抽血，又是照片，又是鬼鬼祟祟地会诊。也怪不得剧团里兴师动众，领导前后来了好几趟，水果罐头一类礼物多得异乎寻常。她当时还傻乎乎地高兴，现在总算明白了，那些礼物是可怜，是悲哀，是临终关怀。

死亡曾是很遥远的事情，远得看不见，不需去想，现在却呼的一下逼近眼前，就像饭盒和茶杯一样实在。死亡就在她身上了——她感到胸口有痛点，接着胃部、肝部、头部、膝关节乃至全身都有了痛点。她已经呼吸急促，身体消瘦，动不动就呕吐，连去水房里洗个脸也站立不稳，眼一黑，摔倒在地。当时，好像是那个胖胖的张嫂跑过来发出了惊呼，于是人们急忙赶到，七手八脚地把她抬回病房。随着大夫们又一次会诊，氧气瓶那样可怕的家伙也戳在她床头。

小郑不想输氧。反正要那个了，折腾还有什么必要？她偷偷地把太平间看过一眼，看到了那间自己将要进入的肮脏小屋。她回忆起有一次到火葬场送别死者的情形，开始把那里的烟囱、铁炉以及灵堂与自己联系，想象自己进入焚尸炉时的温度和气味。她就要死了。是的，要结束了。眼前的礼物、窗户、院墙、蓝天、白云、小鸟都不再有意义。看一眼，也许就是最后一眼，就像她已经最后一次地逛过街，买过鞋子，打过电话，上过舞台，参加过政治学习……只是做这些事的时候，她并不知道那是最后一次，不可再重复的一次。

指导员眼下也许是最后一次对她说话。谁知道呢？

"小郑同志，你不要怕。"对方拍拍她的手，"你放心，组织上正在积极想办法，一定把你这个病治好……"

显然是在哄她。

"小郑同志，你有什么要求，也可以向组织提出来……"

"我要把我妈妈接来……"

当然，当然，一点问题也没有。指导员立即拍板，要这个去发电报，要那个去安排房间，还交代什么人处理接站和伙食问题——总不能让老人家住医院吃病号饭吧？在这一过程中，没有任何人提到小郑的妈妈是什么人，好像她已经成了一个正常的母亲，一个应该受到欢迎和照顾的老人，不再是一个地主婆，一个反革命家属，一个人们必须警惕必须监视必须怒眼相向的家伙。

小郑以前也不知道母亲是敌人。那一天晚上，她在剧院里演出，还没卸妆，指导员递给她一份电报。电报是妈妈打来的，称自己有罪，对不起孩子，最近被革命群众揪出来了，马上就要被开除公职遣返回乡。这真是给她当头一棒，整个世界轰隆隆垮了下来。妈妈游街了吗？戴高帽了吗？在批斗会下跪了吗？在混乱中挨打了吗？剃了光头或阴阳头吗？受罚去扫厕所了吗？父亲去世多年，不在妈妈身边。妈妈绝望之下能找谁说说？在一个无心准备晚饭的孤独黄昏，在一个风雨吹打窗户的无眠深夜，妈妈万念俱灰，会不会一咬牙寻短？……她的泪水夺眶而出，好在脸上全是油彩，同事还以为她的泪水是卸妆油。

她必须立即赶往母亲所在的那个城市，哪怕早一分钟早十分钟赶到也好。公共班车第二天早上才会有，她不能等了，一个人半夜出发，饿着肚子走了六十里路，直到天亮前才远远看见了铁路线和讯号灯……

回到家里，她以为自己进错了门。家里一切都变了样，空荡荡的，只留下一些烂纸屑和空瓶子。弟弟和妹妹大哭着扑上来，三人抱头痛哭，什么话也说不出来。妈妈也出现了，瞪大了眼睛，额前的白发和大襟妇女装使她变得陌生。一个当年部队文工团的歌剧演员，一个多年来优雅端庄的大学讲师，眼下像个清洁工。还有她的手，变得多么粗糙呵，锉子一样锉着女儿的手背。

"妈……"

"星儿，你回来了？"

"妈，就要走吗？"

"星儿，行李都已经上车了。我还以为你赶不上了，以为见不到你了。"

往下还说什么呢？什么也没法说。专案组的人来催促他们上车，在家门口贴封条。一辆大货车的车厢里，两个专案组的押送人员冷若冰霜，正襟危坐。母女俩不便深谈，只能说一点家事，关于弟弟妹妹以后读书的学校，关于乡下的亲戚和房子，关于湖区的血吸虫，关于母亲的胃病。只有弟弟与妹妹不大懂事，东张西望，问这问那，似乎还有一种旅行的兴奋。

"姐姐,我们到乡下去,乡下有牛吧?"

"当然会有的。"

"乡下还有大白鹅吗?"弟弟也在想象。

"当然会有的。"

"大白鹅不会咬我吧?"

"怎么会呢,放心吧。"

"那就好。"弟弟拍起手来,"那我们快去吧。大汽车,加油!大汽车,加油!"

郑星星差点忍不住泪水,只能转过头去,假装看车后滚滚的尘浪。

汽车出城五公里,十公里,二十公里,三十公里……小郑不能再远送了,只得再一次拥抱亲人,跳下了汽车。她一下车就没再回头,不想再看到两张幼稚和无辜的小脸,还有母亲眼中的泪花。

这一天夜里她是在火车站度过的。她本来还打算回家,甚至习惯性地登上了七路公共汽车。"到哪里?"售票员冲着她问,准备给她撕票。但她突然一怔,这才想起她眼下有点荒唐。她应该回家吗?那个大院里还有她的家吗?不,那里只有一处空空的房子,只有满地的纸屑和空瓶子,还有大门上的封条和铁锁。她直到此时才意识到,在这个熟悉的城市里,她不再有家了,七路公交车同她不再有关系了。她红着脸,请求司机停车,在旁人疑惑的眼光下慌慌下车。

看看表,返回县城的火车还差七个钟头才会到达。她在大街上无目的地游荡,最后坐在火车站候车室里,捧着脸,咬住一丝头发,静静地等待夜晚降临。路灯一盏盏亮起来了。妈妈和妹妹现在怎么样?在车上冷吗?吃过了饭吗?进入了怎样的田野和村镇?……远了,更远了,更远了。她感觉自己已经一撕两半,另一半在地平线的那一端，永远也无法找回。

回到小县城的剧团，她准备向组织汇报这件事。但她一看到同伴们的脸色，就知道这样做纯属多余。大概是母亲的组织上已经通知了剧团领导，大概消息早已扩散开来，她感到很多目光都在偷偷打量她，很多人在躲藏她身上的什么瘟疫。连同房的小梅，以前像是她的影子，总是帮她打饭打水的，但现在食堂里一响铃，对方只拿走自己的饭盆，只提走自己的热水瓶。还有那个乐队的小黑娃，以前总到她这里来嬉皮笑脸来蹭白糖，但现在她把白糖准备好了，就放在当眼的桌上，但小黑娃端着一碗稀粥去了别人的房间，不再朝这张门看一眼。

从此，她害怕填履历表，一看到"家庭成员""社会关系""政治面貌"这样的栏目，就心跳加速和两腿发软，觉得自己进入了被告席，正接受法庭上严厉的指控。她也害怕政治思想学习，一听到"阶级立场""阶级斗争"这样的词就手心出汗，觉得那些词都是有所指，都意味深长，是专门为她准备的，刀子一样一层层剥着她的伪装。她当然更怕谈到妈妈，怕别人谈到妈妈，甚至怕台词里出现"妈妈"的字样。在一台新排演的剧目里，她扮演一个革命母亲的女儿，但强烈的舞台聚光灯下，她居然一个"妈"字没喊出来，泪水不知为什么已哗哗涌出——虽然这里的规定表情应该是笑。

幸好她还能随机应变，接下来哈哈大笑几声，于是悲泪变成了笑泪。

但领导和群众眼睛是雪亮的。一次团支部会上，那个姓罗的团小组长严肃发言了："郑星星同志的立场感情还有问题。为什么一谈起家庭就紧张呢？为什么对政治运动兴奋不起来呢？上次在台上，喊一声妈就泪流满面，是触到了什么心事了吧？是想到了你自己吧？想想看，这是一种什么样的感情？……"这番话像引爆了一颗炸弹，造成了会场上的一片议论，吓得小郑全身冰凉张口结舌，跳到黄河里也洗不清。

也就因为这一次杀伤力极大的揭露，她的预备团员转正没有得到通过，可能也永远没法通过。她出演主角的资格也受到怀疑，后来只能演一些不大要紧的群众甲或者群众丙，或者干脆去后台打打杂，拉拉幕布或者敲敲响板，送送水或扫扫地。

她有点怨恨自己的母亲了。大多数同事都有个好妈妈，为什么偏偏她就没有？为什么老天爷要给她摊上这样一个地主婆和反革命分子？她不论怎样吃苦，不论怎样好学肯干，但在人们面前总是抬不起头来。原因不是别的，就是母亲欠下的罪恶需要女儿加倍偿还。她对此感到不解，委屈甚至愤怒。妈妈你到底干过一些什么呢？在她再一次递交入团转正申请书的时候，她开始批判母亲，诅咒母亲，还把母亲的每封来信交给组织以示自己的清白和正义。春节后的长假补休期间，人家都高高兴兴地回家探亲，她不回家，与母亲划清界限，倒是天天到食堂厨房里陪伴张嫂，与那位贫农出身的女人增进着感情。为了不让人家怀疑她的真诚，她夸张自己的高兴与活泼，用演员的一套功夫来维持刀枪不入的笑容。刚唱完小常宝的京剧唱段"听那边枪声响亮"，又大唱李铁梅的京剧唱段"我家的表叔数不清"……她的歌唱到处飞扬。

有一天，传达室的老头把一个男孩领到她面前。她看了好一阵，才从男孩的眼睛里看到了熟悉的神色。

"小弟——"她惊叫了一声。

小弟已经长个头了，像个少年了，但满脸满身的泥垢使他像个叫花子。事实上他差不多也就是个叫花子，背着妈妈离家出走，又是爬火车又是混汽车，又是偷馒头又是捡菜叶，走了三天三夜才找到了姐姐这个地方。

姐姐第一件事就是把他带到饭店,给他要一碗面。姐姐刚向服务员交完钱粮,回头时不禁大吃一惊:面碗眨眼间就空了,一点汤都没剩下。

姐姐盯着呆呆的弟弟,还有筷子上的汤渍,什么都明白了,再也忍不住的泪水夺眶而出。她捂着自己的嘴,向门外的公厕一路跑去。

待弟弟吃完第三碗面,吐匀了气,脸色有红润,他才开始说话:"姐姐,回家吧,妈妈好想你,我们都好想你……"

"姐姐很忙,没法请假,知道吗?乖……"

她没有答应弟弟的要求,只是给他洗了澡,换了衣,买了一双新鞋,还买好了连程车票和大包小包的食品,送他上火车。她当然也给母亲买了两段布,但像往常一样,她没有给妈妈写信,害怕写下信纸开头那个"妈"字。不是她狠心,她只是不愿意再面对过去,不愿再增加无穷的麻烦。

她当然还悄悄珍藏着一件绿色毛衣,是妈妈用自己一条大围巾给她改织的。她每次下乡支农劳动时,情愿自己受冷挨冻也不愿穿上这件毛衣,担心扁担会把毛衣磨破。同事看到她牙齿哆哆嗦嗦敲出声响,看她两件薄薄的单衣在寒风中鼓荡,免不了会关切地问她,为什么只穿这么一点点?

"我不冷。"

"你的毛衣呢?为什么不穿上?"

"不为什么,我嫌它累赘……"

好几次,她冻坏了,回到剧团以后就感冒发烧。

直到这一次身临绝境,她才把妈妈织的毛衣找出来搂在怀里。是的,对于一个临死者来说,妈妈就是妈妈,至于政治身份,已经不再重要。妈妈很快就要来了,那个叫妈妈的人就快要来了。她突然发现,尽管很长一段时间不通音信,尽管她差点已经荒疏了"妈妈"这个词，但在生命最后的一刻，她还是渴望一个人的音容，一个人的怀抱，一个人的气息，一个人的抚摸和唠叨……她对世界没有依恋，最大的心愿就是在那个人怀里好好哭上一场，把这么多年憋下来的哭声放个够。

时值盛夏，不是穿毛衣的季节，她还是穿上了毛衣，希望母亲一进门就能看见它，看到女儿的心愿。正在这时，她左眼皮跳了一下，不知是什么意思。正在这时，小梅一阵风地跑来大声叫喊："星星，星星——"

不会又有什么祸事吧？

"天大的喜讯：你不是癌症！"

"你说什么？"

"你根本没有癌症！"

"你说什么？"星星不相信自己的耳朵。几个帮着她为母亲准备铺位的同事也齐刷刷瞪大了眼睛。

"不骗你，医院刚才来了电话！"

小梅急急地说，前几天医院检验科的人出了错，把另一个人的切片检验结果填到了郑星星的名下，才闹出了这一场误会。大夫刚才打来电话对此事表示抱歉。

一片震耳欲聋的欢呼炸响。几个同事一起跳起来，争着与星星握手，与星星拥抱，庆祝她的绝处逢生。星星也喜极而泣，欲哭又笑，跑出门外摸墙，摸树干，看蓝天，看楼房——这一切是真实的，新鲜的，明亮的，失而复得的！这就是生命，生命呵！她恨不得把世界上亲爱的一切都搂在怀里。不用说，她胸口的痛点，还有胃部、肝部、头部、膝关节乃至全身的不适也在这一刻奇迹般地消失。她感觉自己活力大增，身轻如燕，马上就可以飞上舞台大放光彩。

根本不要他人陪护，她立即去医院办理了出院手续，取回了自己的真实病历。不过她兴高采烈地刚回到剧团，就发现自己的房间又恢复了冷清。刚才热心帮忙准备铺位的同事都不见踪影。被子只包了一半。蚊帐也没挂好。乐队的小黑娃曾经说天气太热，要给她妈妈准备一把扇子和一个竹躺椅，但现在迟迟没有送来，看样子，不会送来了。

她突然有所醒悟：一个电话使生活又回到了从前，包括她的母亲也回到了从前，同事们怎么可能为那样一个母亲热情张罗？既然她不会死，那么人际关系中怎么没有一点分寸？

只有食堂里做饭的胖张嫂来看她，"你要不要准备点什么菜？我上街帮你带点鸡蛋？带点鱼干？"

"不，不用……"她有点慌。

"不是你娘要来吗？娘就是娘，好容易来一次……"

"真的用不着，我们就吃食堂里的饭菜。"

"那怎么行？食堂里有什么好吃？"张嫂帮着铺床单包被子，"小郑，你是怕人家说三道四吧？有什么好说的？你娘是你娘，你是你。只要你站稳了革命立场，加个菜有什么要紧呵？……"

对方当然是一片好意，但郑星星越听脸色越白，额头大冒冷汗。她知道自己应该站稳革命立场，也很想这样去做。可什么是站稳立场呢？比方说她该不该喊妈？该不该对妈妈笑？该不该去牵住妈妈的手？该不该陪着妈妈散步？该不该给妈妈打洗脸水？该不该给妈妈加菜？该不该在妈妈的肩头痛哭一场？……时间已经来不及了，她没法去追发一个电报阻止母亲的行程。这就是说，要命的事态无法阻挡，此时母亲可能已经在火车上，可能已经下了火车，一堆巨大的难题可能正缓缓走向剧团大门。

她抱住自己的双臂，紧张万分地注意着周围动静，等待着可怕的脚步声由远而近——真是比癌症还要可怕。也许，她现在应该再去打一个电话,问一问医院她的检验结果是不是再一次出错。大夫,这个检验单为什么不可能写错?

一九八〇年八月

最初发表于一九八〇年《湘江文艺》杂志,后收入小说集《飞过蓝天》。

# 西望茅草地

茅草地,蓝色的茅草地在哪里?在那朵紫红色的云彩之下?在地平线的那一边?在层层的岁月层土之中?多少往事都被时光的流水冲洗,它却一直在我记忆深处,像我的家乡、我的母校、我的摇篮——广阔的茅草地。

## 一

中学毕业那年,正碰上国家动员青年支农和支边——建设祖国的庄严号召,争当英雄的豪迈理想,怎不使一个青年人热血沸腾?父母都以为我疯了,在几本苏联诗集里走火入魔了。照他们的意思,如果不能继续升学,考虑到家里的困难,那么我至少应该去就业赚钱,何况那个金属轧延厂已经同意我上班。我烦透了他们的唠叨。谈判,吵架,绝食,摔打家具……一切都过去了,行李还卡在父亲手里。心一横,我只身混上西去的列车,混在下乡的同学当中,只带了一支牙刷。

道路神圣而漫长。当列车穿过白天与黑夜,驶过重重青山,广阔的茅草地展现在我们面前。拔地而起的巨石,扑扑惊飞的野鸡,木桥下弯弯的河水,还有耳环闪亮的少数民族妇女,一切都令人兴奋不已。据领队的老杨说,这里汉、侗、瑶等多民族杂居,经过历史上多次大规模械斗和迁徙,人口日益减少,留下一片荒凉。可荒凉有什么要紧?一张白纸可以画最美的图画。眼下我们要在这里亲手创建共青团之城,要在这里"把世界倾倒过来,像倾倒一只酒杯"!

一个光着头的小老汉赶着马车来车站迎接我们,帮我们转运行李。见我们一时找不到茶水,他递来一只军用水壶,请我们喝米酒。

"请,请!"

他的一只手盖在另一只手的腕节上,据说那是表示恭敬的当地习俗。

"酒?谢谢。老大爷,有冰棍吗?有汽水吗?这里有什么水果吗?"

他显得有点为难。不知是谁,发现路边一个姑娘的背篓里有红薯和藕,大家一拥而去,把他和酒忘在一边了。

直到我们来到欢迎会场,领队的老杨请他上台讲话,我们才吃了一惊:他就是场长?就是那个早有耳闻的转业上校?

他累得全身是汗,不知什么时候脱了上衣,往台前走的时候,被老杨拉了一把,才找来一件白布衫遮去赤膊。他走路的时候,有老骑兵常见的罗圈腿步态。

"说什么呢?我是个大老粗,老丘八,肚子里没词。我要说的第一点,刚才老杨已经说了,就不说了。我要说的第二点,不说你们也知道,也不说了。"

这种开场白真是逗人笑。

扩音器发出尖锐的电流声,大概是被他的大嗓门震出了毛病。他觉得电流碍事,索性把扩音器抹到一边去,直接向我们喊话。这就说到他的第三点了:"……茅草地现在一无所有,丑绝了。但这有什么要紧?锄头底下出黄金,只要肯流汗,只要肯下力,将来这里就是聚宝盆,就是人间天堂!那个歌怎么唱来着?什么江南……江南……老杨,你机西分子呵,也晓不得?……"

后来才知道,他是指一首《江南处处好风光》的歌。他"晓不得"唱,更痛恨老杨同样"晓不得"唱——像本地很多农民,他把"知识分子"说成"机西分子",把"不晓得"说成"晓不得"。

我们再次笑得前俯后仰。

"以后我们要有洋房子,有大马路,有电影院,有运动场,有工厂和大学,还有这个这个……"他两手摇了两下,做了个拉手风琴的动作,大概就是指手风琴了。"不实现这个目标,砍掉我的脑袋,就地正法!完了!"

全场暴发出山崩石裂般的掌声。

他笑着摆摆手:"现在不鼓掌没关系,兑现了再鼓掌。嗯?"

掌声更响了。

## 二

我后来才知道,茅草地一点也不诗意,而是没完没了的地雷阵。那些大大小小的顽石,盘根错节的树蔸,就能把钯钉和锄口每天磨溶好几分,震得我们这些少男少女的手心血肉模糊。要命的是,这样的地雷阵一眼望不到头,还不把我们吓晕?

玉米,木薯,黄豆,甘蔗……我们的脑子里从此只有草本和木本,再加一点大粪和农药的气味。出工两头不见天,一个个都晒得像黑人。晚上回家还要剥麻,剥花生壳,修补箢箕和箩筐。这样还是忙不过来。刚锄完这里的草,那边的草又比苗还高了。

累得两眼翻白喘大气了,豆苗还是稀稀拉拉。但我们还要播种,开荒,播种,开荒,朝无边无际的前方抛洒汗水。场长说过,全国大干快上,我们这里也要一年自给,三年大变,建成一个"共产主义的铁营盘"。

伙食慢慢变得糟糕。三菜一汤不过是接风宴,食堂里很快就只剩两个传统节目。一是黑糊糊的咸干菜,像是熬中草药,一揭锅盖就让人翻胃。二是干辣椒汤,一沾舌头就像电击,电得你舌头发麻全身冒汗,因此又有了"感冒发散剂"的外号。场长有时也带几个枪手去打野鹿和野猪,让大家好歹闻一闻肉香。或者是搅几桶巴豆水去河里毒鱼,只是吃鱼时把鱼内脏全部丢掉。但这样的美事一个月难有三两回,润滑枯肠只在片刻。知识青年们不能不怀念城里的汤面和肉包子,不能不在地头整日期盼开餐的钟声,甚至不能不偷盗——有个外号叫猴子的家伙,有一次在厨房里偷喝猪油,咕嘟咕嘟像喝开水,一碗灌下肚去,闹得自己脸色发青,肚子剧痛,往厕所里接连跑了十几趟。

好容易等到一个雨天,该休息一下了吧?该让大家睡个圆吞觉吧?可天刚蒙蒙亮,厨房那头刚有点劈柴的动静,地坪里就有惊天动地的脚步。

砰砰砰——每张门也被敲得炸响,从东往西一路雷霆万钧。"起床,起床,人家三工区的已经挖了五亩地啦——"这是场长的声音。

队长似乎在讨价还价:"场长,这雨还在下……"

"雨不大,不大。你们把斗笠雨衣带好。"

"有三个人请病假了……"

"他们吃了饭没有?每餐吃得下半斤米的,都是假病。不能吃饭的就关起门来睡觉!"

"可能也是太累了呵……"

"只听过病死的，没听过有累死的。后生怕什么累？力气从来用不完。越用越有，越不用越没有。知道不？"

场长喊工以后，把一杆特大号的钯头往肩上一搭，自顾自朝地里走去，一双大套鞋在泥水里叭哒叭哒。

我们怎么也赶不上他。在那一刻，我全身散了架，肩膀找不到胳膊，屁股接不上膝盖，腰杆与背脊两不相干，意识中的手已经伸了出去，明明是去抓钯头把，结果却抓来空气或者雨水。

我的脑子里也七零八落。场长与酸菜交错，队长与厕所重叠，被子在下雨，钯头在唱歌，厨房挤压腰杆，母亲哽在喉头……我费了好大的劲，才把以上这些事物重新编织出顺序和条理，弄清楚我是在哪里，在什么时候，在干什么。我明白了，我正顶风冒雨走在一棵桑树下，雨帽的一角呼啦啦拍打着脸。

赵海光在我前面扑通一声滑倒了，半天没有起来。我去拉他时，发现他已成了软软的一堆。

"猴子，你怎么啦？"

"我要睡觉，要睡觉呵……"他迷迷糊糊。

"你疯啦？这里怎么睡？你不要命呵？"

他摇摇头，算是惊醒过来，看了看四周，对风雨和泥泞恨得咬牙切齿："催命鬼！害人精！臭阎王！我操你八辈子——"

我赶紧说："猴子，忍着点，起来吧。"

三

队长外号李瞎子，是本地农民，眼睛不太好，经常眯着眼像刚刚睡醒。他其实很有心计，补个箢箕，做张板凳，用胡琴拉一曲采茶调或西湖调，都是无师自通。但他从不当出头鸟，即算对领导不满也是阳奉阴违，即使耍奸取巧也不露痕迹。有时带我们早早上地，却听任我们打鸟或者挖蛇洞，他装作没看见。

他的缺点是满脑子迷信，一看见坟就要绕着走，挖野坟时也决不动手，说是怕鬼来敲门，怕先人们生气。这样的人当然对科学不感兴趣，一听到我们说起分子式或者光合作用，就一个哈欠放出来，睡着了。

我们只好直接找场长建言。

"科学？"他倒显得很注意，在地头盘腿坐下来。

"种种种，土质情况也不明，肥料供应也不足，不是纯粹浪费劳力吗？这样还想赶上英国美国？"一个女知青放了头炮。

"伤其十指不如断其一指。广种薄收根本是错误的方针，是好大喜功的'左'倾盲动主义！"另一位男知青跟上来大扣帽子。

"你们慢点讲。"场长有点慌。

我们七嘴八舌，建议缩短战线，建议注重管护，建议因地制宜，建议广开门路多种经营，养羊啦，养兔啦，养蜂啦，还有自制蜂王浆的生财之道，马尔采夫耕作法，约克夏肥猪，五〇一菌肥——我们只差没说到超音飞机和人造卫星了。

肯定是我们的渊博知识吓坏了他。他眼睛眯成缝，嗯嗯呵呵听了一会，最后给我们一人递了一支烟："你们还真是上知天文下知地理呵。问题是，你们说得花一样，都搞得成器？都能吹糠见米？"

我们后来才知道，他有一次从外地引进高产蚕豆种，不知为什么到头来连种子钱都没赚到，气得他直骂娘，从此对新事物总是敬而远之。

"场长，你放心吧。我舅舅是农学院教授，你不相信我，总要相信他吧？"

"场长，你不要门缝里看人呵？总得给我们机会吧？"

"场长……"

"好,考虑考虑。"他总算点头了。

不过他还是不大放心。据说他事后对别人说:几个书生还来教我种田?我当田把式的时候他们老娘还没动胎吧?他根本不同意缩短战线——当时大开荒正在他兴头上;也不同意养什么蜂——他觉得蜜糖饱不了肚子。他只是对什么菌肥稍感兴趣。理由是,茅草地太广阔了,要种的作物太多了,全场干部群众再加上牛们猪们,满打满算就五六百个屁眼,根本屙不过来。肥源问题确实一直让他很伤脑筋。

## 四

造菌肥需要一些基本的条件。可我们连量杯和试管都没有,只能拿瓦钵和面盆来代替,更不要说什么搅拌机和恒温室了。场长破天荒让我们买了两支温度计,打了几个木头架子,就好像割了他的肝肠肚肺。他一天来看两轮,问什么时候可以出肥料。见十多天没动静,老是在试验试验,他有点沉不住气,摸摸钵子和温度计,揭一揭蒸笼盖,显得焦躁不宁。一看他那样子,就知道他恨不得我们今天开工,明天出货,后天就是庄稼嗖嗖嗖往上蹿,玉米棒子大得一筐只能装一个。

他拍拍我的肩,把我拉到一边,说起地上功夫如何紧张,说队长们埋怨劳力抽调得太多,说兄弟农场又送来了挑战书,那意思很明显——要我们切实抓紧。

当然得抓紧,可牛顿和爱因斯坦也有失败的时候吧?任何伟大的事业都得有一个过程吧?要命的是,第四次制种又是失败。偏偏在那一天,两个不争气的准牛顿上工时间溜号,去玩一把篮球,正在球场上快活,被场长撞个正着。

他黑着一张脸,气呼呼地闯过来,摇着草帽扇风,把土温室里里外外看了一圈,又盯住了我们这些劳动力脚上刺眼的鞋和袜。

"下午挖地,都去挖地!"他终于一扬巴掌。

我没听懂,"我们还有棉饼没有磨完……"

他背着手走了,再一次挥掌:"挖地!"

"场长,你得有点耐心,这次失败是有原因的。我们已经找到了办法……"

他冷笑一声,"你们是做粑粑呢,还是做面条?一点臭气也没有,还说是肥料?有了这么多的日子,你们就是屙也能给我屙两担了吧?"

一位女知青当场气得要哭。

场长是相信大粪的。这没有办法。他嗅了半个月,还没嗅到大粪的气味,就认定我们的菌肥完全是骗人,因此必须把骗子们轰回地上去。


五

又是挖地,播种,挖地,播种……我们咬紧牙关,捶打自己的腰背,揪出衣角的汗滴,然后敲锣打鼓向场部送开荒喜报。好像出大力流大汗是我们唯一的本分,是这辈子过早定型的宿命。天呵,连我这个最不叫苦的人也隐隐不安起来。

场长好像没有这些不安。相反,他一上地就高兴,一上地就来了气力,简直是个天生的劳动疯子。不论在哪个工区,他比年轻人更卖力,手里的耙头三抢两舞,一晃眼就把别人甩下好远。饿了,咬个生红薯或生萝卜。渴了,到溪边或者塘边喝一捧生水。他的两个干儿子,据说都是抗洪时得救的孤儿,只有八九岁,也被他带到地上去,一人扛一把特制的小耙头,跟着他参加生产劳动,累得哇哇大哭也不可回去。干部们更跟着他遭罪。在他的命令下，会计做账，秘书写材料，基本上只能在晚上加班，以至有个会计经常暗地里冲他瞪眼睛。

歇工时，他就抽燃烟，笑眯眯地说点往事，诸如新四军、汉阳造、黄桥战役、板门店谈判、扒铁路埋地雷、拿棉絮当烟丝烧什么的。

如果受到什么人邀请，他还会走腔走调地唱歌：

> 光荣北伐武昌城下，
> 血染着我们的姓名；
> 孤军奋斗罗霄山上，
> 继承了先烈的殊勋。
> 千百次抗争，风雪饥寒；
> ……

最初，即使是不太准确的音调，也能唤起我庄严神圣的情感。但肚子里越来越空洞和枯索的时候，累得一倒下去就天旋地转爬不起来的时候，武昌城还与我有什么关系？大刀与硝烟，老兵的笑脸，离我实在太远，远得模糊起来。

我很难把认真倾听的样子坚持下去。我担心自己的思想已经出了毛病。

## 六

猴子自称会算命看相。他解说天庭和地角，断定这个有桃花运，预告那个仕途广阔，唯独说到场长时口出恶言。照他的说法，场长耳垂短，一定是短寿；左眼角有杀气，将来定有血光之灾。不可泄露的更大天机是，他说场长前世一定是老虎和猪配的种——否则今生为何又蠢又恶？

知青们哄堂大笑。

我却没怎么笑。说实话，场长也让我恼火，但有几招令我不得不服。他枪法精，出门打猎从不空手归。扶犁掌耙也有一手，没有什么功夫拿不下来。估猪羊的重量，估地上的产量，总是一眼准，眼睛就是一台磅秤和天平。何况——他还是小雨的父亲。

认识小雨是我的不幸。她是我们工区的猪倌，人缘好，手脚勤，却不大讲话。与男知青们接近的时候，你们讲话，她只是听；你们打球或拉琴，她只是看。你要是同这个哑巴开开玩笑，把她逼急了，逼得红了脸，她最激烈的抗议也只是朝你打一拳。

这一拳通常很重，让你明白猪司令不是白吃饭的。

有一次她在甘溪边洗衣，我们刚好从木桥上过，放下几担棉饼，望着河水打主意。甘溪的水从远山流来，绿得发蓝，清澈而冷冽。黑色、黄色以及白色的石头在水中闪动。水面跳跃着太阳的光芒。

真想到水里过一把瘾，可农场有禁止下河游泳的命令。猴子鬼头鬼脑地朝我挤眼皮："不准下河，掉下河的另当别论吧？"

我心领神会，身子晃了晃，大叫一声"不好"，便连衣带鞋跌落下水。伙伴们当然个个都高风亮节，关键时刻舍己救人，迅速脱掉衣履，一个个飞燕式滚翻式炸弹式马桶式纷纷扑向水中，在浪花中大显共产主义的身手。

小雨不知是计，在岸边大喊救人。

"再吓她一下怎么样？"我对猴子丢了个眼色。

"完全赞成！"

我和他潜下水去，故意伸手在水面挣扎，咕噜咕噜大口吐出水泡，一个惨兮兮行将灭顶的样子。

我们事后才知道，她当时吓哭了，忘了自己不大会游泳，也呜呜呜扑进水里来了。当我们把她救上岸,冲着她哈哈大笑,她情知上当,气得抓住身边的稀泥,一把把朝我们猛射。"你们可耻!可耻!可耻——"

她水淋淋地冲上岸,就找队长告状去了。这家伙!

## 七

小雨的告状害人不浅,让我们不得不在会上作检讨。一气之下,我们联合起来对她实行制裁,在路上遇到她,故意装作没看见。看见她劈柴劈不动,也不再帮忙。知道她夜里常到父亲那里去,我们在半路上装鬼,叫出狼嚎般的尖声,吓得她没命地狂跑。或者去她房间,在虚掩的门上放一个扫把,想象她回家时一推门,扫把打在头上的可笑情景……我们的恶毒中其实不全是恶毒,这是我后来感觉到的。

她猜出了扫把是谁安放的,气呼呼地来算账,用粉笔在我们每张门上写了个大大的"猪"字,一泄心头之愤。

办完了这件大事,再收走我们的脏衣。

洗衣?这倒是求之不得。

我们不会洗衣,累得不愿洗衣,在很长一段时间里都是求女知青们帮忙。后来她们也累得天昏地暗,开始批判我们的懒惰,把臭东西一把把扔回来,你叫"姐姐"叫"姑姑"叫"奶奶"也无法打动她们的铁石心肠。想想看吧,在这样一个内外交困危机深重万念俱灰的时刻,小雨还能伸出援手,向阶级兄弟奉献劳动加肥皂,怎能不让人刮目相看?即使我们毛深皮厚,也得做做感激的样子吧?

这一天,我去她那里取衣,看见她在打扫猪圈,便假惺惺地抄起竹扫把,要助她一臂之力。

"你做什么呀？放下，放下。"

"不能让你一个人把雷锋学完了，也得留点给我们学学吧。"

"你这算什么？不扫还好，越扫越脏了！"

"你懂什么呢？你看着，看看我这示范动作……"我越是想亮一手，越是出乱子，不但把扫把戳得散了把，而且裤子被柱头上一口铁钉挂住，拉开了一条大口子。

她哈哈大笑，回到屋里取来针线，意思是要我脱下裤子，让她缝几针。

想到长裤下面只有一条短裤衩，我可能红了脸。

"想什么呀？同志！"她瞪了我一眼，转过身去等待我的破裤子，嘴里还嘟哝着："有什么要紧呢，知识青年居然还封建……"

她背对着我开始缝补，偶尔吃吃一笑，不知想起了什么乐事。我这才看清了她盘在头顶的辫子，看清了她柔嫩的耳朵和下巴。居高临下之际，我还无意中瞥见一个女子衣领里从不示人的部位，洁白的肩膀，起伏胸脯的一角，以及隐隐可见的一颗黑痣。脑子里轰隆一声，我的纯洁性可能就在这一刻丧失殆尽。

更重要的是，当我昏头昏脑回到房间，我发现裤袋里有一个柑子。我仔细回想当天的一切，再一次在柑子面前心烦意乱。接下来的几天，我在半夜里起床，在出工时瞌睡，洗澡忘了提水桶，端着饭菜却走进了厕所，刚才还在莫名其妙地骂娘和动粗，转眼又捧着一本书豪情万丈，大谈普希金和共青团之城……猴子鬼得很，肯定察觉了蛛丝马迹，挤眉弄眼地要给我看手相，指着我手中的一条掌纹，说不得了哇，不得了哇，你正处在发情期，有遗精的嫌疑，不过很快就要当上乘龙快婿！

我恨不得一饭钵盖在他脑袋上，把他一路追打出门。笑话，我发什么情？冲着老猪婆发情吗？那两条小辫子算什么呢？老实得像只羊，傻气得像只木瓜，就算额头长得宽大一些，里面不过是装了些猪菜吧。更重要的是,她那个阎王爹要是成了我的什么什么,我往后还活不活?

## 八

一定是我在操作方向盘时走神了。我刚换了挡位,轰了一下油门,让履带拖拉机爬上八号坡,就听到车后有隐隐约约的叫喊。

我探出头,看见小老头在车后追赶上来。

他像头发怒的狮子,深一脚浅一脚地追赶。直到停车熄火,我才听到他的大吼:"臭小子,你混账!混账!"

我还没有来得及回话,他就捡起一个大泥块朝我砸来,虽然被我闪身躲过,但砸在机窗上四处迸溅,留下一块黄泥印痕。

他疯了吗?

"场长……"

"你下来!"

我手忙脚乱跳下履带。

"帽子给我戴正!"

我扶了扶帽子,仍不知天是怎么塌下来的。

他扬起手里两截树苗,"你看看,睁开眼看看,这是什么?"

我明白了,一定是刚才上坡时思想溜号,不知道拖拉机轧倒了路边的柚树苗。树干的断口太新鲜,我无法抵赖。

"你长没长眼睛?简直是破坏!破坏!我同你们讲过多少遍,这是从江西农科院搞来的苗子,盘得比肉价钱还贵,买都买不到。你当大少爷?当败家子?你你你,你骆驼斯基(托洛茨基)!"他一急,冒出了从军时期记下的这个洋名。

地上的人都围过来了。有人偷偷朝我伸舌头,做鬼脸。几个未能当上拖拉机手的家伙则有点幸灾乐祸,把树苗看来看去,夸张地表示痛惜。幸好副场长老杨也来了。他也是来自省城，同我们的关系较好，眼下想把场长拉开。

场长还不肯走，回过头来指着我，"你听着，你们大家都听着，哪个再破坏公家财物，我张种田一枪崩了他！"

我终于忍不住了，"你凶什么？崩呵！"

"你他娘的还嘴硬……"

"不就是几根苗吗？我赔钱！"几张钞票被我掏出来，狠狠地摔在地上。

"你是这种态度？好，就凭这一条，你马上滚！从机耕队滚出去！我今天不把你整得出屎我就不姓……"他的声音终于远了。

不知什么时候，老杨返回来，整整我的衣领，笑着安慰了几句，大意是要我以后注意点。至于场长嘛，他性子急躁，把一草一木都当成命，不过发一阵火就过去了……我其实最听不得软话，心里一酸，委屈的泪水夺眶而出。

"小马，你不要哭嘛……"

他越劝我不哭，我倒越是忍不住。我受不了，受不了！我跳起来鼻涕泪水四溅："军阀！反动派！法西斯！"

## 九

结束了在机耕队的短暂日子，我重新扛起了耙头。这天晚上，我奉命提一根梭镖去站岗，看守工区堆放在路边的杉木，防范附近村里的小毛贼。

公路那一头有点动静，大概是来自老鼠或野兔。我刚想去看看，突然扑通一声倒在地上，梭镖也不知去向。我还没明白是怎么回事，感觉两眼发花，胸中气堵，脖子剧痛，后来才知道是脖子被一条毛巾紧紧勒住。

什么人？我吓得差点尿了裤裆。

我被蒙上双眼，反捆双手，押着往什么地方走。我在黑暗中听见一些人声，但口音有南有北，不像是小蟊贼说话。当蒙眼布带取下来，我发现眼前是一个山洞，就是茅草地附近常见的那种大溶洞。松明火把散出烟焦味，手电筒到处乱晃，七八个人影若隐若现。一个缠土布头巾的黑脸汉踢了我一脚，手中大马刀泻一道寒光，逼近我的喉管。"喂，晓得我们是什么人吗？"

应该表现勇敢，表现沉着，我提醒自己。

"听清楚了：我们是反共救国先遣军第八纵队……"

什么？我根本不相信自己的耳朵。

"今天晚上全县暴动，有国军的飞机来增援。你们农场已经被包围了！明天一早我们还要占领县城，要兴兵北上，改换乾坤。你这个嫩崽子识相点……"

我立刻想起了烈火、刑具和尸体，就是革命电影里的那些场面。

"说！"黑汉子眼一瞪，在火光中逼上前来，满嘴酒气喷在我脸上。"你们场里哪些是共产党？都住在什么地方？你们武装部的枪放在哪里？你们的场长、书记、队长、副队长叫什么名字？统统说出来！说了就没有你的事。"

"快点！"

"快点！"

其他人一齐起哄，黑洞洞的枪口一齐对准我胸口。

"打倒反动派！打倒狗特务！打倒帝国主义……"我担心迟疑会使我胡思乱想，于是不停地高呼口号，挣扎，撕咬，吐唾沫，不给自己留下时间。

我惹恼了他们，被他们一顿好打。拉枪栓的声音也清晰传来。这就是最后的一秒乃至半秒了吧？我头上是洞顶，是波浪般的岩石。说实话,我害怕就这样死去,求饶的话已到了嘴边。那黑森森的波浪里有茅草地,有甘溪水,有很多朋友,还有她——我怎么能就这样结束?我应该妥协和讨好吧?至少可以暂时屈服,等有了机会再传送情报或里应外合什么的……我后来没有那样做,是觉得敌人不会轻易受骗。

再见了,我所有的亲人……我忍住泪,忍住心中的悲屈,绝望地盯着洞顶,体会着生命的最后一刻。奇怪的是,过了好一阵,我还活着,还能睁开眼睛吐出长气,还能咬一咬自己的嘴唇。

一只手拍拍我的肩。我回头看,发现场长变戏法一样出现了,腰扎皮带,手提驳壳枪,眼睛闪着激动的光辉。他捶了我一拳,"嘿嘿"两声,没说出话。

"搞什么鬼?"我大叫起来。

"不要闹,不要激动。"刚才那个拷问我的黑汉子笑了,"马小钢同志,恭喜你考察合格了。刚才没把你打得太痛吧?"

我事后才知道,刚才这一切不过是场长导演的一出戏,是一次演习,目的是配合全国阶级教育运动,抽查一下大家的革命立场和思想觉悟——你说这算怎么回事?我还好,算是幸运过关的一个,在全场员工大会上凳台亮相,与其他考察合格的英雄们一起戴上了大红花,喝到了庆功酒。场长把我们一个个拉到台前介绍,如示家珍,爱不释手。"这才是共产党的好伢子呵,好妹子呵。碰到第三次世界大战,我们要靠什么人?就靠这号人……"

当然,一些没通过考察的倒了大霉,是党员的丢了党籍,是团员的丢了团籍。据说猴子一见"反共救国军"的枪顶上火,吓得立即报告他父亲也是国民党员,解放前还是个戴金丝眼镜戳文明棍的人物……虽然他后来没有团籍可丢,但挨了场长一顿臭骂,受到的惩罚是担大粪,整整担了两个月。

## 十

形势教育和阶级教育并没有使大家鼓起劲头,倒是泡病假的越来越多,擅自溜回城的也时有耳闻。场长找下面的人了解情况,也找到了我。

"我没意见。"我瓮声瓮气地说。

"你还在怄气?"他笑着拍拍我的肩膀,"你这伢,那次在地上我骂你,是一时性躁,官僚作风。其实呢,我这个人是老鸦变的,只是嘴巴丑。"

我还是冷冷地摆弄着一根草。

"你大红花也戴了,庆功酒也喝了,心里还不痛快?这我就不明白了,我张种田还有哪一点对你不起?"

看他真像是不明白,我气不打一处来,随口点出几件大事:伙食太差,休息太少,缺少文化生活,两三个月没看上电影……"场长,你揣着明白装糊涂吧?"

他摸摸头,想了想。"这些事,好办好办。"

他这一回算是真听意见了,尤其山洞考验以后,他对我高看一眼,似乎也少了一些疑心。第二天他同几个头头商量了一下,宣布全场放假一天,吃豆腐煮肉,晚上看电影。他看到银幕上抗美援朝的战火纷飞,兴致大发,忘乎所以,把宣教科长叫到面前说:"今晚要看个痛快,你现在吃点苦,骑我的马到县里去,找电影公司再搞两部片子来。要好看的!"科长吓了一跳,说看得太晚的话,大家会肚子饿。场长扬扬手:"叫食堂煮饭!"结果,那天看电影一直看到后半夜三点钟,几百号员工吃了夜宵以后连夜再看。一锅香气扑扑的萝卜煮鱼,是场长个人出钱请的客。

场长是老革命,工资高,请客是常事,用钱从来很大方,除了给自己留点烟钱，剩下的钱只要有人开口，他有多少给多少。他买烟也是一买好几条，丢在抽屉里没个数，张三李四都可以去共产。有一次猴子溜入他的住房，也摸来了一包飞马牌，在我面前洋洋得意吞云吐雾。"马儿，"他叫我的外号，"你也去搞双军鞋来吧，我看清了，他还有两双，就放在衣箱的后面。"

当时我父亲身体有病，而且怨我不孝，很少给我寄钱来。我一双胶鞋早就底面分了家，但我不愿意去场长那里揩油。没想到有一天，他在路上碰到我，看了我一眼，目光落在我露出鞋面的几个红红趾头上。

"你来。"他说。

"有事吗？"

"你来。"

他领着我来到草市街。这是甘溪边的一个小镇，四周有残存的小城墙，是以前防土匪的工事。墙内有麻石道直通小码头，串起各种木板房，有店铺也有民居。遇到赶集，即本地人说的"赶闹子"，这里人流拥挤，热热闹闹，出售着知青们最有兴趣的柑子、柚子、板栗、西瓜、一种粉红色的酸萝卜片，由一些老太婆叫卖。

场长背着手把我带进供销社，一座破旧的观音古庙。"妹子，"他朝柜台后一个僮族姑娘点点头，"打盆热水来好不？"

本地人都认得这位大名鼎鼎的老革命，女售货员立刻照办。场长又撞开经理的房门，抽来一张椅子，随便大方得像回到了家。

"洗脚吧。"

我猜出了他的意思，不免有点慌乱。

"洗！"他蹲下去脱了我的破鞋，随手远远地扔到门外，然后几乎是压着我洗脚，"你穿好多码的？"

"场长，我自己有鞋……"

他分开指头量了一下我的脚,去柜边选了一双大胶鞋,往我脚上一套。捏捏鞋尖,看来还合适。他点了点头。

"场长,我真的不要……"

"穿!"

他满意地看看鞋,从口袋里摸出一大把乱七八糟的东西,子弹呀私章呀什么的,从中挑出两张钞票,在柜台前算是付了鞋钱。

像没发生任何事,他丢下我就走了,在庙门口同几个熟人打了打招呼,背着双手,迈开八字步,朝小码头走去。

## 十一

场长是不准谈恋爱的。他说过,现在是创业期间,三年内谁都不准搞对象,要是哪个把资产阶级的香风臭气带进来,他就要不客气地打流氓。每次看电影,他命令男女分开坐,还叫民兵四处搜查,看有成双作对的地下活动分子没有。在场长面前,我们男的就是和尚,女的就是修女,谈笑一下都有犯罪感。有次,一位女知青在床头贴了一张《罗密欧与朱丽叶》的剧照,场长一见皱起眉头,咕哝了一句:"无聊!"

气得那位朱丽叶哭了一场。

场长偏偏是小雨的父亲。据我所知,小雨老家在苏北,父母是进步教师,被反动派杀害。场长收养了她,解放后把她从老家带到城里读书。听说她考进了某农学院,场长不以为然,说在城里学什么农业,还不如跟我到农场去学,这就把她带到了茅草地。她是场长最重要的家庭温暖,常常在晚饭之后,不但帮助两个弟弟洗澡和做作业,还要给父亲捶捶背,或者陪他下一盘象棋,给他读一段关云长什么的。

我对他们的家事了解得越来越多,心头也越来越沉重。这样一个家庭同我有什么关系吗?会不会发生什么关系?入夜,巨大的圆月冒出茅草地,一片宁静随着银雾般的月光洒在大地上。隐隐约约的甘溪像一抹水银,发出蓝宝石的光芒,像童话中的一个梦境。天地间一片无边的神秘的柔软的流动的蓝,像有支蓝色的无字之歌在天边飘荡,融入了草丛,浸染着星空。

知青们坐在溪边上谈天说地,唱歌唱戏,背诵诗句,或者为一个有关苏德战争或物理公式的问题争得面红耳赤。偷偷看一眼,我看到身旁的一些女知青,虽然没看见我要寻找的身影,但我能想象那镶上了月色的两条小辫,就在桑树下,就在堰石上,就在机用铧犁车上,反正不管摆在哪里都艺术。

"你说,马克思的女儿叫什么名字?"猴子突然问我。

"小雨……"我糊糊涂涂脱口而出。

"什么?"他们哄堂大笑了。

我这才醒过来,费了好多口舌,一口咬定张种田最马克思,才使大家相信我不过是来了句幽默。

我想摆脱胡思乱想,就发狠读书,但书本反而增加了我的勇气——看,这是马克思的爱!看,这是伏契克的爱!看,这是巴金、茅盾、柔石……呵呵呵,我在爱情前辈们的鼓舞之下决心孤注一掷决战决胜。行动就这样开始了。我把她约到晚上的在甘蔗地东头,事先背记了几首诗,几十句格言,预谋了主动牵手的位置和姿态。我的暗暗算计是,等走到前面第三棵桑树,就开始第一个动作……

她显然注意到我的粗重呼吸,还有手不是手脚不是脚的全身尴尬。"你不要说了……"她低下头去,"你要说的事,根本不可能……"

我两眼一黑,"为……为什么?"

"爸爸说,不应该在这个时候搞对象。"

"什么叫搞对象？"

"说恋爱也行，反正是一个意思。"

"那你的柑子……"我话一出口就自觉很傻。

"什么柑子？"

"上次你给我的柑子，你忘记了？"

她知道怎么回事以后，还是眨眨眼，"我给过吗？再说，就算给了，就是给你吃吗，这有什么错？"

这一下活该我无地自容。我一直拿来自鸣得意的柑子，一直以为含义无穷重若千钧的宝贝，原来什么也不是。我不过是把驴粪蛋错当金元宝的傻财主。

"小雨，你听我说，我这一段睡不好觉，总是有点……"

"你不要说了。爸爸说过的，我们现应该一心一意创业。"

创业，创业，一提这个创业就让人憋气。小雨呵小雨，爱情是风雨中的火把，是航途上的风帆——我差一点要开始背诗了。

"你不要生气。爸爸说……"

"总是你爸爸，你爸爸，你爸爸！"

"不，你不要这样说他，我求你。"她知道我的意思，眼角有月光的闪动，"他是好人，我最心疼的人……"

完了，一个父亲的崇拜者，一条父亲的尾巴。希望已经风一样无影无踪。看来我所有的话都白准备了，都纯属自作多情。我不记得后来还说了些什么，突然，远处有一束手电筒的射光朝这边一晃。小雨一把抓住我，声音有些发抖："他来了。是他。你快走吧。"

没怎么细想，没有像样的告别，我拔腿就往坡下逃窜。我听到身后有场长的声音，是大骂小雨的声音，又听到他朝我大喊："站住！站住——"

他追上来了，追过甘蔗地，追过花生地和粪棚子，追过那台山上的拖拉机，一直追到公路上……足足追了两里来路，还在后面穷追不舍。我像风箱一样出粗气，鞋子掉了一只，脚上又被什么扎了一下。我在剧痛中突然醒悟：我好糊涂！为什么要跑？我是杀人了还是放火了？居然要跑得这样狼狈？不站住老子就开枪了——他把我当成什么人？

"混账！"他追上来，指着我的鼻子大骂，"我一猜就知道是你这臭小子。你还要不要前途？还要不要脑袋？小小年纪，学会耍流氓？"

"我没有耍流氓！"

"胡说！"

"我没有错！"

他脚一跺大吼一声："举起手来！"

如果不是手电筒照得我眼花，我肯定能看见他气歪了的脸，还有那冲着我脑门的驳壳枪。

## 十二

我被捕之后受到禁闭——关进了化肥保管室，满屋都是刺鼻的氨气。这是场长新近实行的家法，只差没配上老虎凳和辣椒水了。同我一起受难的还有几个伙计。有的是偷了场里的西瓜，有的是违反禁令下河游泳，大炮他们几个是私自去闯溶洞，想看看洞里是否藏了空投特务。听农民说那个洞一直通到四川峨眉山，他们还想去探探险。

"坐牢算什么，我们骨头硬。爬起来再前进……"我们唱着革命囚歌取乐，但每天被扣掉三两米，还得去修渠，日子不好受。

场长决定召开批斗大会，整一整我们这些害群之马。这天派人送了个亲笔条子来工区，但他的字太差，差不多是甲骨文，没人能看懂。李瞎子横看竖看忙了半天，把字条往衣袋一塞，还是带我们去修渠。

不知什么时候，滴滴答答，大路上溅起一线黄泥水，是场长骑马一阵风赶来了。他手执马鞭，脸色铁青，怒气冲冲，耳下方一道伤疤涨得红红的。"全体集合！"他大喊了一声。

我们赶快排列成两行。他在队列前走来走去，气得好一阵没说话，最后拿队长是问："你好大胆子，目无领导，不听指挥！"

"我哪里目无领导？"

"叫你们开会，为什么不去？"

"晓不得呵。"

"没看见我的通知？"

"你那号天书，恐怕只有神仙才认得。"

"不认得？你胡说！我在扫盲班里拿了奖状的，军区司令都说我的字写得好，你他娘的敢说不认得？"

"我是没文化，他们知青也说不认得呵。"

"不认得就不能派人去问？你晓得这是什么通知？军机要事，十万火急，你以为是好玩？"

我记起来了。他的字条上有三个红手指印。他以前说过，当年他们打游击的时候，信上打一个红指印表示紧急，两个表示加急，三个表示特急。

没等我们笑出声，他又冲大家一瞪眼睛："活见鬼，这么多喝墨水的人，字都不认得，读了书有什么用？读到屁眼里去了？还戴着眼镜片子，装猫头鹰吓老鼠？听好了：立正——向右转——齐步——走！"

我仍然是又臭又硬的石头，蹲在地上不肯走，始终扭着脑袋。我以为这会把场长惹怒。奇怪的是，他发现这一事态后策马返回，既没打，也没骂，态度倒是出奇的耐心。"你想逼我发火是不？你想让我犯错误？臭小子，我今天偏不。你贼胆包天勾引我丫头，我张种田今天还偏要同你慢慢来。你等着。"

这天的批斗大会以后，他把我留在办公室，搬来一大堆学习资料重重地砸在桌上，叫秘书挑出一些文章开读。他自己闭上眼睛也陪着我一起听。

我急了，"你有话就直说，别来这一套！"

"你不是骂我阎王爷吗？我今天要当一回观音娘娘。"他得意地冲我点点头。

学习资料一直读到深夜，读得我招架不住哈欠滚滚，在他面前的英雄相荡然无存。我只能自认倒霉，再大的罪名也先认下再说。我不知道自己是什么时候睡着的，只知道早晨醒来以后，发现是在他的床上，而他不知道已经去了哪里。

## 十三

据说场长想不通，为什么我这号人没被刀枪吓住，倒会被糖衣炮弹打中。他百思不得其解，决定对全场进一步严加管理。

在生病吐血的日子里，他还来我们工区抓整风。知青们的日记、书信以及各种书刊都要接受审查。女宿舍窗前的玫瑰也被拔掉，改种场长觉得顺眼的蔬菜。他可以容忍唢呐和胡琴，但对"下巴琴"疑虑重重——这是指小提琴——只是后来听说北京也有下巴琴，才没有真下手收缴。看见一张泰戈尔的画片，他就指着问："是不是资本家？开什么铺子的？"看见一本诗集封面上有新月图案，立刻发现敌情，跳起来大叫："土耳其！土耳其！"——因为他在朝鲜战场遭遇过土耳其军队，对方的旗帜标有新月。

除非家里病人和死人，知青们一般不得请假回城。在场长眼里，城里灯红酒绿，是腐化蜕变的发源地，在那样的鬼地方多混些时日,一个人的骨头不轻几斤才怪,不成"骆驼斯基"才怪。他还经常发牢骚,埋怨中央不把机关学校统统迁到乡下来。

大家都怕他,但并不会因此而更加努力干活。只要干部不在场,好些人就撑着锄头把磨蹭。看见牛上地吃花生苗,也懒得去驱赶。机耕队两台拖拉机坏在山上,买不到配件,谁也不去想办法,眼睁睁地看着它们生锈,都成了老鼠窝。这一年加上旱情严重,花生豆子什么的大多只有一堆空壳。直到冷冽的冬天来了,工资还发不出,每人只领得两斤霉花生过年。看到这个场面,场长也急得吐血。他带着一些人截了三辆粮车,凭着一张蛮不讲理的欠条,算是把大家的度荒粮食保住了。他又带着几个干部出外四处"接头",就是找关系求助,也不管什么组织程序,冲到县政府的这个局那个局,一屁股坐下就不走,就安营扎寨。县里干部都比他级别低,县委书记也让他几分,一见他就头大。结果,靠了这点老资格的权威,他还真募来两车半新的工作服,不知是矿工的还是劳改犯的,反正每人有一套,虽不合身,也可挡点风寒。

> 我的家在东北松花江上,
> 那里有无尽的煤矿,
> 还有那满山遍野的大豆高粱,
> ……

除夕之夜就在这样忧郁的歌声中到来。没有鞭炮,没有欢笑,甚至没有像样的年饭。大家烧着棉花秆,敲打着铝饭盒和搪瓷杯,目光里一片茫然。

场长带着几个干部来工区拜年。他带来了一壶酒,还有几包好烟,想让大家高兴和活跃一点。他见人就分烟,见人就敬上酒壶,讲了些笑话,什么李瞎子掉到了粪坑里,什么猪八戒到高老庄做女婿。

有个干部听出笑声太勉强,提起另一个话题:"张胡子,你经常说你小时候练过武打气功,可以刀枪不入,飞檐走壁,怕是吹牛吧?"

"胡说,我张种田吹牛?"场长喝了口酒,有意逗个趣,"不信我就来两手给你看看。"说着把棉衣一脱,一个马步,全身运气,额上青筋直暴,脸盘子涨出了紫红色,然后是青色,然后是黑色,十个粗短的手指头随之痉挛颤抖。"嘿!"他大喝一声,脚一跺,一掌劈下去,果然劈断了砖块,劈得粉末飞溅桌椅颤抖。

好哇——有人鼓掌喝彩。

掌声一落,场长又来了个节目,挑两个气力最大的后生,一人抱住他的一条腿,看他们能不能把他掀翻。

几个节目下来,他已忙得一身冷汗,可惜气氛还是不够热烈。有人不辞而别,火堆边的空座位越来越多。有人不再喝彩,只是搂住双膝瞌睡。李瞎子其实并不瞎,一看这场面就故意闹腾,又是添柴又是添茶,还装酒疯开口骂人:"李建国你这个王八蛋,我喝一口你怎么只喝半口?看不起我乡下人是吗?"

"唔……"场长其实心里明白,偷偷往左右看了一眼,沮丧地穿上棉衣,摸到了手电筒。"哦,我们也该走了……"

像个不讨好的演员,他筋疲力尽地退场,轻轻叹了口气,摇摇晃晃出门去,佝偻的身子闪入风雪之中。

这一夜我没有怎么睡着。不知为什么,总想起了那个佝偻的背影。唉,场长,太刺伤他也许是不公正的,他的汗水并不比我们少流。那么是怎么回事呢?我们不缺乏手茧,但只得到几把霉花生。我们也不缺乏先进工具,但拖拉机在山头生锈。我们也不缺乏热情,但最终眼前都是一张张冷漠的面孔。那么怪谁?

好大一场雪呀。

## 十四

小雨调到另一个工区以后,我还是经常到猪场边去,好像那里还有她的余音和气息,她还有可能从哪个猪圈里冒出来。我遥望另一个工区的灯火,想象她现在的景况。她在做什么呢?会不会想念一个什么人?不会是一个劲地在油灯下写思想汇报吧?

有一位女知青的肚子大起来了,自己还不知道,是医生先把消息告诉场领导的。生米既已煮成熟饭,场里只得赶快揪出孩子他爹,命令这家伙与孩子他娘火速结婚。场长在婚礼上讲了些祝贺的话,还赠给新婚之家两个热水瓶。可以想象,一场热热闹闹的婚礼使恋爱禁令不了了之。不过有意思的是,知青们眼下都认为茅草地非久待之地,不愿背上婚姻的包袱,见到异性反而谨言慎行起来。

"见鬼,让他们搞对象吧,他们都像阉了似的!"场长经常一见到队长们就打听恋爱动态,在干部会上动员大家都当媒婆,还从附近农村招收了一些青年女职工,平衡场里的男女比例。听队长说,他就是想让大家安心农场,在这里成家立业落地生根,包括给他生出一窝窝小劳动力。

这天晚上,猴子突然来告诉我,说小雨来找我,在老地方等我。

"找我干什么?我要睡觉了。"其实我心里已咚咚跳。

"你就这样对待妇女?就没有一点怜香惜玉之情?"

"你讨打吗?"

事情有点可笑。她父亲的号令枪一响,她就开始起跑了,要完成爱情指标了,最近又是找我借书又是向我讨教什么,但我一想到号令枪反而腿软。

我还是去了，看见她消瘦的身体，还有稍显突出的颧骨。她似乎没什么事，只是说说她去参加州团代会的感受，说茅草地对比兄弟农场的差距，什么三个"不如"，四个"不一样"，五个"没想到"……说到兴致勃勃之际，差一点吓得我抱头就跑。我的团代会大代表，居然要在花前月下给我再上一堂团课！

"你还没说完？"我伸了个懒腰，喷出哈欠。

"你累了？那……去休息吧。"

"再见。"

我向宿舍走去，但刚起步就听到她呜呜呜，回头一看，是她捂住了脸。天边一道闪电，亮一下又赶紧藏进云里。山坡上有几堆没有烧尽的火土灰，发出忽明忽暗的红色。萤火虫在游动，有时扑到了我的脸上。

她一直哭着，哭得背脊剧烈地起伏，一拳拳捶打着桑树干。"你知道我找你是为什么，你明明知道我要找你……"

"为什么事？"

"你知道。"

"我能知道什么？"

"你装蒜！装蒜！"

"不就是场部墙报的事？你已经说过了……"

她失神地睁大眼："不，你就没听说？就没听说那个姓袁的……"

我当然听说了，知道有个姓袁的转业兵在向她求婚，还知道媒人是一位场党委委员，州里某领导的亲戚。我得抓住机会表现一下清高和大度。我用一种特别诚恳的腔调，夸奖那个姓袁的——他嘛，相貌、才干、家庭背景，各方面都好，一定有远大前途……我说得自己全身暗颤。

她眼睛越睁越大，眸子里透出惊讶、失望以及愤怒。五秒、十秒、十五秒……我们在对视中交流着一切询问、回答以及倾诉——这里面包含着多少词汇和语法！要是在两年以前，我一定会抓住她大声说：跟我走吧，你什么也不要问，什么也不要想，什么也不要怕。可我已经是两年后的我了。我已经没有勇气向一位团干部，向一位老革命的孝顺女儿，伸出自己的手。

"你，回去吧……"我费了很大的劲把这句话说完。

"你说完了？"

"好困呀……"我假装再喷出一个哈欠。

"你——你去死！"她一咬嘴唇，扭头跑了，消逝在一道闪电里。

美丽的小雨就这样去了。她的心我明白了，我的心她也该明白了吧。她走了，没有告别，只有暗夜里的放声诅咒："你去死——"

## 十五

小雨最终死于一次烧荒，一同遇难的还有三女一男。最可悲的是，场长对这次事故负有重大责任。他不知道南线隔离带还没砍好，仓促下令按时点火。结果没料到风势突然转强，荒火呼啦啦轻易越过了隔离带，扑向林木丰茂的另一片山坡，也扑向了前来打火的一些青年……

各个工区几天来死一般寂静，食堂里总是剩下很多饭菜，没法让人咽下去。连油嘴滑舌的猴子也揪着自己的头发号啕大哭，扑到我身上，在我肩头狠狠咬了一口。我后来才知道，他也一直暗暗喜欢小雨，在梦中还喊出她的名字。

可怜的朋友。我没有同他说什么，也流不出泪来。悲伤使我反常地平静，只是独自朝外面走去。前面是蒙蒙细雨，亮滑滑的路。我不知道哪里是她走过的路,哪里是她锄过的地,眼下到哪里还能听到她的声音,看到她的小辫子和宽大光洁的额头。说起来,我算不上她的什么人,只是几页诗撕碎了,雪片般飘落甘溪——这是关于她的诗,最终应该交还给她。我希望它变成白色的蝴蝶,去追赶匆匆离去的身影;或者变成白色的玫瑰,永远开放在一个人的心里。

这个世界有多少东西值得用白色花朵埋葬?天地是这样广阔,好像使劲喊你也听不到回声。远山看起来是一座座巨大坟墓,随着你的前行而一步步远退,好像要与你永远分隔,不让你走近它们的秘密。

场长一下子老得白发飘飘。有人看见他傍晚时骑马狂奔,顺着甘溪跑过去,又顺着甘溪跑回来,朝着天边静静的红霞大喊:"丫头——你回来——丫头——"

叭叭叭,驳壳枪朝天响了。

枪声像破竹之声,惊飞几只野鸟,尖锐地升入寒冷的高空,最后消逝在一抹暗紫色的晚霞中。

谁也不敢去劝他,只有他两个儿子追着马屁股喊:

爸爸——

爸爸——

## 十六

场长很快病倒了,农场乱得更加没有头绪,到第二年只好作为长期亏损单位解散。省农垦局一个工作组来了。中央一个副部长也来了,据说就是当年给场长取名"张种田"的某位老首长。场党委开了七天会,会后又召开职工大会,传达了全面整顿精神,在肯定了全场员工几年来的功绩以后,宣布农场将由附近几个公社分区接管。清理财产和安置人员也马上开始,大部分知青将转到一个铁路工地去筑路。

据说可望转为铁路建设公司的职工,大家当然高兴。我们杀鸡,打狗,吃掉种子,劈掉板凳和箱架烧火,连门板有时也难幸免。一些附近农民先下手为强,来偷铁丝,偷砖瓦,偷锄头粪桶。菜地上吃不完的菜,我们就把猪和牛赶去吃。大家要离开了,也不再怕场长,场部出现了一些大字报,意见五花八门。群众说他瞎指挥。干部说他独断专行。一个会计说他那次募来寒衣是破坏财经制度,截粮车更是耍特权,目无法纪,土匪作风。

人们吃饱肚子以后就可以骂他"土匪"了。

我清理书籍和行李,发现那双已经破了的胶鞋,不觉心里一动——场长呢?这个茅草地王国的酋长,已经四面楚歌的"土匪",这些天来在哪里?

听人说,几天来他经常在地里走走,到天黑也不回家。那匹马被人们开枪打死。他将要调到某个农业学校去当书记,不需要马了,不能骑马了。食堂里吃马肉那天,人们看见他没尝一片,只喝了整整一壶酒。

我去看过他。房里乱糟糟的,人不知在何处。他可能还在地里游走?还在雨雾中寻找自己的女儿?他将要去领导一个学校了,是否还将重复茅草地的欢乐和痛苦?

雨滴泼打在窗子上,拉出了很多流痕,模糊了窗外的一切。我等了好一阵,扫净了地,抹净了桌子,给主人铺好了被子。发现墙角有一双沾满泥灰的皮鞋,我取来一点一点擦拭,好容易擦出了黑色,然后整齐地摆放在床边……我终于走了,轻轻地拉上门,一点声音也没有。

我不知道自己为什么会这样做。

动身离场的那一天,我去买点绳子和面包,在草市街看见了场长。他在冷清清的供销庙里，靠着水泥柜台，端一只酒碗，喉结在滚动。他显得老多了，背有点驼，左眼充血发红，没有女儿在身边，衣服显得还有些脏乱破旧。要不是那两道虎生生的目光，我真怀疑他是哪个瑶寨里来的贫困老汉。

他朝我点点头，勉强一笑："喝酒不？"

我摇摇头。

庙门外熙熙攘攘，一些农民赶着农场的牛走过，拖拉机喷着黑烟摇摇摆摆，拖着农场一些财物不知要到哪里去。再看过去，又一队汽车停在城墙边，知识青年把行李挑到这里，正往车上码放。人语喧哗之中，球鞋与运动衫在晃动，让人看得有些眼熟。

场长眼里掠过一丝凄凉，喝了口酒，"你们到这里有几年了？"

"四年。"

"哦，四年，四年，好快呀……"

"是好快。"

"你们，行李都清好了吧？没掉什么吧？……到新地方要注意安全，要搞好团结，慢慢地适应水土。修铁路不比做地里功夫，经常要放炮，经常碰到塌方，容易出危险。你们做事宁肯慢点，莫慌手慌脚。嗯？"

真是奇怪，离别可以使粗人变得细心，硬汉变得心软，存怨的人忘记对方种种过失。我从他嘴里听到了母亲的口气。

远处汽车喇叭响了，大声点名的声音也在传来。他苦笑着闭了眼睛，挥挥手："好了，你走吧，走吧，时间不早了。"

"场长，"这两个已经陌生的字，这个现在已经没有意义的称呼，使我的声音异样，"你不去送送我们？"

"去的，要去的……"

"你会要去的吧？"

"当然，当然……"

他拿着酒壶踉踉跄跄出了门。我后来才发现,送行的人群里并没有他。也许他是怕受大家冷眼,也不想看到这样的场面。

汽车开动了,一片"再见"声响起来。刚驶出街口,我突然看见甘溪桥上一个黑影,一动不动。我可以断定,黑影就是场长,一定不会错。他也许正朝大路这边张望,在目送我们这些熟悉的面孔。渐渐地,黑影变成一个黑点,看不见了,看不见了……但我分明看见一张老脸上痛楚的表情,眼角一滴酸泪。

>光荣北伐武昌城下,
>血染着我们的姓名;
>孤军奋斗罗霄山上,
>继承了先烈的殊勋。
>……

场长,你还唱这首歌吗?我这一辈子里还能看到你吗?我多么想抱住你,痛痛快快地哭一场,哭你和我,哭小雨,哭大家……但我不会这样做。

明亮的甘溪从落日之处缓缓流来,落霞晚照,水天一色,茅草地似乎在燃烧。那台废拖拉机还摆在山上,像刻记一切往事的碑石,像经历了无数次失败的英雄,面对自由的暖风,静静地注视过去和未来。锈红色的空气在微微波动。这样一个美好的世界,锈红色的世界,像一道闪电,就要滑过去了,就要消失了。

车身晃荡,车内一片笑声。猴子与大炮在抢夺香烟,你一掌我一拳的,笑声特别响。他们在笑什么呢?笑手里的香烟?笑今后各自的前景?笑总算离开了茅草地?笑兄弟们终于摆脱了一个不堪回首的地狱?可能,是该笑笑了,但过去的一切都该笑吗?茅草地只配用几声轻薄的哄笑来埋葬?——你们到底笑什么?

我笑不出来，双手抵住膝，手掌从额头往下遮住眼睛，在任何人不知道的情况下，偷偷流出一滴泪。

一九八〇年十月

○ 最初发表于一九八〇年《人民文学》杂志，后收入小说集《飞过蓝天》等，曾译为俄文，获一九八〇年度全国优秀短篇小说奖。

# 飞过蓝天

它是一只鸽子，但有人的名字，叫晶晶。

它饿了，落在屋檐咕咕叫，左顾右盼，总希望看到那个人的身影。晚霞已越来越暗，炊烟已快飘尽。要是平常，那个人早就回来了，担着柴，或扛着锄头，或提着柴刀，老远打响一个长长的呼哨。于是，晶晶飞过去，落在那个带有汗渍气味的肩上，挺胸四顾，得意洋洋，尾巴在主人脸上挤挤蹭蹭。那个人会轻轻抚摸它，从口袋摸出一把稻谷或绿豆，有时还有它吃上了瘾的野葡萄。

那个人把晶晶的名字叫得多了，它知道那就是自己的名字。它迎上去，任主人给它梳毛，任主人给它装哨子，在自己难受的时候，任主人填喂一种气味奇怪的白色粉末。有时候，他会带着它出门旅行，一次比一次走得更远，于是它兴奋无比，翅膀越飞越健壮，升腾和俯冲的动作越来越熟练，掠过附近一个大湖的时间也一次次缩短。如果带上足够的食物，它相信自己几乎可以啄来天上那些熠熠闪光的银色颗粒。

它当然不能全部听懂主人的话，但也能慢慢琢磨出对方的很多意思。比方说一声呼哨,那是他召唤它。比方说拍几声巴掌,那是他放飞它。如果几声巴掌之后还加一声"着——"那它就得飞向北山,飞越大岭,飞到山谷里一间木屋前。它在那里会见到一个女人,就是一个长头发的人。对方解下它腿上的一个小竹筒,取出里面的字条。

当它从长发人那里带回了字条,主人常常会笑容满面。"这样快?老子要给你提高工分!"他可能这样说。"亲爱的,你是我的幸运之神。求求你,行行好,不会带来什么坏消息吧?"有一次他还这样说。

一般来说,他看完字条后会特别高兴,挠挠脑袋,伸伸手臂,在地上翻一个跟头,摸出一个闪亮的铁匣子塞进口里左右拉动。奇妙的声音就在这时发出来了,像清晨雀噪,像流水回环,像阳光流经密林,雨点敲打绿叶……它常常在这种声音中发呆。

可现在,它很久没有去过那个木屋,没听到铁匣子里的奇妙声音,甚至好几次在例行进食的时候没有见到主人。牛犊饱了,正舔着母亲的肚皮。乳燕困了,正躲进妈妈的羽翼。人们呢,在一片片屋顶下与亲人们团聚。而它正面临着孤独与饥寒。

它要找他,要找到他。它飞到桌上,桌上只有几个臭烘烘的烟头,还有半钵剩菜。它飞到床下,床下只有破鞋烂袜。它飞到门外的大树上,四周仍然不见那个人的身影。如果说鸽子的锐目可以帮助它发现云外的来客,那么眼下不论如何睁大眼睛,它也没法发现天边那张圆乎乎的黑脸……

他是一个人,但有鸟的名字,外号叫麻雀。

在公社里整整一天的外交活动,累得他筋骨酸痛和喉干舌燥,脸部肌肉也紧张到了极点——那都是赔笑脸的结果。唉,招工,招工,招工!这件要命的事闹腾得自己脸面扫地,人不人,鬼不鬼。给公社秘书递烟,请招工师傅喝酒,装出谦恭和诚实,又迫不及待地吹牛自夸。要招有专长的人吗？你看看吧，我马上给你来一个底线切入反手上篮——嚓！这可是市甲级队主力的水平呵。不行吗？那我再给你来一段草原红卫兵之舞吧。你们要吹口琴的吗？要装收音机的吗？我还会杀猪和爬树和修锁配钥匙。可这样说出来的结果，是对方的哈哈大笑，然后还是摇头。

当然，有的知青竞争优势明显，不必这样劳神费力。他们到邮电所给局长老爹挂长途电话去了，或者到公社干部耳边打小报告去了，或者拿着钱打酒砍肉大摆宴席去了……谁都不是省油的灯，都有秘密武器，关键时刻一个个都彻底暴露，他妈的乱纷纷英豪四起一决雌雄。

他必须投入最后的一搏。现在，他坐在床上，靠着墙卷完第四支旱烟，长吁了一口气，无耻的目光落在鸽子身上。

晶晶从未发现过这种目光，感到有点紧张。

"好鸽子呀，一看就是名门出身，军鸽世家，祖上在比利时或者意大利立过战功的。行家哪看不出来？"

咕咕一声，晶晶感觉到什么，更增添了慌乱。

"不要怕，不要怕，你这样子人见人爱，人家不会把你怎么样。说不定让你更加吃香喝辣呢。"

晶晶可以听懂鸽子的语言，基本上可以听懂鸡鸣狗吠，但人的语言对于它来说还是过于复杂。它小心地继续观察着。

主人摸摸它的头，理了理它的羽毛，还从木箱里摸出半捧绿豆送到它嘴前……看来情况正常，没有什么事要发生。晶晶放心了，伸展一下翅膀，咕咕嘟嘟地表示兴奋和感激，啄掉第一颗绿豆。

主人的声音又透出了沉重："兄弟，这事只能你来帮我一把了。实在对不起，我舍不得你走，可有什么办法呢？人家还看得上你。我也只有你这件宝贝。那个老王八蛋，那个臭杂种，居然也是个玩信鸽的家伙，居然看上你了。你说这事……"

晶晶对这种语气和脸色再一次感到奇怪。他在跟谁说话？是跟门边那条狗吗？或者是对门外那棵树吗？不然神情为什么这样陌生？

"朋友总要分手，你不要怪我，好好地跟着那个王八蛋去吧。你帮了我这一次，我一辈子记得。你要是这一次帮成了，你就是我的大恩人、大救星，我会天天为你祷告……"他已经盘腿而坐，两手合十，闭上双眼，"天灵灵，地灵灵，保佑我的兄弟一路平安，无病无灾，长生不老，阿弥陀佛……"

晶晶不懂这些声音，但懂得脸色和语气。它不再啄食，飞到屋梁上，占据了一个随时可以逃飞的安全地带。

"吃吧，吃吧，你不要怕，下来吧。这就算咱兄弟一场，也有个告别宴会……"主人看着它，不再说话，眼里突然有了亮晶晶的东西。

也许是想让它安静，让它放松，让它最后一次听到主人的吹奏，他把铁匣子再次塞到嘴里，吹响了俄国的《三套车》，知青中的一支流行歌曲。他吹出了呼啸的雪花，颤抖的冰凌，一望无际的茫茫大雪原，还有从冷冷历史中飘来的马嘶。那是在一个异邦的河岸上，一个车夫在孤独而哀伤地歌唱——你看吧这匹可怜的老马，它跟着我走遍天涯，可恨那财主就要把它买了去，今后苦难在等着它……

晶晶觉得主人的泪花不怎么危险，咕咕一声，再次飞落桌面。

第二天一早，主人把晶晶塞进一个硬纸盒。里面多暗呵，多闷呵，多狭窄呵。鸽子开始不安地大叫，扑扑地挣扎。

主人找来剪刀，给它挖了两个方方正正的透气窗。

鸽子把头探出窗口，还在叫。

它是有点不习惯吧？主人嘀嘀咕咕，把它的食盆、衔来的树枝以及经常戏耍的乒乓球，都塞进了纸盒。

咕嘟嘟，咕嘟嘟——窗口里透出的声音仍然凄婉而惊慌。

主人提着纸盒出门了。一开始，晶晶虽有所不安，但以为现在不过是再一次出门旅行，倒也不像是什么灾难。但它渐渐有了疑心，因为过了好一阵后，它不再听到主人的说话声，更没听到口琴声。窗外有时明亮，有时昏暗，有时人多，有时人少，但都是陌生面孔和陌生话语。它还先后嗅到了汽油味、沥青味、皮革味等等它不知道的气味，先后听到了汽车喇叭声、火车轮子声、列车广播声等它不知道的声音，看来一切都非同寻常和凶多吉少。它在剧烈晃荡的黑暗中一直紧张万分，咽喉里抽出嗖嗖嗖的弱音。它只有在遇到猛兽时才有这种喉音。

窗口里塞进米粒和绿豆，还有盛着水的瓶盖，但它不吃也不喝，直到自己昏昏沉沉有点站立不稳。

不知什么时候，眼前突然变得明亮，一股新鲜空气扑面而来。是天亮了吗？是放飞了吗？是……它本能地缩紧全身，往后一坐，再猛地一弹，就箭一般射了出去。

"哎呀！你怎么搞的？随便打开盒子！我的鸽子，鸽子，鸽子哟……"一个中年人的粗嗓门留在了它身后。

一个小孩的哭泣声也留在了它身后。

晶晶不知道那些声音是什么意思，也不想知道，只是一头扑进了无边无际的开阔与自由。它又能飞了，又开始飞了，再一次让地面在翅下刷刷刷地微缩和模糊。当然，它很快就觉出些异样，忍不住打了个寒战。这是什么地方？空气太冷了，太干了，也似乎太粗硬了。它记得家乡充满着绿色，而这里黄蒙蒙的灰糊糊的。它记得家乡流动着白雾，而这里奔跑着一浪浪迷乱的飞沙。它记得家乡的群山中，有个美丽的湖，里面总是蓝天、白云以及一只与自己相像的鸽子。湖边还有一片林子,其中靠水的那棵老树旁,有几块构成三角形的大石头。它只要找到那些石头,就可以找到穿过竹林的小路,找到熟悉的屋顶,还有主人圆乎乎的黑脸。而那一切眼下都无影无踪。

这里离家乡大概太远。

它越飞越高,想望到更远的天边,哪怕看到一丝家乡的痕迹也好。但它绕飞了一圈又一圈,仍然一无所获。它呼叫了一遍又一遍,仍然没有听到任何回应。

高空中风小了,很宁静,但寒气更重。它已经有点昏眩和疲惫,但突然有一种不祥的预感袭来,抬头一看,眼睛睁得大大的。不好,那是什么?穿透云层而来的一个黑点,不正是一只兀鹰吗?黑云般的翅翼,阴森的眼光,尖嘴利爪,甚至根根须毛,都已经越来越清晰,如一股无声的阴风迅速逼近……

它只剩下一个意识——逃!

他一早醒来,觉得这个早晨少了点什么,想了好一会,才知道是少了鸽子的叫声。他看了看窗外屋梁上那个空空鸽笼,心里很不好受。

他恨不得抽自己两个耳光。有什么办法呢?这次鸽子外交同样失败,虽然过五关斩六将,好容易讨得了招工师傅的欢心,但在"公社推荐"这一关仍踩了地雷。他妈的,公社书记明明是想安排老上级的儿子,明明是要做一把人情,却满嘴的漂亮话。先算了他偷狗和偷菜的老账,说他思想改造还不达标,狠狠打下了他的气焰。然后又笑嘻嘻地来拍肩膀,说革命工作行行都重要,山区尤其需要知识青年,需要像你这样有文化的一代新人……呸,真是笑里藏刀的老行家呵?

一个老人喊着他的名字,咳了一声,把光光的脑袋探进房门:"还没吃早饭啦?要吹哨子了。上午在丝瓜冲散函粪。"

"队长,我……手痛。"

"你昨天背痛,怎么今天又手痛?"

他挪下床,右手腕一弯,好像再不能伸直了,"哎哟哟,哎哟哟,怕是骨折了,怕是生了骨瘤……"

"那,那你就去看牛吧。"

"看牛……"

老队长没注意他的暗笑,吧了口烟,走了。临出门补了一句:"快些搞饭吃吧。我摘了点辣椒和黄瓜,就在门口。你那个菜园子,也要趁天晴上点粪水了。莫懒呵。"

一把菜蔬又放在门槛边——不知这是队长第几次送菜了。当然,老人的关心还包括讲授各种为人处世的道理,包括给他找一把治感冒的草药,包括给他削一根扁担或补一顶草帽。更重要的是,他不知道养鸽子有什么用,总说应该养几只下蛋的鸡。他也不知道铁哑铃有什么用,总是劝主人把它拿到铁铺去打两把好榜锄……他不知道这个城里伢身上的哪个地方接错了筋。

麻雀有点感动,但并不后悔刚才的手腕弯曲表演术。他实在不愿在这个山冲与泥粪打交道了。记得六年前刚下乡时的情景,那时他有多么火热的幻想呵。他是瞒着母亲转户口的,是揣着诗集偷偷溜进下乡行列的。他渴望在瀑布下洗澡,在山顶上放歌,在丛林中燃起篝火,与朋友们豪迈创业就像要建起一座康帕内拉幻想中的"太阳城"。他还想靠自学当一个气象专家或林业专家,登上现代化科学的殿堂。当然,他也要让手上生出那值得自豪的硬茧,让腿上留有那英雄勋章似的伤疤。第一次上山砍竹子,他凭着年少气壮,不顾劝阻砍了百多斤。不料下山时,他逐渐跟不上队伍了,一步一跪,忍受着肩上火辣辣的痛,竟远远落到了最后。在一个急弯处,竹子太长,两端都抵住了岩石,卡得他既不能动,又放不下,加上草丛里沙沙地响,一条蛇倏然逝去,他急得哇哇哭起来……

后来，是老队长举着松明子来找到了他。

但这些并不使他泄气。那么是什么使他学会了手腕表演术呢？他想不太清楚。他只知道，第一次招工给人们的震动太大了。地位分化的可能和现实，使朋友们的热情消失得太快，算计增加得太多。关于托洛茨基和德热拉斯的讨论不知道什么时候停止，社会调查记录什么的被人们撕了卷烟，连菜园子也变得荒草丛生。对干部的顶撞，与农民的纠纷，知青户内部为大事小事发生的争吵，使大家在入睡前更多地想起了今后出路。"光阴飞快地流逝，一去不再来……"一位知青经常唱起这支印度歌。

一个个都走了。有的是靠爸爸一张字条当兵走了，有的是招工或升学了，有的则公开宣布姑娘和金钱是目标，户口也不要，藏着匕首下山。连山那边那位热情为自己掌管衣服钱粮的姑娘，也不再让鸽子带来字条，一走就没有音讯……于是，这个一度热闹的知青户，只剩下一只鸽子——就像他的影子。

现在，他连影子都没有了。

没有影子的人，还是一个人吗？还是个东西吗？

好久没打柴了。稻草也潮湿，根本不接火。小收音机里正在播气象预报，说是今后几天内还要下雨。他啪的一声把收音机关掉。

收音机旁有一封信，是一位老同学写来的：

……老弟，你白长了一个脑袋，要干部推在（荐）你，实在容易。让他们喜欢你，有这号本事没有？如果没有，就得让他们怕你。专给他们找麻烦，让他们脑壳痛，逼他们甩包付（袱）！我陆大爷的成工（功）（经验）就是这样的……

他用信纸点火的时候,把信再看了一遍,脸上冒出恶毒的冷笑。对呀,如今软的怕硬的,硬的怕狠的,狠的怕忘命的。老子破罐破摔,要让他们六神不宁!

晶晶感谢那只灰鸽。要不是它,自己早被老鹰撕成碎片了。当时自己一个劲奔逃,忽而俯冲,忽而腾空,但那个巨大的敌人紧紧咬住它,始终像一片乌云笼罩头顶。不知什么时候,自己被刺树挂住,掉了两片羽毛,未感觉到痛,但身体不平衡了,速度开始放慢。就在这千钧一发的时刻,晶晶看到了它。咕嘟嘟——那是召唤还是在声援?晶晶飞过去,跟着它飞越一片枣林,滑过一个麦场,然后钻进一个大石磨下的窄缝里。这里老鹰无法挤进来,而且附近有人影,有狗吠,老鹰果然只敢在高空盘旋,绝望地叫喊一阵,最后丧气地走了。

晶晶向灰鸽子拍拍翅膀,发出亲切轻柔的咕咕声。

灰鸽子走了,不一会儿,又带来一大群鸽子。这是个多么热闹的群体呵。雄的,雌的,大的,小的,白的,灰的,此起彼落地飞翔和跳跃,鸽哨声响成一片。大家都打量着这个浑身雪白的新朋友。几只雄鸽还大声叫唤,蓬松羽毛,显示声音的圆润洪亮,展示宽阔的肩幅和挺健的龙骨。

咕咕咕——晶晶听出了它们的欢迎和安慰,也尽可能作出了回答,只是它关于湖水和水田的描述,似乎使对方觉得不可思议。它觉得自己已经说得够清楚了,但新朋友们还是一个个目光茫然。但不管怎么样,它眼下结束了孤单,重新进入火热的集体。是的是的,它记起了母亲的话,没有集体,活着还有什么意思呢?尽管在集体里也会有不愉快,也会出现争食或争偶的打斗,但群居才会有安全,有交流,有游戏,有欢乐的歌唱。它们扑扑地从一块麦田飞向另一块麦田,从一个屋顶飞向另一个屋顶……在这个过程中,晶晶已经学会了吃麦子和高粱米。

它吃饱了,喝足了,但还在东张西望,瞪大眼睛寻找什么。这里的一切使它没法忘记"那个地方""那个人"。那里有青山中的湖面,有山沟里的小木屋。它不是应该飞到那个小木屋去,取来小竹筒里的纸条吗?它不是应该在那棵熟悉的老树枝上,等待主人在晚霞中归来吗?它怎么能停留在这里?

当然啦,这里有食物,有朋友,也有草窝,但好像还少了点什么。是的,这里似乎什么也不缺,唯独没有它日日相守的图景和动静。

它扶摇直上,又徘徊飘落,引得鸽群追随它求索上下,投来种种惊疑和询问的目光。天色暗了。首先是两只胖鸽发出了疲倦的呻吟,接着是一只麻色雄鸽发出了回家的号召。什么新鲜东西也没发现的鸽子们,渐渐不满意外来者的引导了。咕嘟——咕嘟嘟——它们用嘴梳理羽毛,清洗泥灰,摇着尾巴,恢复了如常的自在和安闲。当它们动身回巢时,发现晶晶还孤零零地立在一个废碉堡上。

如果附近有人,如果人可以听懂鸽语,那么就可以听到这样一场对话:

"你还要干什么呢?"有一只鸽子问。

"我要寻找。"晶晶回过头来。

"你找什么呢?"

"我……要寻找。"

鸽子们耸耸肩,发出杂乱的咕咕声:奇怪,奇怪,它们劝晶晶不要胡思乱想——是的,它们什么也不缺少,什么也不必去寻找。咕咕,它们吃了就玩,累了就睡。咕咕,在满足之后,它们是慷慨大方的。在饥寒面前,它们并不缺乏勤劳。但它们这些菜鸽从不幻想,只有刚出壳的乳鸽才幻想啦。咕咕,它们有祖先,也有后代,有自己的窝巢。它们虽然一旦长得肥满就会死于人类的刀下，但谁又能免一死呢？它们虽然飞不了多远，但谁又能逃出天地的大限？既然如此，那么大家就安于现状，至少赚一份舒适，不必自寻烦恼和自找苦头吧？

不，我要寻找。晶晶低下头去。

菜鸽们终于扫兴地飞走了。大地寂静下来，冷冷的夜雾漫淹过来。地头冒出一个金闪闪的圆，记得它有时像一个钩，有时像一个桃，今天怎么变得这样又大又亮？记得有一次晶晶向它飞去，想啄一啄它，但飞了好久好久，它还是远远的。现在，晶晶要去寻找心中的一切，会不会也像那次一样无功而返？

它完全没有把握。

它突然听到身边有扑扑的声音，回头看，是一只灰鸽——哦，它没有回去。

他开始了新战略。那天，燕子低飞，水缸出汗，蚂蚁筑坝，明明是要落雨的征兆，而且收音机里明明有大雨的预报，但他作为气象员偏偏不去通报消息。眼看一场暴雨说下就下，晒的一坪油菜籽全被打湿了。刚下田的千多斤碳氨，被山水一盖，只怕肥水跑走了一半，急得老队长跺脚喊皇天。

公社秘书下来检查工作，他正好利用这个机会耍赖，口口声声说没衣服换了，要借秘书身上那件中山装。衣服虽没借到，但衣袋里一包烟却被强行"借"走了。秘书脸上红一块白一块，不好发作，只得拔腿就走，怕他又来搜钱和粮票，说不定还要抢手表。不几天，秘书的话就风传下来了："那个叫麻雀的，什么知识青年？简直是城里的街痞子。第三次世界大战一打，先把他捆起来！"

看牛当然也不能太老实。一上山，他就一个"大"字躺在地上呼呼睡觉，要放牛伢给他打扇，摘杨梅来供奉他。结果牛吃禾，牛打架，闹得队上鸡飞狗跳。那天收工点数，发现少了一头黑牛。

"我的娘，何得了！"队长在禾坪里急得团团转，"那只牛婆刚抱福，万一跌到山下，出手就是千多块呢。"社员们也惊动了，围拢来叽叽喳喳，对他投射埋怨的目光。

"我一双眼睛，哪里管得那样多？鬼知道它到哪里去了。"他坐在地上满不在乎。

"你是一个人，你要拿工分的呀！"

"我根本不稀罕工分。"

"那你吃什么？要你喂头猪，你懒。要你出粪平田，你又说做不了。看牛也当好耍？你你……"

"我怎么样？我早就不想在这里干了。你们讨厌我，谢天谢地。我就是希望你们讨厌我。快去给公社进一言，把我送走吧。"

队长的胡子都翘起来了，一跺脚："你枉吃了二十多年的谷米哟！"转身就急匆匆找牛去了……

老饲养员甚至急得呜呜地哭了起来。

深夜，队长带着几个人找牛还没有回来。山上有松林的呼啸和竹林的喧哗，间或有野猪叫或野鸟叫，还有一些不可名状的声音。唉，他们找到牛没有？他们会碰上野猪或者毒蛇吗？他们肚子饿了吗？会摔跤吗？他们的老婆孩子还在门边等待吧？……麻雀有点六神无主，终于提着马灯出门。高一脚，低一脚，四野黑森森，只有点点萤火飘忽不定。他后悔自己不该故意怠工，惹下这一场大祸。

但他摇摇脑袋，又停止了脚步。不行，他不能中止自己的战略战术，做事得做到底。他要咬紧牙关挺住，要继续表演下去。这个世界上强者生存，是蜂得有刺，是狗得有牙，是牛得有角，自己怎么能这样心肠软？对，应该回去，喝酒，睡大觉……

他挠挠脑袋，把一包香烟塞进队长家的门缝，然后跑回家了。

它们飞向南方。

脚下有波浪撞击的声音,大概是一个大湖,或是一条大江吧?到处弥漫着浓雾,浓得简直是一团团水。晶晶和灰鸽分不清白天还是黑夜,既看不到阳光,也看不到星光,更听不到人或者禽兽的声音。它们只感到翅膀已经潮湿,沉重如铅,麻木如无,一股无形的力量拖着自己下坠。但一听到波浪声逼上来,它们意识到灭顶的危险,于是尽最大的力量升飞……

它们不记得这些天来飞过了多少高山和大江。记得那天的暴风雨,真是惊心动魄。天地似乎卷进了一个无底的深渊,树干喳喳地被风刮倒,飓风抓住杂乱的沙石抛向高空,又重重地摔下去。它们无法控制自己,被风一次次掀倒,撞在树干或岩石上,撞得自己昏天黑地。踉踉跄跄飞了整整一天后,它们发现自己竟飞回原地,一眼就看见那根曾经告别过的歪脖子树,还有自己停栖过的小桥……

它们没有灰心,继续挣扎着向前,向前,向前。好,现在终于有希望了。空中渐渐变得暖和,地上的绿色也多了起来。还有那镜子般的湖泊,玉带般的渠道,多么眼熟呀。晶晶甚至隐约嗅到了故乡炊烟特有的气味。感谢灰鸽一路相伴,增添了旅途中的热情和勇敢。遇到老鹰,它掩护晶晶先行逃走。夜里栖息,它警觉地发现黄鼠狼的脚步声。晶晶打冷噤时,它亲切地靠过来献出温暖。它还那样善于歌唱:咕——嘟——咕——嘟——

它们飞呵飞,寻找呵寻找。对于晶晶来说,寻找成了性格和习惯,成了生命的寄托和生活的目的。为了不能忘怀的一切,它穿过了白天和黑夜,从远方飞向远方。

雾渐渐消散了。绿树上布满了金色的斑点,随着太阳冉冉升起,这些斑点在纷纷燃烧又纷纷熄灭。大雨把大地上杂乱的气味全部洗掉了,只剩下一片清新。鲜花摇动湿润的花瓣,与晨风低声交谈，与蝴蝶互送眼波。

应该休息一下了。晶晶回过头去，突然发现灰鸽子不在身边，却停落在远处一个树墩上，眼光直愣愣的。它怎么啦？

是发现什么动静了，还是累得不想动了？如果晶晶现在能看见自己，就会理解灰鸽的眼光了——阳光下，晶晶显得多么瘦、多么脏，哪是什么鸽子，完全是一只老乌鸦。如果晶晶是一只从未远行过的鸽子，也能理解灰鸽的眼光了——这是一次多么茫然的寻求，多么疯狂的胡闹，多么可笑的一厢情愿！他们还要向前飞吗？还要投向没完没了的苦难吗？

爱唱的灰鸽今天有一种反常的沉默。相反，沉静的晶晶今天反而成了个饶舌妇，咕嘟咕嘟唤个不停，一股脑地吐出焦急、惊疑、央求和鼓励……

可惜它的声音既细弱又嘶哑。它不知道，这种破沙罐的凶音不能再使雄鸽们摆尾挺胸，也很难再换来灰鸽的歌唱。

灰鸽犹疑着，焦急着，躲躲闪闪地支吾，终于长啸一声飞向天空，不过嘴指的方向不是南方而是北方。晶晶明白了什么，大声惊呼紧紧追上，在对方的前面绕飞一圈，想拦住对方，又在对方的侧面伴飞了一阵，想纠正对方的方向。但灰鸽看来去意已决，在空中来了几次躲闪，再次脱离晶晶的指引。

抛开情侣对于哺乳类和爬行类来说也许不算什么，但对于鸽子来说很不容易。悲伤浸透在晶晶的目光中。它追呵追，声嘶力竭，筋疲力尽，眼前只有那个飘飘忽忽的灰点。它根本不在乎灰鸽也瘦了，也掉毛了，但它不能没有对方的温暖，不能没有对方的保护，不能在劳累之后没有对方来清扫自己的羽衣。咕嘟嘟，咕嘟嘟，它叫得还不凄厉吗？它要怎样才能打动对方的铁石心肠？它边飞边哭，眼前不再有霞光和湖泊，不再有鲜花和露珠了，甚至也没有那个该死的故乡。

它们一前一后又穿过了白天和黑夜。在向北的路程中，它们又看见了曾经飞过的高山和平地，一步步得到的，正在一步步丧失。

这一天早晨，灰鸽醒来时，突然发现身边并没有晶晶，只有一堆小松子，大概是晶晶留下的。当它真的发现身边空空荡荡，也感到一种莫名的恐慌和孤独。它大叫一声，闪电般升入高空，纵目四望，仍不见晶晶的踪迹。它已经不辨方向了，向东，向西，向南，向北，有点手忙脚乱和四处乱窜。终于，当太阳高升时，它发现脚下一片白光中有一只鸽子。白光在雾中闪着鳞波，而鸽子时隐时现，似真似幻。那就是晶晶吧？它为什么不回答？

它猛扑下去，失神中竟没注意到水的声音。扑通——它惊恐地挣扎出水面，但水淋淋的羽翼很难伸展，刚拍打出水面，又落了下来，再拍打起来，再落了下来……直到最后一只大鱼咬住了它的爪子，直到更多的鱼扑了上来。

水纹一圈圈渐渐平息了。

晨光从大树的枝缝里筛落。蘑菇笑眯眯抬起头的地方，蜜蜂和蝴蝶又开始了工作……

这里没有工作。这些与城市和农村同时疏远了的生物，只有笑骂，扑克牌、空酒瓶、来自父母的汇款单、《三套车》和《献你一束玫瑰花》。今天在这里吃完了，明天游击队向哪里出动呢？吃光用光，身体健康！来，干杯！为了友谊，为了户口，为了我们的好运气！

不好，酒没有了，现在到处缺烟缺酒，物资供应太紧张。听说河南水灾，辽宁地震。地震怕什么呢？在这里震震也好。第一把公安局的户口管理处震掉，第二把县政府知青安置办公室震掉，这样我们就可以返城了，就可以再次享受可爱的电影、足球、冰激凌、霓虹灯以及跨着脚踏车的街头聚谈了。

麻雀狠狠地抽着烟，一直没吭声。如果说，他第一次到这里来还有些不安，那么现在他已经对这里的空气渐渐习惯。自己似乎正在做一场梦。他学会了打扑克输了以后钻桌子和夹耳朵，学会了骂人、打架以及讲下流笑话，学会了大段背诵老电影里的台词，学会了用酒米引来社员的鸡，然后抓住塞进书包……可不这样又能怎么样？有时候，他也犹豫过，觉得日子不能这样瞎混，他也许应该去找另一些伙伴，比如那些爱因斯坦的崇拜者，或者那些能一气拉完整本练习曲的小提琴手，让自己多少活出点知识来，活出点豪气来。但他有点怯，觉得自己是一只疲乏不堪的麻雀，翅膀已经折断。

"你太懒了！"外号叫"瓦西里"的黑大个敲敲锅瓢，发布命令："今天罚你和猪头去捕凤，有摆尾子也要得。"他是指打鸟或者抓鱼。

"凭什么要我去？"有人站起来，"我搞来了葱！"

麻雀倒没有争辩。

"那……"大个子为难了，只好求助于这个集体的最高裁决方式，"划拳吧！"

麻雀和瓦西里一出手都输了，好汉不食言，只好提起气枪出发。两人转了两个山冲，并未见到凤。好容易见到一条狗，瓦西里舔舔嘴唇，打了个响指，刚要举枪瞄准，麻雀猛然发现那是队长家的，一挥手，让黑大个的枪打偏了。

枪托一拐，还磕痛了射手的下巴。

"你疯了？"瓦西里怒吼起来。

"那条狗……算了吧。"

"它是你祖宗？"

"是你老祖宗哩！"麻雀也是喝了酒的，也是练过拳的，两人眼一瞪，像公鸡斗架，差点用拳头交锋起来。

"你他妈的一见母狗就起骚吧？要是在战场上碰到国民党的女兵那还得了？你还不哇啦啦就举白旗当叛徒？"

"你他妈的才起骚呢。见条狗就分得出公母，你看见苍蝇也分雌雄是不？"

有鸟叫的声音传来，就在不远。

这种可爱的声音使他们暂时休战。黑大个拍拍灰，赶快上子弹，弓着腰潜身树下，悄悄向前方运动。枪举起来了，呼吸停止了，嘣——树叶抖了一下，并没有打中。奇怪的是，那只鸟没有飞走，反而向前面飞过来，落在一个枝头上。可以看清，它个头较大，全身灰黑，像一只小野鸡。

咕咕咕——声音急切，好像有点耳熟，但又陌生。加上近旁有蝉灵子叫，他们听不太清楚。

"真没用！"麻雀低声骂了一句，弯腰上前，猛地夺过枪，毫不犹豫地举起来瞄准了。这一枪可要打中呵。射手暗暗假定：如果打中了，那一定是爸爸快平反了。如果还要第二枪，那一定就是只平反不复职也不补工资。如果还要第三枪，那一定是连平反都没戏……他觉得全家的命运此刻都掌握在他手中。

嘣——糟糕，爸爸不会被平反。慢点，它还没走，再来一下。嘣——它闪了一下，扑腾着飞离，但有点摇摇晃晃，没出三步就栽了下去。打中啦！两人一跃而起，跑过一个草坡，看到了苞谷地里的尸体。

这原来是一只鸽子。它软软地躺在草丛中，半闭着眼皮，胸脯流着血。不过它太瘦了，简直像一包壳，也太脏了，全身都是泥灰。实在是让人败兴。它是谁家的鸽子？大概飞了很远很远的路吧？大概是失群和迷路了吧？射手想起了什么，上前捡起鸽子，摸摸鸟嘴边黑色的血污，身上的泥垢，大腿上化脓的伤口，还有胸前稀疏欲脱的羽毛。突然，他眨眨眼，惊得脸色突变：

这是怎么回事？它腿上有一条破烂褪色的红绸带，还系着一个眼熟的鸽哨……他慌慌地梳理羽毛，发现一旦泥灰剥落，羽毛就展现出洁白。

晶晶！

他大叫了一声。

确实是晶晶，确实是。但它目光已经呆滞，凝望着射手，嘴喙轻轻颤动，像要说出什么，不过已经说不出来了。即算说出来，人类也永远无法听懂。

你要说什么？你说吧，说吧。真是你从远方回来了吗？你是怎样从千山万水之外回来？你变成这个样，我认不出了，辨不出你的呼叫了。你刚才扑着双翅飞过来，声声喊着什么？你是想像人一样笑，像人一样哭，像人一样诉说，像人一样大喊"不要杀我"，是吗？呵，我还是扣动了扳机。

他捧着逐渐冷却的鸽子，带血的手指在哆嗦。

入夜了，小屋里飘出吉他声和鸽汤的香味。晶晶的故事使大家感叹惊讶，议论了很久，但鸽汤还是要喝的。只有那个射手还在沉默，脸被炉火映得一闪一闪。他的思绪总离不开晶晶。不可想象，蓝天这么大，路途这么远，遥遥千里云和月，它从未经历过这么远的放飞训练，居然成功地飞回来了。当他酒酣昏睡时，它却在风雨中搏击前进，喷吐着满嘴的血腥气味向他一步步接近……他捂住了眼睛。

"同胞们，战友们，为诸位不会死于地震，干杯！"瓦西里举起了酒碗，使屋里又哄闹起来。没有酒，以汤代。没有汤，以水代。酒碗不够的时候，有人把茶缸、瓦钵、锅盖都凑上来了。有人发出傻笑，有人突然想起父母或者城市，眼里不觉流出了泪水。吵闹声和腾腾热气，冲得油灯的火苗直晃……

麻雀没有伸手。像突然悟到了一种什么，他深深吸了一口

221

气,把一件上衣往肩头一搭,走向门口。临别时他回头扫了大家一眼,神情严肃,仿佛变成了另一个人。

"我……再也不到这里来了。"

"麻雀,麻雀,你怎么啦?"

"你们……王八蛋。"

"麻雀,你不要太娘娘心肠吧?不就是一只鸟吗?"

"我也是十足的王八蛋。"

他播下一片惊疑,然后默默地走了,沿着山路走向自己的家。那里有他的柴刀、锄头、扁担,还有口琴和鸽巢,以及散发出桐油香味的斗笠。

晚风吹来,山峡里一片蛙鸣。一条没牵进栏的牛在村头树下甩着尾巴,喷着粗气。小路上有游动的黄点,那是什么人举着松明子来寻找孩子吧?

天地间有这么多的生物,生来,又死去,死后化作泥和水,变成煤和石头,草木和鲜花。有一个人在这个夜晚相信:晶晶死后一定变成了那种淡蓝色的小花,有金色的花心。它在黎明时开放,像蓝宝石一样闪烁光芒。它在说:"我回来了。"

这个人望着蓝天。

一九八一年四月

此篇最初发表于一九八一年《中国青年》杂志,后收入小说集《飞过蓝天》等,获一九八一年中国"五四"青年文学奖和同年度全国优秀短篇小说奖,已译成法文、英文。

# 风吹唢呐声

一

当时,我在队长家里开铺,听见窗外有一串不成调的唢呐声,转而又变成"嗷嗷嗷"的吼叫。声音闷,像喉管被掐住,有点喊不出来。我探头一看,见地坪里有个中年汉子,腰间插一支唢呐,手里搂着两小捆湿漉漉的生树丫,正在同两个拿柴刀的小孩争吵。他那声音,那手势,那急得跺脚的样子,说明他显然是个哑巴。

小孩不怕他,指他的鼻子:"假积极!假积极!又没砍你家的!"

他笑了一下,想摆脱对方,发现被孩子拖住了他的衣摆,便沉下脸,做出要打人的样。小孩被吓跑了,一边仍嚷着:"假积极,死聋子!""聋子聋,我是你的老外公。聋子聋,我是你的老祖宗……"他没反应,得意洋洋把树丫拖到猪场去了。这是干什么呢?也许,他是看山员?怕队上失去那几枝树丫?

但聋子能够看山吗?而且刚才是他吹唢呐吗?

他看见我，走上前来，咧开嘴嘿嘿地笑了。从他头上黑白夹杂的麻色头发来看，老年与少年交织，大概三十来岁的模样。他肩头开花裤打结，蒜球形的鼻子有点翘，口腔向前面严重突出，笑起来脸上浮现出一派天真。像有些农民一样，劳累使他的肢体有点变形。如果没有衣服和那双浅口套鞋，你完全可以把他想象成一只大猩猩。

他冲我嗷嗷叫了两声，做了一串令人眼花的动作：指指他自己又指指我，双手转动方向盘，指指手腕，手画一圆圈，竖起大拇指，又笑了笑。

见我不懂，他急了，又把动作做了一遍，瞪大眼睛，像是问：还不懂吗？

正为难，幸好队长抱着一捆铺草来了。"袁同志，不晓得他的洋文吧？他是说，他晓得你是坐汽车来的，是县里的干部，姓袁，是个好角色。"

原来如此——手腕上表示手表，手表又表示干部，画圆圈则表示袁（圆）姓……这种特殊语言引我笑了。

哑巴也笑了，显出一种宽慰和高兴。

队长又介绍："他叫德琪，小时候害病成了个哑巴，娘老子又死得早。不过，你莫看他样子蠢，还蛮有灵气，晓得的天文地理多着哩。"说完，对着哑巴伸出小指头，问："喂，哪个是奸臣？"

哑巴的五官缩到一堆，极端鄙视地伸出四个指头——嗬，"四人帮"！

我更觉得有意思，哈哈大笑。

德琪大概觉得展示了自己的成绩，心里特别舒畅，像喝醉了酒，脸上泛起一阵红润。他背着手大摇大摆走进我的房里，视察了一阵，比方指指窗子，要队长帮我把窗纸糊严实，又指指油灯罩，要队长把破灯罩换成一个好的。最后做了一些切肉和搓丸子的动作，意思是要我过节的时候到他家去吃肉和糯米团。

"谈"兴未尽，他接下来指指上屋场方向，竖起三个指头——指上屋场的三老倌；捏了捏自己的鼻子，做打牛状——意思是三老倌把牛打得太狠；晃晃小指头——表示不好。

队长作了翻译，我自然表示重视他反映的情况。他这才心满意足，拍拍我的肩膀，背着手高高兴兴而去。

我们就这样相识了。春风秋月，地北天南，当时间长河流过了九曲十八弯，他至今还留在我记忆的沙滩上——尽管我现在已远离那个山谷，坐在明亮的窗前，面对一沓空白的稿纸发呆。

## 二

还是从头讲起吧。

哑巴是村里的一个好社员——那里人都这样说。他听不见广播盒子响，但每天起得最早，实在等得无聊了，就去敲队长的窗户，催队长给他派工。他身有残疾，是唯一有权不参加任何会议的人，但不管开社员会还是干部会，不管有好多人躲会溜会，他却是积极的到会者，看看这个，看看那个，不知是想凑凑热闹，还是羡慕那一张张嘴和一只只耳。吊壶水开了，他吹掉壶盖上稀稀一层柴火灰，自觉地来给大家筛茶。看见有人抽出纸烟，他急忙用火钳夹一块燃炭，给人家点火。

有些人觉得他头脑简单，好支派，常把一些重活推给他，犁滂田啦，进榨房啦，烧马蜂窝啦，总是把他使在前面。东家要盖屋，西家要出丧了，代销点要进货了，还有大队学堂要洗井了，人们都会记起他。他似乎不知道什么吃亏不吃亏，只要手脚闲，随喊随到，一做就满身汗。做完了，有饭就扒几碗，没饭就拍拍手回家。下一次你叫他，他还会来。知道他有个喜欢奖状的嗜好，有些人请他时还会比画出奖状的样子："聋子，有奖状，你去吧？"

他一见这种比画就笑，就眼睛发亮，马上跟你走。即使你给他的奖状没有盖公章，或者那不过是你儿子的"三好学生"奖状，上面仅仅改了个名字。

他收藏了很多奖状，从县政府发的一直到上屋场三老倌发的，甚至有一张根本不是他的——得奖者是办高级社那年来的一位干部，是哑巴经常为之得意的一个老朋友。他与哑巴同睡一床，出钱治好过哑巴母亲的病，请人给哑巴做过一双棉鞋。那一年丰收了，哑巴有了吃不完的糯米粑粑，还有钱买票第一次坐上了汽车，随那位干部到县城做客。在县城里，他什么也不想要，什么也不想看，独独爱上了主人家里一张大奖状，目光一落上去就拔不出来。主人没办法，只好割爱，把奖状转赠给他。

现在，他奖状成了堆，珍贵的褒奖和廉价的欺骗混在一起。一碰到新交结的朋友，尤其是碰到新来的办点干部，他就会笑嘻嘻地把那一大捆拿出来，一张张铺给你看，想让你每张都看到。旁人发出笑声时，他也只是笑笑，并不知道旁人在笑什么。

总之，他是这样一个公共的人，一个社会所有的人。敬重他的人不多，需要他的人却很多，需要他的汗水，也需要他带给大家的笑。

## 三

他与大哥德成住在一起。

好几次，哑巴帮人家做事，德成赶来一把拖住他就走，还破口大骂主家："你们这些没天良的，把一个哑巴当蠢崽盘，心里也安稳？不怕头上生疮脚底流脓呵？"哪个要是抓着哑巴取笑太过分，被德成碰到了，也免不了挨一场恶咒："你们这些短命鬼、绝代根、穿心烂的烂冬瓜，以后要不得好死！"

吴德成大脸盘，腰圆膀壮像筒树，眼珠一转就计上心头，用当地话来说，是个"百能里手"。他从小就跟着叔叔开屠坊，贩牛，烧窑，脚路宽见识广，两只手都可以打算盘，因此把家里盘得十分殷实，总是纸烟不断，猪油不断，芝麻豆子茶不断，做起一栋两包头九大间的瓦屋，玻璃窗子亮晃晃，队上人说像半条街。走到他的大屋前，人们都会感到一种财富的威严。

放在前些年，这种人当然是"资本主义绊脚石"。大队没收过他的猪婆和一窑砖，拆过他的几间屋，还逼他成天下水田闻牛屎臭，气得他直骂无名娘。好在他负担不重，加上有哑巴弟弟舍得下力，他不至于饿肚皮，作为矮子中的高子，娶媳妇还能挑金选玉。

嫂子来得比较晚，名叫二香——至于姓，像这里的媳妇们一样，那是无关紧要的，似乎从来无人打听。接亲那天，好多人来看，里外三层，风都吹不进。人们凑在一起叽叽喳喳，议论新媳妇的嫁妆，议论新娘子那脸、那脚、那手、那衣角布边、那叫人羡慕的雪肤花貌。人们觉得村里的这一天特别明亮。

德琪似乎比哥哥更高兴，成天笑着，忙碌着，又是杀猪又是洗菜，又是搬桌子又是擦椅子，稍有停歇就吹响唢呐。

"闹茶"开始了——这是一种残存的乡俗，带着远古的痕迹。胆大的一声喊，男客们就开始起哄，不但对敬茶的新郎可以百般刁难，还可以把新郎哄出门去，然后对新娘来点放肆和亲热。据说一轮茶恶闹下来，有的新娘不论如何事先充分准备，紧紧实实裹上三层棉袄，事后还发现全身青一块紫一块的。

要命的是，这种胡来意味着欢迎和喜气，主家万万不可见怪，否则就是坏了规矩和冒犯客人。二香当然知道这一点，一见几个后生子开始挤眉弄眼，一听有人浪浪地喊闹茶，脸就刷的一下变得惨白。但她完全无能为力，眼看着自己任人摆布，被一个汉子抱在腿上，在一片欢呼声中又被抛向对面另一个后生，扎进不知是谁的怀里。

哑巴没有听见新嫂子的尖叫，但男人们放浪神色使他眼里透出迷惑和不安，继而透出恼怒。他冲上前去，把东偏西倒的新娘一把抓住，拉到了自己身后。

"聋子，你发癫呵？"

"你也来闹茶？嘻嘻……"

"你莫挡路，站开站开……"

嗷——他大吼一声，毫不退缩，像一头两眼发红跃跃欲斗的牛。

客人这才明白他的意思。有一个后生颇不甘心，要把这个障碍清除出门，没料到他翻脸不认人，迎面就是一拳，把后生打翻在婚床旁，牙齿都碰出了血。"你今天吃了生狗屎吧？"那后生大骂。

事情闹到这一步，没什么意思了。尽管有新娘子出来赔礼，找毛巾给伤者擦血，大家已兴致索然，只好另外找找乐趣，比方喝喝酒，吃点花生和红薯片，讲讲什么笑话。有人放出一个哈欠，开始找自己的小把戏和灯笼，准备起身回家。

他们走出大门时还在抱怨：

"碰鬼呵，今天就是死聋子来插了一杠子。"

"把他嫂子当糖捏的吧，碰都不让人碰。"

"嘻嘻，又不是他自己的堂客，他心疼什么？"

"他还有堂客？有猪婆吧？天老爷写姻缘册，只怕没工夫想起他！"

……

人们这样说哑巴，他当然没听到。他这一辈子恐怕与女人无缘，大概也会是事实。他似乎对此没有什么苦恼。每当别人收亲嫁女，他总是脸上放出红光，换上一件新衣，好像也成了准新郎，在人群里钻来窜去，一高兴就呜啦呜啦大吹唢呐。

客终于散尽了，二香软软无力，倚着墙长长松了口气，目光投向正在门外扫地的哑巴。"今天多亏了你弟……"她对德成说。

"唔……"德成没注意听，正清点着刚收下的礼钱。

## 四

新嫂嫂过门不久就下地干活。这一天洗过碗，她同两个邻家媳妇结伴，准备到坳背冲去寻点猪食，挎着篮一步走出堂屋门，一个媳妇突然捅了她一下。

"做什么？"

"你看，你快看。"

"看什么呀？"二香其实已经看到了。

"你看聋子——"

"怎么啦？"

"你装傻呵？你看他在做什么！"

顺着手看去，德琪在阶基那边对着竹篙上晒的衣服发呆。那是二香一件大襟布衫，起着淡红色的杏花点子，色彩鲜艳，明丽夺目，显现出一个女人的身体曲线。真要死！那呆子早不摸，迟不摸，居然在这一刻伸出手来，小心翼翼去触摸那花布衫上的胸口部位，接下来是腰身部位……

咯咯咯——邻家媳妇大笑起来，差一点笑翻。

二香没法再装眼瞎了，脸一红，咬出一句"死聋子"，快步赶过去，把哑巴的手一把打下来。"使牛去，使牛去！使牛，懂不懂？这样大的人，还死不明白！"

哑巴一见嫂子，又见在场还有别的女人，闹了个大红脸，不自然地搓着手，脸上裂开几道深深的肉纹，不像笑也不像哭。

"快——"嫂嫂威严地挥挥手，然后把一篙衣收进了自己的住房。

看见哑巴抄着牛鞭慌慌地逃窜，两个邻家媳妇又一次爆笑，捂住自己的肚子哎哟哎哟。"香嫂子，哪个要你长得这样乖致呢？""活该你费衣服！还不是被人摸溶的？""你要小心呵，小心呵。你喝过水的茶杯，说不定有人去亲。你坐过的凳子，说不定有人去蹭……咯咯咯，哎哟哎哟！"

两个婆娘还是笑得东一撞，西一窜。

二香给她们一人来一拳："撕了你们的臭嘴。快走！"

这天上午，二香早早赶回家，到哑巴的房里仔细检查。果然，几天前她不翼而飞的一条花手帕，还有更早以前她怎么也找不到的一只袜子，眼下都出现在哑巴的枕下，揉成了一团。她隐约知道了什么，吓得脸色发白，呆呆地不知坐了多久。直到哑巴的嗷嗷声出现在地坪里，她才全身哆嗦地跑进厨房，一进去就不再出来，更不敢再看哑巴一眼。

哑巴也像做了亏心事，以后好多天里都不敢看她。他成天埋头干活，铡薯藤，挑井水，打草鞋，补篾箕，把木柴劈得一堆一堆成了山。

精明的德成不知道家里发生过什么事。他奖给弟弟一支烟后说："嗯？聋子这几天还算勤快。"

二香没说话，给丈夫的鞋缝上了最后一针。

五

随着德成的骂声增多，乡下日子是越过越紧巴了。秋收以后，人们用土车吱吱呀呀地把稻谷运往国家仓库，换回一张征粮工作奖状，引得小把戏们抢着看，但好些村寨都留下了一声声长吁短叹。

队上实现工分制。一人劳动一天，大概可得十分工，年终时队上再按总工分核算分配。因为分值太低，扣除粮油之后，队上现金所剩无几，于是欠钱户苦着一张脸，进钱户也高兴不到哪里去——他们知道要进钱就得靠欠钱户还钱。德成当然是进钱户，但决算张榜几个月了，还没真正进过一个钱，等于拿了一堆白水工分。他找到小队和大队的干部强烈抗议，要求干部上对欠钱户出狠招，说不拆掉几间屋，不给点厉害，老糠里能出油吗？

干部们都抽过他的纸烟，再说分配不兑现也说不过去，于是决定一捉猪二拆屋，如果不能在春耕前发票子，至少也可以给进钱户一些烟砖和木料吧。

德成这才气顺了一些，回到村里到处转悠，看哪堵墙的烟砖质地好，看哪些陈年土砖可以肥田，看哪根檩子生了蛀虫……直看得欠钱户们心里发毛。这天一大早，他给哑巴一担大箢箕。哑巴以为要去挑牛粪，兴冲冲地跟着哥哥走，直走到三老倌家门前才知是另一回事。他平时见三老倌打牛下手狠，找干部告状最积极，不知被三老倌骂过多少次。眼下见三老倌坐在地上老泪纵横，不知道发生了什么事，放下担子前去拉扯。

三老倌一头朝墙上撞去，幸亏被旁人一把拦住，才没撞出个头破血流。围观人群出现了一阵骚动。

哑巴不明白人们在议论什么，但他看见有人搭起了楼梯，看见有人爬上了三老倌的屋顶，还看见大队书记在现场指挥，终于明白了什么。"呵咦！呵咦——"他拦在楼梯前，一个劲地摇手。

书记拨开他，指挥人们继续上屋。

他两只牛眼睁得老大，跑到三老倌面前嗷嗷叫，意思是要他去阻挡，见对方只顾哭号，便急忙跑回来一脚踢倒了楼梯。

"聋子你知道个屁呵。"大队书记同他说不清，用再多的手势也说不清欠钱户与进钱户的关系，说不清队上如何穷到要拆屋的原因。何况眼下不论人们说什么，都是对牛弹琴。只要有人靠近楼梯，只要有人要上屋，哑巴都会恶狠狠地伸出一个小指头，朝前一点一点的，点出愤怒和蔑视。

很多人来得不大情愿，看见终于有人顶上了，也乐得顺水推舟，或阴或阳地敲起了边鼓：我看也是莫拆算了。是呵是呵，春不出谷，冬不拆屋，手莫下狠了呵。没听老班子说吗？积一分德，胜烧十年香呢……他们这样说着，说得德成有点着急，冷笑一声："不拆也要得。哪个想把事做绝呢？只要干部口袋里抠得出票子来，我来盖屋都愿意。我吃人饭，下牛力，做一年，几张血汗票子是要的。"

"是啰是啰，我是等钱用，初五要砍肉接木匠……"有人接应他。

人多口杂，明显分成了两派，拖成了一个僵局。书记有点面子上挂不住，拿出哨子猛吹一声，"闹什么闹？你们是书记，还是我是书记？听好了：今天三老倌同意是拆，他不同意也是拆。你们哪个不想动手，就替三老倌交钱！"

队长不敢违令，上前拍拍哑巴的肩，指指书记，又指指手腕——意思是此事非同小可，是戴手表的干部有命令哩。

哑巴指指手腕，不大相信的样子。

队长再次指了指手腕。

哑巴怔住了，脸一直红到脖子，绝望地咕哝两声，脚一跺，走了。

"喂，喂，猪样的家伙，"德成脸上有了猪肝色，追上去大喊，"你到哪里去？这么多砖要老子一个人挑吗？"

哑巴横了他一眼，还是气呼呼地走出地坪，他不知从哪里冒出臭脾气，把两只箢箕狠狠摔出去，一只落到水沟里，另一只落在秧田里。扁担也被他摔出去了，投枪一般射向茅草丛。这一天，他什么也不干，一反常态地回到家里蒙头大睡，连二香来问话也不搭理。

中午，德成气咻咻地回家，闯进他的房间，掀开蚊帐门，猛揭被子："摊你娘的尸，下午跟老子担砖去！"

哑巴跳起来横他一眼，坐到另一头，摆弄自己的唢呐。

"听见没有？"德成一把夺过唢呐，"担砖，担砖！"又做了挑担的动作。

哑巴翻了个白眼，拉过蓝印花被子又蒙住了头。

"好，你有万贯家财？你吃国家粮当了干部？你手舞擂锤上天了是吧？好，你狠，你能，你莫想吃老子的饭！"

德成这些天的火气特别大。

## 六

直到天色渐暗，哑巴还空着肚子。这是第几次被哥哥夺了饭碗呢？记不清了。以前哑巴给别人帮忙回来，只要做得过于卖力，就总是要被哥哥责骂和夺饭碗。那时的哑巴就到山上去，煨一窝板栗，或到地里摘一个菜瓜。

可现在那些东西也没有了。他提着唢呐，无精打采地在村里游转。他想到队长家里去看看，说不定可以混来一口两口。但他远远瞄了一眼，见队长家的婆娘在塘边刮鼎锅——把他最后一点希望刮没了。他看得出那一家的口粮也很紧。

他只得想想猪场里喂猪的红薯。经过他的侦察，喂猪的大嫂已回家去吃饭，猪场大门的一把旧锁也只防得君子。他一拧，让锁歪了脖子，走进门去在潲筐里翻了翻，果然找到几条红薯，袖口三揩两抹，红薯已经入了嘴。

"假积极，偷红薯！假积极，偷红薯……"

几个也是为红薯而来的小把戏发现了他，一齐拍手大叫，及时展开了报复。

哑巴慌手慌脚，吞得更快。

"抓住这个贼老倌，到干部那里去！"

"他还想得奖状？要他去打锣，去戴高帽子。"

"这是我们看见的。老师要表扬我们，要给我们插红旗。"

哑巴知道这些小家伙不怀好意，忙摆出笑脸以示和解："呵呵？"

孩子们更加得意："不行，快走快走！""老实点！""让他吊块牌子，像万玉一样。"孩子们指的是一个地主分子，以前总是戴着牌子上台挨斗。

几只手把哑巴七拉八扯，押出了猪场，直往队部而去。哑巴知道这不是好事，忙做出一串手势——莫拖莫拖，我给你们打个鸟笼子，抓斑鸠，好不好？

"不要不要！"

又是一串手势——我给你们做个篾篓子，套泥鳅，好不好？

"不要不要！"

还是手势——那，我来吹唢呐……

小把戏们这下动心了："吹吧吹吧，要吹好听的。"

哑巴抽出了唢呐，随着肚皮一鼓，腮帮鼓成两个半球，口水开始从嘴边溢出，然后又从喇叭口流出。他似乎还有微弱的辨音力，还能凭手指感受到旋律，感受到他聋哑以前的声音记忆。他当然吹得有点乱，声音像鸡鸣，像鸭叫，像狗在跳跃，像牛在嬉耍，像丰收的锣鼓。一串串音符在争吵，在冲撞，在扭打，你咬着我,我咬着你,流出了鲜血。

小把戏们基本表示满意,只是其中一个年龄最大的还想恶作剧:"不行,这个不好听,小指头,小指头。你要用鼻子吹,用鼻子,鼻子。明白吗?"

哑巴生气地摇摇头。

"你用鼻子吹,用鼻子吹!"孩子们闹起来了。有的爬到他头上,有的扯住他的衣,有的抱住他的腿,还抢夺他手中的唢呐……直到二香出现才一哄而散。他们看见二香急急地赶来,一把抓住哑巴,像抓住一个孩子,拉着就走。

"香婶婶,他偷红薯!"

"香婶婶,他是个假积极,贼老倌!"

"抗拒从严!坚决打倒……"孩子们也熟悉了批判会上的语言。

"不要喊,千万不要喊。"二香惊慌地转身,摸摸他们的头,"好伢儿,快落黑了,回家去吧。"说着从衣袋里摸出一把炒蚕豆贿赂他们。

哑巴总算回到自己家里了。幸好大哥不在,让他免了挨骂。嫂嫂把他安顿在椅子上,首先打来一盆热水,要他洗手,又拿来一双鞋子,要他换上,最后才端来饭菜。纤秀的手,陌生的手,端来酸白菜和辣椒,上面还有一个黄油油的荷包蛋。

嗷——哑巴呜呜地哭起来。

嫂子没看他,揉揉眼睛,回到灶脚头往吊壶下塞柴。


七

哑巴发现哥哥与嫂嫂吵架。哥哥红着眼,破口骂,踢翻椅子,挽起一只袖口,亮出巴掌不停地抖,大概骂了些什么。

嫂子的嘴也有张有合，似乎也回敬了什么。

哥哥终于下手了，一掌把老婆打得倒在墙角。她半天没有动弹，好容易有了活气，好容易才爬起来，但丢下猪菜不管，丢下鸡鸭不管，进里屋包起几件什么衣服，泪流满面地冲出门去。

他们在吵什么呢？哑巴觉得这件事可能与自己有关。

他心慌，躲在暗角里，好像自己偷了银偷了金，做了见不得人的歹事。他一拳又一拳捶打自己的脑袋。

邻居们来了，队长也来了，围着德成七嘴八舌。最后，队长仗着刚才喝了两口酒，摆出做主的架势，走到哑巴面前打了一串手语——喂，你明天不要出工了，搭班车到你嫂子娘家去，把嫂子接回来。懂不懂？

哑巴不用听就懂了，连连点着头。

他一夜没有睡好觉，第二天一早就穿上蓝晃晃的新布衫，穿上每年只穿那么几次的黄色胶鞋，夹着雨伞跌跌撞撞地出发。他总算把嫂子接回来了，把嫂子送到哥哥面前。但哥哥还是黑着一张脸，只得没有再动手脚。唉，有什么法子能让这张脸露出笑容？哑巴暗暗费了好些心计，成天探头探脑东张西望的。他看见哥哥摸出烟盒，就赶忙递上火柴。看见哥哥身上有汗，就赶忙摇起了蒲扇。他得在家里多做些事，于是光着上身，担粪泼菜，上山砍柴，挑水扫地，连鸭棚鸡埘也清扫了一遍。墙角里的鸡粪扫不干净，他就跪在地上，用碎瓦片去刮，一点，一点，刮，刮……

哥哥同一个干部模样的人争辩，闹得双方的脸色都不好看。哑巴就在另一间房里拍桌子，踢椅子，敲打桶子，反正闹出很大的声响，以示与哥哥同仇敌忾。为了表示更强有力的声援，他故意在那干部模样的人面前冲来冲去，最后冲到地坪里，把那人的一辆脚踏车踢翻。要不是哥哥来轰走他，他可能还会在脚踏车上猛踩几脚。

旁边有人取笑他:"你真是聋子不怕雷呵?你知道你家里是什么人吗?"

他竖起一个小指头,哼了一声。

"你好大的胆,敢说政府是小指头?"

哑巴看看对方,噘起嘴,鼓出唾沫,又顶出一个小指头。

意思是:去你妈的!

不几天,人们发现那干部模样的人再不进村了,据说他的脚踏车总是在这里被人扎破胎,或者是车铃盖不见了。大家不用猜,就知道这事是谁做的。但即算是那位干部,也只是报以苦笑,无法阻止这种判决。

## 八

门前溪水暖了又寒,浊了又清,田里五谷收了一季又一季,山里人不知不觉在悄悄经历着一个大变化。首先是副业开放,然后是包工包产,最后是分田分山的责任制……德成很快成了大忙人。如果说他第一次担着辣椒上自由市场还提心吊胆,那么他不久就有了大显身手的信心和壮志。朋友们来往不绝,他们结伴到湖北去贩茶叶,到广东去贩鱼苗,一去好多天。每次回来总带着得意神情和一堆堆山外的新闻,茶余饭后,满面红光,被人们的羡慕和敬畏包围。

"德成哥"的称谓,被"德成叔"代替,"你"被"你老人家"代替,虽然他还是他,还是个经常头痛或者血压高的大胖子。

他财大气粗,在屋场里游转,开始喜欢背着手挺着胸,对有些人爱理不理,讲起话来也盛气凌人:"庆胡子,你那窝猪崽不准卖给别人,我包了!""三老倌,你也想开口借钱?嘿嘿,你还记得钞票是方的还是圆的?"……人们在这样的呵斥下敢怒不敢言,似乎这位昔日的屠夫已经成了山大王,万万不可得罪。据说他还准备到镇上开店,准备买卡车跑运输,准备办砖厂开炭窑——他哪一天会不会把县政府都买下来?

二香也成了女人们关注的目标。在她们看来,二香的八字真是硬,以后还用得着喂猪和锄草吗?还用得着织布和做鞋吗?拉倒吧,她就等着当地主婆,等着当贵妃和皇后娘娘嘛。穿金戴银不说,坐轿骑马不说,还要雇一帮丫环来前后左右地侍候吧?……奇怪的是,二香还是一个人忙里忙外,经常累得汗湿的衣衫紧贴背脊。到她家去看看,栏里七八只猪肉滚滚,屋后一园瓜菜绿油油,阶基上干净得连半根草须也没有,还有做饭、待客、出工……这样勤劳贤惠的媳妇真是少见。

她还是很少有笑脸,这一天的晚饭更是吃得提心吊胆。德成刚扒了第一口,脸色就沉下来,饭碗朝二香面前一砸。"这是什么饭?你吃!你吃!"

二香吓得赶紧尝了一口,"哦,锅里可能多了点水。"

丈夫又吃了一口菜,更气了。"你要我吃烂布巾?"

二香吓得再尝了一口,"丝瓜可能是老了点……"

"丝瓜?这也叫丝瓜?"

"我另外给你做……"

"做什么做?做猪潲吗?"

"你是馆子里的口味吃惯了。要不,你就到镇上去……"

"你怕我今天还没跑够?你以为我的血压还不够高?你看你这个堂客,脔心好黑!"

"对不起,对不起……"

"一顿饭都做不好,你只有去死,去死呵!一个猪婆也要给我长几斤肉吧?一只鸡婆也要给我生几个蛋吧?你能做什么?你以为我吴家的钱用不完,要请你白吃饭是吧?"

德成把她骂了个狗血淋头，看看手表，夺过饭碗又吃了两口，大概吃得火气冒，筷子一丢，把碗砰的一声砸到地下，骂了一阵娘，带上手电筒出门去了。几只鸡跳过来，抢吃散落的饭粒。

二香呆若木鸡，好半天才低下身子去，一块一块捡起碎瓷片。躲在隔壁房间的哑巴看见，她捡到最后一块时，一颗泪珠落到了手上。

这天晚上，附近有一个村庄里唱大戏。山里好久没唱戏了，好久没有见过县里的大班子了，据说这次还是村长亲自带人去硬把人家几箱行头抢来的。锣鼓敲得好欢，灯火照得好亮。戏台下有卖米花糖的，卖瓜子的，卖炒板栗的，卖甜酒和米粑的。莫说去看戏，就是到那人群中挤一圈，嗅一嗅扑鼻的香味，也是山里人的享受。但哑巴今天没有去赶热闹，悄悄来到厨房里，看着缩在灶脚头发呆的女人，看着那张被火光映得忽明忽暗的脸。

他给嫂嫂倒了半茶碗水，但嫂嫂没有接。

他给嫂嫂一条毛巾，但嫂嫂也没接，只是撩起衣角，擦了擦泪眼。

他们静静地守着一堆余火。

远远的鼓乐声隐约飘来。聋子当然没有听到，但他接地的两只脚似乎有所感觉。他取来唢呐，咬住气嘴，深深叹了一口气，放出一道呼啦啦的长音。这也许是好听的吧？也许可以替代邻村的演出吧？也许可以让嫂嫂开心一点吧？他拿出最高超的手段，一仰一俯地吹起来，时而急促，时而舒缓，时而嘹亮，时而微弱。他仍然吹得有点乱，把欢笑吹得像哭泣，把美丽吹得像丑陋，把倾诉吹成了争吵，把爱慕吹成了仇恨。只有从他闪闪发亮的眼里才可以看出，他其实在吹着祖先和孩子，吹着古老的山和世代耕耘的土地……呵呵，土地呵，谷米呵，山寨呵，多么好呵多么好。一个个音符像鲜花绽放和星星闪烁，像满山的杨梅红透欲滴。

不知为什么，二香脸色发白，慌忙捂住双耳。

哑巴戛然而止，有点手足无措，大概对自己的无能心怀愧疚。他终于收起了唢呐，悻悻地提着木桶去潲锅边取潲。

"你回来！"嫂嫂好像怕他消失。

他没有听到。

嫂嫂冲着他的背影更大声地喊："你回来！"

背景仍然没有听到，在潲锅那边舀出呱嗒呱嗒的声音，然后提着潲食去了猪栏屋，走入门外的黑暗。

"你这个聋子，你帮不了我，帮不了我呵。我就是说了，你也听不见呵……"女人忍不住放声大哭，"我是受苦的命，做牛做马的命。我前世作了什么孽？老天爷要这样惩罚我？人家最丑的女子，最穷的人家，也生男生女一个个。我偏偏没有。我吃过药，我烧过香。香灰都够捏成个人了。可我还是没有。你说我怎么办，怎么办呵……你给我说一句。你哪怕就给我一句……"

她哭得气绝，一声声卡在喉头，好半天没有放出来。但门外的黑暗里还是没有回应，只有此起彼伏的猪叫，还有聋子用木勺刮桶的哗哗声。

## 九

哑巴半夜里大叫一声，醒了过来，觉得有什么地方不对劲。他打开电灯，手忙脚乱去嫂嫂那边看看，发现女人果然呼吸粗重，面色苍白。

他嗷嗷地叫着，给嫂子加了床被子，又打来一盆热水，洗去嫂嫂的眼泪。嫂嫂的内衣汗了个透湿，看来得找一套赶紧换上。

看着他笨手笨脚地忙碌，女人却无力劝阻，只能一手抓住对方的手。哑巴被这只手咬了一口似的，浑身一震，两膝发抖，有一种全身中毒的僵硬。但他越是想抽手，对方就把他的手抓得越紧，紧到了咬筋锁骨的程度，好像不光是要劝阻他了。

"你摸摸……我的话。"女人把他的手拉向自己胸口，让手摸到自己的心跳，泪水再一次夺眶而出。

哑巴摸到滚烫的体温，更吓了一跳，好容易挣脱女人的手，去捶响了邻居的门，捶响了队长家的门，捶得满村都是咚咚咚的震天响。人们来到二香的床头，都大吃一惊：怎么病成了这个样？他们找的找郎中，打的打电话，还有人卸下门板作担架，要把二香直接往卫生院送。在队长的安排下，哑巴去找德成回来。

哑巴用手电筒寻找田埂上的摩托车胎痕迹，一旦没发现痕迹，就使劲缩缩鼻子，狗一样寻找汽油的气味，寻找哥哥的发油味、烟垢味以及特有的汗气。还真靠了这只狗鼻子，他走过小桥，穿过竹林，绕过坟地，一举把德成找到了。这是邻村一个小寡妇的家，门口停着德成的摩托车，窗子里冒出笑闹。哑巴从门缝往里一瞄，果然看见了德成那肥大的脑袋，还看见桌边另外三四个男女，桌上的纸牌，酒杯与剩菜，烟盒与散钞……

他推门进去拍德成的肩，指指屋外，比画出长头发，做出病痛缠身的神态。

德成白了他一眼，吐掉一个烟头："你来做什么？去！回去！"

嗷嗷嗷——哑巴急得直跺脚。

"死聋子，起什么鬼飚？"

有一个男人看出了哑巴的意思。"德成，他是说你堂客病了吧？莫打了，跟他去吧。只怕你还要去医院呢。"

德成大为不快，"妈妈的，人倒霉鬼就上门。好好好，我就回去。"说着又拍出一张牌，笑着大叫："调主！这回你们的酒罚定了哈哈哈……"

241

"德成……"女主家也注意到哑巴的神色。

"打吧打吧,打完这一轮。"德成满不在乎地挥挥手,"她那是老毛病,死不了的。"

话未落音,他突然整个身子沉了下去,一屁股坐在地上。说时迟,那时快,哑巴不但抽走了德成的椅子,而且提起桌面一掀,把纸牌酒盅什么的掀得四处飞溅,吓得女主人尖声大叫。人影晃动之际,电灯泡摇来晃去。

德成爬起来,恼羞成怒就是一拳。

哑巴一动不动。

德成再给他一掌,响亮无比地扇在他脸上。

哑巴既不避让,也不招架,看来也没准备还手,只是直愣愣地盯着对方,看对方是否准备出门。

"滚——"德成抹抹头发,整整衣襟,又在桌边坐下,"今天见了鬼不成?老子偏不回去!来,洗牌,再来!"

哑巴肯定看懂了对方的口形。他现在开始还手了,哗啦一声再次掀翻了桌子,然后随手抄起一张条凳,铺天盖地打将过去,不但把德成打翻在地,还把刚才同情他的男人也扫倒在墙角——完全是打红了眼,气昏了头。"妈妈的你瞎了眼呵?"墙角里的男人委屈地大叫。但哑巴不知道他叫什么,嗷嗷声中又一凳子扑向窗台,把镜子和暖水壶也当成妖怪,拍了个稀里哗啦。要不是有人拦腰抱住他,女主人也可能在他面前见血。

他是一座爆发的火山,完全没法控制。他甩开一个个拦阻者,发现手里的条凳断了,便丢了条凳,一眼看准靠墙的土车,抢上前去,哗啦一声,把整个土车提起来,举起来,举过了头顶,力拔山兮气盖世,眼看就要把砖墙瓦盖统统扫荡。

所有在场人一齐惊呼着四散。

他找不到目标,只得停下来,嘴唇在轻轻抖动。

"好，你疯了，你疯了，你竟敢打老子，你找死……你这个黄眼畜生！"德成抹着脸上的血，慌慌地闪到大门外去了。

门外有狗吠。

十

德成与哑巴终于分家了，哑巴只分到一张床，一担脚箱，几件农具。队上人都说德成太厉害，德成就愤愤然地算了笔细账：关于哑巴在他家里的吃穿用，关于哑巴的吃里爬外，关于这次打伤人的医药费，关于当年他给哑巴治耳朵的钱……最后还搭了句："要说我揩了他的油？那好，现在让他单打鼓独划船，发大财去呵！"

队上也不太好管这桩兄弟官司。

哑巴没有地方栖身，借了一间队上的公屋。乡亲们给了他一套桌椅，凑齐了锅盆碗碟，还放了两丘田的土砖，准备秋后给他做屋。但哑巴的日子还是过得不怎么好，失去了嫂嫂的经常关照，他的衣服显得有些破旧和邋遢。

二香去看过哑巴几次，偷偷送去新鞋新衣，还送了糯米、干鱼和瓜菜。一旦这些事被丈夫发现，免不了招来他的打骂。有一次德成还站在大门口，拍着大腿放出一通不干不净的话，引得几个长舌妇交头接耳。

二香后来去哑巴那里的次数就少了。公屋门前有口荷花塘。人们看见，二香嫂经常舍近求远去那水塘边洗衣，每次都洗得人前来人后走，有点拖延磨蹭的味道。在洗衣女的笑闹声中，她跪在石板上，低着头默不吭声，把一件淡红色杏花点子衬衣细细搓揉。清清的水流顺着青石板一溜溜回到水塘。水中那个凝神的女子被水花打散了，又聚合拢来。

第二年春天,她知道德成在外面有了女人,终于与他离婚。那天,娘家的弟弟来接她回去,邻家的女人们心里不好受,来她家送别。她们鼻子酸,手巾湿,偷偷地抹眼泪,一股脑忘记了往日的小恩小怨,恨不得抱头痛哭永不分离。连小把戏们也像懂事了很多,不再吵闹,紧张地看看这个又看看那个。

二香的头发一丝不乱,脸色平静如水。她向姐妹们鞠过一躬,然后目光在人群中寻找。"德琪呢?"

她说出那个人们不常用的名字,坦然,大方,坚定,还有如释重负的轻松。

老队长怔了一下。

"德琪呢?他怎么不来送我?"她提高声调。

老队长慌忙朝四周打望,帮着她寻找。

二香整整衣角,理理头发,朝队上的公屋走去。她今天穿着那件淡红色杏花点子的衣,虽然已经褪色,虽然已经打了补丁,但还是洁净如昨,散发着清泉和阳光的气息。人们看着这一把闪烁的杏花过了沟,上了坡,穿过禾坪,走近那个窗口。

公屋里没有哑巴的人影,只有他的蓑衣和胶鞋,还有他的油灯和火柴,以及不知道有什么用的一堆空瓶子。

队长赶紧帮着找,对着上边垄里大喊:"你们看见德琪没有?……"

周围的人都帮着喊:

"德琪……"

"德琪……"

山山岭岭发出阵阵回声。

还是没有人影。二香脸上露出一丝失望。她走到队长面前,"有几样事,想拜托你老人家。我走了,请队上多多照看德琪。他鼻子容易出血,到三伏天,请你们莫让他晒得太厉害。他喜欢吃粑粑,分谷的时候,请你们多给分几斤糯谷。他那件袄子已经不能穿了,我早就要给他做新的,没来得及,今年入秋分了棉花,请你们记得给他请个裁缝……"

"好的,好的……"队长慌忙点头。

"他下田干活的时候,喜欢喝生水,你们莫让他喝。他热天贪凉,晚上喜欢在禾坪里睡通宵,你们莫让他睡。"

"好的……"队长声音哽塞了。

"他好管闲事,容易得罪人,其实他是豆腐心、糍粑心,是为队上好,为大家好。你们一定要宽待他,莫怪他……"

几位妇女发出抽泣,已经哭成了一片。

二香倒出奇的镇静和硬朗,抹抹头发又提到德成:"……我不恨他,总归是一夜夫妻百日恩吧。等他新人进了门,请你们多劝劝他,还是把弟弟接回去。有个嫂嫂持家,日子会好过一些。"

孩子们围抱着二香,拉扯着她的衣袖:香婶婶,你不要走。你走了,我们会想你的。香婶婶你为什么要走?香婶婶,你还会来看我们吗?……

她蹲下去摸着孩子的脸,"会来的,我会来的。你们在这里要听大人的话,好好地读书,好吗?你们不要再气德琪叔叔了,好吗?"

"我们再不了!再也不了!你相信我!"

"我们摘杨梅给他!"

"我们抓螃蟹给他玩!"

"我们给他看连环图……"

二香说不出话,失神地抱住孩子们,泪水一涌而出。这泪水不光是感激,还有伤别和依恋。她不知该用什么来感激这些泥猴式的孩子,感激他们神圣的诺言。

她终于还是走了。

她随着挑担的弟弟，沿着清凉的石板路向山口走去。渐渐地，黑影变小了，变小了，成了一个黑点。但到山口的尽头，黑点停住，凝固了很久很久。不知是看不见她在走动，还是她停下来朝这边打望……

黑点也终于没有了，天地恢复了原来的模样，绿色的群山深浅相叠。

## 十一

话要说回来，我对哑巴并不很熟悉，也不知道他是否有写进文章的必要。这个世界有这么多人，每个人活上几十年，在漫长岁月里只是倏忽一闪。我们能记下多少人？我们又为什么要记下这些人？

何况我们分隔在不同的生活里。

再次进山的时候，我打听德琪，没想到一听到这个名字，人们的脸上便掠过阴云。据说有一次在水利工地上，他一失脚，连人带车翻下坝，车上是几百斤重的麻石……当时已有人发现了险情，已向他发出了大声警告，但他是个聋子，耳朵不管用。

现在，人们不再经常谈到他了，只是在犁漭田的时候，在进榨房的时候，在盖屋或者洗井的时候，才觉得村里少了点什么，才会提到一个日渐陌生的名字。"唉，一个好人。""做了好事在那里，阎王老爷记得的。"——他们会留下这样一些叹息，然后重新回到自己无暇他顾的忙碌，回到生活中的柴米油盐。

人们倒常常谈起德成，因为他生意越做越大，即便参与走私遭到政府罚款，但还是把胶鞋换成了皮鞋，把摩托换成了二手小汽车。这一天刚好是他新的庄园落成，也是他第三个儿子满周岁的日子。按照乡俗，村里人应该去送礼，还应该凑钱请个戏班子，给他贺一台戏。但直到临近午时，村里除了响起零星鞭炮，还一直没有多少动静。德成感觉到什么，一一上门来邀请乡亲，说他已经准备了几十桌，说他愿意支付贺戏的钱，说他已经与戏班子联系了……大家只需要带一张嘴巴去。

他很高兴我在这里，递上一支过滤嘴烟，又打燃液化气打火机，"嘿嘿，你真是稀客，一定要赏光，来我家吃餐便饭……"

我吸燃烟，但推托时间不凑巧，今天刚好有急事。

又有了唢呐声。那是几个小孩刚拿到糖果，心里一高兴，找来一支唢呐玩耍。他们当然吹不成调，吹得有一声没一声的，高一声低一声的，像没头没脑的惊呼和惨叫。而且那支我有些眼熟的破唢呐，已经铜锈斑驳。

唢呐，唢呐，我又在记忆的沙滩上徘徊。那是昨天还是前天？德琪像个卫士守在我的门口，不准几个小把戏闯进我的住房，怕他们妨碍我读书写字。他走进门，似乎想同我说点什么，见我捧着一本书没理他，便坐在一边守着。不知什么时候，他实在撑不住了，失望地离去，临走前捅捅我，做了些切肉片搓丸子的动作，意思还是不言自明——他希望我过节时去他家做客，我一定得记住。

他是想同我多做些手势的，是爱与外来人交朋友的，我知道。我本来也应该同他多打打手势，哪怕打打音乐节拍或者做一套广播操——那也许能给他解除一点寂寞，让他脸上多一些笑容。

我终究没有那样做。是因为忙？是没什么可谈？还是有点厌倦哑巴过分的殷勤？我现在已经不能那样做了。他化入青山，似乎与我无关，再也不会来搅扰我。

再也不会。

又起山风了，落雾罩了，榨房远远送来撞榨的声音，还有冲里零零星星的狗吠。门前有一处石堰流水哗哗，总是这样。我越过空明月色又想起了远方。那是在哪里呢？那也是在这个星球上吗？霓虹灯下驰过闪亮的轿车，宽阔跑道上腾起巨大的飞机，林立群楼下涌动着摩肩接踵的人海，到处是人和人……

我要好好地生活。

一九八一年九月

最初发表于一九八一年《人民文学》杂志，后收入小说集《飞过蓝天》等，已译为英文、法文，并改编为电影，由潇湘电影制片厂一九八三年拍摄出品。

# 近邻

鸡进埘了，门前的青蛙叫起来了，饭桌上那点残汤剩菜已被老猫舔干净。彭家三爹咕噜咕噜吸着水烟筒，烧了几锅烟，还没有脱下他那件新崭崭蓝晃晃的棉衣，也没有脱下那双黄色的新跑鞋。他响亮地咳了一声，背着手在堂屋里来回走了几步，找来个刷子，把棉衣跑鞋上的几点泥灰细细刷去，左看看，右看看，差不多了，这才把那个破旧得已经生了锈的手电筒塞进衣袋。

听得大门响，灶屋里传出堂客的声音："你转了一天，晚上又到哪里去？"

"开会！"

话落音，人已经下了阶基。其实，今天晚上什么鬼会也没有。最近一不征兵，二不征粮，三不动员"结扎"，再说就算有会，也难得轮上他这个"退休干部"去开了。彭三爹这样说，不过是说顺了嘴，也是说给灶下那个小舅子听的。照实来讲，他今晚……是要去坐人家，散散心。

彭三爹本名彭金贵，今年五十五岁，是个瘦小精悍的老倌子。耳朵有点聋，据说是在朝鲜被"妈妈的美国炮弹"震伤的。他从当农会主席起，一共当了二十几年干部，所以人家又叫他"彭三炮""彭大嘴""彭书记""彭主席"，背地里也有叫他"彭聋子"的。这几个称呼中，彭三爹比较喜欢"书记"和"主席"，要是人家不是这样喊，他就借聋装聋不理睬。他稍感遗憾的是：他福分不足，最高的椅子只坐到大队书记一级。用他自己的话来说："我二十二岁斗地主，二十四岁当志愿军打美国，要不是耳朵聋，要不是坐汽车脑壳晕，我早到县里搞事去了哩。"不过他当干部还当得风风火火，因为耳聋，听话有点吃力，自己讲话时嗓门自然扯得大，一上台震天动地像放炮，那些挨斗争的"四类分子"最怕他，社员群众也服他，上级干部自然喜欢他。

妇女开会讨论节育，他要去作报告。民兵练刺杀，他要去做示范。看见业余剧团排戏，他一皱眉头也要上去当导演："碰鬼，你们那挑担的样子像个猴。来，看我的，我二十四岁当志愿军打美国，三十岁……"他做了几个挑担的动作，累得自己直喘气。

他把政治事务管多了，管上瘾了，生产就只能交给副书记去抓。久而久之，他成了个连禾种农药也分不清种类的角色。好在他有个"聋"的挡箭牌，人家要是问起这一类事，他只当没听见。不过，一日三，三日九，长年不下田，如何得衣食进门呢？这也不要紧。车有车路，船有船路，彭三爹专靠补助。当书记时一年五千多补贴工分是不用他操心的。自家菜园子也自然有人来帮着翻土点粪。政府还经常有补助寒衣发下来，只要他到了公社，咳嗽几声，总少不了他的一份。一套穿旧了，油光发亮了，就丢给崽女，第二年他又到公社去领新的。哪怕到了去年民主选举，他不幸成了"退休干部"，但根据政策还可以享受老干部补助，每月可以领到硬邦邦的二十块现钱，而且不时享受上面发来的补助衣和补助鞋。想到这一点，他逢人就笑眯眯地说："上级真是关心老干部呵。"

在这时，他的耳朵好像不那么聋了，只要人家随便一搭腔，他就要凑上去讲半天，介绍补助品的质料和价钱，招风耳笑得往上扯。

今天，他已经穿着这新衣新鞋出去展览了一整天，走遍了供销点、大队部、学校、茶林场……晚上，他还想去串几户人家。他信口哼起花灯调，穿过禾坪，正准备下垄，突然，一股喷喷香的肉香味，顺着晚风飘过来，直往他鼻子里钻，引得他鼻子缩了几下，打出个昏天黑地的喷嚏。一抬头，嗅出肉香是从禾坪边那栋新瓦屋里飘出来的，不免丧气地吞了一口唾液，揉了一把鼻子。哼，可恶，可恶！这庆胡子……

庆胡子和彭三爹是近邻，又是同年同月生的"老庚"，两人一同玩泥巴坨长大的。不过庆胡子只认出汗下力，结结巴巴讲不出几句话，自然不是个当干部的料，当年选农会主席时就名落孙山。后来，尽管他是个做田的好角色，但儿女多，老婆又遭病，负担越拖越重，累得他背驼眼花，因此人叫他"庆驼子"或"庆眯子"。

照理说，庆驼子和彭聋子应该是好邻好友，如同手足，但是树长大了也要分权，两家也瞪过眼睛红过脸。那一年，正是需要彭三爹经常上台放炮的时候。庆胡子带着三个崽女苦干了几年，终于脱了超支户的苦海，还攒了几千片瓦和几十根树。他想建两间房子，找到彭金贵，求大队部划给他一丘田，好取泥做砖。他答应做完砖后给田里补十担猪尿粪，不伤田力，不耽误插晚稻。这件事说到哪里都可以过得公堂的。

但他一失嘴喊了句"彭胡子"，让彭书记很不高兴。对方装作耳聋，背着手径直朝前冲冲地走。

庆胡子是个眯子，没看清书记的脸色，一把拖住他："嘿，我喊你半天,你真的聋了?"

"我聋了还是你瞎了?没看见我正雷急火急忙公事?"

庆胡子眨眨眼,赔下笑脸,摸出一支纸烟递给书记。"嘿嘿……对不起,就耽误你两脚路。就是……就是……就是我那个泥砖的事呵。我帮手也请好了,砖模也借来了,肉也砍回来了。队上说,只要你……嘿嘿……"

没等他说完,彭三爹摇头差点摇得起了风:"不行,不行。"

"怎么不行呢?"庆胡子一惊。

"你们那个队委会呀,就是右倾,太右倾!崽卖爷田不心痛,把一些好田都给毁了!"彭三爹响亮地咳了一声,拿出公社书记作报告的架势,依样画葫芦,大力宣讲了一通形势,从全国学大寨讲到反击右倾翻案风。他从当农会主席起,年年月月作报告,已经练出了好口才,子丑寅卯开口就是一大篇,顺便还把几个生产队长骂得一钱不值。

庆胡子仗着近邻加老庚的身份,居然公开表示不满:"我说老弟呵,做事要凭天良。去年你家做屋不也在田里提了砖?大队还补你钱补你谷。我今天不要补助,只靠自己的气力,也不行吗?"

"那是上级关心干部呵。这能比吗?"

"关心,关心……"庆胡子一气就没词了,"老老老百姓就不是人?"

"你你你这是什么意思?哪个没把你当人?你一日三餐吃的是猪食还是狗食?你说共产党没把人当人那你是想国民党回来?……"彭三爹也涨红了脸,像只欲斗的公鸡,颈根伸得老长,直逼上前。

大概他习惯嗓门大,这使庆胡子很冒火。庆胡子一甩手冲走了,回头又吼道:"你你你莫凶。做人不长个后眼睛,我看你冤枉饭能吃一世!"

庆胡子走后,彭三爹默了一下神。其实,他知道做屋是乡下人的大事,况且庆胡子与自己同一个屋场,低头不见抬头见,自己刚才摇脑壳只是想端个架子,逼对方多求几句,好好杀一下对方的威风。不料对方是个硬三铳,两句话就说爆了,事情已经不好转弯。可他一想起庆胡子每次不喊他"书记"或"主席",心里又火躁起来。哼,不转弯就不转弯,我还怕他不成?这死驼子、死眯子,还咒老子吃冤枉。要得,人吃肉狗吃屎,老子有这个八字就偏要吃给你看!

从此,两家就交了恶。以前,彭三爹的鸡跑到庆胡子的地坪去了,庆胡子丢鸡食也不分什么你我。而现在,他虽然眼睛眯,但总要把书记的鸡分辨出来,把它们打得飞跑,还口口声声咒它们"吃冤枉"。彭三爹虽然耳聋,但这指鸡骂狗声丝丝入耳,他照例要站在大门口红脸赤耳地放一通大炮作为回敬。这些常被远近的社员们传为笑话。

后来,世道有些变化。庆胡子分了几丘责任田,靠着父子几人流黑汗,养猪、烧窑、贩鱼苗,居然腰杆壮起来了。不仅盖起一栋红砖瓦屋,而且那屋里飘肉香的时候多起来了。彭三爹呢,退休回家,铁饭碗打掉一大半,拿着分给他的责任田,没有办法,只好也扎起裤脚,担着粪桶去下粪。可怜他,扁担压得肩头生痛,粪瓢也好像不听摆布,有时溅得自己一脚粪水。碰巧被一群伢妹子看见了,大家一阵笑,笑得他满脸通红,自觉从娘肚子里出来以后第一次失了面子。

前两天,他看见庆胡子背着喷雾器在田里打药。打什么药呢?一亩田要打好多呢?他不认得虫,也不认得药,更没背过喷雾器,真后悔当初没向农技员多学点本事。现在农技员被社员拖得团团转,他一时也不知要到哪里去找。自己的儿女呢,又都在县里当差没回家。就近去问问庆眯子吧,前怨旧恨,塞在心里,

253

怎好开口？彭三爹左思右想，最后一屁股坐在田边的柳树下，装着在歇气卷烟丝，耳朵却朝上丘田张着，希望从庆胡子嘴巴里听到点什么。

正巧庆胡子的满崽周四清来了。两父子在田头叽叽咕咕讲了一通，可惜彭三爹攒足劲也没听清楚。加上柳树上几个喜鹊子乱叫，气得彭三爹恨不得跳上去抓住那几个瘟鹊子，剐皮吃肉方可解恨。

彭三爹一默神，计上心头，把锄头扛在肩上假装去看水，这样离周家父子更近了。

偏巧周家父子现在没讲打药的事了，只讲秋红薯，讲架子猪。这真叫彭三爹暗暗喊天。他在那里磨磨蹭蹭转了半天，装着搔脚痒，装着洗锄头，装着清圳理水，装着看圳边上两窝蚂蚁子打架，最后实在忍不住了，冲着庆胡子响亮地咳了一声，好像是无意的。

"歇气了吗？你看我的禾长得如何？"庆胡子在田里搭腔了。幸亏他没有看清是来人是谁——要是看清了，说不定就没这样亲热了。

彭三爹正求之不得，脸上笑得像一朵八月金丝菊，飞快地顺田埂跑过去，好像以前的事从未发生。他故作惊讶道："呵呀，是庆祥老兄呵，你的田就分在这里？哎呀，好禾好禾，你这是打药吗？你最近怎么不到我屋里坐？……"

庆胡子眯缝着眼，已经认出了来人，脸上生出几分冷淡。不过往日的冤家主动来和解，他也满足一大半了，把脸抹了一把，揉揉鼻子，"呵呵，是金贵兄弟呵，你就分得了这下丘田呀？嘿嘿，怎么老没看见你？"

"嘿嘿，嘿嘿……"彭三爹连忙岔开话题，大方地摸出烟荷包，"来，试试我这号叶子，有冲劲，加了酒的，你试，你试试。"

两人在圳边坐下,额对额抽燃烟,好像往事也随着烟雾飘散。两人谈起烟,谈起天气,谈起家业崽女。彭三爷把周四清大大地夸奖奉承了一番,说他人长树大,腰圆膀壮,眉清目秀,是百里挑一的好后生。不料那周四清在田里听了,还是冷眉冷眼的,间或朝地上呸一口——大概对书记的怨气还没消。好在三爷可以装耳聋,只当没听见。

庆胡子倒是都听见了,觉得有点过意不去,脚一跺骂道:"满伢子你这个懒尸,一丘田的药还没打完吗?快点,快点打!打完了就着机子给你三叔的田里也打一轮,晓得不?"

周四清冷冷一笑,"是彭书记不晓得打吧?"

彭金贵知道这话中有刺,脸上微微发烧。"嘿嘿,不用劳烦。这药我还不晓得打吗?我三爷做了几十年阳春……"

后生子又笑了:"好汉莫提当年勇,现在翻不得老皇历啦。彭书记,你莫把诊所里的补药往田里打呵。"

这一句太刺人了。但彭三爷不好发作,装着没听见,嘿嘿一笑,只等周四清送来空喷雾器,背上肩就走了。

彭三爷回到家里,找出几个黄瓶子黑瓶子,嗅了嗅,发现这些农药的气味和周家田里的气味差不多。他学着周四清的模样,到田里拌药加水打了一通。但他越打越怄气,越打越不服气。如今是虎不如犬,凤不如鸡呵。老子还要找你庆眯子打巴结?还要流着口水看你们住新屋和吃猪肉?呸,老子干革命几十年,八字是铁硬的,你们周家人攒着劲蹦,也不会有我坐的高……他眼下终于手里有了一张王牌,有了上面发来的新衣和新鞋,春风得意之际,决心去庆胡子家里大吐一口闷气。

庆胡子打开门,眯缝眼凑上前看了半天,才发现来者是三爷,连忙笑嘻嘻把来客引到茶柜边坐下。往灶下塞了两把柴,铜吊壶下的火苗一跳一跳烧旺了。他随手又往水烟筒里塞了一撮烟丝,恭敬地递了过来。

屋里的肉香味更浓了,锅里正在煮肉呢。三爹暗吞了一丝口水,吹燃纸枚强打精神地自我介绍:"碰鬼,今天害得老子耽误了半天工。公社提前发寒衣发冬鞋,我去领了一套。"

"哦。"庆胡子似听非听,烧着茶。

三爹见对方不表羡慕,又加重语气说:"如今政策真是好,全国形势一年小变化,三年大变化,上级真是关心老干部呵。"

"哦。"对方还是不动声色。

三爹急了,"哎哎,到底是搞现代化了,这补助标准也越来越高了。庆眯子,你来看看,这棉衣面子好像是化学的吧?穿上身硬有点烧骨头,只怕要得两三担谷一件呵。这硬会烧出我一身病来……啧啧!"

庆胡子虽是个老实人,但也有心计,听出了三爹话中的意思,脸上飘过一丝不易察觉的微笑。他把三爹的棉衣摸了摸,径直往裤上摸去。"这裤子也是补助的?"

那裤子是条单裤,是打了两个补丁的抄头裤,与棉袄实在太不配套,当然引起了庆胡子的惊讶。"呵呀,金贵兄弟,你穿这号裤子到公社里去呀?"

彭三爹闹了个大红脸。"唔,唔……"

庆胡子盯住了他的脚:"呵呀,你上身穿棉,脚下没穿袜子呀?晚上不冷?"

彭三爹真想又装耳朵聋了。

庆胡子小试锋芒,已经高兴了,转身筛上一碗豆子姜盐茶:"来,喝茶。"

彭三爹正好要下台,忙接过茶,客气一番:"好茶好茶,这点六月爆炒得崩脆的。"

庆胡子眨眨眼发问:"金贵兄弟,最近世界上出了件大事,你晓到不？中国耍球的队把古巴的那个耍球队打败了，好热闹呵。"

彭三爹也眨眨眼："怎么还没下文件？"

"要什么文件？你屋里没得收音机呵？"庆胡子乐颠颠地跑进里屋，不顾满伢子正在听戏，硬把那台新买的半导体收音机搬到三爹面前，"这个家伙是个活宝！头回宋庆龄主席在北京刚发病，我们就晓得了。宋主席吃的药方子，它都天天报告。老弟，你何不去买一部来？"

"这、这、这要得好多钱？"

"六十八块。"庆胡子不善扯谎，竟忘记把价钱说得大一点了，话一出口又后悔。

这立刻给三爹造成了反攻的机会。他不以为然地哼哼一笑，悠悠然吸起水烟筒来。"只三担谷钱呵？我打算买个八担谷的，十二担谷的，要上海货，要外国货，还要像八哥子学得人话的。"他是指录音机，"嗨，就是这供销社老是不到货，等收了晚禾，我要到城里去看看……"

庆胡子这一回合没占上风，只好丧气地再想别的主意。正在这时候，周四清从里屋冒出来了，瓮声瓮气地说："三叔，喷雾器你还要用不？"

"不用了，不用了。"

"那好，我明天早上来拿。"后生子说，他要去帮一家军属户的晚禾打药。那户人家不懂治虫，把蠓虫当三化螟，打错了药，现在蠓虫越发越厉害，禾都倒了几片了。

彭三爹心头一震，暗暗叫苦。他记得自家买的药和那军属户买的一个样。自己不也打错了吗？他随口"唔唔"，但心急火燎，鼻尖上都沁出汗珠子了。他不记得周家父子还讲了些什么，赶忙起身告辞。

257

庆眯子没有察觉他脸色的变化，而且庆胡子又是个老实人，虽然刚才打嘴巴阴阳官司没占多少便宜，但桥是桥，路是路，主家之谊乡邻之情还是要尽的。他硬要留着彭三爹吃碗猪脚面再走。彭三爹哪里肯留？他一边称谢，一边连连摆手抢下了阶基。

"空坐一阵如何要得？"庆胡子现在是一片实心实意，"你快转来！"

彭三爹这次也真的是没听见了。人一急，耳朵自然聋得更厉害。

他急急忙忙往大队代销点跑，要去买治蟓虫子的药，而且要抢在今晚打下田去——那个鬼四清伢子明天早上就要来提机子呵。他不知道要骂谁才好。

一路上四野黑森森的，山里的老鸦子一声连一声。那山影有的像伏牛，有的像卧虎，有的还像不可名状的鬼怪，森然欲搏人。好像有人在草丛里咳嗽，仔细听，又不像。好像身后有脚步声，回头看，又没有了。彭三爹眼睛鼓鼓的，拳头捏得紧紧的，一身冷汗都出来了。他到代销点买药回家，刚到猫公岭，不巧那个手电筒又不亮了。这个锈家伙，早就该换新的，可政府又没有补助电筒，真是叫人生气！

他左捏右捏好半天，还是没有捏出亮，眼看着天黑得像罩在锅底下，如何往前走？他试着用脚尖探路，深一脚浅一脚往前挪，但越慌越出鬼，挪着挪着就探不到路。他伸手摸去，发现周围都是茅草齐腰，不知自己到了什么地方。一不留心，叭，他一跤跌倒在地，一根硬东西戳痛了他的鼻子，棉衣好像也被什么挂得哗一响。

不好，大事不好，硬是碰了岔路鬼！彭三爹虽然当过多年干部，作过很多次破除迷信的报告，但他私下是信神信鬼的。他急急忙忙扑通一下跪拜在地，朝前叩头不已。"我的好菩萨，我与你前世无冤，今世无仇，你如何今天找了我呢？你走你的路，我过我的身，你打我的主意做什么呢？我彭金贵今年五十五，这一向累得张开嘴巴出气，肉都落了几斤，好可怜呵……"话还未落音，旁边的柴草里哗啦啦一阵响，吓得彭三爹魂飞魄散，跳起来就跑。不料脚被什么绊住，身子一倒，就骨碌碌滚下去了。

当家里人和村里人点着松明来找到他时，他还睡在一条无水的盘山渠底，一身颤抖，牙齿上下打架，半天还讲不出话。幸好火光不太亮，要不他那一脸苍白更让人害怕。周四清把他扶起，发现他没伤什么，忍不住生笑。

庆胡子则眯缝着眼，凑上前像把他嗅了一遍，想到另外的方面去了。"哎哟哟，好可惜，一件袄子才上身，就开了两个口子……"

老婆子则骂天骂地戳他的鼻子："你这老不死的，说开会、开会，如何开到这里来了？"

彭三爹慢慢清醒了过来，见身边人多，胆子又壮些了。他咳了两下，故作惊骇之态："嘿，我今天硬是碰了岔路鬼，岔路鬼。这回我是亲眼看见了。乖乖，两男一女，脑壳上插了扫把，找我要饼子吃……"

一边说一边把两瓶硫磷乳剂往身后藏。这天晚上，他回家后忙着补打农药，夜里还做了个梦，梦见有公社干部来找他，说全国又要反击"右倾翻案风"了，又要开展"大跃进"的劳动比赛了，又要发动农民斗地主分田地了。事情太多呵，忙死他了。他又得去带人搭台子开会，又要带人去写石灰标语，还要带民兵去县里参加集训……他乐得哈哈大笑起来。一笑，发现自己还在床上，中午的太阳光已经晒上了阶基。

门前垄里静得很，一片禾苗金灿灿地随风摇荡。放眼看去，一群群鸡鸭在周家地坪里争食，自己四只洋鸡婆也在那里。

他朝手心吐了口唾液,走到灶屋里去取粪桶。不知是冲老婆子,还是冲自己,他用那聋子特有的大嗓门宣告:"老子下午去出粪!"

一九八一年十一月

此篇最初发表于一九八一年《洞庭湖》杂志,后收入小说集《飞过蓝天》。

# 同志时代

**张八斗**

将军眯缝着眼,总感到美式吉普跑得太慢。喂!你开牛车呵?油门踩到底没有?挂的是什么挡?加速!跑起来!再快一点!

吉普车已经够快的了,颠簸得乒乒乓乓摇摇晃晃,不时把车里人都抛向空中。看前面坑坑洼洼的路面扑面而来,真担心这辆破车什么时候轰然散架,一个轮子或者一扇门突然自行其是。当年将军带着一挺重机枪追击胡宗南部,追红了眼,追忘了形,追得自己的兵不知在身后何处,也只有这种速度吧?

"那次要是再多两箱油,老子就一脚踢到刘大麻子的屁股啦。"将军也沉浸在得意的回忆之中,说的刘麻子是国民党一军长。

嘎——吉普抖着沙尘,在D团团部门前停下来了。将军钻出车,拍拍灰,扬手大喊了一声:"恰饭!"

"恰饭"就是湖南口音里的"吃饭"。

后面的汽车五六分钟以后才陆续赶到,扬起一片尘浪。参谋长有点哭笑不得。刚才在C团,眼看就是饭菜上桌了,子鸡已经出了油锅,将军最喜欢的狗肉也炖熟了,但他看看参谋长的手表,说时间还早,硬要再跑一程。这下好,刚停车就喊吃饭,事先又没有通报,人家哪里有这样快的手脚?不过将军身后这些副政委、副司令、处长、秘书什么的都知道将军的脾气。他下来视察总是要吃就吃,要走就走,主意变得快,性子急得很,最不愿意被接待干部牵着转。

没说的,赶快到厨房里去张罗吧。将军现在确实饿了。早上只扒了一碗干饭,一上午马不停蹄地看了两个垦荒基地,看了防沙林带和棉纺厂……刚才,车过三连高粱地的时候,他突然眉棱一耸,沉下脸,气呼呼地大叫停车。

他下车后径直朝路边的地里走去。人们顺着他的身影看去,那里有三三两两的战士正在整地下肥。有人端着筲箕或木桶下渣肥,一撮撒下去,碰上大风,渣肥就扬成一道灰雾,昏天黑地如同毒气弹。

"不是咯样搞的!"

将军总是把"这样"说成"咯样",大家已经熟悉了。他指着一个下肥的战士,"你那个扁担腰弯不下来吗?"

对方眨眨眼,不知将军是谁,但看到路边的车队,还是有点神色紧张。

"是咯样搞的!"将军挽起袖口,上前接过筲箕,往腰间一夹,弯下腰,一撮撮渣肥往畦里点放。这样,粪灰施得匀,腰身低了,渣肥不易被风卷走。

地里的战士都注意到这个老人。一个干部模样的人满头大汗跑过来立正敬礼:"报告首长,我们三连的工作有缺点,请您……"

"你是做田的出身？"

"是的。"

"你的兵，何解不晓得爱惜肥料？"将军指了指公路，"你看看，泄得到处都是，你同我唱天女散花？"

连干部望了公路那边一眼，脸红了。"……报告首长，我们想抢在雨前把这片地种完，只顾图快，没有注意质量。你狠狠批评吧。"

将军望望头上一片阴云，看看手表又看看四周，转身对随行的人员说："都过来，都过来。天是要落雨了，你们都来帮一手。"

将军拿起一把锄头，已经朝前面去了。一场遭遇战就这样插了进来。当高粱种完的时候，已是午后一两点。冰凉的雨点一颗颗砸下来，与人们脸上的热汗混成一片。将军一行人到井边洗了洗手，但洗不掉渣肥的粪臭。肚子里当然更是轰轰闹暴动，要是再不往里面塞点什么，眼睛珠子可能就要发绿了。

现在，将军在团部办公室里找吃的。他翻了翻抽屉，没发现剩馒头冷窝头什么的。看了看屋里的犁头、锄头以及扁担，总算找到半袋花生种，放在鼻子前嗅了嗅，又舍不得下嘴。空气中突然有一丝饭香飘来，他缩了缩鼻子，嘀咕一句，顺着香味朝门外走去。

他很快来到了附近一个连队食堂。此时这里没有人，大锅盖揭开，灶上堆着还没来得及洗刷的碗筷。将军一眼瞄中了锅底的焦黄色锅巴，喜出望外地找来锅铲，嚓嚓两下，铲起一块，卷成个筒，一下就咬了个满口。他又打开橱柜门，大概想再找点什么咸菜。

"不准动！"身后传来一声大吼。

将军回头看，面前立着一个光头老汉，刚放下一担柴，手里的扁担成了逼向可疑分子的长枪。"哪里来的老鼠精？"

"老同志,吃得这么干净?就没有一点残汤剩菜?"

"大胆毛贼,跑到这里来偷饭吃,还想要菜?"

他不认得将军。也难怪,将军又瘦又黑,麻线布鞋加便服,刚才一路上被灰浪搞得灰头土脸,哪像个一号首长?

"我是你的司令员,你不认识?"将军瞥了他一眼。

"司令?你怎么不说你就是毛主席?"对方的扁担逼得更近,"说,前几天偷猪油偷辣椒的,是不是就是你?再早几天偷羊腿的,是不是也是你?"

"我真是你们的司令员。你瞎了眼呵?我要是穿上将军服,金牌子上三颗花,在这里一站,你就得给我立正报告。你知不知道?"

"编,给老子编吧。你何不说你有三十颗花呢?何不说你在梦里做了皇帝他爹呢?"老头已把扁担一头戳到了将军的胸口,"放下锅巴!听见没有?给我放下!"

三十六计,走为上计。将军有理说不清,只好双脚向门边移动。但老头哪肯轻饶,抢上前一步,抓住将军的手腕,但似乎晚了一点——锅巴已全部塞到将军口里去了,只有两颗焦米还沾在嘴边。老头火气更旺,朝将军屁股头踢了一脚,又一手揪住对方的衣领。"你哪里这样不自重?你如何这样没有家教?"

"你反了你?还打人?……不就是一块锅巴吗?"

"一人一份粮,多一口也没有。你的一份让别人吃了,你愿意饿肚子?别说是锅巴,就是淘米水也是心肝宝贝。你知道不?"

没办法,将军脱身不得,插翅难飞入地无缝,只得在案板面前暂时坐下来。他想找到一点证明自己身份的东西,可在几个衣袋里找了找,既没有身份证,也没有笔记本或者文件。要是有钱也好,缴了罚款好走人,可他也偏偏没带一分钱。好容易,他找到了一张处方单,上面有他的大名。他递给老炊事员看,但对方说他不识字，根本不愿意看，只是递来一张日历纸和一支半截头的铅笔，头也不抬地发布命令，要他写下自己的名字，所在的连队，到这里偷东摸西的回数以及作案情况……将军好气又好笑："你不识字，要我写什么写？我要是在纸上骂你的娘，你又如何晓得？"

正在这时，门外响起了炸雷一般的声音："司令员！司令员！他妈的，你们还算是活人？把个司令也弄丢了！"

将军一听，知道是潘大年来了。"潘大个子，我在这里，快来救我！"

门开了，熊腰虎背的潘师长差点挡住了整个门，大嘴一咧，浓眉一挑，呵呀一声扑上前来，"司令员你埋伏在这里呵？大家都等你吃饭呢。"

"我是想吃呀，但人家不给我自由呵。"

师长盯了光头老汉一眼，"张八斗，怎么回事？"

被叫作张八斗的老头懵了，眨眨眼，"他，他真是……"

将军忍不住仰头哈哈大笑起来。"我一再说我是司令员，你就是不相信。罢罢罢，也只怪爹娘没把我生好，就这么个猴样，我自己看着也不像。"说完指着刚进门的秘书，"我吃锅巴一块，你付他两毛钱。"

## 潘大年

潘大年对将军这次突然出现有点紧张。他在将军手下当过侦察员、排长、连长、营长……得过将军多次表扬，但挨骂的次数更多。记得第一次见面就是不打不相识。那是在晋南吧？十七岁的潘大年第一次行军，碰上大雪，浑身冰壳子像铠甲披挂，一走路来咔咔响。原地休息的号声刚吹响，潘大年就赶紧烧一堆大火，

265

烤手烤脚。这时将军咬着一卷锅巴来了，推了他一把："你的脚还要不要？快起来活动，不准烤火！"潘大年没有动。他不知道眼前这位湖南人是谁，也不知道为什么不能坐下来烤火。他现在又冷又累，实在不想动了。"你还不起来？"将军过来拖他。潘大年依着刚入伍时身上那点野气，嘴一噘，眼一横，咕咕哝哝就是不起身。叫得他心烦了，索性腿一伸，在火堆边躺下去。将军怒不可遏，一扬手，马鞭就抽在潘大年的腿上，气得他跳起来大骂。

要不是连长赶来，他只怕还要抄起家伙行武哩。

将军心好，是怕他冻坏了。潘大年事后才知道这里面的道理。可将军发火时的样子他永远也忘不了：脸色铁青，眼光灼灼逼人，腮帮绷紧，牙关咬得咯咯响，实在令人心惊肉跳。怪不得当年不可一世的张国焘都有点怕他。

将军吃过中饭以后，垦区师级以上的干部都来了，工作汇报会马上就要开始。会议室里，大家交头接耳，有的啃着窝头或大饼，有的凑到火炉边烤鞋子或帽子，有的还紧急准备汇报提纲，用算盘打着什么统计数字。还有的大概太疲倦了，把沾有泥块的军大衣一裹，躲在墙角闭目养神。屋里充满着浓烈的烟草味和男人的气息。

四点整，将军出现在门口，来到主席位坐下。他披着一件旧棉袄，等身边的头头脑脑也坐定，挥挥手，"嗯？哪一个先讲？"

有椅子挪动的声音，有翻开笔记本的沙沙声。兵团政委朝潘大年丢了个眼色，潘大年首先站了起来。尽管已有了汇报提纲，尽管自己已读过好几遍，但现在对着几十双眼睛，仍然有点紧张。咳了好几声后，一套背熟了的开场白变得结结巴巴的。"……今天，我们敬爱的，司令员，国务院，首长，吭，来我们垦区，视察。这是对我们最大的，关怀，最大的，鼓舞……我们，全师官兵……"

将军敲敲桌子:"潘大年,你什么时候成了孔夫子?变得文绉绉的了?客气话吃不得,穿不得。你拣后面的讲。"

潘大年脸一红,更紧张了,额头上隐隐沁出了汗珠。"好吧,我讲实际的。第,第一点,我师屯垦一年来,打,打开生产局面的做法和成绩……"他重新整理思路,谈到部队从朝鲜归来,怎样到这里安营扎寨,怎样剿匪、安民以及开荒。工具呢,架起红炉自己打造,好多干部都成了铁匠……

将军对工具有了兴趣。"铁呢?"

他是打听自制工具的材料。

"我们收了些废铁,也拆了些重机枪的护板、迫击炮的炮架,还有钢盔……"

嘣——将军一拳震得茶杯跳了起来,瞪大两只眼睛:"你好大的胆子!"

好像整个世界都寂灭了,大家的心都提到喉头。

还是将军的吼声:"你这个家伙,武装都不要了?你把我的重机枪和迫击炮都毁了?混蛋!你不要,我要!"

"报告首长,我是想……"潘大年想辩白。

"你想什么?你想敌人都死绝了?帝国主义怕了你潘大年,再也不来了?毁我国防,军法处置!"

……

谁都为潘大年捏了把冷汗,不少人憋住呼吸,好像一呼吸就会引爆万吨炸药。寂静压得潘大年腰杆发软,两腿哆嗦,脸色变白。

只有政委熟知将军的脾性,一个劲朝潘大年递眼色,那意思很明显:往下说,往下说,还等着挨骂吗?

潘大年终于鼓起了勇气:"我继续汇报吧,关于水的问题……"

将军不便打断,好容易坐了下来。他似乎感到烦闷,手不自觉地往衣袋里去摸烟，又转身朝门口的护士打手势，做了个抽烟的动作。这已经是今天第三次讨烟了，而护士也第三次向他摇了摇手。将军眼一瞪，拉拉棉袄要起身，但仍然无济于事。护士噘着嘴走过来，手往桌上一压——啪！送来的不是香烟，是一把花花绿绿的水果糖。

这个小动作引来一片嘻嘻的笑声。将军无可奈何，剥了一颗糖塞进嘴，挥挥手："潘大年，你继续讲。"

感谢笑声，缓和了紧张空气，让潘大年松弛了一下神经。他定定心终于从容地进入总结阶段："……A团去年圆满建成了引水渠二十八公里。D团收获粮食一百五十万斤，超过预定计划。三个团都建成了宿舍、俱乐部、合作社，还救济了本地灾民，捐去的粮食估计大约有五十万斤。这个成绩令人惊叹。"

将军似乎有点不相信，敲敲桌子："估计？大约？到底是好多？"

潘大年搓搓手："是……"

"同志，要实事求是。"声音中明显含有怀疑。

潘大年脸红了，翻了翻笔记本，又在算盘上拨打了一番，好半天才神色慌乱地说："好吧，我讲实话吧，刚才那个数字不对，实际是……六十二万斤。我刚才怕没有这么多，就打了个折扣。其实，至少有五十五万……"

将军眼一亮，眉头舒展，也兴奋起来，"这两个团的指挥员在哪里？"

兵团政委笑了笑，冲着将军道："潘大年一直在那里坐镇指挥。"

潘大年？将军一怔，转而咧开大嘴，抖掉棉袄站起来："好同志，好同志呀，为人民做了好事呀。我……我要好好地感谢你。"说着伸出瘦精精的手，对潘大年行了个军礼，激起全场一片热烈的掌声。

将军又招呼潘大年:"你过来,过来,抽烟抽烟。"他一摸口袋,发现没有烟,就把那一把水果糖,抓起来塞进潘大年满是茧子的手里……"同志们,我们几十万大军来到这里,占了人家的地,引了人家的水,吃了人家的羊肉,不赶快给人家做几件好事,老百姓是要骂娘的呵,要骂共产党的娘呵。你们都要记住这一条,要向潘大个子学习。宁愿自己少吃两口,也要保证老百姓有粮食过冬。知道不?"

又是一片掌声。潘大年对此毫无准备,手往后缩。他厚厚的嘴皮上下哆嗦,眼里闪动着泪光,像历尽艰辛来到母亲面前的孩子,一肚子委屈阻塞在喉头。不知为什么,他哇的一声号哭起来。

首长们都怔住了。将军头一偏,"你洒什么猫尿?"

"首长,首长,你们不知道,战士们吃了好多苦,吃了好多苦哇!司令员你不知道,初来的时候,我们每天半斤玉米粉,吃野菜,剥树皮,羊骨头都嚼尽了,一个个瘦得哪里像个人。有的饿得不愿上地,发牢骚,骂干部。我就骂他们,关他们。我潘大年本不该骂,本不该关,可我也是没办法呀。好多人饿出病来了,有的晚上睡下去,早上就起不来了。有的走着走着就被风雪埋掉了。在地上晕倒过的人,不是一个两个,数起来是一团两团呵。老司令员,不容易呵……"

将军深吸了一口气,拍拍潘大年的肩。

潘大年哭得更凶了,伸出自己疤痕纵横的双手,"司令员你不知道,建水库的时候,战士们的手都冻裂了,没有一双手不是血糊糊的。那次火药库出事故,一次就炸死了八个战士。司令员,司令员呵……有些老百姓也不支持我们,他们信神信鬼,闹事捣蛋,抢我们的车,打死我们的人,还把尸体大卸八块……战士们跟着我潘大年,离乡背井到这里来,没过好日子,比牛马都不如,一直忍气吞声。司令员,你要好好地奖励他们哇,你要到北京去向毛主席,向朱老总和周总理好好地讲哇……"

会场上一片抽泣声,好一阵无人言语。

## 吴达人

潘大年不知将军为什么要提起吴达人。汇报会之后,将军在会议室门口叫住他。"吴达人在你那里吧?你去把他接来。"

"干什么?"

"我要看看他。"

听这话,潘大年呆了。

真不懂,找那个反动家伙做什么?那家伙据说是个喝过洋水的教授。抗战时期入过"牺盟会",又到八路军与将军一起共过事,算是与革命同过一截路。日本鬼子打跑了以后他又去教书,开国之后还当过政协代表。不料到去年,知识界打了一场笔墨官司,他的真面目被揭露出来了,原来是个被毛主席点了名的反党分子。据说他受不住批判,跑到将军家里去发牢骚。结果由将军写了个字条,把他介绍到垦区来了。

介绍这号人来做什么?垦区是收容所吗?劳改队吗?那家伙实在太资产阶级了。到垦区时,衣没带几件,书倒带了十几箱,满满一房,有的还是洋码字,他妈的,想吓唬大老粗似的。做起事来也太懒,挖了三耙头就要歇气。选棉种呢,慢吞吞的像捉虱子。养鸟栽花倒是很起劲。嫌食堂伙食差,三天两头要去买饼干。连队里开过他的批判会,潘大年亲自上台发过言:"……正告吴达人,你不好好改造,只有死路一条!你要明白,蒋介石八百万虎豹熊能(罴)都被我们打垮了,共产党的江山是铁打的!"

不料有人在台下冷冷冒出一句:"不是'能',是'罴'!"是谁?就是这个吴达人。潘大年当时脸红了:"你读了两句孔夫子,摆什么臭架子?"吴达人脑袋一扭争辩道:"不是'能',是'罴'!"会场乱了。战士们见师长动了怒,一个个摩拳擦掌,咬牙切齿,冲着吴达人吼叫起来:打!打!打死这个反动派!打死这个资产阶级!打死这个杜鲁门的走狗!有的人还冲上去,把吴达人按着跪下来。结果,那家伙还是不老实,眼镜掉了,头发乱了,但他被押出会场门口时,还挣扎着大喊了一声:"不是'能'!是'罴'!"……想想看,就是这么一块茅厕里的石头,将军还有必要惦记着吗?

晚上,师部开文艺晚会。将军刚入会场,会场观众都起立和鼓掌,坐在后面的人还站到椅子上,爬到窗子上,伸着头探望,闹出一片椅子噼啪噼啪的声音。将军摆摆手,笑眯眯地说:"莫客气,都是老朋友,坐下,坐下。"他扫视全场,喊了几个名字:"黄水生,魏玉成,钱得保……来了没有?"

一张张熟悉的面孔冒出来了,那都是将军的老部下:警卫员、炊事员、马夫、排长和参谋。他们想不到将军还把自己的名字记得这么清楚,一个个上前来与将军握手。有的说不出话,只嘿嘿笑。

将军挥挥手,又慢条斯理地说:"同志们哪,我在这里还有几个资产阶级朋友,其中一个就是大名鼎鼎的吴达人。吴达人,来了没有?"

全场安静了,半天才有角落里微弱的声音:"在。"

"起来,起来,亮个相!"

将军把吴达人叫起来,召到前排自己身边的位置。"同志们哪,这就是资产阶级的大右派吴达人,犯了大错误,栽了大跟头,你们莫学他的样呵。"

大家笑开了。教授推推眼镜片,鼻子缩了两下,有点矜持,也有点尴尬,朝大家微微欠了欠身子。

将军把吴达人拉到身边,"坐下。"

把反党分子请到前排就座?将军平素多有惊人之举,这一下又让大家大跌眼镜。他一个大老粗,好像很喜欢与资产阶级交朋友,这几年里一张张条子,把几个挨批的诗人、画家、舞蹈家什么的介绍到垦区来,今天又在大庭广众之下给吴达人特别礼遇,天知道这是什么意思。

将军撇下全场嗡嗡嗡的悄声议论,对瘦老头说:"大教授,身体怎么样?上次捎来的抽水马桶还好用吧?那是我用军用飞机捎来的,还报告了周总理的,知道不?"

吴达人停了停:"谢谢,谢谢,受之有愧。"

"日子还好过?"

"万事如意,心满意足。"

"不讲老实话吧?"

吴达人终于面露难色:"唉,不瞒你说,没钱用呵。"

"何解不给我写信?"

"不敢搅扰将军。"

"你现在薪水好多?"

"月俸六十。"

"饭钱还是有了。"将军看看舞台上,把头转向另一边的潘大年:"喂,你的薪水是好多?"

"好像,好像一百多吧?我不大清楚。"

"你给他加几个饷,加到你一样多,嗯?明天打个报告来,我批一下。"

潘大年又一次发呆了,好像不相信自己的耳朵。将军一眼看穿了对方的肝肠肚肺,淡淡一笑:"你莫舍不得几个钱。知识分子嘛,要多买两本书,要吃点营养品,不稀奇。你硬要舍不得,我来出。"

潘大年瓮声瓮气地说："好好好，我，我同意。"

将军又转向吴达人："好，师长给你提薪了，以后莫哭穷。"

这时，一阵掌声把他们的谈话打断，原来电铃响了，灯光骤亮，窈窕的女报幕员已出现在台上，集中了观众的目光。将军和教授也就停止了说话。

第一个节目是歌舞《丰收曲》，热热闹闹，流光溢彩。拍了巴掌之后，报幕员又登台露出甜甜的笑："下一个节目，小话剧《将军的脚步》……"

将军皱皱眉头，捅捅潘大年："这个演什么？"

潘大年抓抓头皮："不清楚。听说……是演你的事。"

将军拍拍扶手："搞鬼！我不看！演我的，我不看！不演我的，我就看！"说着起了身往外走。师长和政委慌了，跟着起了身。将军猛回头呵斥："你们走什么？坐下！都跑光了，文工团的伢妹子会有牢骚的。"这一喊，逼得几位头头又心神不宁地坐下去。

但将军拉走了吴达人。

两人走进休息室。将军给教授倒了杯茶，随意找着话题："老吴，这里的茶不好喝。"

"低档红砖茶，能从内地调来，已是难得了。"对方不卑不亢地应酬。

"听说你品茶本事大，三十号茶泡水摆出来，呷一口报得出子丑寅卯？"

吴达人不讲客气地接过茶，"这有什么？雕虫小技，不足挂齿。"

"我原来给你一个题目，看这里最好发展什么农业。你有想法没有？"

"这里吗？飞沙土，有机质含量低，黏结力差，但一般不返盐碱，利用得当，增产潜力还是很大。我看宜多种些果树，像梨、桃、苹果、葡萄之类。还可多植耐沙固沙的植物，像金针菜和花生。抓粮食，不可忘记综合利用，多样化平衡发展。像眼下这样只抓垦草种粮，无异于掠夺土壤，竭泽而渔。农业嘛，主要是利用阳光能量通过生物转化而满足人需。目前我们农业光能利用率较低……"吴达人讲到本行，轻车熟路，口若悬河，好像置身于当年旧中央研究院的讲坛。

"你是个大里手嘛。"将军也高兴起来，吸了口茶，"你肚子里的东西莫浪费了。我看，你还是当你的教授，写你的文章，把我们这些老粗也武装武装。"

吴达人沉吟片刻，冷冷地打了个拱手，"多谢抬举。达人反动透顶，岂能居高为师？笑话笑话。"

将军笑了："牢骚太盛。"

"哼，我有什么牢骚？君子安贫，顺天知命。我在这里采菊东篱种豆南圃，说实话，自觉舒服得很哩。"

"乱弹琴！"将军不愿把对方的案情往深里谈，只是说，"吴胡子，是好汉就不怕挨整。我在西北局的时候，也挨过整，同彭德怀，同习仲勋，吵过架，还骂过娘。他们斗了老子七天七夜。你说我就不委屈？骂娘归骂娘，不管整对了整错了，还是要讲团结嘛，还是要讲爱国家顾大局嘛，要为老百姓做事嘛。"

吴达人脸红了："共产党还讲不讲实事求是？"

"讲！但不讲消极怠工、发怨气、当懒汉、老虎屁股摸不得。你就没有错误？屁股就那样干净？"

"我没有这样讲过。"

"那就好，我送你两句话。第一句：上半晚想自己。第二句：下半晚想别个。"

"想什么？批判？斗争？戴帽子？报上点名？……"教授气愤得站起来。

"还有什么？你讲完。"

要教授讲，教授反而语塞了。

"你不讲，我就讲。我是将军，是中央委员，也是你的朋友。你今天找我吵架，骂祖宗，都可以。但我就是不喜欢你一戳就趴的熊样子，不喜欢你小鼻子小眼的鸡肠小肚！"他掏出两份电报，冲着教授拍了拍，"你看看，帝国主义在我们大门口架大炮玩原子弹，飞机撞到你脑壳上来，你气不气？你为国家想了好多？不做事，睡大觉，你吴达人什么君子？豆腐君子！"

大概是演出已经结束，大概是将军的高声引来了潘大年。师长一进门就察觉到紧张空气，瞪了吴达人一眼："来人，把他送走！"

将军也动了气："送走送走！"

## 尾声

两天后，将军就要回北京了。这次他带着一个日本代表团，特意从北京直飞海南岛，又从海南岛直飞大西北，用他的话来说，他要吓唬吓唬日本人，让他们看看中国到底有多大，今后不要再打中国的主意。

顺便检查一下农垦工作，是他早有的安排。吃过早饭，他把吴达人找来，把他拉到潘大年面前，说："有个决定。"兵团政委在旁边掏出一个笔记本，宣读了兵团党委昨天晚上通过的决议：立即筹建垦区农业科学研究所和农业学校。农校首先轮训师级干部。兵团政委任筹委会主任，吴达人任筹委会第一副主任……

潘大年愣住了，一扭头就跑，一直冲到宿舍，甩掉手枪和皮带，真想找个人打一架。他冲着尾随而来的兵团政委大叫："共产党不如牺盟会？老革命不如反革命？要我潘大年当他的学生？不行！他来我就走，我在他别来。你们撤我的职吧。"

但片刻之后，他捡起手枪，整理军装，还是老老实实来给将军送行。他不会打背包走的，不会抗令不从的，这点将军早就估到了。他以后会怎样，还有吴达人以后会怎样，广大干部群众会怎样，将军似乎也有所估计。他眯眯笑着，把潘大年和吴达人招呼到面前："你们以后可以吵架，可以扯皮，但你们要负责把这里搞好。搞好了，我接你们到北京去吃酒，吃茅台。搞不好，我们都不准赖账！"

将军与他们一一握手。吉普车已经开动，缓缓上路。路口有点骚乱，好些围观者想挤过来，被卫兵挡住了。那是潘大年今天早上加派的岗哨。将军似乎很讨厌这种小心的戒备，他特意拍拍司机的肩，命令车子停下，扭开车门，上前同一些围观的人群握手告辞。人群中有一张脸很眼熟，那人背着竹篓，脚缠绑腿，一副要上路的样子。

将军认出来了："张八斗，回连去？"

老人笑着挤过来："嘿嘿，老司令员，我在合作社买了几十斤盐，买了点老姜。"

"上车吧。"

张八斗好像觉得这是下油锅，连连摆手："使不得，使不得，莫误了你的公事。"

"车子上没刺，不会戳你的屁股。"

"哎呀，我张八斗生成八字贱，是走路的命。一上车就发黑晕，云里雾里翻筋斗。"

将军哈哈大笑起来。"那怎么得了？以后一声令下，我们说不定要组建机械化兵团，那你老张头就完蛋啦！"

片刻之后,随着车身的颠簸,大片大片的垦区从车窗前向后退去,几辆汽车再次扬起黄色尘浪向前奔驰。

一九八一年年二月

○
此篇原题《同志交响曲》,最初发表于一九八二年《芙蓉》杂志,获湖南省青年文学奖和《芙蓉》文学奖,后收入小说集《飞过蓝天》。

# 申诉状

尊敬的律师同志：

我是一位非常不幸的青年，现在以十二万分迫切的心情，呼吁社会各界正直之士给我以援救。我是××省××县×××乡人，表现一贯良好，一九七八年考入地区师范专科学校中文科，第二年八月被公安机关以"反革命罪"的罪名错误地予以逮捕，法院判处我有期徒刑三年。学校当然也取消了我的学籍，剥夺了我继续为四个现代化学习的机会。此案纯属冤假错案。在粉碎"四人帮"以后的今天，还出现这样的事情，实在令人发指！欲加之罪，何患无辞。我不禁要悲愤地向苍天呼喊：法律何在？公理何在？

我从小就立志成为文学家和科学家，为祖国和人民作一点贡献，因此一直刻苦学习奋发有为。可是在十年动乱当中，这如同犯了弥天大罪。我被扣上了"智育第一""分数挂帅""白专道路""读书做官"等一系列大帽子，受到了罄竹难书的打击。比如，像我这样德才兼优的学生，高中毕业后完全有把握也完全应该被招入重点大学。然而，在当时这成了绝对不可能的事。我眼泪往肚里吞，默默忍受着这命运的磨难，同那些地主富农的子弟一样，只能回乡拿起锄头扁担从事农业劳动。

回队后，我把一个新时代青年应有的远大志向深深藏在心底，一面努力参加生产，一面抓紧业余时间努力学习科学技术和文学艺术，决不让宝贵的青春时光白白流逝。我爱好哲学，爱好历史学，爱好心理学，爱好电影美学，爱好中国古代文化。客观地说，我是比较聪明的，天赋无可怀疑，加上长时间的勤学苦练，我很快就学会了油画和国画，学会了拉胡琴和下象棋，学会了写格律诗词。您要是不信，我下次寄一首《蝶恋花》和一首《声声慢》来请您审阅指教，相信会得到您的击节赞赏。我还利用一个半月的时间写了一部长篇小说，题目是《青春岁月》，其姊妹篇也构思好了。我想通过小说来歌颂光辉的时代和美丽的祖国，歌颂勤劳勇敢的人民，歌颂伟大的社会主义新时代。小说的封面我已经设计好，用的是风景油画。至于书名，我本想请伟大的文学家巴金先生惠书，考虑到他很忙，曹禺或者叶圣陶题字也可以考虑。当然，我自己的书法也不错。您要是不信，我下次写一副对联送给您，一定不会辱没您的门庭。但令人愤恨的是，当时的大队干部根本没有伯乐的精神，根本不重视知识和人才，只顾谋取私利，拉帮结派，吃吃喝喝。我把长篇小说送给他们看，他们竟横加嘲笑，还借口我无故旷工，扣了我的口粮谷。

我的一些生活习惯也成为他们嘲笑的材料。比方我爱用牙膏、香皂、手帕、围巾，还天生有点小胡子。他们就骂我不洋不土，骂我是"假相公"，甚至骂我"小官迷"。我真不明白：难道像他们那样不文明不卫生就是天经地义的吗？

我平时出工少一点，劳力也不怎么强，人家说我瘦，弱不禁风,手杆像柴禾棍,这也许是实情。但是值得商榷值得质疑的是:难道只有从事农业才是为国家作贡献吗?难道农业不是一种落后的生产方式吗?

没有爱情的温暖,没有事业的成功与欢乐,我当时苦闷万分,常常夜不成眠,食不甘味,望着窗外的枯藤老树昏鸦,一望就是呆呆的半天。父母当然是不理解我的,见我瘦了,见我不快活,很是着急,天天为我找鸡蛋,找补药,还找大队干部说情,说我不是种田的料子,请求干部同意我去学漆匠或者学裁缝。说实话,那些行当我肯定可以学会,但学了有什么价值呢?我们队上有个漆匠手艺远近有名,但还没娶上妻子,有时候还哮喘咳嗽。我不能走他的路!找死我也不能!我要继续奋斗!

高玉宝、高尔基,还有杰克·伦敦,都是我奋斗的榜样。一九七五年春,我写信给北京大学中文系,向他们请教一些文学艺术的问题,并恳请借阅或购买一套课本,然而我遭到了冷冰冰的拒绝。后来,我又给北京和上海的广播电台写信,向他们要求购买一些文学名著,并希望他们在我地建立一个青年文学创作组,一个文学创作基地,但我居然只收到他们一张节目安排表!一九七七年,我听说省里有个图书馆,读者凭介绍信和交一元钱可以得到借书证。我就去找大队长开介绍信。他当然不会开的,因为他担心我的地位会超过他,而且会成为他儿子的情敌,我对这一点知道得很清楚。我没有屈服,还是到了省城。我可以肯定,大队干部暗下毒手,打电话向省图书馆说了我的坏话,因为图书馆对我简直是蛮横无理。我要求见馆里的负责同志,他们不让见。我要得到借书证,他们说借书证暂时只能在省城范围发放。我说我虽是个普普通通的卑贱者,但确实有很重要的工作,还拿出那部长篇小说请他们过目。他们毫不尊重我的劳动成果，借口没时间，把我随随便便打发，以致当天晚上我走投无路，蜷缩在车站的排椅上整整冻了一晚。尊敬的律师同志，您已经有了一个温暖的家吧？你已经有了到处得到微笑和喝彩的出头之日吧？如果您也是自学成才的，我相信您也有过我这样类似的经历。

我相信您能够理解我。

一九七八年，在党和人民的关怀下，在我自己的努力之下，我终于告别了基建队，成为粉碎"四人帮"以后新时代的大学生（正式考上去的），也是我们村唯一的大学生。我梦寐以求的愿望终于如愿以偿，我无限感激党中央。为了早日成才，我夜以继日，废寝忘餐，含辛茹苦，潜心钻研。万万没有想到：我会因千古奇冤而锒铛入狱！

事情是这样的。入校以后，我在课余写了些小说和诗歌。我写作态度非常严谨，加上有胃痛的毛病，一般来说写得很慢，一天下来也只能写万把字，一个学期下来也就是写一个长篇十几个中篇。我借鉴了托尔斯泰、高尔基、曹雪芹、莫泊桑的很多手法，大部分还是比较成功的（关于这些作品具体的情况我就不说了，免得耗费您宝贵的时间）。但我把作品寄给了省里的文学刊物，收到的只有一封封退稿信。我估计他们不明白我的身份，于是请学校领导给我出示了身份证明，证明我不是社会渣滓，是真正考进来的正牌大学生（不是所谓工农兵学员），还是班上的宣传委员。不料，这番努力仍没有效果。

我并不气馁。我知道，现在社会风气不好，所谓编辑部不过是贸易部，没有商人手段休想发表作品。我找到编辑部去拜见主编，还带去一大包罐头，请主编分送给每一位编辑老师——我知道这种做法不大好，但客观环境使我不得不如此呵！令人气愤的是，他们对我道貌岸然，不但把礼品拒之门外，还狠狠批评我一顿。尊敬的律师同志，您看看现在的社会风气吧，无权无势的平头小百姓，想开后门也摸不到门缝！我们就是割了自己的肉来侍奉权贵，他们也还要挑肥拣瘦！

打击接踵而来。我估计编辑们在思想观、艺术观方面还十分陈腐，更无舍生取义和济世救民的胆魄，根本不敢发表我那些揭露官僚主义的重磅炸弹式作品，于是改弦易辙，写了些歌颂四个现代化的诗歌，增加了作品的亮色。没料到，我发表在省报上一首诗，被读者指责为抄袭之作，害得我在学校里抬不起头来。其实所谓抄袭一说，如果不是出于误会，就一定纯属诬告。艺术创作从来就容许借鉴，借鉴手法，借鉴意境，借鉴个别词语，与抄袭有什么关系？果戈理写过《狂人日记》，鲁迅也写过《狂人日记》，难道我们就可以指责伟大的鲁迅先生是小偷？天下哪有这样的道理？

我面临荆棘重重，只得另找出路。这年夏天，有些同学准备出国留学，我也知道美国、日本、西欧的科学先进，那里的人才也许会得到重视。于是我向美国写信，请求他们给一个留学名额，然而没有任何回音。我给作家蒋子龙、邓友梅、王蒙等写信，希望他们能体谅我的心情，向美国方面推荐我，还是没有任何回音。我想到我国很多文学家和科学家，如李四光、苏步青、周培源、钱学森、郭沫若和巴金，都在国外读过书，大部分还是靠自费，我也就产生了自费留学的念头。可没有钱怎么办呢？我非常着急，希望得到别人的帮助。正好在这个时候，发生了一件非常偶然的事。

确实是非常非常偶然的事。也许您不相信，我只得把这事详细地说一下。那一天，我收到了一位老同学的来信；因为衣袋里有这封信，有这两张废纸，所以我觉得在集合登车去参观美术展览之前，上一趟厕所也无妨；又因为我在厕所里多蹲了几分钟，所以我后来发现同学们都被校车拉走了；再因为我发现已经无法赶上校车了，便孤零零地回寝室去，无聊之余随意打开了一位室友的收音机。这就有了后面的一切。在这次纯属好奇的收听中，我听到一家海外的电台说：如果听众有困难，只要给他们写信，他们一定设法解决。这使我心里怦然一动：我不是正缺钱吗？我立即根据这家电台提供的地址，直接向他们发信，请他们帮助我出国留学。为了争取他们的重视，我投其所好，编造了一些谎言，诈称我已经建立了一个团体，有纲领有宣言有武器，准备武力推翻中国政府云云。信寄走之后，他们没有理我。后来，我认识我这样做是错误的，万分后悔，就自动终止了。

万万没有想到，我就因为这件极偶然的事，我被公安局逮捕入狱。

我悔恨自己，愿意承认错误。我给海外写信的目的只是为了要钱，为了求学，为了事业发展。我既没有推翻社会主义制度的目的，又没有危害中华人民共和国的后果。我长到这么大没有喊过一句反动口号，没损害过国家的一草一木。虽然我当时写信是错的，但并没有给社会造成什么危害呵！我认为自己不应该受到刑事追究。

我对罪犯从来都是极为痛恨的。其实，真正的反革命犯公安局抓了多少？就拿我们学校来说，鱼龙混杂，真假莫辨，阶级斗争的错综复杂令人震惊。七七级三班一个同学，不管上什么课都捧着马克思的书，不是有政治野心又是什么？我还亲耳听他鼓吹过萨特和弗洛伊德，这些可疑情况就更不用说了。还有七七级二班一个姓万的，成天围着领导转，伪装老实，吹牛拍马，一看领导说话就马上泡茶，一看领导走路就马上打伞，果然很快就入了党，当上了学生干部。据说他还暗地里扬言，十年之内一定要进市委，进省委，进中央政治局。他进去之后会干什么好事？公安局为什么反而对这些人不闻不问？

律师同志，这世道太不公平了！

法院坚持要给我判刑，我估计他们是对我有偏见，有成见，还多少杂有误会。其实说起来也是非常冤枉，因为预审的时候，我确实身上有些痒，便这里抓一抓，那里挠一挠，可能显得有些不太严肃。其实我完全不是故意的。可他们是否就认定我这是在藐视法律对抗法庭呢？

尊敬的律师同志，我曾在极端困难的环境中坚持自学数年（在基建队的时候，因为找不到一张桌子，我经常到邮电局去读书和写作，还曾靠卖血来换取书籍。想一想吧，这是多么悲惨的经历……一想到这里，我就要掉泪了。请原谅），我在油灯下就精读过黑格尔、达尔文、鲁迅、巴金等大师的著作，写下了十几本笔记。我从字母都认不全的程度，很快实现了一进大学就取得英语免修权的奇迹。若不是被捕，我的现代文学免修权也该批下来了。我在学校里是班的宣传委员，是国际经济研究学会会员，是春风文学社理事，是电影美学研讨中心的理事，是振兴家乡同乡会的秘书长兼常务理事……这些成绩的取得，不是轻而易举的。我根正苗红，祖宗三代都是受苦人。我的社会关系也非常良好：姐姐是湘江电机厂（国营）的秘书（正科级），叔叔和婶婶都是中共党员，表哥还是军队里很重要的后备干部（副团职）。我怎么会反革命？怎么可能反革命？否定一个人，把一个大学生变成劳改犯，就可以这样随便草率吗？

苍天在上，我要以一个公民的名义进行抗议！

我恳求您——一个有良知的律师，挺身而出为我主持公道，救救我！救救国家的人才！我相信您不会高高在上置之度外的，不会对我们这些弱小的生命不屑一顾。请您一定给我回信!!!

　　恭候
大安

一位身陷囹圄的大学生:G·鹏翔<br>
曾用名:高建良,高贵福<br>
笔名:清漪,飞燕,绿野仙踪,等等<br>
一九八一年四月三日

一九八六年二月

○
最初发表于一九八六年《新创作》杂志,
后收入《韩少功文库》。

# 谷雨茶

一

谷雨过后，淡绿的新芽你推我挤往上蹿，嫩生生的，水浸浸的，手一碰上去它就断，嚼在口里苦得出甜，很是逗人喜爱。

可这一季茶碰上了麻烦——不知从哪里刮起了一阵私偷乱抢的风，把有些茶园剐得七零八落。有人说得新鲜：合久必分，没看见有些地方正在分队、分田、分农具吗？天晓得这茶园分不分？到时候分到自己手里是肥是瘦是骨头？还有人说：政策屙尿变，犁来耙去害得老实人吃亏，不如趁现在松了紧箍咒，先下手为强，后下手遭殃呵……这些话，有人不信，但林家茅屋的一些妇女信。到晚上，她们潜入夜雾，走东串西，交头接耳，邀伴结伙，提着竹篮布袋，背着干部往公社茶园去。汪，汪汪，大狗小狗叫得老人们忧心忡忡：真是越活越糊涂哩，照这样闹下去，隔着肚皮估崽，晓得要闹出个什么名堂来？

妇女中也有稳得住的，莲子嫂就是一个。

莲子嫂，本队有些人也不熟悉，一闭眼，只能抓住些片段印象：她在塘边洗衣，直起腰来，用水淋淋的手腕抹一下头发，给人一个秀美的侧身剪影，还有疲乏、怯生、不大好意思的眼神。她给过路歇脚的客人敬上热姜茶，用围裙擦擦手，忙不迭去门口赶鸡赶鸭，不让它们袭击客人的米箩。她赤脚走下湿漉漉的草坡，尖尖手指分开一扎秧，一闪眼，在田里播出了一片翠绿，耳边的鬓发随风飘过去，飘过去，最后被汗水贴在嘴角边……这个活得就像没有发声器官的女人，没读过多少书，一种娘家口音在这里显得拗，家里两头猪老是不上膘，自己又一连两胎都生的女子，如此等等，都是低头度日的理由。

平时除了洗衣上工，她很少出大门。即使被下屋的胖大婶拖出去串门，人家媳妇们做擂茶，骂男人，笑嘻嘻谈鸡鸭下蛋和媳妇生崽，她只是蹲在墙角上鞋底。很自然，妇女们邀她去公社茶场做"那件事"，她是不会去的。

那不是偷吗？查出来不会要站台子作检讨吗？吞了不干不净的财，不会要呕出来吗？她莲子是不会去的。

"你呀，就是阳雀子胆，怕什么鬼？"胖大婶把袖子挽得老高。

莲子嫂还是摇摇头。

她还整日提心吊胆，怕胖大婶带头闯下祸来。要是大婶真被干部罚一下，失脸面不说，她家小把戏也跟着造孽哩。

可是第二天村里清清静静的，没听见干部来吆吆喝喝和捶门打户。第三天，胖大婶还是有说有笑，放鸡鸭，接送客人，没人来动她半根毫毛。这就怪了，她们还真能瞒天过海？

她借寻猪菜的机会，去上屋下屋瞄一眼，打探个虚实。她发现地坪里正热闹，一些妇女把偷来的茶叶一筐筐一袋袋搬出来，由一个外来人掌秤收购。有人指指点点，说那人是从新疆来的茶贩子，出的价钱比供销社的高四五倍。照这样一算，胖大婶光这两天就多了一百多块钱……呵哟哟！

杂货挑子也来凑热闹了。铃铛摇得当当响,引来小把戏们叫叫喊喊。胖大婶当场摸出两张花花的大票子,给婆婆扯了段绸缎,买了纸烟红糖准备接匠人……这些莲子嫂倒不眼红。只有大婶买给女儿的那双皮鞋,还有亮闪闪的小裙子,才让她心里痒。

女儿彩彩也混在人群中看热闹,痴痴地看着小裙子,目光在那里生了根。莲子嫂心里有酸溜溜的味,上前把女儿的小辫一扯:"有什么好看呵?要你守住菜园赶鸡,你一双野猫脚跑到这里来了。还不快回去?"

"我不……"

"讨打呵?"

她硬拉着彩彩回家了,馋得女儿噘着嘴,一步一回头,小爪子在她身上狠狠地揪。

莲子嫂回家取出了新裤子。

"我不要,不要,就是不要!"彩彩愤怒地大叫。

"你要么样的?你看这花边,这口袋,这红玻璃扣子……"

"狗屎扣子!"彩彩几乎绝望。

"乖乖,听话,这一件最好看了,买都买不到的……"

"我不要,我要扯烂它,我要戳烂它……"

要是能上天,莲子嫂真愿去摘几颗星星,搓成团子给彩彩吃。可彩彩还是哭闹,双脚乱踢乱蹬,踢得莲子嫂心里冒火,捉住女儿,朝屁股上就是两巴掌,打得孩子大哭。"不穿?我剁掉你的腿!"

女儿总算被制服了,抽泣着出门去了。莲子嫂吁了一口长气。但打过孩子,自己手有点发软,心里有点发酸。为么事要打?女儿天不懂地不懂的,打起来可怜。自己早就想给她买两身衣了,可钱呢……她心慌意乱,赶紧不停地扫地,忙不停地洗衣,忙不停地剁猪菜,剁得哒哒哒山响。她突然想起了胖大婶,胸口一跳,一刀差点剁了手。她闭眼摸出一小把草秆,睁眼数了数:八根,双数,双是吉!再数数看,不错,是八根呀!

她反倒希望出现个单数就好了。

## 二

莲子嫂提着竹团篮和塑料袋,终于也混进了偷茶抢茶的行列。月亮躲进了暗云,正好不会照见她红得发烫的脸,还有哆哆嗦嗦的手脚。如果说她最初触到枝叶时还有点慌乱,还有点胸口透不过气来,但过了一阵,看到周围都是同伙,不觉有了几分安心。也是,胖大婶讲得对,这茶树亲手栽,茶枝亲手修,茶叶就不该亲口吃吗?

每年春、夏、秋三道茶,莲子嫂每听到公社的喇叭一叫,就带着冷饭团子到茶场领牌子,上茶坡。她手指头都磨破了,生痛,透血,黑黑的茶汁垢洗都洗不脱,但她一年到头都很难喝上一口好茶。那次队上派饭,把公社武装部长曹麻子派到了她家。曹部长是贵客、稀客,用老木叶煎罐来招待他,实在有点拿不出手。莲子嫂只好出门去借,汗爬水流跑了四五里路,才在下河湾三叔家借了两撮细茶。回家时有点迟,来吃饭的干部已经进门了。

曹麻子刚锄了半天棉花回来,斗笠壳一丢,自己动手在水缸边喝了半瓢凉水,灌得自己汗珠子刷刷往下滚。

"哎呀,你何事喝凉水?我这就烧茶。"莲子嫂急得往灶下赶。

曹麻子口气里透出埋怨:"你到哪里去了?到饭时了,还冷火悄烟的。还不煮饭我就要自己动手了。我下午还要到公社里赶会。"

"对不起,我借茶叶去了……"

"借茶叶做么事?"

"待客呀。"

"待我这个客?嘿,你借龙井茶我也喝不出味。我曹福林就喜欢一口凉水。"

莲子嫂好生奇怪:"你不喝茶?"

"不喝。"

"这就怪了。都不喝,公社里的好叶子都到哪里去了?"

对方冷笑一声,"哼,你放心。你不喝我不喝,这好叶子就没人喝了?不会让它沤烂的哟。"

对方摇起蒲扇来回走了几步,见主妇还是一脸疑云,就粗声道:"老实告诉你吧,好茶叶是省里的小车子拖去了,县里的口袋装去了。有时候白条子都没打一个。公社是蛤蟆打拳,只这样大的手脚,想管也管不住。"

莲子嫂闹不明白了。"那些人凭么事要把好叶子都收去?他们在茶园里挖过土?挑过粪?打过虫?"

"怕是前一世试过味的。"

"他们那么好的八字,命定了要吃冤枉?曹部长,这好不平哩。"

话讲得有点离弦了,曹福林回头拍拍蒲扇:"莫乱讲,嗯?快些煮饭吧,莫乱讲。"

莲子嫂本来还有好多事想问,见部长不乐意搭腔,就不敢问了。唉,干部总是向着干部吧?干部哪有心思来管小百姓的事?这一想,莲子嫂觉得人生天地之间,有很多事是不需要她知道的,也是她不可能知道的。

她已经习惯了罐煎老木叶,包括用这种粗货孝敬娘家人。不料外公是从福建茶乡流落到这方来的,最讲究一口茶。土改时他什么也不想要,就想分财主家那一块茶园,要财主家那一套古香古色的细瓷茶器。每天晚饭后,半壶叶子半壶水地泡上浓浓一壶,悠悠然喝到灯黑,就有了半人半仙的快活。现在,女儿带回娘家的全是老木叶,怎不叫他七窍生烟青筋暴起?一怒之下,他连外孙女也不抱,一甩手到对门屋里打牌去了。可怜莲子嫂,到溪边去给外公洗衣,哭得好伤心。

眼下,莲子嫂就要有细茶了,终于要为自己采一回茶了!这是自己的,自己的,自己的!这是家公的,外公的,家婆的,外婆的,大姨的,二姨的,大姑的,二姑的,彩彩的,丈夫的……她恨不得生出三头六臂来,把无限的幸福一股脑都采回家去。但她发觉自己的手脚还是很慢。旁边一位嫂子,同她一起动手的,顷刻间已经满筐了,怀兜已经鼓鼓地胀起来了。再看看其他的人,呵呀,原来她们哪里是在摘,那是在揪!是剐!是破坏!莫说摘三芽留余叶,莫说摘大株蓄小株,刷刷刷一阵风之后,新的老的粗的细的全进了竹篮。手过之处,茶树只剩下一些光杆杆。

莲子嫂惊呆了。真作孽,这些茶树不都会被剐死吗?死了可还能发新芽?……她想劝大家手下留情。不过天黑,星光照见的,都是些外村人的陌生面孔。她的口音又不好懂,讲出来别人不一定懂,难免还会惹别人笑。眼看着上茶地的黑影越来越多,有些人下手也越来越狠,她急出了一身冷汗。

"莲子嫂,"不知是谁在问她,"你怎么发痴?快摘呀。"

"我……想回去了……"

"嘻嘻,是想老倌了吧?"

"我头有点痛……"

"机会难得有,等下干部来了,嘴边的汤就喝不到了哟。"

干部?莲子嫂心里一亮,心想真要是干部来了就好了,只有他们说话才有斤两,有煞气,有威势,才能保得住这些茶园。

## 三

公社里干部几十号人,莲子嫂只认得曹福林。她决定去公社找老曹,但不知道路该怎么走。自从她嫁到这一方来,她去公社的次数极少。第一次是去扯结婚证,她穿着红花袄子,只记得揪衣角,看脚尖,听别人如何议论自己,眼不得一头扎到地里去,哪还有工夫记路?第二次是去公社参加节育学习班,就是胖大婶说的"阉人"学习班。她躲,没躲脱,碰上曹麻子派人行蛮,硬把她推上了拖拉机。她只知道哭天哭地,眼泪刷刷流,哪还能看清公社的位置和模样?

她深一脚,浅一脚,终于过了三眼桥,找到了一列青瓦白墙平房。砰砰砰,她把门敲响了。

一个睡眼惺忪的老头开了门:"你找哪个?"

"我……我找公社干部……"

"碰了鬼哟,公社在南渡边,你刚好背了方向。这里是农机厂!"

莲子嫂几乎要哭了。

见这个女子可怜,老头问她找干部有什么事。

"我没什么事……"

"没有事乱跑什么?不怕红毛狗呵?不怕蛇呵?"

"我……"女人要哭了。

没盘问出几个字,老头叹口气,挥挥手说:"电话机子在那边,你去打个电话吧。黑天黑地难得跑。"说完披着衣又睡觉去了。

莲子嫂到大队代销点买盐时,看见过大队干部打电话。到底怎么打的,她没试过。她斗胆拿起话筒,不知道话筒哪一头是上,哪一头是下。她左拍三下，没有声音。右拍三下，没有声音。顺着讲或倒着讲，反正是没有声音。这个"电"怎么这样欺生呢？一睡就不醒了，拍它挠它揪它还是死猪一只。

莲子嫂有的是脚力，笨人做笨事，她决定还是自己到公社去跑一趟。约摸半个多钟头之后，狗吠声汪汪，她在一个钓鱼人好心的向导之下，全身汗湿地敲开了公社大门。开门人问清来由，找来曹福林。

"你这位嫂子有什么事？"老曹比以前发福了，皮肤还是又黑又亮，粗壮手杆上套了块手表，一个哈欠打出来满室生风。

对方不认识自己了吗？"老曹，我是……我是林家茅屋的呀……"

贵人健忘。对方还是不记得。"又是林家茅屋的？我的娘，你们村硬是只积鱼，没什么肉，尽是刺。今天只看见你们来扯麻纱，刚才走了三四班，都是来要田的。没过门的媳妇要，瞎子老倌也要。我讲了这包产到户会包出鬼来。这不是？"

"老曹，我，我不是来要田的……"

"那你是来要牛的？"

"我……"

"哎呀，有话就讲，我又不会吞了你。"

这一吼，莲子嫂反倒更慌了。"我，我这在说哩。我今天晚上本来不想去的。我晓得那事不光彩……只怪我思想不好，看见大家都去了，也就跟着去了。下屋的大婶说没问题。说现在干部不管事了，还说有人发了财，两天就赚了一头肉猪。她叫我多带两个袋子，路上不要亮手电筒……"

对方已经出了一口粗气："老天，你这本故事真难听。去去去，进屋抽张椅子来坐。你坐下慢慢讲。"

对方急，莲子嫂更加慌，进门时，差点被门槛绊了一跤。她不知道对方还讲了些什么，反正她没坐，也没喝水，固执地站在门边，固执地照她那种啰嗦方式，一五一十说明来由。

曹麻子总算听清楚了。"什么？这些婆娘吃了雷公胆？越闹越没规矩了！明天只怕还要到公社来揭瓦搬锅哟！"他麻点涨得通红，猛拍桌子，跑到院子里喊："王胡子刘胖子，快些起来！茶园都快抢光了，你们快些带绳子！郑矮子，枪在哪里？武装部的枪呢？……"

公社闹腾起来了，一扇扇窗子里的灯亮了，开门声和脚步声响成一片。干部们擦的擦眼睛，打的打哈欠，披着衣跑来紧急碰头。知道是怎么回事以后，他们议论纷纷，各献对策，免不了还带出很多抱怨。有人说这就是责任制引出的祸，现在穿草鞋的不怕穿皮鞋的，都没有王法了。有人说这不关责任制的什么事，主要是工作没抓好，群众怕政策变，所以轻信流言。有人说今天机会好，一定要下毒手，捆几个回来，杀鸡给猴看。有人说不能戴手表去，上次偷竹子的妇女人多成王，差点抢走了周书记的上海表和打火机，还差点剐了周书记的裤子……正在这时，曹麻子开始给公安局打电话——莲子嫂终于看清了"电"是怎么打的。

打完电话，曹麻子好大的火气："好嘛，他们上面不表态，得罪人的事都让我们顶着？这茶场是我私家出钱办的？他们晓得讲活话，活得新鲜，老子就不会乖巧？"

一位白脸书生说："老曹，这就是了。他们不是要我们相信群众吗？我们就相信一下如何？就算茶叶抢光了，不也是给中国人吃吗？"

一位穿军裤的中年表示怀疑："你今天放一寸，明天他们就要一尺。不给点颜色看看，他们不晓得钉子是铁打的。"

一位精瘦的长者咳了几声："对对，论理还是该管的，不过最好要妇联主任去管。嗯，妇女同志们实在厉害，搞不好，你还没沾她,她就坐地打滚,扯烂污,骂痞子,个个都是母夜叉呵,嗯嗯……"

一个后生子笑起来:"她们敢骂?我偏要去摸摸老虎屁股。站着屙尿的还怕她们蹲着屙尿的?"

干部们又笑了,又骂开了,骂上级也骂群众,骂东骂西骂天骂地。他们谁都没有注意莲子嫂是什么时候离开的。

## 四

带着曹麻子借给她的手电筒,莲子嫂往家里赶。快到家时她想起一件事,觉得应该去给姐妹报个信。按照她的估计,干部们今晚肯定要下手了。

月亮已升出了东山,在有水响的地方丢下一把把碎银。石板路被雾气抹得好凉,好滑,好潮湿。身后不知什么东西噗哒一响,吓得她头也不敢回,咬紧牙跑起来,一口气跑过了两个坡。好在脚步声惊动了一些青蛙,扑通扑通跳下水田,搅碎了水中月光——听人说,有蛙就没有蛇的。

哎哟——她突然一失脚,连人带竹篮翻下小桥。手一摸,是冰凉的水。再一摸,旁边是水草和刺茅。"救命啦——救命啦——"

夜深人静,声音传得远。

幸好这里已经离茶园不远。几个黑影赶过来了,把她拉上岸,还帮她找到了竹篮。据这些女人们说,这个木板桥原来是有三根树的,不知今天为何少了一根,肯定是被贼人偷走了。抓到这个贼人非要千刀万剐不可。

"多谢各位大姐大妹……"莲子嫂连连鞠躬,"我是来报个信的。干部们就要来了,拿着绳子来了,大家赶快回去吧。"

女人们一听就慌了。但也有人不太相信，问莲子嫂是怎么知道的。形势就在这一刻急转直下。莲子嫂本来已经在路上编好了词，不想把自己暴露出去。她想说自己是听一个钓鱼佬说的，是自己去小河边喝水时碰巧遇到钓鱼佬的，而钓鱼佬的女婿刚好在公社当干部……但她编得再圆也没有用，一张开嘴，把词全忘了，还是直肠直肚如实交代。

几个黑影默了一阵，立刻像炸开了的锅：

"是摘了你家的茶呵？要你去放什么屁？"

"这骚货把我们都卖了，刚才不如让她浸死！"

"去找团牛屎来，塞她一嘴巴！"

"撕，撕她的臭嘴，看她以后还嘴臭不！"

莲子嫂慌了，几乎要哭起来。"大姐大妹们，我可没有害人之心。上对得起祖宗，下对得起乡亲，我只是怕茶树都剐死了，太可惜。你们也是吃五谷做阳春的，把好好的几坡茶园剐死了，你们说，有哪样光彩？为儿孙想，有哪样德呢？儿孙还要指靠这些叶子过日子哩……"

女人们哪管她的辩解，一个个都疯了似的，上前夺了她的篮子和手电筒，扯掉她的头巾，揪着她的头发，撕开她的衣扣，口口声声要塞牛屎。莲子嫂感到自己脸上一热，大概被人甩了一巴掌。又感到自己背上一麻，大概被人猛击了一拳。她跟跟跄跄撞到一棵树上，突然在绝境中爆发了勇气，咬着牙大喊："你们打死我！打死我！打死我！……"

这种出人意料的撒泼，反把群殴者镇住了，使她们突然静下来。

"你们打呀，再打呀……这事就是我告的！明人不做暗事。我告了，要砍要杀，你们来呀！"

群殴者反而一哄而散。莲子嫂后来才知道，正在这时，干部们带着警察和民兵也赶到了。大路那边有拖拉机强烈的射灯光束，有喧哗的人声，有手电灯到处乱扫，还有曹麻子惊天动地的喊声，给她解了围。

她浑身疼痛，脑袋一阵阵发晕，好容易站稳了，但不知道该往哪里走。一个个女人从她身边跑过，就像要下油锅受刑，发出此起彼伏的尖叫。有一个正在号啕大哭，那是胖大婶。听说她刚才不但全部茶叶被没收，不但竹篮和旅行袋被没收，连手腕上的一个银镯子也被扣留，说是要等她缴了罚款以后才能领回。另一位妇人捶胸顿足赖在地上，几乎是被几个人抬着走的。听说她也是倒了大霉，不但茶叶什么的被没收，而且手电筒也丢了，雨伞也踩破了，还有一只刚穿了半个月的皮鞋不知去向。

好多女人气得哭了起来。莲子嫂眼窝子浅，一听到哭声，不知为什么也哀哀地跟着哭了。没料到事情成了这样子。她心里一阵阵急：当干部的怎么能这样呢？老曹他们怎么能这样心狠呢？早知如此，何必当初。她今天晚上是不是真惹了大祸？是不是真该千人咒万人啐呵？……她两眼一黑，差一点晕倒。

手电光还在乱晃，黑影子还在乱窜，分不清哪是摘茶的女人，哪是护茶的警察和民兵。一个粗嗓门冲着莲子嫂大吼："站住！"

她在强光下睁不开眼，一身都在抖。

"你把茶叶藏在哪里了？"

"这位小叔子，我……没有……"

"没有？你是来观风景的是吧？这晚上风景好看是吧？"

"我真的没有……"

"还想抵赖！你们的把戏我都清楚。把茶叶藏到树洞里，藏到草窝里，明天再偷偷来取。骗得了谁呵？"

莲子嫂张口结舌，完全答不上话。

"这婆娘有对耳环,看见没有?要她把耳环交出来。"

"对,把耳环取下来!快点!快!"

"不给她下狠招,她根本不会说实话!"

几个男人冲着她直嚷嚷。

莲子嫂有理讲不清,只得把耳环取下来。她不知道对方是怎样离开的,更不知道自己为什么不能戴耳环,不知道母亲给的这件陪嫁物冒犯了谁。对方说,她要带着检讨书和罚款才能换回耳环,这一切她都没有听清,只知道自己耳朵上轻了一些,少了点什么,有点空落落的感觉。

她鼻子一热,委屈地哭出声来。哭着哭着,身子顺着树干坐下去了。哭着哭着,泪从指缝中流出来了。

她感到奶头有点胀。要喂奶了,天大概要亮了吧?她还得赶回家去喂孩子,寻猪菜,挑水,煮饭烧茶,不能在这里哭。想到这里,她挣扎着爬起来,头发蓬松,腿骨酸痛,摇摇晃晃地走下山坡。当曙色出现在天边,她到河边洗了把脸,软软的身肢一下跪在石板上,一片红霞落在手中。

一九八二年五月

最初发表于一九八二年《北京文学》杂志,后收入小说集《飞过蓝天》。

# 远方的树

一

挂在屋檐下的一截锈钢轨当当当敲响了,响得人们心慌。田家驹伸了个懒腰,从门口探出头看看天,苦着一张脸,提起沉重无比的钯头,随男女老少们出发。其他人也陆续出了门,有的打哈欠,有的揉眼皮,有的唉声叹气,拖拖拉拉落在老后。有两个女知青连钯头似乎也扛不住,钯头在身后越垂越低,利齿眼看要戳到背脊了。

这是一个沉闷的下午。田家驹左顾右盼不耐沉闷,狠狠地挖了几下,赶上了身边的马桶,找这个积极分子搭腔——喂,马桶,你大串联时到过昆明没有?

对方不理他,没心劲理他。

我给你说说昆明。田家驹折一根树枝在地上画。大观楼,黑龙潭,还有太华寺里的罗汉,画得清清楚楚。

对方还是闷闷的。

喂,马桶,你知道芭蕾吗?看过《白毛女》吗?田家驹热情万丈，丢下钯头，在前面来了个大展臂和弹腿一跳。

旁边的人送来笑声，笑他的裤子差点垮了。

田芭蕾谦虚地一笑，搂起裤腰带，把额前长发往后一抹："不行，不行，今天没跳起来，这地不好。"他的意思是，这松软松软的油菜地不是理想舞台。"那次我去省歌的练功房，随便跳两个小品，他们一个个都佩服得五体投地。那个跳大春A角的还要拜我为师。"他存心让更多的人关心芭蕾，关心远方的革命文艺事业，"喂——和尚，你那天不是在场吗？喂——蛤蟆，你的二姨不就是在省歌吗？你们怎么不给我作证呵？"

有位青年农民摔过来一句："供销社的王老倌说，他们今年的牛皮收购超过计划。"

"我吹牛皮？"田芭蕾表示气愤，夺下积极分子手中的钯头，喝令大家都停下手来，"马桶，你太不够意思了。你给他们说说，那天我到歌舞团去，你是不是去了？那天是正月初五，出大太阳。我们一起坐十三路车去的。路上还碰了两个小流氓，要抢你的军帽，你忘了？"

马桶想找回钯头继续干活，但被对方缠住不放，定要借他来表演一下对付小流氓的故事。一个缠腿的动作刚表演完，马桶大叫一声，飞快地溜走了——原来场长的刀板脸和黑呢子帽，不知何时已在大家身后悄悄出现。大家也发现了这一点，立刻成了见猫的老鼠，纷纷埋头大力挖地，只有田家驹不知情，还在讲解格斗动作。

"田家驹，你没病吧？"

田家驹吃了一惊，回头看见场长，很快镇定下来。"嘿嘿，我们学点擒拿术，碰上阶级敌人搞破坏，也能对付一阵子呵。"

"我看你就像个阶级敌人。"

马桶很怕场长盯上自己，脸色红红地说："场长，他硬要讲故事,一讲还要表演,还要你们停下来听……他挡在我前面,我总不能朝他脚上挖吧?"

不知是谁发出哧哧的笑声。

场长的血压肯定升高了。"一粒老鼠屎,搞臭一锅汤。田家驹,你不错嘛。你看你脚下,看你脚下,你是出工还是破坏?"

地上两棵小茶苗,已被田家驹踩倒,贴在泥窝子里。在更远的地方,他的挖地无异于老鼠打洞,东一钯头,西一钯头,一块地挖出了奇形怪状。就是挖过的地方,也大多是农民说的"天盖地"——浮土盖住了坚硬的板土。场长用一根竹竿随便戳了戳,就戳出好几个地雷阵,差点戳出嘣嘣的响声。

"田家驹呀田家驹,我就知道你会把我的心血当苋菜水,我就知道你昨天的保证书是擦屁股纸……"场长气得全身发抖,说不下去,一气之下摸出具有最高权威的铁哨子,猛吹一声:"——开会!"

## 二

场长开会的水平最高,每次开会都要讲到抗日战争、朝鲜战争以及珍宝岛战斗,讲到他五岁讨饭之类的悲惨故事。不过他有时说讨饭是五岁,有时说成七岁或八岁,时间上有点出入。他说到最后,总是有一番恶狠狠的威胁,说哪个再敢破坏抓革命促生产,就要一绳子捆起来,吊到梁上去当猴子看。不过田家驹不怕威胁,只是喜欢开会,因为一开会就可以不干活,名正言顺地歇一歇手脚。

好几次,他还主动找到副队长或队长,找到副场长或场长,说我近来思想觉悟很低,越来越低了,你们怎么不开会来批判我呢?

对方有些警觉，问他如何个低法。他就苦着一张脸说，你看呵，我又想吃好的又想穿好的，只想过地主老财的生活，天天有人来侍候，这还不反动吗？你们也得开个会来帮助我一下吧？

场长上过当，但很快发现他的话真真假假，讨批斗只是为了白天赚休息。老人一生气，忍不住指头戳到他鼻子上，大骂他"臭知识分子"。

田家驹也来了气，左右看看，盯上一堆新鲜的稀牛粪，上前一把将黑糊糊的粪渣抓在手里。"我臭？我敢抓屎。你是劳动人民，你抓给我看看！"

场长不敢接招，也没想到有这样的招。

田家驹便得意了，"你是个假劳动人民，还敢不承认？"

场长差点吐血，两天没露面，后来只得再出一招，命令他从此以后单独劳动，每天去一个山坡上挖地，免得带坏他人。不过人们后来发现，田家驹单干以后纯属放虎归山，更没法管了。有时他在地头睡大觉，有时他去附近农家喝茶，有时他干脆回到寝室里看书唱歌拉提琴。但他每天的任务偏偏完成得好，据说他发动附近农家孩子来帮忙，十几个小长工一齐上阵，挖得尘土飞扬热火朝天。他自己给小把戏们画一画狗呵虎呵冲锋枪呵什么的，就算是回报，算是发工资。小把戏们觉得这种交换很合理，还口口声声叫他"田爷爷"——当然是他教唆的结果。

队长还未当爸爸，对这种叫法很生气，去找场长告状："你说要整他，这下好，整出个爷爷了。他要是爷爷，我算是哪一辈？太没规矩了吧？"

场长也一筹莫展，"我不是公安局的爹，有什么办法？"

队长说："还是要找个人管他。他听刘力的话，让刘力去试试吧。"

刘力也是个知青，比田家驹大，是个本分人，又很有文才。

茶场几块黑板报,都是他包着出的。一些什么先进典型材料,也是他包着操刀。据说他还在偷偷地写小说与诗歌,与田家驹谈得来。前不久,大家嫌田家驹一身臭烘烘的不洗澡,谁都不愿与他搭铺。最后只有刘力心软,接受了这个走投无路的难民,三天两头还给他洗衣补衣,挤牙膏打洗脸水,算是当上了大保姆。

场长摇摇头:"刘力不行,斗争性不强,好好先生一个!再说他们城里伢子混在一起,容易互相包瞒。要选个本地职工去。"

"那选谁呢?"

"你……去叫豆子来。"

"小豆子?"

小豆子叫李豆,茶场的妇女主任、团支部书记,场长最信得过的革命接班人。前不久搬运树木时伤了腰,眼下还不能干重活,但当个看押人员还是合适的。场长把她叫到面前,"……你不要看牛了,看个人吧。那个田牛皮其实还没变成人,思想很复杂,很腐败,很反动。暂时还没发现他偷盗,是他还没有暴露出来。时机一到,他就会暴露的。你看吧。他父亲是城里的什么教授,成分大,有钱,可能开了几间铺子。你要好好地监督他,第一要防止他偷花生偷西瓜;第二要他老老实实地劳动,不准偷奸耍滑;第三不准他剥削我们贫下中农的子弟。明白吗?"

小豆子有点紧张,"他不服管怎么办?他会不会打人?"

"难说。"

"那我带把剪刀在身上?"

"有备无患也好。不过他最大的本事是花言巧语。"

"我拿棉花塞住耳朵。"

"那倒不必,你只要对他多长一只眼睛就行。有什么情况赶快报告。"

小豆子使劲地点头。

## 三

听场长一番话，李豆出了一身冷汗，一个晚上都没睡好，不知道自己能不能完成这个光荣而艰巨的任务。她同城里来的知青交道不多，同姓田的交道更不多，但印象中这个家伙调皮捣蛋，是个有名的疯子，三天两头就要惹祸，人见人烦，人见人怕，她能不能管住他？总不能用一根牛绳拴住他的鼻子吧？

前不久的一个下雨天，她与一个女伴搭上腔，双双往食堂里走。

"喂！"

她没有注意有人叫她。

"喂！"

这次叫得够响了，让她吓了一跳，惊恐地回过头来，发现面前有一个满脸堆笑的后生，额上和头上都是泥点。

"你叫我吗？你是谁？"

"我田家驹呵，一队的。你不认识？"

"你就是田疯子？十几天不洗澡的就是你？五天不刷牙的就是你？在街上打架闹事的就是你？"

"那是他们的诬蔑。他们嫉妒我，怕我太优秀了。"

"你找我有什么事？"

"我要给你画像。"

"为什么要画像？"

"你漂亮呵。"

"嘴臭，小心我撕你的嘴。"

"夸你怎么是臭呢？其实你也别骄傲，你不是特别漂亮，只是有味道。"

"你大姨才有味道呢。"

小豆子扭头就走，但田疯子缠住不放，从衣袋里掏出一些纸片，打开来给她看。她就是被这些纸片吸引住了。上面有侯三爹、刘保管、宋长子、三姑娘，还有几个女知青，都栩栩如生，是大活人跳到纸上去了。她这才知道什么叫油画，什么叫画家，什么是继承了父业的大画家。

她心里痒痒的，答应给田疯子画一次，回到寝室里忙了好半天，好容易才隆重出场：一件新崭崭的红花衣，一条多年舍不得穿的绿布裤，配上浅口皮鞋和袜子，还有辫子上的红发结和额前的整齐刘海，上下生辉，光艳夺目，简直成了一张大年画。

她如约来到田家驹的房间。对方一看脸上就有哭丧状，哎呀哎呀地大叫，像被谁毒打了一棍。"你把整个供销社都穿来了？怎么不拍个粉抹个红，再加一双绣花鞋呵？"

"你不是要画彩色的吗？我这样打扮，颜色才好看。"她没听出对方的讽刺意味，还是兴冲冲的。

田家驹很不满意，但也没办法，只好接受了这张大红大绿的年画，把她带到画架前，不由分说地要她这样一坐，又那样一坐，要她眼睛看那边，又眼睛看这边，要她挎一个篮子，又要她持一根梭镖。最后，他不准小豆子笑，只准她直愣愣地盯住他。

"照相师都要我们笑，为什么你不准我笑？"

"你笑的样子难看，一笑就特别傻。不知道吗？"

"你才难看哩，你才傻呢。"李豆觉得很受侮辱，气冲冲地往外走，眼泪差点都要流出来了。

田家驹一惊，忙堵在门口劝解，免不了说上一大堆好话，说自己词不达意罪该万死等等，好容易把大年画劝了回来。在整个画画的过程中，田疯子南京城隍北京土地胡扯一通，包括吹嘘刘力五岁当劳模，八岁上北京天安门，十岁就有铜像塑在青少年宫，说得小豆子信以为真，满心崇拜地啧啧不已。

不过，这样长久地待着，被一位男青年凝视，她浑身颇不自在，觉得有一群蚂蚁在自己的脸上爬来爬去，额头上已经开始冒汗。她的头越来越低，眼光不时投向窗外，但一次次被画家责怪和纠正。最后，她看见对方的目光盯向自己的领口，盯向自己的胸，盯在那里居然不动。她想捂住自己的胸，但被画家厉声制止。她终于呼吸急促，全身发抖，牙齿碰撞得嘎嘎作响，似乎自己不是在这里当模特，是受一场男人目光的凌迟大刑。

"你抖什么呢……"田家驹话未落音，发现前面的座位已经空了。"你跑什么跑？这还才开始……"

"你眼睛里有坏事……"这是她摔回来的愤怒一句。

田家驹眨眨眼，怎么也听不明白。

## 四

小豆子扛着钯头，带着箢箕和扁担来到田家驹房前，远远地止步，眼中透出警惕和紧张，好像要重新认识一颗"还没有暴露"的定时炸弹。"喂——喂——姓田的，"她叉着腰大喊，"快醒来！你听着：今天去猫公坡挖荒，路远呢，带上茶。场长说了，你要挖六十丈，他要拿竹竿来量的。"

喊完就静静地坐在坪里，等候田家驹收拾工具，似乎无多话可讲。

田家驹从迷糊中醒来，很不高兴的样子，懒洋洋地动身。抽钯头时，他把另外几把锄头也带倒了，发出哗啦巨响。

小豆子吓了一跳，退出两步，紧握手中钯头，好像田家驹是个还乡团或别动队的凶手，手里拿着屠刀一类凶器。

"走吧。"他朝小豆子摆摆头。

"不，你往前边走。"

她声音有些发抖，让田疯子走在前面，自己不近不远地跟着。到了地上，她让田疯子在前面挖地，自己不近不远地选了另一块地开挖，总之一直保持着适当的距离，既方便监督，又有对付危险的回旋余地。一旦发现什么敌情，她至少可以有准备战斗的时间。

这一天又是大晴。在旱地上干活比水田里干活更苦。头上烈日，脚下热土，也无水田里的凉气荫映，人好像掉进了大烤炉里，上下都是火烤，带着咸盐的汗水很快越过眉毛和睫毛，直往眼里灌，刺得眼球痛。伸起腰来，人总是头重脚轻，两眼发黑，偏偏欲倒。贴着山坡表面望过去，地表蒸腾的热气飘飘忽忽，使远方的一切都晃荡起来。整个世界在变形。这个晃荡的变形的世界太寂静、太单调，好像时间都凝结成土黄色，使希望和回忆都蒸发一尽，只剩下流汗和大口大口的喘气。

"怎么还不下雨呢？"田家驹找她搭腔。

她装作没听见。

"有一个月没下雨了吧？"

她还是不抬头。

不管对方说什么，她今天横下一条心，反正是个聋子，听而不闻，不理不睬。最后，田家驹软的不行来硬的，举臂高呼："打倒李豆！""李豆是只臭虫！""李豆偷了猪油一定要坦白交代！"……她差一点要笑出来，但稳住自己的鼻子嘴巴，还是绷紧一张脸，只当是过耳风，甚至干脆转过身子，背朝着对方。

"呵呵呵——"不时有人在远处山坡上叫唤。这叫"唤南风"，据说叫一叫，风就来了。有时候还真灵，风从水库那边吹来，带有丝丝凉意。

田家驹也叫了几声，叫得很难听。他现在没招了，只能自己去找乐,试着看看自己的鼻尖,用了好大的劲,好像是看见了黄黄的一片,不过没有多大的意思。试着像猪头那样,右手从背后反过去,抓左耳,手都扭痛了,还差两三寸。还是没意思没意思。这种日子可真要命。

"哎呀!"身后一声惊呼。

田家驹回头一看,小豆子挖出块白东西,像是人的半个头盖骨。这一片山坡原是坟地,开茶山时没有仔细清理,留下一些游魂野鬼的骨头,不值得大惊小怪。

田家驹走过去,一脚把骨头踢飞了,是足球射门的动作。

"还有……还有!"小豆子指着耙头下方,怯怯地往后退。

田家驹两耙头下去,果然又挖出几块白骨。他笑了,把骨头一一射出去,不偏不斜,都射中了一个稻草人。

"你还会讲话呵,不是根木头呵。"田家驹眼下又可以得意了,"我还以为你多坚强呢,真是个铁嘴不开的革命烈士呢。原来也就是个胆小鬼。"

"我怎么胆小?我敢上树,敢打蛇,敢烧黄蜂窝。外婆死的时候,我还给她换衣……"

"你还能上树?吹牛,吹牛。"

"我真的能上树。"

"那你上一上给我看。我根本不相信。"

小豆子顺着田家驹的指头看过去,看到一棵椿树,看了看高高的树冠,有点犹豫。但一听到对方的哄笑,就有几分气不过,把辫梢咬在嘴里,上前去拍拍树干,四肢很快就把树缠住了。腰身一收缩,两脚一蹭,身体蹭上去一截,蹭得泥灰渣子纷纷下落。

看她已经爬得半高,田家驹拍掌大笑:"我要告诉场长去,妇女主任不好好出工,带头爬树。你们看呵,你们看呵——"

小豆子这才知道上当,急忙溜下树来,没站稳,摔了一跤,更是十分狼狈。一个土块已经射到了田家驹的背上，"姓田的，是你要我上的！"

"你们看呵，妇女主任打人呵——"

小豆子没法再打，又气又急，脚一跺就气哭了。看见田家驹举着一块死人白骨在她面前晃，更是心惊肉跳命悬一线，从泥里抽出钯头朝田家驹挖过来。她当然没挖着，大概想想这也不对，工地怎么成了战场？她怎么同人家打架？"臭疯子，我不管你，再也不管你……"她扛起钯头，噔噔噔往家里走，一边走还一边抹眼睛。

"你听着，我又要睡觉啦——"看着她的背影远去，田家驹忍不住在地上翻了个跟头，哈哈大笑，庆祝自己的解放。

五

小豆子根本不是田家驹的对手，气得到场长那里哭诉，场里只好另派一个矮汉子来接替。矮汉子叫根胜，一口黄牙，一条抄头裤，身体瘦小得像个猴，但干什么都特别快，在地上一撩起钯头，就逼得田家驹腰酸背痛，连滚带爬也跟不上。这矮子是台挖地机器，不爱谈天说地，除了谈女人和借饭票，对其他一概不感兴趣。偶尔发表政治见解，就只有一条："农民干社会主义，工人吃社会主义，下次搞运动，我就要背着锄头进城去造工人的反。"

田家驹对这话听不大明白。

同他相处长了，田家驹也慢慢摸到了办法。一是用纸烟收买；二是展开政治威胁，口口声声要揭发他仇视工人、仇视城市以及仇视社会主义的反动言论。矮汉子果然倒了威，不再乱催工，有时看到田家驹睡觉或画画，睁一只眼闭一只眼。

田家驹拿根胜练过一次素描。他画像不收钱，也不像镇上那位跛子画师要用九宫格,这倒引起了根胜的兴趣。但他后来对田家驹的作品大为不满。"我的第二粒扣子呢?你何事不画?""我怎么一边脸胖一边脸瘦?你乱画吧?"他的问题层出不穷,而且不理解他的脸上为何有那么多锅底烟灰,丑死了,一点也不像。在这个时候,要向他们解释什么是省略,什么是透视,什么是明暗关系,确实很不容易。到最后,要不是田家驹赔三张饭票,他差点一把撕了夺在手里的"鬼画符",决不容许对方丑化自己。

根胜认为田家驹比镇上的跛子差远了,认为他将来只可能饿死,在别人面前说起他来总是摇头:神经病,神经病,这毛主席也晕,怎么把神经病也派下乡来?他看到田家驹把野坟里的白骨骷髅洗干净,供到自己的床头,更是惊慌不已,一说到姓田的就面色惨白。

根胜没有想到,小鱼也有跳龙门的时候。这一段,农村正掀起宣传毛泽东思想的热潮,村村户户都得制作红彤彤的毛主席语录墙,叫做"红海洋"运动。根据外地的经验,语录墙还得配有毛主席头像,一般是黑白木刻的那种,便于制作的那种。可这个公社没有人画过伟大领袖,不知道如何画,"红海洋"工程遇到了困难。公社干部们急得不行,想到茶场里有不少知识青年,便来挖掘人才。公社秘书首先找到了刘力:"你的字写得不错,黑板报办得好,只怕也能画得几下。你来帮我们敬绘宝像,如何?"

刘力连连摇手,说他写写美术字,画画花鸟虫鱼,还可以勉强对付,但画毛主席是绝对不行。这事只能找田家驹。

"田家驹?就是那个疯子?"

"其实他是热心人。厨房的知仁得病住院,他一下就借出去十块钱。"

"听说他把骷髅都供到床上,神经还是不正常吧?"

"那是他研究人体解剖,对画画有帮助的。"刘力没有说出骷髅的其他好处：吓得场长不敢来查铺，根胜也不敢来枕头上偷饭票。

刘力找来田家驹的一些画稿，果然让公社干部们惊讶和心服。他们一道指令下来，场长也顶不住，只好叫疯子去公社帮工。

现在，田家驹不用天天上地了，不用在烈日下大汗淋漓头昏眼花了，更不用被这个或那个监督劳改了。他是"红海洋"运动的希望和救星，操着几支画笔吃香喝辣，在公社机关、供销社、农机站、卫生院、粮食仓库以及大大小小的农家屋场留下作品。他被伟大领袖的崇拜者们争相邀请，争相讨好，争相赞美，好酒好肉的日子排不过来。到最后，他越画越熟练，越画越随意，可以把几种木刻图像乱涂乱抹一挥而就，让围观者看得目瞪口呆，让那些只能对付门窗桌椅的漆匠们又羡慕又嫉妒，一齐尊他为"田师傅"。他的一桶桶公费油漆还可以兼济天下，给少女们画朵花，给小孩们画支枪，给主妇们涂补一下掉漆的搪瓷杯，在汉子们的箩筐尿桶扁担上点出个红的或者黄的记号……对方都会感激不尽。

没多久，他"田师傅""田牛皮""田疯子"竟远近闻名，不管走到什么地方，都会有人叫出他的大名——只是小孩子似乎觉得城里人的绰号好笑，叫完就要笑一番，纷纷往树后躲藏。有些人大概知道他竟敢收藏骷髅，一见到他就小心退避。

有一次，李豆也来看过他的杰作，看他在墙头的一番龙飞凤舞。那是在供销社的大门外，一群采茶女子从门前走过，小豆子也挽着茶篮夹在其中。有这些叽叽喳喳的女子在场，田牛皮画得更为欢实，三下五除二，一个图像就完成了。刷刷刷刷，一条仿宋体的语录也立刻赫然在目。他恨不得在高台上表演字画芭蕾。

"小豆子，也不拿茶来孝敬田师傅！对宣传毛泽东思想一点感情也没有呵？"他把呆呆的李豆叫醒。

小豆子冲他做了鬼脸，但一旦看清他的面目，不知为什么突然笑了，扑哧一声，嘴抿得有点歪。

是自己脸上有油彩吗？田家驹往脸上抹了两把。

小豆子笑得更厉害，大概怕自己笑得难看，捂着嘴转过头去，吐匀了气，再把红红的脸庞转过来。

"你的笑最难看，一笑就是傻笑。以后不准你这么笑。"

不说还好，小豆子一听这话笑得更敞、更疯、更接不上气，还带动了其他女子的笑。在这种时候，笑声足以使她们刀枪不入。

"笑得好！笑得好！下次我请你来笑三天！"

小豆子再次捂住嘴，终究捂不住，只得咯咯咯地跑开去。

直到后来很久，田家驹还不知道她这一次是笑什么，有什么值得她傻笑。他只记得对方撑在一个砖堆上看画画的时候，胸前两只胳膊向外折，折出了一个"儿"字形，眼看就要咔嚓一声折断。他没料到小女子的骨头可以玩这种杂技，可以这样吓人，事后一个劲揉自己的臂肘，好像那个部位已有内伤。

## 六

门前一棵大杨梅树，长得很有力量。枝干倔强地伸展，与无形的天空搏斗，终于扭曲了，痉挛了，张皇惊惧了。繁茂的树叶层层密密深浅相叠，筛着清风，筛着月光，于是，五月杨梅的香甜也就注入了风声月影。靠流水和石堰那边的那一段分枝，像大树突然斜伸出一只巨臂，呼啸而出，要凌空揽住什么。常有孩子在这只巨臂上攀摘杨梅吧？常有孩子在这只巨臂下斗草玩泥巴？——这些大树通常都庇护过一个个童年。

现在，树叶筛落的月光，在小豆子家的地坪里模糊晃荡，像满地玉色碎萍。人置身空明之中，简直不知自己呼吸的是清风，还是明月。

田家驹在这个村子做语录墙,今天应邀上门做客,稍稍有点拘谨。走进地坪,他碰到一位黑脸汉子,忙叫"李伯伯",引起小豆子一阵笑——原来那不是她父亲,只是一位上门补锅匠。待"李伯伯"真出现,他嘿嘿一笑,反倒忘记招呼了。

李伯伯叫李科长,田家驹开始以为他在政府机关里当科长,后来才知道"科长"二字是实名。为什么不取名处长、局长、部长呢?他心里暗想。

李科长圆脸,淡眉毛,抽烟声很响很长也很沉稳。他给田家驹敬烟,客套话是少不了的:"不是搭伴毛主席,你们城里学生怎么会到这里来?不是建设共产主义,你们如何跑到穷山沟里来受这种罪?哎哎,公社茶场那七七四十九坡,不靠你们,如何翻得转来?我们常到公社去开会,在路上都看见的。哎哎,你们真是硬邦邦响当当的革命接班人,今天吃得苦中苦,明天一定人上人……"

他说话间不时看护田家驹放在地上的茶杯。"发狗瘟的!"他厉声一吼,狗就委屈地逃远了。"发猫瘟的!"他一跺脚,猫就惊慌地逃开去。

小豆子当然很忙,新节目一个接一个:红糖茶蛋,腊肉葱花面,一大盆红鲜鲜的杨梅。她站在一边,看着田家驹一口一口吃下去。

"你怎么不吃面呀?"她提醒客人。

"我吃杨梅,这个好吃。"

"这算什么好东西?你吃了面再吃吧。面也吃,杨梅也吃,都吃都吃。"

"我要带三个肚子来才行。"

"爹爹要你吃,我才不管哩。"

她去溪边洗衣。哗哗洗衣声,从空明月色中传来。

田家驹看看这一家人，感到一种亲切和温暖。他想表现得好一些，更像个革命接班人一些，那么，既然对切菜喂猪帮不上忙，就去帮小豆子晾衣吧。

他刚提起木桶，就听到身后小豆子的大叫："放下，你快放下！"

"帮你晾衣呵。"

"哎呀你不懂……你没有手位，又不懂规矩。男女各有各的晒衣篙，不能乱来的。你快走吧。"

妇女主任也信这一套，夺了他手中的木桶，使他只得快快地回到屋里。

他抬头一看，见壁上有个蜘蛛正在拉网——好，这回总算有事可做了。他取来油灯，凑上去，准备来一道火刑，用灯口火气烤焦那家伙。不料蜘蛛灵得很，一沾火气就溜，眼看着钻过门缝，溜进屋檐的茅草里。田家驹穷追不舍，把油灯越举越高。没料到茅草十分干燥，遇到灯口的火气，呼的一下燃了，爆出一片红光。

不好，起火了！田家驹大惊失色去扑火。好容易找到一个竹扫把，但扫把越扑，火势越大，连扫把也成了火把。眼看着火球向屋上蹿过去。呛人的烟火中有人的惊叫声，有油灯打破的声音，桌子掀倒的声音，有水桶碰撞的声音，还有猪叫和狗叫的声音。屋内外一片混乱。幸好火情还发现得较早，瓦缸里有足够的水，李豆一家人动作也快，几桶水泼上去，不一刻明火熄灭，只剩下缕缕青烟和茅草焦煳味。

田家驹满身水淋淋的，看着露出了半边天的茅草屋顶，有点哭笑不得："我是想烧蜘蛛，没想到，没想到……"

李科长忙着清扫现场，"不碍事，不碍事的。新草一出来，屋顶反正就要换了。队上今年有的是糯谷草……"

"我给你们赔钱吧。"

"这是说哪里话？小豆子，把你哥哥的军装拿一套来。"

小豆子偷偷看了田家驹一眼，扑哧一笑，高兴地说："就是要你赔，就是要你赔！"然后去了里屋，不一会从那里丢出一句话："爹爹，你叫他来换衣吧。"

## 七

田家驹自知闯祸，第二天帮着科长扫地，捉猪，挑水，搭瓜棚，还强行把一个木箱刷了道油漆，刷得油光水亮鲜艳夺目。他对小豆子说："将功补过了吧？"

"没有，还没赔够。"小豆子哼了一声。

田家驹吓了一跳，"你还要我怎么赔？"

"以后再告诉你。"

"你不能没完没了吧？"

"不一定。可能就是没完没了。"她得意地一笑。

田家驹倒抽一口冷气。作为赔偿的一部分，这一天他同小豆子上山去砍柴。一条大黑狗在前面引路。穿过杉林和竹林，甩下那个牛栏里热烘烘的草臭味，前往寂静山坳的路越来越窄了，林木蔽天之下的光线也越来越暗了。地上落叶厚积，发出丝丝腐臭。叶下是潮湿光滑的泥地，人稍不小心，就会踩着落叶滑个四肢朝天，得赶快抓住路边的灌木或茅草，才不会滑下坡去。四面一看，小丘水田里冒着咕咕咕的气泡，葛藤在石壁上悄悄地攀缘，树枝在石缝中默默地挣扎。阳光，潮湿的阳光，丝丝缕缕在林中流动，送来冷冽侵肌的雀噪鸟鸣。路边有一捆捆的湿柴，那是人们在山上砍好，顺着坡度抛下来的。要等它们晒干或晾干，重量减轻了，主人才会把它们担回家去。

田家驹觉得眼前的一切很熟悉，但想不起来在哪里见过。他看见小豆子找到一块拔地高耸的柱形石头,拍了拍它说:"你看,这像不像宝塔?……你说不像?鬼,就是像,就是像!"她又敏捷地跳到另一边,指着另一块方形石头:"你看,这像不像一条大轮船?上面还有烟筒哩,还有房子哩……"

她又介绍起很多树木的知识,夹上不少科学名词,什么叶绿素,氮磷钾,光合作用……其中有些显然讲得不怎么内行。她大概想表现见识和学问,证明自己并不是个傻丫头,完全有资格同田家驹交上朋友。

田家驹只是暗笑。

前面,有一条从杂树下冒出来的小溪,发出嘀嘀嘀的流水声。溪上方有一棵横在空中的树枝。小豆子爬上去,骑在树枝上上下跃动,孩子似的大笑起来,嘴巴有张有合,但田家驹听不清她的声音。

"你说什么?我听不清。"

"你看我骑马——"绿树和石壁在她身后一会儿上,一会儿下。

"小心点,不要摔下去了。"

"跌到水潭里,你救我。"

"我要是救不起来呢?"

"那我就死了算了。"

"你家里人会哭的。"

"你哭不哭?"

"我……不哭。"

"你是个毒人。不过,我也不要你哭。"她笑了。

田家驹想看看头上的鸟,在什么地方叫。

"你今天不是带了画夹子吗?给我画像吧。"

"你不会跑了?你就不怕我眼睛里有坏事?"

"讨厌!"小豆子有点脸红,闭上了眼睛。"今天我不怕了,随你怎么画。我保证像木头一样,一动不动。"

田家驹打量了她一眼,恰巧碰到她睁眼,两人的目光直愣愣地相遇。他有点心慌,预感到自己画不好,简直没有一点信心。

"不,我今天不画。"

"为什么?"

"不想画。"

"是我……很丑吧?"

"不。你太漂亮了,真的。我……担心我画不出来。"

他发现小豆子的脸色慢慢变白,低下头,再也没说话。

## 八

刘力找到田家驹,告诉他一个重要消息。事情是这样,他最近被借调到县委宣传部写经验材料,一直住在县招待所。两天前,他就餐时遇到招待所另一位房客,得知对方是一位美术教授,来这个县招收大学新生。刘力马上介绍田家驹,还有田家老父亲,引起了对方的兴趣——据说对方与田老伯还有过一点交情。几次交谈下来,对方表示想看一看小田的作品。看样子,他的招收人选还无最后定案,田家驹还有一线希望。刘力喜不自禁,为此专程赶回公社来通风报信。

"我命中的贵人来啦!"田家驹一跳三尺高,没顾得上慰问一下刘力——他没赶上班车,刚才整整走了四十多里路。

"别高兴得太早。你得认真准备。第一印象很重要,很重要呵。"

"他怎么可能对我印象不好?"

"你又牛皮了。"

"他不招我不是瞎了眼吗?"

"那可说不定。"

刘力向田家驹交代教授的房间号码、年龄、相貌特征，包括去县城每天有几班车，进招待所大门以后怎么走，甲乙丙丁全无遗漏。

田家驹当天下午就去了县城，是偷偷爬上一辆货车去的。但他差一点把事情办砸。他的一身汗臭首先就让教授不快。对方好几次开窗子，捂鼻子，要田家驹不要靠近。接下来，田家驹的夸夸其谈也没什么效果，什么八大山人，什么印象派和立体主义，根本没有让教授兴奋起来。相反，对方倒是一再指出他嘴里的错别字，"栩栩如生"不是"羽羽"如生，"饮鸩止渴"不是饮"鸠"止渴，如此等等，让田家驹好没面子。好在他脸皮厚，没有大乱阵脚。加上他的一大沓作品确实不算太赖，最终引起了教授的注意。

教授皮黑，秃顶，奇瘦，穿着一件什么工作服，像某个工厂的保管员，抽着一支廉价的纸烟，细细看着田家驹的作品，很久没有说话。直到他带田家驹去吃完饭，把他送到招待所大门口，才发出低沉的声音："我这里绿灯，你回去争取推荐吧。"

见田家驹喜出望外，他又拉长一张脸："你这些题材都不行。要画点新生事物，画点革命大好形势。去吧。"

田家驹觉得自己能听懂这些黑话。

剩下的，只是公社推荐这一关了。凭着田家驹对"红海洋"运动的独特贡献，凭着他给好几位公社干部画过相和拉过琴的好交情，再加上小豆子他爹，一位有身份有面子的大队干部从旁积极游说，他的在推荐中胜出还是有可能的。按当时的政策规定，只要基层组织推荐，大学愿意录取，他的入学就成定局。但要命的是他晚了一步。公社秘书告诉他：全公社唯一的名额已经给了刘力。

刘力是田家驹的哥们呵。田家驹信心十足，马不停蹄又乘车赶到县招待所。"刘哥，刘哥，帮忙帮到底，救人救到活，你那个名额让给我吧。"

"名额？"刘力吃了一惊，"什么名额？"

"读书的名额呵。"

"什么读书的名额？"

"就是推荐读大学……的名额呵。"

刘力一边听他说话，一边细细地洗衬衣，换了盆水，又洗袜子和小手帕，再换了盆水，

又洗刷胶鞋，直到洗出满屋的肥皂味，久久没有说话。

"刘哥，你知道你是去读中文系。其实学文学，完全可以自学，不必进大学的。我爸爸我叔叔都说过这话。天下有哪几个作家是科班出身？但学油画，不能没有正规训练的，小聪明野路子成不了气候。你不要小气，把名额让给我吧。我这是实事求是……"

"当然……当然……我也是这么想……"

"你同意了？你真让？"

"当然……这个……"刘力支吾着。

"不，你以后可能会后悔。你得想清楚，这不是小事。"

"朋友之间嘛，这算不了什么……"

"不，你想清楚。你答应也行，不答应也行。要是我是你，我可能就不会答应，可能还要同你打一架。"

"我明天去找老唐……"刘力是指公社秘书，"问一问怎么来做这件事……"

"太谢谢你了。刘哥，你是我的大救星，是世界上最伟大的菩萨！我这个人不会许愿。你是知道我的。我可能一辈子也无法报恩，一辈子都是个穷鬼。但我想你不会计较这些。是吧？"

"你说到哪里去了。"

"你不要瞒我,刚才你其实有一点犹豫。"

"嗯……刚才有一点,现在好了。"

田家驹眼睛红了,扑上去抱住刘力,忍不住哇的一声哭出来。"刘哥,刘哥,我是不是……太过分呵?……你打我一顿吧,打吧。"

刘力拍拍他的背,催他去吃饭和洗澡。像往常一样,刘力照例事后帮他洗碗和洗衣,只是还没洗完衣,就听见了他在床上发出的呼呼鼾声。刘力在灯前支起一本大书,不让灯光照到他,搓搓手,继续写自己的材料。

## 九

大学录取通知书,沉甸甸的终于落在田家驹手上。他把通知书对地上一摆,朝它拜了三拜,在地上翻了三个跟头。

现在,他一身轻松,要飞起来了,要飞入灿烂的未来了。但真要离开这个地方,反而生出一些惆怅和留恋。闭眼一想,青山绿水,高岭平畴,还有那些杨梅树,都浮现在眼前。熟悉又陌生,亲近又遥远。甚至那位黄条脸的场长,也显得不怎么可恶了,他经常咳嗽吐血,也值得有些同情了。

能送的衣物和农具,都分送给社员们,连两块肥皂也被强行塞给了根胜那矮汉子。田家驹想不起有什么可以送给李豆。这一段很忙,他很少见到她。有一次,好像是在供销社门前碰到她,她瞥了他一眼,就匆匆去了茶叶收购站。还有一次,他在茶场碰到她,刚刚互相招呼,他就被几个知青伙计缠着去打酒请客。待他喝得头重脚轻地出来,再也没见到她的人影。

他清理画稿的时候,看见了纸上的小豆子,看见了她脖子的一颗痣,像颗黑豆。他记得自己画这颗痣的时候笑了。小豆子当时说：痣有什么好笑呢？这是她的记号。"要是我以后丢失了，你就记住这颗黑豆子，四处打锣来找我。"

　　他哼着歌，心里却有点慌，不知道见到那颗黑痣时该怎么说，该说些什么。但他真正见到黑痣，才发现刚才完全估计错了。生活中没有那么多诗意，一切平平如常，什么事情也不会发生。小豆子正在烘房里值夜班。这里热气腾腾，飘着浓烈的茶香，几乎遮去了昏黄的灯光。马达皮带哒哒地响着，震动着地面，带动着十几台杀青机和揉茶机不停地旋转。男女忙碌匆匆，人影晃动。找了好半天，他才发现小豆子在灶口加煤。她穿一件旧棉袄，全身显得臃肿肥大，满手和满身都是黑黑煤灰，让人难以辨认。如果不是认出她炉火前映红的脸庞，认出她眼中金色的闪光，田家驹完全可能把她当成哪个男人。

　　"你来了？"她的声音有些嘶哑，"什么时候动身？"

　　"明天吧。"

　　"听说你去的那个学校很大，学校里的老师，比我们一个大队的人还多，是吗？"

　　"大概是吧。"

　　田家驹也轻松起来了，"我来帮你打煤。"

　　"不用，不用，不要脏了你的衣。你的行李都准备好了吗？"

　　"准备好了。"

　　"你们知识青年在这里吃了苦，你也吃了苦。"

　　"你比我们吃的苦多。"

　　"哎哟，看不出你也学会客气了。"她望着灶口，"你以后还来我们队吃杨梅吗？"

　　"当然会来的。"

　　"今年冬天我们多下些粪，明年杨梅会更多，会更甜。"她还是望着灶口。

"你们要给我留一点呵。"

"那还用说?"她也笑了。

"你们值夜班,很累吧?"

"惯了。就是那个泽仁伢子最讨厌,没洗干净的茶叶,也混在好茶叶里一起往锅里倒,懒死了。庆云老倌也是个鬼样,一晚上要来两三次,一把把茶叶往口袋里装。刚才同我还吵了一架,气得我差点同他打起来……"

田家驹发现话题更轻松了,待对方说到更多烦心事,他发现对方鄙弃人的神态,缩鼻撇嘴的样子,其实十分动人。这是他以前没有注意到的。

他看见她的棉袄上沾了些泥灰,帮她拍打了几下,算是给些关切。他隐约感到棉袄内的背部很瘦小,肩膀很尖削,腰身还有不易察觉的一颤——这是一只藏得很深的小鸟。他收回的手上留有一点异样的感觉。

闲人不宜在厂房久待。田家驹在各种机器面前转了转,同其他几个伙计闲聊了几句,回头说:"那我走了。"

"好。"她起身相送,"明天我不能来送你。"

她扛起一大筐茶叶,往大篾垫那边走去,很快就被浓浓雾气吞没。田家驹临走时抓了一撮刚出炉的新茶。叶子黑糊糊的,放进口里一嚼,味道有点苦涩。他没想到离别时谈得最多的是泽仁和庆云,没有什么特别的话。这一点有些怪。

十

田家驹十年以后已是个小有名气的画家了,在北京办过个展,在国外拿过奖,在报纸和电视上都露过脸,曾经带着画夹跋涉西藏、新疆以及蒙古,还有大兴安岭和西双版纳。但他对自己并不满意，一看到那些笨拙无比的草图和成品，就恨不得抽自己几个耳光。这一天，他心情不太好，逃出了美术家协会的一个座谈会。他觉得那个协会的主席太丢人，就因为省里一位大人物在场，他十几分钟的致辞，竟把那大人物的名字提了二十三次——田家驹是一次一次数下来的。这还算什么美术家协会呢？是马屁协会吧？他愤愤地冲到门外，掏出自己的会员证，撕了个粉碎。

有人看见了他的这一切。消息传开去，他会得罪人的，包括得罪那位大人物，还有那位大人物可以影响到的一切机构。但得罪就得罪吧，田家驹今天就是混账，就是气不打一处来，就是想拿个什么鸟人来得罪一下！

他想到什么地方去写生，顺便散散心。但直到他踏入火车站广场，他还没想好自己该往哪里去。这样，他对自己开了个小小的玩笑——随意到衣袋里去抓钱，抓到多少就买多大价钱的车票。结果，在票价表前一比照，他抓的钱刚够买张火车票去某县，当年他当知青的地方。

也好，自己离开那里很多年，该回去看看了。一路上火车连着汽车。他发现四处变化很大。尤其是当年公社茶场的山坡上，小茶苗如今已枝繁叶茂，遮土封路，蓬蓬勃勃，多少有些老态。当年的熟土，如今有些布满茅草转为荒芜。当年的荒土，如今有些倒成了整整齐齐的新茶苗圃。奇怪，这一片黄土地，一片曲线叠着曲线连接天边的黄土地，曾经与自己有过什么关系吗？那边，有一个自己曾经席地休息的路口，现在有一些男女摆地摊叫卖，但没一张面孔是熟悉的。他们打量着一个刚下汽车的外地人，眼光像是在问：你是谁？你来干什么？在这边，供销社、肉食站、粮食仓库以及路亭，也都变得面目全非。一栋栋粗糙的红砖楼拔地而起，挤走了往日的土平房。临街的房间全成了铺面，展示着五光十色的商品，显示出一派繁荣。唯有石灰仓库侧墙上不显眼的一角，还留有语录墙的残迹，留有田家驹的一些笔触。他忍不住惊叫了一声，好像找到了自己遗失多年的珍贵信物。

他现在记起来了。前面有一条路，通向一条山谷，通向一座石桥，通向一片田野，通向一棵杨梅树，通向树下一个洗衣的人影……"是家驹哥哥呵？"有位青年高兴得一拍手，满脸是笑，"稀客稀客，快进来坐。"

这张大门里好像少了点什么，田家驹半天没有想出来，只觉得眼前这位后生很眼熟。他没想起对方的名字，只是含混了几声。

主人把客人让进屋，叫来自己的妻子，一位结实丰腴的少妇。她同样热情地笑着，在灶下抓豆子炒芝麻，烧茶待客。从墙上很多"安全用电"的招贴来看，从门后挂着的帆布电工袋来看，后生大概是个乡村电工。但他也像个农民，因为地坪里摊晒着一些新谷，麻雀和鸡仔在那里扒着和吃着。

田家驹总算想起来了，对方名叫社求。"社求，你爸爸妈妈呢？"

"他们……都已经走了。"

"对不起，我不知道。你姐姐呢？"

"她在大队猪场喂猪。"

"她住在哪里？"

"你不知道吗？住在学校呀。姐夫就在那个学校。走林子冲这边去，不算太远。"

社求有个姐夫了，这一点田家驹是知道的。姐夫就是刘力，是这个公社中学的语文教研组长。这一点田家驹也是知道的。刘力给田家驹写过信。前年田家驹父亲病重，刘力还寄过一些草药，告知过一些偏方，很管用。大概是去年某个时候，刘力信中说他与李豆结婚，但具体情况田家驹不很清楚。

田家驹去中学找刘力。刘力更显得老气了，还刚刚入冬，就缠上了围巾戴上了棉帽，背也有点驼，撑着一件过于宽大的中山装，倒茶递烟和抹桌子的动作依旧稳重沉缓。他保持着不烟不酒的好习惯，橱柜里的精烟好酒，只是专门用来待客。桌上书堆得很高，每一本照例包上了牛皮纸，盖了"刘力藏书"的印戳。很多书夹有书签和笔记卡片，看来主人读得细致入微。窗台边有作息时刻表，有座右铭，有几个大信封。

"你还经常写点什么？"

"是啊，想写一点，苦于功底不足呵。"刘力笑了笑，拿出一本作品剪样给老朋友看，上面有他在报刊上发表的一些杂谈、新闻、报告文学。

"献丑了。"他搓搓手，大概不想让朋友久看和细看，提起了新的话题，"我最近还想写一篇，就是写小豆子他爹。你知道吧？他爹真是个好党员，好干部。我以前就没少写过他的材料。他有十二指肠溃疡，还有风湿关节炎，但带着群众进山烧炭，烧石灰。有一次他饿着肚子步行几十里路……"他兴致勃勃介绍新作的主题和构思，还有情节和细节，让田家驹听着听着，放出一个哈欠。

刘力察觉到客人兴趣不大，喝了口开水，又介绍另一篇的构思。他说他采访过一个农场场长。那人可算是极"左"路线的典型代表，当年只会乱批乱斗和瞎干蛮干，上台讲话又经常错别字连篇，闹出了好多笑话……他大笑了几次，但发现田家驹只是咧了咧嘴，没怎么笑出来。

刘力有点着急，搓搓手："这篇一定会成功的。编辑已经给我来信了，要我再改一遍，把前半部的水分再挤一挤……"

田家驹很想说：这个编辑肯定是个大笨蛋。但他想一想，没把话说出口，只是轻轻叹了口气。

语文教研组长大概看出了客人眼中的意思，"我这一篇的立意可能是不太新鲜。不过，人家批判极'左'路线，大多是写山区，写湖区我算是头一家吧。人家大多是往社会上写，我是往家庭里写。这就不一样了吧？"

"我不是这个意思。我……怎么说呢？"

"我知道你的意思。你肯定要说风骨什么的，品格什么的。这正是我的意思。我这一段可没把唐诗宋词少读，没把契诃夫和莫泊桑少读……"

田家驹已失去了信心，有点哑子面对聋子的无奈。艺术确实是一件很难谈的事，而且谈通了又如何？谈得好就能做得好吗？他同画界同行都越来越谈不拢，难道还期待同刘哥把文学这档子事谈得心心相印？让刘哥高兴吧，让刘哥自信吧，这样他倒可能做出一点成绩，至少不会有清醒后的痛苦不堪。

有个学生来向刘老师请教问题。借这个机会，田家驹看了看墙上的照片——刘力和小豆子并肩微笑容光焕发，由一个红漆木框镶嵌着爱情和憧憬。

等学生离开，他问："刘夫人不在家？"

"真不巧，她到一个姑姑家去了，看护病人，这几天不会回来。"

"她什么时候走的？"

"她不知道你来。"

"她弟弟说给她打过电话……"田家驹没把这话说出来。

刘力有点脸红，神色不大自然，大概还是不善于说谎。他急急地出门，说是要去买肉，顺便办点公事。

晚上，学校安静下来。刘力亲自动手，很内行地做了几样菜，请老朋友喝上一杯。昏灯下热气腾腾香气扑鼻。他很能喝酒，喝多少也不脸红，只是话稍多一点。他叹眼下学生读书不用功，怨某局长对教师待遇不重视，又回忆当年茶场里的知青生活：打山鸡，偷西瓜，挖野坟，等等，最后问到田家驹的婚事。

田家驹笑了笑。他有过两次恋爱经历。一位女朋友是讲解员，喜欢逛街和跳舞，老是要田家驹快画多卖，挣下钱来好买组合立体音响。结果是吹了。另一位是小护士，老是责怪田家驹下流话太多，又不讲卫生，结果也不大妙，用田家驹的话来说，他们的爱情是"矛盾论"太多而"实践论"太少。

"其实……"刘哥突然有些激动，眼眶红红的，"我给你一句实话吧，她……她……以前是有心于你的。"

"谁？"

"她不想见你，也是觉得自己老了，不光鲜了。"

"你说谁？"

刘力埋下了头："酒话酒话。"

田家驹也激动起来，眼里涌出了泪水，不知什么时候扑通一声跪下，紧紧抓住对方的手。"刘哥，我欠你太多，我欠你们太多呵……"

## 十一

田家驹不再问小豆子的事。

他闲居两日，有时给学生们上上美术课，有时同农民下田干干活，有时带上照相机和画夹子出去写生。他画了那个路亭：参天古树下有古道，有流水，有野花，行人坐在光滑闪亮的石凳上，悠悠然抽着烟，谈着天气和禾苗。（"我家离这里不远。顺大路，下山坡……""你家里的杨梅树呢？""杨梅树老了，死了，没有了。但它还会长出来的，你等着吧。"……）他画了那座小石桥：桥墩上有青苔，有杂草，有散乱枯藤，伴着日夜不息的哗哗流水声。桥下有一头牛在吃草，一只小鸟落在牛背上，挺胸四顾，蹦蹦跳跳，寻找着树林里的阳光。（"你说过，你要是丢失了，我就记住这颗黑痣来找你。""想起来真好笑。""我现在来找你,你不见了。"……)

不知什么时候,他又走进了那片树林,震耳欲聋的蝉鸣,在荫凉的绿色深处无边无际地进行着。这里又新开出几块狭小的水田,散发出石灰和粪肥的气味。溪边有个新建的水泵房,有施工后多余的石块和砖块,有不知是谁丢下的绳头和草鞋。("小心点,不要摔下去了!""我跌进水潭了,你就来救我。""我救不起来呢?""那我就死掉算了。""你家里人会哭的。""你哭不哭?""我……不哭。""你是个毒人。不过,我也不要你哭。"……)

田家驹的呼吸越来越粗重。

他现在深深感到,这些年他已经失去了一些很好的东西,包括一颗黑痣,一双"儿"字形向外折拐的手臂,一种缩鼻撇嘴表达鄙弃时的动人表情,如此等等。只有在偶然的时候,比方在他偶然进入这个山谷的时候,他才能知道,即便他以后能跑遍全世界每一个角落,他的魂魄还可能在这里遗失,在这里沉睡。

茶场老场长听说他来了,请刘力和田家驹去吃饭。当年的定时炸弹没有爆炸,而且不记仇,不存怨,这次给他提来两瓶酒,比那个"马桶"那个"蛤蟆"还义气得多,老人当然高兴。他备了一桌好菜,一口一个"田同志"或"田干部"。"唉唉,你真不简单啦。我那时候就看出来了,你是个聪明人,两笔就画得出一个菩萨。哪个画得出?你又不信邪,把几个骷髅供在屋里好玩。哪个有这样的勇敢?来,喝酒,喝酒。你到茶园里看了没有?茶场不是先前那个样子了,现在一年的毛收入有四十多万……真是搭伴党中央改革开放的政策,全靠上级领导的亲切关怀和大力支持呵。"他说出一大堆数字,如同向检查团的两位领导汇报工作。

田家驹一直有点心不在焉,眼睛盯着烟头,被刘力碰了碰,才慌忙作出指示:"这是你们全场职工奋斗的成果。"

"你喝呀，酒根本没有动。"

"好的好的。"

"你尝尝这鱼。"

"好的好的。"

"再来点酒……"

田家驹突然眼睛一亮："我的背包呢？"

"背包？"旁人都莫名其妙，不知他一下子想到哪里去了。

"我要画画。"

"吃了饭再说。"

"不，我现在就想画。"

田家驹一想画画，就什么也不顾了。老场长和刘哥无可奈何，只得由他去。田家驹跑到当年的制茶车间，支起了画架，调好了颜料，连抽了三支烟。但他面对着画布面色发青，大笔一直迟迟停在空中。

面对一片白，他想着什么呢？也许他想画一棵老树，一棵五月里的杨梅。树的枝干是狂怒的呼啸，树的叶片是热烈的歌唱，所有的线条和色块都在铜鼓和钢鼓的乐声中舞蹈。这棵树是他的大笑和大哭，将以浓重色彩扑向整个视野。

他很久没有这样强烈的创作冲动了，得紧紧抓住这个冲动。

一九八二年十二月

最初发表于一九八三年《人民文学》杂志，后收入小说集《飞过蓝天》。

# 后视镜里

后视镜里有一个世界——银行大厦赫然闯入,古墙钟楼悄然滑去,立交桥在旋转,各色广告牌在闪避,还有那正在拆除的大型"语录塔"下,公家或私家的货摊突然冒出来,吸引着汹涌的顾客人潮。它们随着大街变小再变小,随着一节节黄色和白色的交通地标退去,一晃,被一辆庞大的日本货柜车抹掉了……

后视镜里有一个世界,一个急急忙忙慌慌张张向后退去的世界。嘀嘀——嘀嘀——红灯。桥头站。绿灯。广场站。又是红灯。人民路口站。……几乎每天都是这样,小蓉驾驶着这辆通道型大客车,每天穿过南北闹市,钻过噪音和浮尘,要在十八路车的线路上跑八个往返。这就是她的工作和生活。

女司机在这个时代已不新奇,但小蓉还是受到一些人的注意。尤其是一些男人,会从窗外或身后送来目光,在她的腰身和面庞上停留,甚至在她胸膛和大腿上抚摸。虽然这些贼眼很讨厌,但小蓉从这些目光中体会了自己。她是一个目光的收缴者,大街上无声的关注焦点之一,因此她习惯了对男人们漫不经心,习惯了用红头巾和合身的衣衫来加强自己的骄傲,习惯了身子在软垫上随着车速轻轻弹起,用威严的喇叭声向所有毛头小子们警告:看什么看?没长眼呵?让开!小心点!

嘀——中间那个后视镜辐射整个车厢,镜面里也常常有很多目光。幸好有一条栏杆,把乘客们挡住了,也幸好有醒目的标语,警告乘客不要与司机交谈。好,有人就经常在那里送来"阿哥阿妹"一类的情歌,有的则经常在那里摆出学者姿态大读英语,还有的故意高声谈论着自己的三室一厅和组合音响,更有些人牛皮哄哄,抓住任何一个机会评议时局,一再强调自己"革命干部"和"共产党员"维护安定团结的责任……那个镜面里一直很热闹,甚至整个车厢里经常人满为患。售票大姐曾开玩笑地拧了她一把:嘿,全靠我们蓉姑娘的盘子亮,我们的营业额月月超计划!

"你要死?"小蓉好像在发气。

"你没看见吗?好多人等都要等到我们这一班。"

"他们在等你吧?"

"等我这个老太婆干什么?等我给他们当后妈呵?"

小蓉不无得意地一笑。但是,说到男人她的心里并不轻松。她不缺胳膊不缺腿,不是麻子没暴牙,但终身大事一直拖着。曾经与一位局长的公子跳过舞,还一起游泳和爬山——那人经常骑着摩托一溜烟超车抢在自己的汽车前面,背上一支高压气枪赫然入目。但后来他一变脸,摩托车后座就挂上了另一个女子。这使她一度愤怒和苦闷,不再接受介绍和约会,只是埋头读小说。小说常常是害人的,使她常常幻想牛虻和保尔,幻想小说主人公那样的硬汉和义士,幻想那些很少言语、但扛得住苦难、碰上枪林弹雨眼都不眨、走在瓢泼大雨中从不要伞也从不快跑的人——但这样的人在哪里呢?眼下既没有战争也没有天灾,男人都被好日子阉掉了吧?

十八路车穿过一片又一片人海,而幻影总是在人海中变得模糊朦胧起来。至少,她还没看到一个下雨天不撑伞的男人。

一天,她靠站停车,戴着白手套的手,一只搭在方向盘上,另一只随意垂下,整个身子软软地朝后一靠,眼睛照例朝中间后视镜一瞥。她瞥到一个老头急急地窜下车,神色紧张地夺路而逃。她赶紧跳下车去,与追下车的售票员两头夹击,把老头逮住了。

"你往哪里跑?"售票员大喝。

"对……对不起。我……我没带钱……"老头一口乡下腔,一粒胸扣已经被揪掉了。

"没钱也坐车?这是你的私家车呵?"

"哎,哎,我那丫头不晓得到哪里去了。今天我说了我眼睛花,辣椒要上粪,黄瓜要搭棚。她硬要拉我来。这下好,刚买了两个包子就没看见她了。哎哎,什么红毛野人,有什么好看呵?……"

旁人总算猜出了几分,他大概是在动物园与家人走散了。这一路车经过动物园,常有农民进城去那里看新鲜。

小蓉拿出公事公办的派头,"无票乘车,罚款一元。"

"妇女同志,讲假话遭雷劈,我实在没钱呵……"

"看动物园又有钱?买包子又有钱?好,不打票就到队部去吧。"小蓉今天已经碰到好几个逃票人,正气不打一处来,眼下不愿纠缠,将老头重新推上车,自己绕回司机座,把汽车轰轰地发动。

老头急得直搥车门,又是扳又是拉,不知道铁门如何才能打开。"我要下去,我要下去呵……"他的声音已带哭腔,但周围乘客哄笑起来。几个男人尤其热烈地支持女司机:"没钱?扣了他的雨伞,扣他的衣!""搜,搜搜他的口袋,搜搜他的鞋底!这些乡巴佬最会藏钱了。""就是这些乡巴佬讨厌,只知道看动物园,看你的爹爹看你姥姥呵!""放个屁也是红薯臭,讲起话来像牛叫,这样的人跑到城里来做什么？"

一个愤怒的声音突然冒出来："停车！我给他打票！"

小蓉朝后视镜一瞥，发现一个青年从人群中挤过来，摸出一张钞票，拍在售票台上，然后把找还的散钱数也不数，胡乱塞进裤袋。

"你们就不是乡下人吗？你们的父母，你们的祖父母，哪一个不是乡下来的？"那人还在愤慨，扫视周围的面孔，目光也朝后视镜一掠。小蓉看清楚了，那双眼睛中有一只带有白膜，色泽不大对劲，大概是眼中的某种伤痕。如果你一凝神，有机会仔细打量它，你会暗暗吃惊它的强悍和粗暴。

小蓉停了车，打开了车门。老人眼圈红红地还不肯下车，一把抓住那个青年："好人呀，好人呀。这位叔叔，来世要得好报呀……"

要是平时，这啰嗦劲一定使很多乘客焦急不已，但这一天没有人再吭声，奇怪的沉静保持了很久。

两个站以后，青年也下车走了，是在汽车电器厂站。小蓉后来发现，这个强悍而粗暴的眼伤者总是在荣湾镇站上车，到汽车电器厂站下车，或者是在汽车电器厂站上车，到荣湾镇站下车。他显然是个工人，常穿着一件带油渍的工作服，踏着一双歪扭变形硬壳子皮鞋，脸上有一种长期车间劳累所生成的灰白色。如果不是那一只隐有白膜的眼睛，他匀称挺拔的个头，配上那天生卷曲的黑色绵羊头，是能够引起姑娘们注意的。要是哪个姑娘倚着那宽宽的肩膀在街上走，也是能够引人羡慕的。但是他那脸上总凝结着一种清冷，总喜欢单身只影远离候车的人群，没有兴奋和活泼。

有一次他背着一个青年上车，那是他助人为乐吧？有一次他很晚才赶上末班车，那是他刚结束技术革新的深夜研究吧？有

333

一次他头上缠着白纱布,那一定是他见义勇为与歹徒搏斗受伤了吧?……小蓉进入了想象,手下也就不免有了悄悄的关切,比方汽车明明已经起步,只要后视镜中有追赶汽车而来的熟悉黑影,她就会减速,停车,打开车门,等待那个黑影纵身一跃闪出镜外,进入另一面后视镜。

对方显然感受到了她的好意,在后视镜里留下不无感激的一瞥。

一次,两次,三次……事情就这样过去了,没有发生特别的什么,就像一个公交司机与乘客之间常有情况一样。但熟悉小蓉的人,也许会发现她身上的变化。她到理发店换上了时新的发式,到鞋帽店选购了漂亮的皮鞋,大概是为了掩饰羞涩,又用白口罩遮住了自己大半个脸。她的驾驶座也更有女人味,一束菊花,几枝月季,是大窗前常有的点缀。一个摆在窗台的绒布狗熊,高举着双臂,正在向幸福和希望扑拥而来……

又是一个交通高峰时刻。汽车正行驶到五一路,有位乘客突然大叫:"有贼!"呼叫者是车队调度员的丈夫,一个胖厨师,外号"酒坛子"。他的钱包刚才不翼而飞,里面有他整整一个月的工资和奖金。这事当然令人同情,也令人气愤。估计小偷还没下车,汽车依照惯例不能开门,不能停车,径直朝公安局刑警队开去。车里开始混乱起来。一位戴眼镜的中年人大呼停车,说他要去赶火车。另一位郊区菜农着急化纤袋里的活鱼,说耽误了时间,他的活鱼就会闷成臭鱼。

胖厨师当然不让开门:"同志们,阶级斗争严重,抓小偷要紧!哪个要下车,我就找哪个要钱包!"

"不行,我有火车票作证。我抗议!我……我要跳车了!"

"你敢跳?你这个家伙神色不对……"

"胡说!我神色不对?我是助研,你懂不懂?助研!"

助研在这个年头还是很陌生很神秘的名称。

一个农民的竹篮被踩瘪了。一个小孩被挤倒了,被旁人扶起举了起来,发出哇哇哇的哭闹声。

汽车开进刑警队大院,小蓉鸣了几下喇叭,又跑进办公楼请来一位警察,向对方说明情况。警察不慌不忙,似乎对处理这类事故已很有经验,胸有成竹地挥挥手,吩咐打开车门,叫来失主,简短地问了几句,然后登车朝一位位的旅客看去。有些人不经看,比如那个戴眼镜的中年,一遭遇警察的目光就脸色转白,说话也结结巴巴:"对不起,我可能神色紧张,这这这完全是由于气愤。我有火车票。但那那那位同志诽谤我!诬陷我!我我我要以一个公民的名义,强烈要求给我恢复名誉……"

警察根本不理他,把他拨到一边,朝他身后的人看去。这才使他大松了一口气,掏出手帕擦汗。"我早就说过嘛,党的政策是决不放走一个坏人,也决不冤枉一个好人……"

警察终于盯住了左眼有伤的青年,小蓉熟悉的面孔。

这张面孔的眼里闪过一丝不安。

"又是你呵?跟我来吧。"警察拍拍他的肩膀,扭头就走,扬扬手,意思是可以开车了。乘客们哄的一下议论起来,目光全都投向了嫌疑人,投向了警察锁定的目标。"原来是他呵?""刚才他就在我身边,好险啦。""打死这个家伙!""剁掉他的爪子,剁掉他的三只手!""如今的后生不学好样呵。"……人们纷纷叫喊。

小蓉脸色大变,"民警同志,你没看错吧?你这么有把握?"

警察笑了笑:"就是他。错不了。这街面上别说几个小偷,就是一只苍蝇,也被我们看熟了。"说着又把目光投向嫌疑人:"瓦大爷,手又痒起来了?还要同我们玩一把?你出这扇门的时候,不是保证得好好的吗?"

"我,我没有……"青年的嘴唇在哆嗦,脸色涨红,目光转向大家,一种无奈求助的表情。

"交出来吧。"

"我真的没有。"

"没有?到拘留所喂几天蚊子,再看你有没有!"

酒坛子冲了过去,在青年身上一阵猛搜,没搜出什么,就厉声喝问:"钱包转给谁了?谁是你的同伙?"警察没来得及阻止,他已经一巴掌扇在青年的脸上,声音清脆而响亮。

一巴掌也是扇在小蓉的脸上。接下来,她不知是如何离开刑警队的,是如何回到市区大街上的。整整一天神思恍惚,脸上火辣辣,她不是忘了关门就是忘了开门,还差点忘了踩刹车,公交大客车险些撞上前面的军车。她简直要哭了,要骂粗话了。不是要骂前面的军车,是要骂那个贼。也不是要骂那个贼,是要骂自己。她自己做错了什么吗?当然也没什么。只是她好蠢呵,好痴呵,好荒唐呵,居然把一个小毛贼当成浪漫小说。她现在总算可以想明白了。那一次他背着一个青年上车,肯定是营救他的犯罪同党。那一次他很晚才赶上末班车,肯定是深夜作案蛇行鼠窜。那一次他头上缠着白纱布,肯定是街头斗殴自找苦头。至于他给老农民买车票,那有什么不好理解?最邪恶的家伙也是最狡猾的家伙,有时来一点堂皇的义举,冒充大善人,解除人们的警觉,然后伺机浑水摸鱼,不就是司空见惯的障眼法吗?

她知道那个人叫瓦大爷,瓦尔特,是从一个南斯拉夫电影里借来的绰号——这是她当天中午去刑警队做笔录时知道的。她想起了这个耳熟的名字。那是好几年前的一个晚上,她碰到了两个小混混逃票。他们自己动手拨动了气闸,打开了车门,逃之夭夭,还对追赶上去的小蓉大声浪笑:"车票没有,戏票倒是有两张,有一张专门留给亲爱的。"小蓉气得大骂:"流氓!"正在这时,车队的同事们赶来增援了。两个小混混拔腿就跑,跑到远处又扔回一句:"姐姐,来抓吧,来抓呀,老子坐不改名行不改姓,南门口有名的瓦尔特……"结果,人没抓住,她回到车里还发现,那两个家伙刚坐过的坐垫上,皮革面子被小刀割破,海绵软垫不翼而飞。两块刚挂上去的新窗帘也不见了。

她后来怎么就没认出来呢?她后来怎么还居然在后视镜里寻找他呢?她不敢往下想。嘎的一声,一台面包车迎面撞来,猛刹车,乘客和尖叫声一齐朝前扑过来。她跑到车下一看,还好,只差三厘米就要撞碎车灯,又是一次可能的车祸。"你是怎么搞的?瞎了眼呵?你看你走到哪条道了?……"面包车的司机劈头盖脸大骂。她没有申辩,也没有动,像一座雕塑像呆呆地站着。

就在这件事发生后的一个周末,经车队队长的介绍,她与一位大学生见面了。那人圆圆的脸蛋,白里透红,大概是由于紧张,说话时总望着膝头,眼皮眨个不停。据说他正在考留学生资格准备出国,据说他伯伯是这个姨子是那个,反正都是有头有脸的人物。心一横,小蓉走出门的时候,对介绍人点了点头。

她的生活重新开始。现在不用读小说了,她有很多事要忙,给男朋友织毛衣,给男朋友熨衬衣,给男朋友打电话约定周末的活动。即便男朋友的尖声细气让她有点失望,即便他相识几天后就买来当归红枣和卫生巾,让她差一点作呕,但她还能怎么样?连大学生这样的香饽饽都不要,她真的以后准备当一辈子老姑娘?她也不必再注意后视镜里的乘客了。那些乘客只是乘客,只是她服务的对象,是她工资和奖金的来源,如此而已。她只需要防止他们逃票,防止他们吵闹、打架以及在急刹车时摔倒。这就够了。如果她更好心一点,也只是不时大声提醒一句:"大家保管好自己的紧要物件,注意小偷呵!"

这一天在起点站发车之前,她看到酒坛子摇摇晃晃走来,手里提着两个腊猪头,嘴里照例酒气扑鼻,差点把她熏倒。

337

"又喝多了吧?"她打趣道,"大嫂也不管管你。到时候又把钱包丢了,害得我开车跑公安局。"

"不会,不会,"对方哈哈一笑,"其实上次我也没丢钱包。"

"什么?"

"我是说,上次我没有丢钱包。"

"怎么回事?你害人呵?"

"上次我多喝了两杯,就记错了。我换衣时忘了掏钱包,三天以后才发现……"

"警察不是已经抓了那个小偷?"

"嘿嘿,算是冤枉他了。后来我去了公安局,让警察放了他。我给他鞠了三个躬,请他抽烟……"

"你要是一直没找出那个钱包,不就把别人害惨了?"

"也不能全怪我。谁叫他有前科呢?谁叫他贼眉贼眼呢?要是都像我这样面善,车上就是丢了金山银山,我也可以睡大觉是不是?"

汽车里已有了很多乘客,等待着调度室那边的发车讯号。物价啦,天气啦,奖金啦,排球赛啦,刑事犯罪啦,就是这个时候寻常的话题。今天的乘客有两个汽车电器厂的师傅,都认识上次误抓的那个青年,于是又多了新的话题。听他们说,那次的钱包事件确实是冤枉了人。其实那后生这几年表现还不错,没有再打架,没有再偷盗,浪子回头金不换,读电视大学还争了个全厂成绩第一,在油库救火时还英勇负伤。他姐姐也是这个厂的工人。听他姐姐说,她弟弟有次在电影院里看见了一个人的钱包,心里痒痒的,为了忍住自己一只贼手,硬是把自己的手狠咬了一口。他妈妈也是这个厂的工人。听他妈妈说,她儿子自从上次被误抓以后,再也不敢坐公交车,就怕车上有什么东西丢失,自己跳到黄河里也洗不清……

小蓉这才明白，为什么这么长时间没有再见到那只左眼带伤的面孔，没有再见到那满头卷发和高挑的个头了。就因为一次误会，她的固定乘客里永远少了一个，她还一直不知道。

银行大厦赫然闯来，没有他。古墙钟楼悄然滑去，没有他。立交桥在旋转，没有他。各色广告牌在闪避，还是没有他。世界这么大，人这么多，可是他已不见踪影。可是小蓉为什么要找他？是在找他吗？有必要找他吗？他只是她一个普通乘客。小蓉从没同他说过话，甚至连他的真名实姓都不知道。

汽车电器厂站过去了。荣湾镇站也过去了。汽车电器厂站再次过去了……天正下着雨，水点落在光滑滑的柏油路面上，溅起水泡；落在树叶上，使叶片颤抖。汽车前窗的刮雨刷来回摆动，刷出了一个透明的扇形，可以让司机看见路面上的水流，看见行人往屋檐下逃奔，还看见大街两旁五颜六色的雨伞，如同突然绽开的花朵。突然，司机往后视镜里一瞥，看见了路边一个熟悉的身影。没错，就是他。他全身湿透，扛着一个车轴模样的金属工件，没躲雨，也没撑伞，皮鞋一搭一搭地撩起水花。从他的步态来看，他扛得再重也不在乎，悠悠然倒像在散步。

小蓉减缓了车速，打开了车门，甚至闪亮了汽车一侧的转向灯，意思非常明显。黄色的转向灯一闪一闪，是柔和的示意眼光，差不多还是迎客的礼花。

连售票大姐也明白了意思，冲着他大喊："上不上车？等你呢！"

他看了一下汽车，下意识地让得更远。他朝后视镜投过一瞥，还没等司机看清，眼睛就消失了。小蓉依稀记得，那目光里有惶乱也不无感激。

"这没心没肺的，不识好人心呵。"售票大姐撇撇嘴。

接下来的事情，是他扛着工件走过斑马线，到街对面去了。

339

接下来的事情，是他再也不见了。

嘀嘀——汽车喇叭声透出了绝望。小蓉捂了捂嘴巴，重新关门和加速，驱动着沉重的汽车汇入车流。茫茫的雨雾里，天色越来越暗，刺眼的雷电一次次闪亮。红灯。绿灯。黄灯。红灯。货柜车。冷藏车。小轿车。翻斗车。长街短巷交错纵横，街市变得越来越拥挤，越来越光怪陆离色彩缤纷了。车窗前晃着一张节日贺卡，喷发着浓烈的香气。这是那位大学生昨天送上车的。当时他握住她的手指尖，激动地报告喜讯：他已通过了英语考试，马上就要出国留学……但不知为什么，她在那一刻心绪很乱，竟粗鲁地大喊："我在上班！在上班！你一边待着去！滚！"

哗——雨更大了。后视镜被雨水洗得模糊了，什么也看不清了。一辆大卡车在那里急速变小，刚才尖厉急切的喇叭声，一闪过去就变得深沉低哑。

小蓉也按响了喇叭，而且响得特别长久，似乎是一声憋足了劲的嘶喊，向所有风雨中的人倾诉。

一九八三年七月

原名为《反光镜里》，最初发表于一九八三年《青年文学》杂志，后收入小说集《飞过蓝天》。

# 暂行条例

## 一

商店里已经在出售塑料手铐,据说这种塑料手铐既可当玩具,又给父母们管教孩子提供了方便。这件事足以证明玩具业隐患太多,成立玩具管理局十分重要。为了保护孩子们的身心健康反对手铐,反对今后可能出现的玩具老虎凳和玩具绞刑架,当然得重视玩具的管理,当然得有一个局。就是说,得有一个患高血压或慢性支气管炎的局长,有一些擅长在菜市场讨价还价的副局长们和科长们,有一栋伸出许多铁皮烟筒的保温办公大楼,有湿淋淋的洗把和公共厕所以及保温杯废纸篓若干。如果没有这些,我们对Z市数十万儿童的成长——Z市的未来,总有点不太放心。我们简直无法知道,我们吃饭看电视打听物价挤上公共汽车之类的活动是否后继有人。

因此,玩管局局长以及广大机关干部在读报纸和拖洗地板时,颇为理直气壮。

他们朝南一看,一定看见了不远处又出现了一栋楼,一个挂了牌子并且叫"局"的东西。当远近的工间操铃声一齐响起，那楼里也蜂拥出黑压压的一片人影，伸手踢腿弯腰折颈，也很勤勤恳恳谦虚谨慎，并有人经常对自己的肥腰发点小脾气。那无疑意味着天赋人权，机会均等，不独这边的人才有做工间操的资格。

那是什么东西？——许多人眨眨眼，同时停止了谈论冰票澡票煤气票以及某科长最近的升迁。

语言管理局。——有人回答。

有一位疑惑地说：怎么我昨天还没有看见它？

另一位着急地说：是呵，昨天我也没看见！

还有一位愤怒地说：别说昨天，我今天上午还没有看见呢，真是岂有此理！

他们放开亮眼，盯着这突然冒出来的大家伙，感慨世事变化速度之快，快得无法理解无法忍受，简直是岁月里隐着什么阴谋。刚才拖洗地板和擦拭门窗时的好兴致，全莫名其妙地烟消云散。不知是谁打了个大喷嚏。一位科长被喷嚏弄得很恼火，忍不住恶狠狠地把身边同事盯了一眼，一拳重重砸在窗台上：我明天下午非去做理疗不可！

其实他们不必对工间操权利被人分享这一事感到不满和不安。摆到桌面上来谈，某种本位主义情绪应该注意克服，国家发展大局应该得到充分顾全。玩具管理工作重要，语言管理工作就不重要？就不需要一个局吗？让我们来认真思索一下吧，就像影视片里经常出现的那些风衣男士，那些作家或学者，皱起眉头，阴沉着脸，夹一两本精装书，在秋叶飘零的广场散步并对远处的芸芸众生放出饱学深思的目光，然后咬咬嘴唇，发出有腹腔共鸣的气声喟叹，好像已历尽人世沧桑刚从遥远的冤狱或边塞归来——对，我们正需要这样来思索一下。于是我们就会明白：语管局同样肩负着重大使命。

现代社会已经是信息社会啦，而语言是一种最基本最重要的信息载体。以言达意以言表情以言明志，这都是基本常识。党政军民学，东西南北中，谁的存在和发展可以离得开语言？我们还可以引经据典以古鉴今，像某些散文家和评论家那样，动笔先从《尚书》《汉书》《史记》乃至《清稗类抄》等典籍中抄出一两条，让你懂得学海无涯和文章千古事。比方说，我们可以提到春秋时代的纵横家，如何能言善辩，或使骨肉成仇敌，或化干戈为玉帛，一张嘴力敌千军万马，由此可见言可兴邦言可误国，切切不能小视。进而我们可作升华性论证：Z市欲达到城市管理之最高水准，能离得开语言的现代化和文明化吗？像以前那样把语管工作交给教育局，势必是用一般教育工作来"冲击语管、排斥语管、取代语管"，如同教育局曾经冲击排斥取代幼教工作而现在幼教局又差点儿冲击排斥取代了玩具管理工作——很多机关干部曾经这样抱怨。

事实证明，这样掉以轻心是危害无穷的。举个例子来说吧……算了，我们不必在这里啰嗦。语管局备有录像资料片若干，该局的M局长眼下正请外市来访客人看片。我们如果看了这部片子，自然能对语管工作产生更高层次的认识。那么，请入座，请入座。喂喂，把大灯暗掉，现在就开始吧。

叭——屏幕灼灼闪亮了。一曲电子琴音乐被挤压得奇形怪状伤痕累累，好容易才挣扎着冲出来舒展身骨，标志着放像机的转速恢复了正常。屏幕上顿时出现了海涛扑岸，航天机升腾，激光束飞旋闪耀，超短裙女郎正在喧嚣街市中健步疾行。忽而又是金字塔，忽而又是古河纤夫，现代气息与历史纵深感交织横呈。屏幕上又由小至大推出黑体大字幕："语言——社会的神经，时代的经纬，发展的工具！"如是三番令人肃然。片刻后，音乐渐渐弱，一位仪态万方楚楚动人的女解说员手拈话筒从右边入画。她提出的问题颇有阔大的宇宙境界，正像一些空灵派诗人的诗篇：

朋友，您想过吗？在这样的语言环境里，人类将向何处去？

随着她纤纤玉手的摆示，熟悉的Z市街景一幕幕展现。在一个大宾馆服务台，女值班员大织毛衣，对一位漂亮女宾挑眉撇嘴，恶声恶气，令女宾面生愠色杏眼圆睁。画外音说明：就是这个宾馆，前不久曾因为语言粗俗而激怒了客人，使一个外国银行代表团夹着皮包愤然离去。于是一项两个亿的投资计划在本市未能实现，三环路的立交桥工程一再推迟！镜头一跳，又切入某工厂火灾现场，只见满目焦土，断壁残垣，丝丝缕缕的青烟从瓦砾间飘出，一部汽车竟被高温熔成了废铁一团轮廓难辨，一个锅炉竟被气浪冲得倒栽在百米之外的喷水池里惨不忍睹。画外音沉痛起来，沉痛得好像对亡魂的深切悼念正压在解说员颤抖的声带。她沉痛地说：一次争吵和辱骂，一次烦闷之下的违禁抽烟，就导致了这次油库的爆炸。一言致祸的现实教训，可谓触目惊心，发人深省！

……

这个片子已经放过多次了，因此每次女解说员都抹了口红穿着蝙蝠衫来此沉痛。于是来访客人们也都沉痛起来，纷纷把盒装橘子汁吸得很慢，不敢弄出吱吱吱的声响对沉痛的气氛有所亵渎。

一个说：真是深有启发！

另一个就紧接着说：就是，就是，很有启发！

又一个说：创立语管局的经验，我们一定要学回去。

大家都说：对对，一定要学回去！

一个说：你看看，事实最说明问题，一炸就是几百万，啧啧。

另一个再次紧跟着说：嗯啦，几百万，都是国家和人民的财富呵，怎不令人心痛！

他们又是抚膝又是搓手，争先恐后地把沙发挤压得吱吱呀呀响，显示这次出访没有辜负旅差伙食补贴及畅游海滨风景区的各种款待。M局长微微一笑，抬起柔软的小手，把客人们引向餐厅去共进工作午餐。在餐厅里，客人们又认识了更多来做陪的主人。于是大家照例互相客气不肯率先坐下。坐下之后又照例互相打听年龄和老家所在何处以及老家有哪些名优土产食品。他们在谈年龄时豪气大增颇不谦让，不由分说地执意贬低对方的年龄——你怎么会有五十岁？不会不会。你这么年轻有为，怎么能同我比老？笑话笑话，你是××年的吧？什么？是××年的？那还是比我少三岁嘛。我当然有五十四了，进五十三那也就算五十四嘛，女算实，男算虚，五十四一点都不假……他们在谈家乡时也有点横蛮，决不接受和顺从对方对自己家乡的称赞——我看还是你的老家好，冬天也不冷。樱花岩我去过的。普陀寺更是天下著名佛门道场，了不得，了不得。你们那里的干贝和对虾真是味道太鲜美了，现在还多吧？唉，我们这里的菜系是不行的，光有个名气。你出三百块钱一桌，厨师办不出来，没什么可吃。哼！……

他们顽强地唇枪舌剑，把对方的年龄贬得一塌糊涂又把对方的家乡吹捧得无比美妙，好像完成了这个程序，才能心安理得地欢乐大笑，才能心安理得地举起筷子指向最先端上桌的冷菜大拼盘。

请！

请请！

二

外地客人们深入Z市考察。其实，要是他们早一点来，这里的语管声势就更能给他们启发，更能让他们抚膝搓手心潮澎湃。

345

大约一个月前,语管局的建立使社会为之震动。街市上突然增添了新气象,出现了许多骇然横空而过的大幅标语,把两旁街楼挤压出来的窄窄天空,绑成一截截的似乎十分紧实绝难动弹。这些标语有黑体字、花体字、扁体字、草体字;有红的、绿的、黄的、蓝的、黑的;有纸标语、布标语、化纤标语、木制标语、霓虹灯标语——M局长向客人们就这样详细介绍,觉得自己忘了一两点什么,还要身旁秘书帮着提示——比方不要漏提了灯箱标语和电子牌标语。

这些标语上写着:全民动员,大打一场语言管理的突击仗!横下一条心,管住一张嘴,坚决消灭胡言乱语和粗言秽语!一人语言美,全家都光荣;一人嘴巴臭,全家都难受!国家兴亡,匹夫有责;社会安危,口舌有责!公民,神圣的责任在召唤,请您和我们一起为推进全市的语言水准而共同奋斗!……这些高高在上的大字,给人一种振奋心绪的感觉。谁看了都深受感染,情不自禁地想挺胸缩腹,想抓住个什么人说几句美好语言似的。

许多退休工人被动员组织起来,戴上红袖章,举着三角小红旗,腰挂喇叭筒,在街上的人流中勾头勾脑地出没,溜溜转的眼睛无时不盯住来来往往的嘴巴。有时你与妻子在货柜前选购一件毛衣,或在影院广告下商议是否看场电影,你可能感到有什么不对劲。你下意识地回头,会发现在你的肩后照例晃动着三角小红旗——就像它执意要与你形影不离——大蒜味或烟垢味几乎暖暖地烫到你脸上,显示着有人对你嘴巴的关心。不过他们决不会有什么失礼举动,只是把你的嘴巴盯一眼,便若无其事地走开。

小朋友们也被动员组织上了街,脸蛋被胭脂抹得鲜红。他们在街角空阔处东张西望,被奔来跑去的老师拖着呆呆地往这里一站或往那里一站,不时遵令脱下一件什么衣不时又遵令穿上一件什么衣,不时被老师远远的眼色训斥不时又被老师远远的眼色鼓动。待到哨子吹响,他们齐刷刷地露出笑脸,挥舞着鲜花欢呼雀跃,以示语言管理宣传正式开始。节目已经报过了,第一个是《老奶奶夸语管》。于是,四位小老太婆弯腰驼背,硬膝碎步,从场左鱼贯而出,随着音乐过门把额发一抹把双膝一拍,大做穿针引线动作,童身老态得到了巧妙的结合。然后两两相视并唱出旧调新词:

> 张大娘,我问你:
> 你可知道好消息?
> 全市动员抓语管,
> 利国利民利自己。
> 哎嘿哎嘿哟——
> 利国利民利自己。
> ……

这边的歌声掌声此起彼落,对面的街角又出现了一排桌子,男女干部正满面春风免费分发小册子《Z市语言管理暂行条例》,并附有标准语言磁带目录。很多市民,或是出于对语管的热心,或是误以为凡小册子都对儿女们面临着的升学考试大有助益,都争着把颈脖和手臂尽力伸长一寸或两寸。有一个人显然还有更大的误会,大喊着:我要两斤,我要两斤!前面的不准插队!

一个打着三角小红旗的老头被挤得偏偏欲倒,但他仍没放弃维护秩序的职责:喂,那个剃光头的,听见没有?不准拿两份!听见没有?不准拿两份!哎哟我的帽子……那个剃光头的,剃光头的!

谁也没去体贴他的愤慨。尤其是有位扛着摄像机的青年,对小老头的脚一直挂住了电源线十分恼火——在这乱糟糟的地方来拍头条新闻，真是活见鬼呵。他恨助手们为什么还没把起落架送到。

尽管有些乱，但市民们毕竟发现，世界已经变了，变啦，变得令人鼓舞。

变化来得如此神速。如果你现在走上公共汽车，无论是否拥挤都很难听到骂声。售票员一律笑容可掬：公民您好。欢迎您来乘坐我们的汽车，我们向您学习向您致敬。让我们怀着共同的革命目标，以新时代的高速度在通向未来的光明大道上快乐奔驰。请问您到什么地方去？……然后挑起票夹准备撕票。你当然马上明白：这是《公交服务人员语言通则》已经实行了。

要是你走进商场，情况也不同以往。你很难再看到售货员凑在一堆嘻嘻哈哈，梳头发或是练习舞步或是看血淋淋的武侠传奇。柜台那边的俊男美女一律向你点头致意，笑驻唇角，眼波流盼，脉脉含情：公民您好。您一天工作辛苦了，为我市建设和管理做出了宝贵的贡献，我谨代表本店全体员工向您表示衷心的感谢。这里本店为您准备了各种价廉物美的商品，愿我们的商品能成为友情的媒介，连接千万颗火热的心。请问您要买什么？……然后一摆手请您光顾货架。不用说，这是《商贸服务人员语言通则》也开始实行了。

在这种情况下，你能不微笑吗？能不大讲美好语言吗？你还好意思愤世嫉俗指天骂地怒气冲冲？还好意思斤斤计较个人利益？还好意思在街上偷窥女人的胸部，或者抱怨你姨父的电报三天后才送达你的信箱？

如果你感到微笑过多，面部肌肉有些酸痛紧张，那也不打紧。商店里已有百花牌面肌松弛霜出售，可以帮助你去掉面部疲劳。而且市议会已经有议员提出了反对把礼节庸俗化，建议用点头来代替不必要的微笑，还有不必要的奉承和赞美。

吵架的事果然少了，殴斗乃至犯罪的发生率也大为降低。随着语言的美好化，出现了市场繁荣购销两旺家庭和睦夫妻恩爱学风端正铁路畅通举重再破纪录电冰箱质量大幅度提高废品回收工作迈出了新步伐……这都是语管局提供的材料，在报纸上得到陆续报道。我们必须知道，报纸这东西很重要。M局长和他的下属每天都看报，甚至大部分时间内在边喝茶水边看报。那些报纸从一版到八版或十二版，从外事要闻到体育消息到气象预报，可以说是他们生命的主体部分，使他们的一页页日历变成了生活，变成了履历表上丰富而光荣的记录。请想一想，他们为什么要吃早饭？为什么要吃中饭？为什么要吃晚饭？为什么星期一吃了星期二又要吃？为什么还要领薪水而且做五禽戏打太极拳？为什么要经常参加政治学习和道德座谈？不就是为了看报和继续看报吗？他们为看报看报看报付出了极大的牺牲，心当逸反而劳，体当劳反而逸，于是春去秋来地看出了神经官能症高血压坐骨神经痛慢性支气管炎痔疮乃至肝癌，这真是十分悲壮的历程。但他们都有乐观主义，每到年终清除废品，他们望着将要送去废品站的一车车尘封旧报，并没有一番割肠割肚的唏嘘伤感。

　　M局长缓缓搁下手中一张报纸，沉思了片刻说：我今天说两个意思……

　　他有这个习惯，无论是开大会开小会还是找下属个别谈谈话，也无论他的讲话将是一分钟或七八个小时，他总是举起两个指头申明，他只讲两个意思。

　　他说：我今天说两个意思。第一，轰轰烈烈不难，重要的是扎扎实实。工作不能浮在表面上，下一步要狠抓落实。

　　政工科科长说：对，打开局面只是第一步，更重要的是第二步，第三步，第四步，坚决把语管搞上去，就是要抓住不放一抓到底。

青教科科长说：抓而不紧等于不抓，紧而不抓等于不紧，抓紧就是既抓又紧，以紧促抓，抓中促紧。

宣传科科长提出了一个尖锐的新问题：是要抓紧，但不能老一套地去抓，要有新点子新路子，常抓常新。

M局长表示首肯和激赏：就是，形势变化很大呵。得注意新情况新问题新挑战。我这几天老在想，要真正把语管搞上去，恐怕首先要把干部素质搞上去，对不对？

政工科科长深受启发：局长这个观点很深刻很及时很有战略眼光，一说就说到了点子上，一抓就说到了关键环节。

人事科科长老成地补充：没有好的素质怎么能抓好工作？要抓好工作怎么能没有好的素质？素质和工作的关系，是辩证的关系，就是说既对立又统一。这个指导思想我们一定要明确。

宣传科科长觉得还有必要进一步补充：明确就是不能含糊。而且不光领导明确，所有的干部都要明确。不是一时的明确，是永远的明确。

青教科科长从另一个角度展开了引申和强调：从另一方面来说，明确了指导思想就有了根本保障，不然全面落实就成了一句空话。你想落实，怎么落实？

他咄咄逼人的目光扫视其他科长，似乎他正在舌战群儒，盯着一个个顽固而可耻的敌手。

局长不动声色地暗暗审断各种观点，小心捕捉大家的思路，然后决定自己怎样来把握会议的方向。作为一个领导者，他知道很重要的一门艺术就是首先不要和盘托出自己的看法，而要引导大家开动脑筋，创造性地独立思考。既要抓工作，又要出人才，他觉得自己对这些年轻下属负有极大的引导责任。

他抹了抹嘴巴，字斟句酌地接下去说：这个问题，大家还可以议一议，想一想。议和想的目的，是要提高思想，统一思想，活跃思想，端正思想，这样才能扎扎实实地干。

政工科科长领悟能力颇强："扎实"二字最重要。规划要扎实，办点要扎实，全面铺开也要扎实。

宣传科科长作深入阐述：扎实就是要说实话办实事，要踏实切实务实不搞花架子，特别要警惕形式主义和教条主义。

青教科科长又有了他的独特看法：依我看，扎实主要体现在基层工作上。基层就是基础基石基点，是我们一切工作的落脚点。我强烈要求把我们今年工作的重点转到基层去。抓出一个过硬的基层！

局长及时地表态：我赞成，把重点转到基层去。当然这只是我个人的意见。

政工科科长也不失时机地独特起来：我也赞成。我还建议，我们要领导下基层，思想下基层，政策下基层，物资和财力下基层，全力把基层工作抓好。

局长兴奋地插话：抓出一种实干的精神，抓出一种求实的态度，抓出一种实实在在的成果，我们就能把工作全面展开！

于是大家都纷纷摩拳擦掌，说全面展开全面展开全面展开。

这种气势无疑使人感动和振奋，大家喝水时更加大张旗鼓，喝得嘀嘀嘀地响。有人情之所动，忍不住脱下帽子挠头，或者脱下鞋子抠脚。有人则心态舒畅地吞云吐雾，抽得烟屁股瘪瘪尖尖的几乎不含烟丝，显出抽烟者的技法纯熟和心狠手辣。天气很热，窗式空调机不知哪个螺丝松了，有块铁片子滴滴答答地响，制冷效果也不大好。

会议紧张地继续下去。因为要讨论的事情太多，与会者都抽不出时间回家吃晚饭和看电视。每人只能到机关餐厅买两块煎饼，加上一杯茶水，额上和颈根的青筋暴暴的，一口口艰难下咽。这当然令人怀念香酥鸡炒大虾焖团鱼以及烧豆腐。会开到晚上十二点还是没有完，整个大楼都隐入了黑暗，只有这间会议室灯火通明。

M局长见部下的眼睛均已熬得红红的干干的，哈欠打得要死要活，朱颜凋落面如土色，只好说暂时休会，星期天和星期一晚上接着开。干部嘛，就是这样，工作一压头就没有什么假日概念，谁叫我们是人民公仆呢？谁叫我们承担着这样神圣的责任呢？当官不为民做主，不如回家卖红薯。站在这个位置上，谁都别想再过舒坦日子。

与会者回家少不了又受一次亲属的埋怨和咒骂。M局长的那个小外孙，已经学会了揪外公的头发和给客人燃火点烟的，本来期待假日里随外公去公园坐碰碰船，现在居然又一次被外公出卖，自然恨得又哭又闹。他咬紧牙关，拿起塑料小宝剑在外公的后颈嚓——嚓——嚓，手起剑落，欲砍下那颗光秃秃的脑袋以报仇雪恨。

M局长咯咯咯地尖笑着，显出了为开会而视死如归的气魄。他虽然浓眉大眼，却如女人温和柔弱，真是好脾气。

三

社会上总有些刁顽之徒害群之马，阻碍着文明社会的进步，因此语管局陆续发布的各种语言《通则》，落实起来不能光靠宣传教育，还得有适当的强制性措施。

语言监察总署（简称语监署）便应运而生，获得执法授权。语监署配有语言警察×大队××中队共××××名官兵——这些机密数字是不可随便泄露。他们一律大盖帽，加上天蓝色呢制服及武装带，以区别于法警刑警税警交警商警卫警等其他警种的制服。语警的制服特别好看，穿上它去出席某些公众仪式，或者把小朋友们带到公园里讲点惊险故事，都有很好的视觉效果。有几家报刊曾争着拍摄女性语警的彩照作为刊物封面，献给妇女节以兼顾内容健康和形式美，从而使刊物销量大增，不在话下。

语警的装备也较优良。经过多种技术合作，电子定向声波遥测仪已经诞生。这种机器可遥测三百米以内任何方向的一切悄声碎语，包括官话闲话情话黑话笑话昏话私房话，哪怕你躲在被子里咕咕哝哝骂你老子死抓存折不放手，也能被它遥测出来。还有一种"禁语膏"，一贴上嘴就将双唇紧紧胶合，血肉相连一般，哪怕火烧刀割都难以去掉，非语监署的特制脱膏剂而莫能奏效。比这更厉害的是HP-四〇一喷剂，用喷枪嗤的一下将其喷入你的喉管，你就一个月内声带发炎，没法发声，既不能骂人，不能求饶，不能奉承，不能哼哼哈哈谈天气，也不能给儿子作课外辅导讲解一百头山羊怎么四下分。这些装备的发明当然十分不易，耗费了某些科研人员的心血。那些研制人员想必都戴着近视眼镜穿着白大褂，夹着图纸走路时嘴里自言自语，不小心脑袋撞上了电线杆，回到斗室家中又是升火又是淘米又是为妻子夹菜，碰到很多异性追求者总是品格高尚，扶着她们的肩膀走上林荫小道说出些人生道理，到夜晚则冷水洗脸捶捶腰背再在灯下伏案大写论文——我们的小说家常常这样来描写歌颂他们，一些可歌可泣的爱国知识分子。

当然，根据《语言管理暂行条例》。语警不能随便使用警械警具，只有对那些屡教不改者才可以强制惩戒——禁语一日至三月不等。而且这种惩戒经有关部门慎重鉴定，于人体无害，合乎人道主义精神。

总有碰到麻烦的时候。这一日，从乡下来了一位老大爷。想到日子越过越红火，他今天特别高兴，决计进城买一个大奶油蛋糕带回去给孩子他娘尝尝。他一路上把城里的新鲜事看得很高兴，双脚把广场重重地踏了又踏，说这么宽敞的水泥坪正好晒红薯丝呵。

他乐滋滋地摸烟荷包，发现衣袋已经空空洞洞了，急得脸面突然硬下来变黑——贼！有贼！

有些行人立即过来关切询问。还有人努力回忆，提供情况，说刚才老大爷在看科普宣传窗时，有个小胡子青年在他身边挤挤靠靠十分可疑。

有人劝老人赶快去报警。老人连连说是，可就是没动身。原地转了一个圈，跺着脚先来了一通好骂：好小子你瞎了眼呵，偷你大爷的钱，去给你爷娘买棺材呵！

凑巧，这些粗话正好被电子语测仪捕捉。旋即警车声呜呜呜响得十分尖锐，撕裂着城市的喧闹繁华。一辆摩托由远而近戛然煞住，上面跳下来一名大盖帽，抢步来到老大爷面前，先恭恭敬敬地抬手致礼：公民，刚才是您骂人吗？

老大爷一见大盖帽，就如见到了亲人和救星，拖住对方的衣袖指指点点：贼！

语警宽容地笑笑，说：对不起，刚才您已经违反了语管条例，尽管您是高龄老人，但我还是得遗憾地代表语管局通知您，下次不可再犯。

老人弄不明白了：犯什么？不是我犯，是我被人家犯了。我那一百四十二元钱全被人家犯去啦！

语警碰上这倔老头，只得耐心解释：谢谢您对治安的关心，但我们是语言警察，不管盗窃问题，只打击胡乱粗秽。至于……

老人气得胡子翘了起来：新鲜！我走南闯北，也没见过这号怪事。你当我是乡下佬？以为我好哄？呸，你这吃饱了饭不干事的混蛋！这事你到底管不管？

语警脸红了：您又在骂人。我得再次正告你，语言是个重要的问题，为了您的身心健康及社会公共利益，您必须遵守暂行规定……

老人震怒了：不管就莫挡路！

老人甩手就要走，但肩膀被语警有力的大手抓住。对方告诉他，因为骂人，他在离开之前还必须在这里学一遍《规定》。

老人觉得这事实在好笑，拍拍胸口说：骂人？呸，老子还想打呢。老子这么大的年纪了，革命几十年，开会领奖也不是一两回。平时在村里，对不装像的后生，莫说是骂，一个耳光刷过去，你不服也得服。哼！

语警见老人实在无法说服，万般无奈，痛心疾首，只得根据条例极其礼貌地举起 HP-四〇一喷枪，吩咐他张开嘴巴。老人吓了一跳，不知这是什么玩意，心想莫非眼下的人心如此歹毒，动不动就要开枪杀人？他机警地猛吸一口气，站稳脚跟大喝一声，一竿粗粗的竹烟管打下去，先下手为强。

青年语警猝不及防，眼睛忽然翻白，摇摇晃晃终于倒了下去，久久人事不知。

结果可想而知。其他语警赶到现场时，老人早已不知去向。语监总署接到报告，立刻下令封锁整个街区，全力搜捕袭警凶犯。车辆都被迫停开，行人在语警的指挥下排成长队，一一到临时检查站出示证件，对着一种音频检测仪的话筒说几句话，骂一句"偷你大爷的钱去给你娘老子买棺材啊"——只有当仪器鉴别出这声音与犯罪嫌疑人的声音不同，被检查者方可获准离开这个街区。

检测速度当然不是很快，碰上有些喝多了酒的抽多了烟的刚睡醒的，碰上一些紧张得有些口吃的，要测出他们真实的声音实在不易。为了防止有人做假，不容易也得干，检测人员越是困难越向前。

交警出现了，指挥棒在检测站的桌子上咚咚敲着：乱弹琴，快点快点，你没看见街上都堵成什么样了！

语警方面回答：对不起，请你注意《警务人员用语通则》，相信你不至于知法犯法执法犯法。

交警方面更为恼怒：屁话！你们没事找事，阻塞交通扰乱秩序，小心我们把你们扣起来！

他们争吵起来。双方都有大盖帽，都气势雄壮。一方扬起红白两色的指挥棒，一方则端起乳白色的HP—四〇一喷枪，互不示弱相持不下，尖利逼人的目光一束束在撞击在格杀在扭打。刹那间围观者一层加一层，熙熙攘攘如潮如海。市民觉得好久未听见吵架了，今天听起来特别新鲜。忽而盯着这一张嘴，忽而盯着那一张嘴，大家都等待着新的辱骂脱口而出。有些人听得兴奋无比，似乎比对骂者还要激愤，总是咬紧牙关，不时跃跃欲试卷着袖子吞下一口恶气。整个大街被阻塞得更加厉害。汽车一辆辆拼接成长蛇阵，很不耐烦地此起彼伏响着喇叭。最忙的还是那些小贩，立刻见机行事摆摊设点，出售油煎包子茶盐鸡蛋经济快餐葵花子以及冰棒。有的更有远见，在这里挂起招牌，出租照相机小孩玩具雨鞋雨伞或者代办住宿登记。有的则借机在此开办收费短训班，教授外语裁缝美术或文学创作，据说文学短训班学员的作品还可优先在某内部刊物发表。他们争夺黄金地盘，大喊大叫，又各自派出年轻女郎，满面春风主动出击，拦住顾客们大力推销揽客。

一个杂技班子也在这里拉开了场子。人头圈中一个中年汉子赤裸上身，一拳一拳把自己的胸脯打得咚咚响，那胸脯泛起红潮令人又担心又惊叹。汉子绕场走了一周之后，又开始拿起一把钢刀往自己肚子上砍——银光一闪，圆鼓鼓的肚子竟然分毫未损豪壮如初。好些人凑过头去把那肚子看了又看。

日头由东到西。很多人揩擦盐汗，坐立不安，虽然消受了油煎包子茶盐鸡蛋经济快餐葵花子以及冰棒，但发现前面的堵塞仍无松动，便心急如焚忍不住要骂人。他们骂语管局他妈妈的他奶奶的，骂交通堵得大家都尿急和便秘，骂油煎包子一咬开肉馅全是面粉疙瘩纯粹骗钱。他们许久没骂人了，这一骂起来开始还有点拗口，不过很快就感觉自然了，越骂越痛快，越骂越顺口，甚至说话不带点咸味的前缀和后缀，就实在味同嚼蜡。后来听说，他们这一片骂声太猛烈太恶俗太密集，使电子语测仪都紧张运转，最后叭的一声全部失灵。

不知什么时候，天空中出现了哒哒哒的直升机，有些人以为那又是在拍电视新闻，并不在意。一会儿，远处又出现了喧哗声浪，很多人惊慌地从那边奔逃过来，但还是没有引起足够的注意。直到有些人突然觉得自己的嘴巴被紧紧捂住，两臂也被什么人死死扭住，这才感到有点不对头。他们尽力扭动脑袋，终于发现身后语警如林，视野里竟是一片天蓝色制服——完了，大扫荡开始了！

他们都被贴上了禁语膏。

尚未受罚的违规者赶紧逃跑，但四下看看，哪里逃得出去？天蓝色制服无处不在，不知是从哪里突然冒出来的，已经把住所有的要道和制高点。制服所到之处，有的举手投降，有的抱头面壁，有的躺在地上装死，有的嘴顶黑膏，眼睛瞪大两臂乱晃，又蹦又跳却不再发出声音。

人们这才记起"天网恢恢"这句成语。

这当中，有几个青年耍小聪明，想躲进商场大楼，寻找后门或厕所什么的。但他们很快发现，每栋大楼的门口都立着一个手持三角小红旗的老人。那三角小红旗似乎有一种神奇的威力，使青壮汉子们也目之胆寒，不战自溃地又轰的一声退了回来，成了一群无头的蚂蚁到处乱窜。

"不自由，毋宁死！"

"不在沉默中暴发,就在沉默中灭亡!"

"公民们,同胞们,后退就是灭路一条,我们去同他们拼了!"

有人在发出这样的大喊。显而易见,个别野心家和阴谋家正在利用这种形势,有组织有预谋有纲领地煽动民乱。一些不明真相的群众果然上当受骗,自觉或不自觉地参与了涉语犯罪。他们不仅猖狂地大声骂娘,直接挑衅神圣的语管法规,而且开始砸橱窗玻璃,抢夺商店货品,点火焚烧摩托和汽车。有些人虽然嘴顶膏药,但还能用双手回击,开始向大盖帽猛掷油煎包子和汽水瓶。只是有个包子没打中语警,却打中了一位小贩。小贩东张西望不知是谁打的,骂几句完事,继续数他的钞票。

形势到了这一步,直升机一遍遍广播紧急指令,其他警种陆续赶到现场,支援语警们的防暴平乱。一个个钢化玻璃盾牌迅即分发并投入使用,列成长排如铜墙铁壁,缓缓地向前推进。阳光下,偶有盾牌灼灼一闪,白光十分刺眼。盾牌后的各色警种都缩头弓腰,第二排贴紧第一排的,而第三排贴紧第二排的……紧紧实实的制服方阵,踏过废纸屑汽水瓶和葵花子壳,正步步逼近暴徒势不可挡。而远处,高压水龙头也被迫投入了战斗。帘状的水雾悠悠摇摆,如银白色的舌头时长时短,追舔着溃逃的胡言乱语粗言秽语者。叭的一声,是第一颗催泪瓦斯弹射出了,呛人的烟雾立刻在大街上弥漫。

人们纷纷躲开烟雾。突然变得空阔的一段大街上,只有一个胖男孩摇摇摆摆冲着天空哇哇哭喊:爸爸,我要红气球,我要红气球——

头顶上,一只红气球扶摇直上,在蓝天中飘得孤零零。

直升机突然又从一栋大楼后冒出,机上开始广播紧急通告:没有违禁的市民,请你们双手抱头,站到街左边去。你们不要乱跑，不要拥挤，不要听信谣言。语警人员不会伤害你们不会伤害你们不会伤害你们……

混乱一直持续到第二天。

## 四

一举贴出了四千多块禁语膏，狠狠打击了语言歪风。但M局长对这个数字有些顾虑：是不是打击面过宽了一点？市长的脸色已经很不好看，加上交警刑警卫警商警等方面都啧有烦言，指责语警粗暴执法，激起民乱，得不偿失，已经使M局长倍感压力。

据说有的青年教师被贴了一膏，便无法开课。有的售货员被贴了一膏，便无法营业。火葬场也有职工受到禁语惩戒，殡葬业务受到影响。死尸在停尸间列成长队，又曲曲折折延伸到门外，家属哭得哀思高潮已过，于是谈起了天气和工作顶替和住房对换。追悼会的来宾们也乘机结识新朋友，连连握手连连惊喜，把一场悲剧变成了庸俗闹剧。

还有些则纯属冤假错案，是一些语警工作粗疏或贪赃枉法假公济私而造成的。较典型的有两例，现简要摘录如下：

一是某电工正处于热恋时期，因此他天天高唱流行歌曲并爱好文学。他有一情敌，就是语警××中队的某某。那某某博得女方父母的欢心，还经常以权谋私，用电子语测仪来遥测电工与女友的情话，及时向女方父母作出汇报。姑娘常遭父母责备，心情郁闷，终于大病卧床。电工含着眼泪自制了汽油燃烧瓶，上书要求惩办奸细凶手，发誓为保卫爱情要把官司一直打到最高法院。

还有一位是某商店的店主，自称父亲也是业余语监员，也戴过红袖章打过三角小红旗，而且他家里多年来语风纯正，哪怕听粗话也面红耳赤，这有左邻右舍可以作证。可是他开业以来总是被某某语警找麻烦。语警虽没有商警或税警手里的封条，可喷枪一举同样令人恐惧惶惶。那语警进门来，不是带了烟没带打火机，就是带了打火机忘了带烟，还摸着高档摩托微笑，说他非常想买可惜钱没凑够。店主听出了话外音，只能暗暗叫苦，因为他小本经营，送个香烟打火机倒不打紧，要把高档摩托来个大折价却实在有点心痛。于是有一日语警沉下脸来了，说店主多次对顾客恶声恶气，粗语连篇，是可闻孰不可闻，今天非公事公办不可……到现在，那店主口贴膏药已逾两月，生意大受损失，实在是冤情似海。

这一类投诉信充塞了语管局的收发室。邮递员每天扛来两大包，渐渐累得有点不高兴，最后要语管局自己派小车每天去邮局领取。他说不来，果然就没有再来。

人们觉得邮递员不送邮件，有点奇怪。不知有人去邮局反映了情况没有，也不知反映之后的结果如何，反正过了一段时间，收发室的人还是只得自己去邮局取。又过了一段时间，人们对这种状况完全习惯了，见收发室里没有人，就会说：哦，到邮局去了。

一堆堆投诉信取回来，在收发室里积成了山。局长看到这种情况，决定成立来信处理科和错案甄别科。甄别科就设在办公楼的第五层。办公室不够用，于是走廊里都塞满了文件柜。还有的柜子放不下，只好塞进男厕所占上一角。女同志去取文件，自然得预先连连咳嗽并羞羞答答地低着脑袋。据说，随着语管工作量进一步加大，科室还要增加，干部还要扩编，办公室将更加拥挤，女厕所里也得放柜子。女同志都为将来何处藏身的问题深深担忧。

每天上班铃响，大部分人都准时或提前到达，因为他们全都知道，给领导的印象全靠上班前后十分钟。这时候一定要露面，露面又不要干私事，一定要勤勤恳恳地扫地或打开水，见到领导时最好还有点腼腆木讷，好像做这些好事实在太平常，不值得被领导拍肩膀。领导对下级一般都很温和，温和得更像一个领导，比方说也来帮着扫地，还问问青年男女是否有了对象。

M局长体质弱又经常牙痛，不常来扫地，但他经常为此下罪己诏：我这个人没得用，快完蛋了，来了也只能帮倒忙，还是享享你们的福算了。

这种罪己诏既能轻松气氛，又让人感动。

说这话的时候，他还常常从口袋里摸出几颗糖果，犒劳正在扫地的人。

待领导离开，大家才开始办公。办公一般来说都很紧张，有的翻报纸，有的拆私信，有的算餐票和钞票，有的去理发室或小卖部，有的谈起幼托问题或者说昨夜的电视连续剧实在没意思。这时候，可能有一位负责业务学习的科长来通知大家，说根据局里的安排，其他部门已学习了好几天，而我们还缺课不少，过几天就要进行业务知识考试，谁也逃不掉。你们看着办吧。于是大家就纷纷找出学习资料进行研读，互相打听某《通则》第四十三条是什么以及"语言是人生斗争工具"这句话该如何解释。

处理各种公务是十分慎重的。比方说要起草一个复文，向某位议员解释为什么语警不能兼管交通事务。秘书已经拟了一个草稿。副科长看了颇为不满，认为一定要加上三个副词，改变两个标点。科长拿不准，将草稿交全科集体讨论。大家没解决副词和标点的问题，倒对"坚决不行"与"绝对不行"哪个词组更合适，展开了更激烈的争执，闹得脸红脖子粗险些动了意气。好容易，大家求同存异勉强通过了第四修订稿，由科长交给了某副局长。但某副局长又认为该稿理论深度不够，写下长段批语，将其退回秘书科再修改。到最后，M局长认为第六稿太啰嗦，大加删减，尽力压缩，几乎恢复了第一稿，还谦虚地将其批下来，请有关科室的同志们传阅，再提出建设性意见，并附信嘱大家读几篇好散文努力实现文字的精练。秘书科如果不是被其他事搅局，几乎无法结束这个修改过程。

修订稿作废的太多，废纸篓很快就满了，只能把成堆成堆的废纸拿出去烧掉。有人不小心，没把纸烧透就放水冲洗，结果纸团塞住了厕所的下水道，造成水漫走廊。黑水流出了一个旋涡，还漂送着纸灰屑。为这事，这一群文弱书生又忙了很久。有人说要用火钳，有人说要找竹条，有人则说应该挖开地砖，换上新管子。大家又翻书又画图弄出很多方案，最后还是派人去请水管工。但水管工爱理不理，消息传来又激起大家的愤恨。

转眼间已是中午了，水管还没通，但有人传来消息说下午要分发补助性食品，有牛肉有鸡肉有鱼有糖还有水果，价格都很优惠，谁要谁就来登记。大家都兴奋，有人借食品袋或是借锅子借汤盆——有的则从文件柜里取出大竹篮显得早有准备。大家说说笑笑夸机关温暖如春，当然少不了还要细细打听食物的价钱和质量。听说行政科准备在牛肉里面掺冬笋，大家又把行政科科长的秃头攻击了一番。

电话铃声不断。有的电话是来谈公务，但更多的电话是来找干事N。N年轻美貌，常在各种会议上抛头露面，当记录员或者联络员，所以人称"会议西施"。她认识众多首长、模范市民、文艺界名人及外国专家，又能拿到各种来路神秘的戏票和舞票，衣袋里一掏就是红红绿绿。据说还有一位著名剧作家总是邀她跳舞，向她赠送自己的著作，并想介绍她加入美学学会。她似乎衣袋里全装着天真，一掏出来就可以用，对谁都能提几个带孩子气的问题。比方说，七乘以八等于五十六吗？你怎么这样会算呵？新疆在中国的西北部呵？我还以为它在南边呢。你怎么不玩布娃娃呢？我就是喜欢玩布娃娃。诸如此类。但她有时候可以老练地同司机说说耗油量和电路板，让人吓一大跳。首长们都把她当布娃娃，一个懂得耗油量和电路板的布娃娃，喜欢摸摸她的头，开一开玩笑，有时谈人事安排机密大事也不避忌她那戴着耳环的小耳朵。正因为这一点，希望晋升的人对她都客气三分，一听说她想考大学，不少人就忙着向她提供资料并主动分担她的工作，顺便问她买不买皮鞋。

找她的电话大多来自男性，所以她抓起话筒后脸上常有淡淡的羞涩。通话可能有五分钟，十分钟，或者二十三分钟，可能有关外婆，也可能有关电影和旅游。最后她可能显得有点不高兴，眼睛瞟着电话机旁的同事对话筒大声说：……你不要讲了，不要讲了！

在她说不要讲了不要讲了但继续讲着的时候，办公楼外面开始聚集一些人。其中有些人是能说话的，有些人嘴顶膏药只能打手势，还有些人被喷过药水，因此只能张开口嗷嗷叫却吐不出一个字。这些闹事者希望引起楼里人的注意，便拍掌跺脚，吐痰撒尿，甚至敲锣打鼓。有些小孩以为这里是街头演出，疯劲十足地来此围观，在大人们的腋下或胯下钻进钻出，即使没看出什么眉目也心满意足。有个疯子也来凑热闹。他穿戴整齐，脚蹬时式皮鞋，只是面抹胭脂口红有些怪异。他朝办公楼大门里喷着唾沫星子大喊：出来，出来！是好汉就出来！

旁人注意到他。他注意到这种注意，回头极亲切地一笑，摊开双手说：这地方，我来得多哩。那一次我娘以为我煮面条，其实呢，我是煮的红参，嘿嘿！

他又朝大门里瞪了一眼，对听众继续说红参：后来我把我娘接上汽车，一车开到宾馆。我娘不知是到了哪里。我说，你只管走，我带你去的是好地方。他很神秘地压低声音，再次笑了笑：你猜我给娘煮的是什么？嘿嘿，红参。骗你不算人，真是红参。

……

他那呆呆直直的目光，吓得人们不由自主往后退。连一位文学新秀，本想到这里来搜集点素材写点心理变态小说，好让那些新派编辑刮目相看，但听着听着也摸不着头脑，觉得没什么意思了。但越来越多的人向这里拥挤，使文学新秀怎么也挤不出去，踩了好几个人的脚，挤出了一身冷汗，还是被疯子搂在怀里。

嘈杂声浪使大楼里的人探头探脑，窗子一扇扇打开，然后又一扇扇关上。工间操铃声响过以后，竟没有一个人出来。

其实，语管局的干部们不必太害怕闹事。因为闹事者一开始就面临着内部分裂。几个为头的家伙虽然无法张嘴说话，但还可以打手势或者写纸条，进行一轮轮激烈的谈判。这个要当总代表，那个要当总指挥。这个说对方右倾投降，那个说对方"左"倾冒险。这个建议总部要设八个部门，那个要求总部设十二个部门。这个说自己太忙，一定要带个女秘书，那个说自己太累，一定要享受伙食补贴和交通补贴……加上一个疯子老是拿面条与红参来搅局，再加上受害者们口舌都太不方便，整整一天折腾下来，连个领导机构也没产生，对具体请愿要求更未形成共识。

语管局倒是注重民意上达。来信处理科和错案甄别科的两科长前来会见闹事者。但他们有点无事可做，只是听闹事者自己争来吵去，完全插不上嘴。他们坐在椅子上，打了个长长的哈欠，差一点睡着了。

五

M局长早上一醒来，就觉得牙齿特别痛。他翻报纸时发现所有的舆论一夜之间都与他的牙齿较劲，对语管局的务实亲民措施只字不提，对工作中一些鸡毛蒜皮的瑕疵倒是添油加醋。《新潮报》石破天惊发表社论，攻击语管局的办事效率低下和职业道德败坏，进而追究领导责任。《晨报》则刊载市民来信，"强烈要求区分粗言秽语与方言土语的政策界限"。《健康周报》发表记者述评：《口吃者无罪》。《妇女论坛》则公布了十四名少女的座谈纪要，强烈要求有关当局废止利少弊多的"洁语化"运动，保护正当的情场私密性谈话。抨击最激烈的是电视三台，那位女主持人居然显出了少有的严峻，在汽车轮胎和保胎丸的大广告之后，居然采用了设问句式——照这样下去，人们不禁要问，语管局是否还有存在的必要？宪法保障的言论自由是否化为乌有？

刚上班，M局长还接到了一些大学生打来的电话，声称他们的话剧演出受到语警的无理干涉，原因仅仅是台词中有所谓不规范的语言，有反派角色的一两句粗痞话。他们强烈要求语管局尊重艺术规律，对此事严肃处理，否则闹起了学潮勿谓言之不预也！

M局长冒着冷汗，怀疑以前是否给这些新闻单位送的电影票太少，送宴会请帖太少，眼下竟遭到他们的恶意报复。当然，他更怀疑是内部出了家贼——有人想把自己搞臭于是给人家提供炮弹并煽动青年。他知道，有几位副局长早就怀着让局长提前退休的理想，还有秘书科的T秘书常有奇谈怪论，常以社会良心自居，一直与领导过不去。局长是有丰富社会阅历的人，岂无识妖之法眼？他深知像T这样的人在每个社会都为数不少。他们大多能耍耍笔杆写点臭文章，但赚了稿费以后还是喜欢长发破衫，拍胸脯自诩贫民。开会时他们睡觉，不开会时他们多嘴，有时崇拜哲学痛骂武侠小说，有时吹捧武侠小说鄙弃哲学，反正怎么说都是夸夸其谈。他们以攻击政府阴暗面为乐又常常随地吐痰，喜欢在海边和历史名人墓前捏着下巴留影，好像自己壮志未酬宏图未展。这样的人语言粗俗，当然最恨语管机关。问题是，关键的问题是：

这样的沽名卖直之徒骗骗天真女孩还可以，怎么也骗过了新闻媒体？还进一步骗过了上级首长和广大民众？

M立即梳头洗脸，整装去拜见市长。他办事谨慎周密，总是比约定时间提早半小时到达，而且不坐小车，怕的是车子在路上抛锚。

从市府回来，他立即检查工作，发现办公楼里确实有两处下水管道不通，而且走道里到处是烟头。他暗想市长虽有点偏听偏信，大体上还是英明的。

他带着一身疲乏立即召集大会，并破例向秘书要了一支香烟，不时放在鼻子前嗅一嗅。他站起来伸出两个指头说：今天，我讲两个意思……

他提出局里的思想和作风必须彻底整顿，强调大家必须科学语管，公正语管，文明语管，协作语管。为了肃清语管队伍内部的害群之马，他宣布立即建立整顿办公室……太不像话了，太不像话了！我这个人缺点很多，最大的缺点就是对有些人太软弱，太忍让，简直是姑息养奸啦。同志们！但这次我下了最大的决心，市长也下了最大的决心——他把市长的话扩大三倍音量说出来，震得窗子哆哆嗦嗦，所有听众的汗珠都一齐停止流动——这一次，我们要横下一条心，挥泪斩马谡！

于是副局长发言也说：挥泪斩马谡！

秘书长发言也说：挥泪斩马谡！

科长们发言也说：挥泪斩马谡！

层层表态，大家都很激昂。机关全面整顿就在一片杀声中开始，有点令人心惊肉跳。有人幸灾乐祸地把行政科长的头看了又看，好像他那颗秃头已十分危险。

根据局长的提议，语管工作还得加强科学性。大楼门前便多了两块招牌——"语言管理学会"和《语言管理》学术丛刊编辑部"。应该说，机关的学术气氛很快就浓郁起来了，连局长和副局长的办公桌上也出现了英文书或者日文书，大家一谈到"语言"，还经常使用国际上更通行的 language 一类。学会的首届年会也开得十分隆重。年会会址选在海滨宾馆，依山傍水，风光宜人，客人们推窗可远望蓝色大海里点点白帆，听到海鸥声哇哇哇连绵不断。

发出了很多请柬，大多数受邀者没有来，当然是对语管意义认识不足或是故意摆摆臭架子。几天来，小轿车还是接来了一位位德高望重的老学者，A老B老C老D老等等扶着拐杖，互相寒暄互相点头。急救室、小便盆、氧气袋、轮椅以及特大号字体的文件资料都已经为他们准备妥当。他们看到这些很高兴，便去洗澡。洗前取下助听器、眼镜、假牙、假发之类，好像整个身体都可以一个个部件地拆卸，连咳嗽声也可拆卸分解，断断续续的有很多障碍和梗塞，不具流畅连贯的美感。他们在餐桌前谈兴很浓，谈了好些死人的事，比方说：你最近看见过某某吗？他死了？可惜呀。某某也死了，你不知道吗？可惜呀。听说某某某患了冠心病，恐怕日子也不会多了。可惜呀。某某暂时还不会死。如此等等。

中学者少学者乘大旅行车也陆续到达。他们器宇轩昂，有的头皮鞋油光发亮，有的全身香味扑鼻，有的刚理过发，头发边沿还透出一圈青色光辉。他们见面时互相捶一捶胸脯，或者拍一拍肩膀，骂一声"你这个家伙"，深厚情谊不言自明。其中有一些很注意敬老，没忘记去拜见"老师"和"师母"，对新认识的老人便谦恭施礼，说"我中学时就读过您的大作"或者说"我是读着您的书长大的"。但他们一转背，就专找同辈人嘀嘀咕咕，互相串门，相邀密谈。据说他们先打听伙食标准，打听会议是否安排了舞会和内部电影，然后提醒某些没有经验的朋友千万别把论文提交出去，顶多只能交个提纲。因为有些"老家伙"江郎才尽现在最喜欢剽窃别人家的观点和材料，虽为君子但不得不防。转而他们又对未来的理事会选举非常关切，纷纷挥着拳头表示，称学会老化的问题再也不能继续下去，这次非把"老家伙"都选下去不可，"代沟"是客观存在我们也毫无办法……他们大概串门太多，又经常讨论要事，所以总是丢包——不知自己的提包忘在哪间房里。于是他们饭前饭后总是忙着招手，找自己的朋友：喂喂，我的包在你房里没有？嘿，真是活见鬼啦！

为了体现各方面的代表性，学会还邀请了一些来自基层的业余语监员。这些老倌子大嫂子一般文化水平都不太高，一到这儿，犹豫了许久不知是否该把红袖章戴上。很多人抽着廉价纸烟，对文化人们去小卖部买磁带买书刊都十分不解，只是小声打听窗式空调机和浴室里的蛇形龙头该如何使用。他们晚上上床早，早上也起床早，除了经常吆喝"吃饭去吃饭去"以外，便闲得无聊却又不动声色，顶多研究一下宾馆的花草或者窗上的螺丝帽，显得自己也有研究兴趣。他们中的个别人较有见识，常对高层文化人们横一眼：你怕那些眼镜鬼蛮有狠？天下文章一大抄。知道吗？抄！

大会总算开始。小N当然最忙，一条红裙子闪进闪出，与老学者中学者少学者都能谈笑几句，还得注意热水瓶和茶叶，注意给录音机换换磁带。她与他人谈话时忽而扭起眉头，忽而哈哈大笑，有时被人神秘地叫到门外，听取有关多弄一张电影票的请求。她对来弄票的男人都很热心，表示她尽力想办法，实在不行的话她就自己放弃。

M局长的开幕词已经致过了，开始坐下来听学者们的发言。为了表示谦恭，他的臀部落下去时与座面接触得很轻很轻，也很稳很稳。他手捏水笔，越记越感到难记，越记越感到科学确实可敬，庆幸自己刚才以"南郭先生滥竽充数"自轻自贱。

学者们大多谈得深奥，学术价值显然极高。有的把外国人的名字念得抑扬顿挫很像外文，如"康斯坦尼"的"康"字必定音位极高，而"坦"字必然拖出长音，先向上扬去，再下滑猛收。有时又冒出一句叽叽咕咕的洋文且不作译解，似乎是无意间随口溜出，外语已被下意识运用。有时还打住话头蹙眉疾首，脑子里苦苦搜寻某个概念的表述方法，最后才来抱怨本国文字中的这个概念实在不够精当。

有的虽不太讲外文，但也不是等闲之辈。旁征博引，学通古今，几乎句句话都能注出出处。哪怕引一句"语言是很重要的"这句话，也注明是引自某某出版社某某年版本某卷某页，其治学严谨的风范和皓首穷经的功力，令M局长不敢吱声。

这些人在演讲中常常背诵三两句古诗，使讲话的人文内涵更加丰厚，肃穆基调上又添活泼韵味，而且古诗总是信手拈来，背得十分流畅，背诵者决不看稿纸，好像学富五车已对稿子不屑一顾。

坐在局长身旁的一位卷发青年学者，冷冷地发出一声哼，让局长好生奇怪。莫非后生可畏，这位学界新秀还有更加高深的奇招异法？

局长又觉得冷汗在背上沁出。

果然，轮到卷发新秀登台了。他一登台就甩动长发，燃火大口抽烟，显得有点儿不规不矩来者不善。他摘掉茶色蛤蟆镜，手撑讲桌，目光平伸，盯着会堂上空滑来滑去的两只燕子，好半天不吭声，像在深沉注视人类的下一个世纪。待人群中有了叽叽咕咕的碎语，他才开口谈起了燕子——从燕子向往自由天地，谈到学术自由的必要，符合先言他物再及本意的比兴手法，果然是潇洒随意别具一格。人们这时候才注意到他根本没带稿纸。这一发现使下面某些中老年学者面色不悦。但新秀对此胸有成竹并不在乎。他谈了古埃及文化拿破仑帝国本市的城市雕塑及刚才会前广播里的一支交响曲，然后说刚才A老提到的D老的一个观点其实C老在致G老的一封信中已有所触及，而自己在与F、J的私下交谈中对那个观点曾表示赞许。一句话顺溜溜地左捎右带，把七八个人的心里都说得舒舒服服——有人气色缓和地开始挖耳。

但他决不庸俗吹捧，表示青年人要勇敢探索和挑战，有时在前辈面前斗胆直言乃至胡说八道也纯属正常。吾爱吾师，吾更爱真理。不是吗？于是他又点燃一支烟，谈起语言的准确性明晰性生动性俭省性，谈起时代感民族感历史感真实感文化感流动感升华感空间感辐射感宏观感先锋感，谈起大和弦对位原理与语言内应力的非线性函数关系，谈起语言密度的情绪效应和吸收方言过程中的熵增加绝对趋向，谈起广义相对论和原始图腾在哲学上的意义对于信息工程的定量分析和蝶形数学模型来说确实是十分紧迫的课题，学界对这方面的探索应给以充分的注意而不要打一些无谓的口舌官司。当然，他最后的话头又落在燕子身上。

燕子——他扬起手在空中狠狠地一挥。不过这只刚才只是向往自由的燕子，现在从他口里飞出已成为一只"带着时空永恒之谜的语言之燕"。

他稳稳地收回目光，沉吟着将烟头在烟灰缸里细细地揉灭，如同钢琴家曲终之后仍沉迷于音乐圣境，许久许久还难以返归现实。听众也都觉得大厅中余音绕梁，好半天才知演讲已经结束，于是掌声四起。尤其是N小姐眼中透出崇拜，不时地用喷香小手帕揪一下自己翘翘的鼻子。

掌声还算热烈，但M局长注意到台下不少人在交头接耳，脸上有不以为然又宽容大度的神情：年轻人嘛，这个……嘿嘿……

M局长悟出自己刚才不必那样目瞪口呆。

会议就这样一天天开下去。你说一通,我说一通,他又说一通,这就是地地道道的开会毫无疑义。每天开会上午三个小时下午两个半小时,安排得并不紧张。会议期间还插了些学习性节目,比如观神庙观夜市观山山水水什么的。大家观赏一棵千年古榕树。老学者说"不错"中学者说"不错"少学者也是说"不错"。于是开始拍照,先集体后个人再邀同乡或同学巧立名目。有人记起一位老诗人,忙去把他拖扯过来压在榕树下就座,等摄影师咔嚓再来一张。

老诗人被M局长鼓励,无可奈何,只是抹抹嘴巴即兴赋诗一首:

> 平生有幸逢盛会,
> 语言学家来开会。
> 二百三十八男女,
> 都到海滨来开会。

写毕,老朋友都说好诗好诗,上前握手祝贺。M局长也极懂诗,抢上前去抓住那只瘦手努力一握,久久不放。

会议的伙食当然也基本上保证了科研的需要。虽说按市府规定只能四菜一汤,但往往是一碟三样一菜变三菜,还是丰富多彩。精米精面不易消化,一身营养陡增的皮肉有微微发热的感觉,似乎难以包容体内正在积累和膨胀的惬意舒适。为了防止胃口减弱和增肥,大家都增加了饭后的散步运动。另一措施经有长期会议经验的人介绍,就是大量喝茶。因此每逢会议间休息,突起的喧哗声中大家挤出门,脚跟脚排队进入厕所,一片嚓嚓声尿池里的槽道阻塞黄潮猛涨怎么也流不赢,而且人人动作敏捷匆匆扣好裤子又去开会。

M局长也喝茶太多,常常感到内急,但这一天遇到小小的不幸。他去了两个公共厕所,发现那里都太拥挤,便去小卖部旁边的另一单座厕所。不料刚到门前,巧遇莅临大会指导的那位老诗人兼老学者。

M局长愣了一下,赶忙退让到一边去,说你先请你先请。

对方也满面春风,说你先请你先请。

局长说:你不要客气,彼此彼此。

对方说:彼此彼此,你不要客气。

局长说:谁先进都一样,都一样。

对方说:谁先进都一样,都一样。

两人相持了约十来分钟。最后当然还是老诗人客气不如从命,接受了局长对科学的敬意。但他不愧为语言专家,进门时还开了一句玩笑,说伯也执殳为王前驱哈哈哈哈。

局长在门外等了良久,见门一直没有松动,只听见门内偶有断断续续的哼哼声,只好回头去找大厕所。不料他刚返回大厅,就被很多面孔团团围住。

首先发话的是一张黄脸,戴着鸭舌帽,嘴角咬得铁紧铁紧起了个肉疙瘩。他不记得已给过了M局长一张名片,现在又递过来一张,然后冷冷地质问:请问局长,这到底是学术团体还是行政机关?为什么把那么多科长也塞进理事会?

M说:这个这个……

对方又说:我参加了二三十个学会,决不会在乎在这里当一个什么理事。问题是我从来没有看见过这样可悲的官学不分……

他还没说完,就被一只手扒开去了。一位大白脸取而代之地凑过来,首先冲着局长不由分说地一笑,然后指着手中一页理事会名单问:请问M局长,这是个全市性的学会,到底算什么级别？

局长斩钉截铁：局级，当然是相当局级！

对方显得有了信心：那么作为领导机构的理事会，其成员是否都相当于局级干部？至少也是副局级吧？

M觉得不太好回答了：唔唔，个人级别嘛，当然……这件事我们……还得与上级人事部门协商……

对方恳求：如果有了最后的结果，希望你们一定要下个文件，明确规定一下，免得下面含含糊糊。你要知道，眼下不尊重知识与人才的情况还十分严重。

这时，远处又嚷嚷起来。一个大胖子在那边不顾N的劝说，手舞足蹈，冲向这边。M知道这是怎么回事，因为他早被那大胖子缠过多回。那大胖子不过是要来发点理事脾气，说当选名单中他的名字被错印了一个字，非更正重印不可。否则他就要以一个大学教授的身份提出强烈抗议。

M局长趁大家都去看热闹，偷偷溜走。但他刚要进厕所门，又被另一伙迎面拦住。那是几位大嫂，业余语监员。她们好像有什么话要说，但谁也不肯出头说。你推我，我推你，有一位把另一位狠狠揪了一把，于是都嘻嘻哈哈大笑退了好几步，弄得M局长有点尴尬，不知自己是该追逼上去还是该守在原地。终于，她们忍住笑。其中一位红着脸进言：局长哎，有个事要问一下，我们……有那个没有呵……那个呵。

什么那个？

局长不理解。她们急了，由刚才的不说变成了眼下的都抢着说：就是文凭呀。这次培训班学习的文凭呀。听说，有些文化人赚大钱，他们有什么了不起？不就是有张文凭吗？我们这次出来学习半个月，总得给我们一个什么吧？

见局长没有表态，她们说得更七嘴八舌了。有的说街道工作最难搞了，你们说话一张嘴，我们办事跑断腿。有的说我这次连毛衣都没打，学得脑袋都大，理应得到犒劳才对。还有的说住宾馆谁稀罕？这次来参加学习，耽误了好多正事，我家里那个死鬼平时连饭也煮不好的……不知道什么事好笑，她们又你戳我，我揪你，又爆出一阵野野的大笑。

M局长已经脸色发白，见她们笑，只得赔笑一下；见她们说，只得继续聆听下去。他拿出当局长二十多年的全部技巧来对付各方人士，又是拍肩又是拉手又是整理对方的衣领，还问伙食如何，问苹果吃了没有，问旅游照片是否拍得成功，或是突然严肃地指出：你的发言太精彩了一定要上简报；或是微笑着抵赖：我也坚决反对唯文凭论，但国家的用人政策如此我有什么办法？最后，他还表示这次会议很有收获，这样的会一定要多开，而且欢迎诸位以后常来语管局做客，要是门卫不让你们进，你们就打电话直接找我，这没有问题……说这些话的时候，他特别和蔼可亲，好像他多年来总是习惯于同老农在田头话家常，或者对清洁工人问寒问暖。

整整一天就是这样过去了。他好容易逃脱纠缠，才记起自己的生理任务。但一踏上那湿漉漉并印了很多黑花脚印的瓷砖地，他觉得氨气太刺激简直熏得眼皮都睁不开，又感到头晕耳鸣，恶心欲吐，怎么也没法小便。

大会医疗室对他给予了诊断。大夫说他可能是憋尿太久，已造成了尿道中毒感染。

局长只得提早离会。

## 六

M局长在疗养院待了一个月，体重有所增加，病情有所缓解，还用铅笔在文件上画了好些圈圈点点杠杠，并初步学会了打网球和听交响乐。牌技也大有提高，他能一边谈形势确实大好一边把对手的底分稳稳地抠过来。

但他觉得住在这里并不特别舒服。比方说他爱好清淡甜食，受不了辣椒，向餐厅管理员提过好几次。每次对方都点头表示明白，可一到开餐时，送来的又是红炸炸的辣椒。那电风扇也很怪，你开四档它就是一档，你开一档它就是四档。他叫院里派人来修一下。果真来了一个电工，倒腾一番，但他走后那电扇索性不转了，端庄而安详。

同房的一个矮老头也令 M 不满。那老头一到晚上就怪声怪气打呼噜，打法十分不标准，好像带了点方言味道。他白天总在枕头边清理和收拣着什么，或在屋角的煤油炉边一个劲吹烟，拿两大瓣屁股冲着 M。M 回忆起来，好像整整半个月没见过那老头的脸了——莫非是个没有脸的人？

他决定出院回家。这天他叫来小车，一路进城，发现两旁的高楼越来越多，黄的白的红的蓝的，灿烂得不像是真的，倒像一些儿童的积木。树木的叶子绿得鲜亮，显得很厚很硬，在阳光下熠熠闪亮，也不像是真的而像是蜡制品。一排排商业广告在车窗外闪过，上面的画都十分现代派，人被画成几何体，画成剥了皮的青蛙。有一个大大的女人头像正盯着行人，眼圈描得太粗黑，使人想起了熊猫。这熊猫正高举一只皮靴。

他发现街市上几乎没有天蓝色大盖帽——真是，真是，这些执法者都到哪里去了？如何都不坚守岗位？

他暗生疑心，想了想，骂出一句粗话，想考验一下语监工作的效率。

不出所料，不管他怎样骂，哪怕骂到了祖宗八代，也没有什么动静。后窗里一直没有出现语监总署的警车，亦无哇哇哇的警报声。

太涣散了,太涣散啦!他红了脸。要你们文明执法,不是要你们放纵不管嘛,怎么工作上总是跑极端?

小司机似乎没听懂,愣了一下,良久才轻轻哦了一声,笑着说:局长,你老人家的用语也该换换了。什么是"涣散"呵?现在都叫"活泼"。

M局长堕入了云里雾里:谁规定的?

没有谁规定,但大家都这么说。

涣散是涣散,活泼是活泼,两个意思完全不一样嘛。我是吃语言学这碗饭的,连这个都不知道?

局长,我也是这么想的,但他们都笑我二百五。

司机解释了好一阵,才让局长得知:他住院的这一段时间里,语管工作又大大深入了一步。大概是根据专家建议,用美好语言促进人际关系良化,因此各种刺激性的词语都受到限制。比方在大学里,想指斥某学生读书不踏实,人们只能深意莫测地笑一笑,然后说:"他嘛,聪明还是很聪明的。"要是某教授的口碑是"书读得不错",那无异于承认他的才情广受怀疑,在大家眼里不过是冬烘学究呆头呆脑毫无创见。在机关里也是一样,你不宜说某某人刚愎自用,而只能说他"魄力还是很大的"。你也不宜说某人四面溜光和光同尘,只能说:"他嘛,当然啰,怎么说呢?对人缘关系非常注意。"你更不能说某某首长不通业务尸位素餐,充其量也只能说:"他很努力也很忙碌,有他的特点和长处,不过要是让他换个地方干干,肯定更能施展他的领导才干嘿嘿哈哈请问你的看法是……"不用说,这种语言的革新,确实使很多单位增添了祥和太平的气象。根据这些成效,据说有关方面又建议,今后应从严检查一切出版物,从严修订词典,将一切贬义词统统铲除。这件事已在报上展开了热烈和广泛的讨论。

一席话，让 M 觉得胜读十年书。这时光线一暗，小车嘎的一声停住了。

M 问：为什么不走了？

司机也不吭声，钻出车去，径直去车后取自己的香蕉和啤酒，只给局长一个背影。M 怎么也记不起对方的脸相来了，仿佛那也是一个没有脸的人。

M 把目光探出窗外，光线暗是由于有一栋大楼堵在窗前。他的目光从大门一直延伸到楼顶，仰得帽子都差点落地，颈后一轮轮皮肉挤压得很痛。他简直不相信自己的眼睛，怎么自己只是治了一下尿道中毒感染，这办公楼就这么高大了？

他看了一下大楼前的招牌，发现语言管理的"局"已经变成了"总局"。一个"总"字使他的牙痛又发，嘴巴歪歪地大张，嘀嘀地哈气。难怪同事们这一段在电话里都吞吞吐吐，也难怪市长秘书一直嘱他安心养病——原来是杯酒释兵权呵，原来是背着他做了这么大的手脚呵？

他气冲冲步入大楼，发现走廊里更拥挤，不光塞着很多文件柜，还塞了不少旧沙发旧桌子简易床以及折叠椅。有些沙发向前翻倒，做出了低头下跪接受批判的架势。不知从哪里冒出来的文件包，垒着一大堆一大堆的，散发着霉味和尘土气息。

几乎每一层都这样拥挤。在每个楼道拐弯的显眼处，他还瞥见许多陌生的白底红字标牌：商业语言局卫生区、农村语言局卫生区、干部语言局卫生区、错案甄别局卫生区、行政局卫生区、秘书局卫生区、整顿局卫生区、业务培训部卫生区、机关子弟教育办公室卫生区，如此等等。以前的那些科室，现在全都以局自居，奉公克己地管理着某一地段的灰尘和纸屑，让老局长看得心惊肉跳。他又迎面撞见了很多陌生的面孔，或是夹着卷宗上楼，或是提着皮包下楼，与他匆匆擦肩而过，似乎都是他的新同事。

377

装修工人们穿插其中，其中有一些搬抬办公桌，从这间房抬到那间房，或是从那间房抬到这间房，抬出乒乒乓乓的声响和腾腾飞扬的灰雾。有时一张桌子卡在门框里，人们就吆喝着："一，二，三！嘿——"

他总算看见了一些老部下，奇怪的是，那些人既没前来欠身握手，也没上来接下提包，似乎已不太认识他。M自觉修养还不错，忍住火气，不同小人一般见识，还上前拍了拍前政工科长的肩，像往常那样满脸微笑：忙呵？要搬家吗？要不要我这个老头子来帮个倒忙？

前科长没回头，只是指了指楼上：上访的请上楼，接待局在第五层。

M局长还想开玩笑：是呵，我老头子正是来上访，告你昨天打老婆哩。

旁边一位女干事立刻插进来喝问：你是哪个单位的？怎么这样对廖局长说话？

M吃了一惊：怎么？他……也成了局长？

大概是听得话音耳熟，前科长回头审度了一下M：是老局长呵。对不起，在下不才，进步很慢，不过是上了个小小台阶，为人民多做些工作嘛。你这是……

我病好了，来上班呵！

哦，对对，你还是局长，还应该上班的。前科长回头对女士吩咐，快，把老局长带到他的办公室去。

以前的"您"改成了现在的"你"，以前的亲力亲为变成了现在的指手画脚，M震怒得恨不能一口咬下对方的鼻子。

他只得气咻咻地去找自己的办公室。不料他的办公室安排在很僻静处，门口也没有语警站岗，外间也没有秘书侍候。打开房门一看，里面略有些混乱，很多文件都堆放在地上，窗帘也显得有些陈旧，新式空调机倒是装上了，但他用遥控器按了按，没按出什么动静，可能是遥控器有了问题。N小姐倒是在这里打电话，着一身黑色套衫裙，幽幽泛出一轮轮毫光，还顶着一个十分险峻的塔式发型。她坐在窗台前晃着两条长腿，又是扭眉头又是拍膝盖：……你不要说了不要说了嘛——我这是办公时间，你知道吗？讨厌！

小丫头肯定又在煲电话粥，M局长照例装作没看见。

对方瞥一瞥他，竟没认出来，随便地冲着他挥挥手：喂喂，不是要你修抽屉，是下水道又被塞住了。你们维修队的人怎么回事呵，叫也叫不动……

老局长刚才怎么也打不开自己的抽屉，现在更觉得这番话混账透顶，忍不住恶声恶气地说：是不是要我修马桶？

她瞪大眼：什么意思？

他冷笑一声：我不是来修马桶的？

昔日的会议西施眼里透出迷惑与茫然回忆，总算认出了老领导，一拍手，甜蜜小嘴惊喜地张开：哎呀呀，你不是老局长吗？实在对不起，你长得这么胖，完全变了个人，我一下没有认出来，该死该死……

M还是气呼呼的：乱弹琴，乱弹琴，机关里怎么这样乱？

N说：谁说不是呢？我接手副局长才几天，真把我累趴啦。一下是下水道堵了，一下是电灯不亮了，忙得我头发也没时间做。你这是……抽屉打不开？

他已经扭断了钥匙，恨不得把整个桌子扔出窗外：我要办公，我要办公！

她耸了耸浑圆的双肩，很同情地凝神思索：对，是得有张好桌子。不过你的事不由我分管，这事恐怕你还得去找T。

局长觉得这更不可思议，为什么要去找T而且怎么应该去找

T？莫非那毛头小子也摇身一变官运亨通？

N解释：那倒没有。

就是嘛，M局长恨恨地说，随便从街上抓个人来当官，也比T可靠一万倍。他清楚地记得，在他手下当秘书那一段，T曾违反规定私用电炉煮面条，曾把臭袜子塞进文件柜，曾在办公时间关起门来聚众打扑克，实在是劣迹斑斑臭名昭著。如果让这样的人篡夺权位，国将何以国？世界将何以世界？

M局长与T秘书见面在秘书局的一间小办公室。奇怪的是，T眼下虽没打扑克，但居然大大方方地修理着皮鞋，碎皮子断线头摊满一桌，胶水味十分刺鼻。大概突然悟出了一种修补的妙法，他乐得连连搔脑袋。M看着看着更生气：这哪像个机关呢？差不多也是个菜市场吧？修皮鞋的都来了，是不是还要在这里炸油饼打爆米花？

还好，T没装出不认识老领导的鸟样，两只手在桌面上急急地一抹，把乱七八糟的玩意儿全抹入抽屉，脸上有一丝惊慌神色。他赶快掏出一支香烟敬献领导。

M没好气地推开烟：我的办公桌在哪里？听说……你是管桌子的？

T愣了一下：不，我什么都管。

M冷笑了：那你负责全面工作啰？

T点点头：差……差不多吧。

M忍不住放声大笑：你要是做个梦，或者上台唱出戏，说你当上了王公大臣，那我还是相信的。年轻人，不要好高骛远大才疏，知道吗？我对你没有什么成见，只是恨铁不成钢，一直想真心地帮助你。

谢谢，谢谢。对方才怯怯地点头说：局长，你的事我登记下来了。最迟明天吧，木工就来为你修理桌子。

老局长又说：年轻人呐年轻人，老毛病要改啦。我早就同你说过，你总是不注意卫生，下笔不注意标点符号，与同事也处不好关系。长此以往，你还要不要前途？嗯？作为你的老上级，我一直把你当儿子看待，但是……

对方又点点头，用更加微弱的声音说：老局长，你要是这个月打算工作，那就暂时……打打苍蝇……

你说什么？

不好意思，我是说……打苍蝇……

你以为我还有工夫同你开玩笑？

老局长，我也……没有开玩笑。其实，我根本不想管这些事。没办法呵。我的皮鞋还没修好，老婆就要生孩子了，不知道胎位正不正……

老局长终于忍无可忍，脸憋出了猪肝色，一回到局里就大大违犯语管条例：你神经病呵——

## 七

时代在飞快地发展，各种新生事物总是令人目不暇接眼花缭乱。T秘书没法向老局长说清的事情，人们只能以后慢慢地让他明白。

事情是这样的：在他住院的这一段时间里，语管工作越来越繁重，语管局只好顺应形势扩大为语管总局。在上级领导部门的直接关怀和领导下，机关里一大批新生力量走上了新的领导岗位。于是大楼升高扩建，办公场所重新布局，在财政预算还跟不上的情况下，连走廊厕所的空间也再次被巧妙地规划利用。小卧车不够用，更成了一大难题。既然一时无法大量增购车辆，领导们只好挤一挤，将就将就，艰苦奋斗，节俭办事，比如在汽车里增设一些帆布小马扎和小板凳。

更为麻烦的是，大会堂已不适应形势发展的需要。领导们开会时总得上主席台吧？可主席台本就不够大，加上一些领导年迈体弱，上主席台时须由护士搀扶，一人需要两人甚至三人的位置，常把台上挤得密密麻麻水泄不通。台下人经常错把护士看作首长——这些误会当然算不了什么，但碰到天气闷热，湿度温度高，折腾得老弱们中暑休克就影响不好了。考虑到这一点，大会堂不但安装了空调，而且开会时都要架起一排强力电风扇，对着主席台猛吹，吹得那些首长须发奋张面色惨白并且坚强不屈。

现在，有资格上台的领导越来越多，主席台必须扩大容量。行政局方面只好请来泥木工人，嘿哟嘿哟地干，拆除台下前十几排的座位，填以砂石，打桩砌墙，筑出一个主席台的延伸部分。

可以想见，随着领导职数不断增多，主席台也不断向前延伸，大会堂的土建工程也几乎夜以继日无法停止。打桩机、搅拌机、切割机以及钻孔机轰轰隆隆吱吱嘎嘎响彻长夜，照明灯如同小太阳照亮工地，餐厅还给夜班工人送来绿豆汤和烤面包。

到最后，机关里官多兵少，头重脚轻，大多干部都成了领导，当上了总局长或副总局长，局长或副局长，还有相当于局级领导的各种委员、顾问、督导员以及监察员，只剩少数几人没有及时提拔，开会时应该坐在台下。要是碰到这些人出勤在外应付公差，有时候甚至只有T秘书一个坐在台下——他是管文秘的，外勤机会不多。这当然使会场情形更为不堪，形成了"广大领导"对"个别群众"的领导。工程规划者不免犯了难：照这样改建下去，几乎整个会堂都成了主席台，所谓台下就只剩一个深坑。想想看，当一个人或几个人坐在坑里，台上人只能够看见坑里一撮黑发或几撮黑发。那样的会场，成何体统？

局领导办公会议研究了一下，觉得办事不必太机械。与其说大会堂改建得不伦不类，还不如把它改回原样，让少数几个群众上台，而下面变成主席台。这样双方不但有视线交流，台下领导万一打瞌睡流涎水，也不大显眼。这不是极巧妙的灵活变通吗？

于是就这样办。

T秘书以往逃会的纪录最多，似乎屁股上长了刺，总是坐不安，而且不逃会就不显得超凡脱俗，就活活愧对古代雅士的仙风道骨。但现在他常常高居台上，有点孤家寡人的味道，众目睽睽之下无法逃会，不能不心情沮丧，有点无精打采。但他受到一大片目光的仰视，对上司逐一俯瞰，终于心态渐好。他高高跷起一只脚，或高举起一只手，借着大窗子透来的光线，冲着台下毫不在乎地剪指甲。一勾勾指甲弹飞出去，成弧形下落，不知落在哪里。指甲剪得不耐烦了，他还可以咚咚咚地拍着桌子，胡乱地发一通臭脾气：我们群众强烈要求把浴室里的水龙头修好！

或者是：群众就是喜欢三担牛屎六筲箕，不喜欢开长会！

诸如此类。

群众是神圣的，而群众只剩他一个人，他确实就是群众，确实全权代表群众，于是首长们对他都得谦让三分。关于水龙头的建议一经提出，台下一片黑压压的上司不得不慎重考虑，争着往本子上记录，互相点头深有感慨地说，提得好，提得好。

领导力量们都要求多多工作，于是多出许多会议，更多出许多文件，从这个局传到那个局，又从那个局送到这个局。签批单上的各种批示多达数百条，总是很难有个统一说法。T秘书拿着文件找总局长，说折腾这么久还没个结果，实在不太像话。

总局长也觉头痛，想了想，只好授权T秘书：算了，你自己去把关拍板。你得明白，这种事情你不做，难道还要麻烦领导不成?

　　T秘书近来喜欢修补皮鞋,从父亲那里接下祖传绝活,是修鞋界冉冉升起的一颗新星,兴趣完全不在工作上。他对把关拍板这一类事非常厌烦。厌烦一旦逐日加深,还带来了他态度的粗暴。比方说他经常大笔一挥,把首长们的批示统统枪毙,甚至批上一句"胡说八道",如此大不敬之罪竟无人追究。这一天,听说总局仅有的一辆进口高档轿车,领导们都要坐,实在不好安排。要说级别嘛,这些领导都够格。要说年龄资历嘛,这些领导也都不相上下。但一辆小轿车总不能当公共大巴吧?T秘书听着听着来了气,大喝一声:

　　别争了,我坐!

　　秘书局长吓得不敢吭声。

　　消息传开,上司们都愤愤不满,说小小秘书怎么可以有这种待遇?没王法啦?翻了天啦?但仔细一想,首长们平起平坐,都挤上汽车实在不太现实。让它作为群众专车,恐怕还是合适的解决办法,至少可减少领导班子的不和吧。

　　从高档汽车开始,后来还有了群众专用电梯,群众专用食堂,群众专用别墅,群众专用健身房……一切稀罕的设施都归少数群众受用,尤其是由T秘书来定夺。物以稀为贵,语管总局的群众眼下确实神气活现。

　　每天早上,首长们都匆匆吃完饭,提早五分钟或十分钟上班,在健身房门前一心一意等待。好半天,T秘书身着短裤背心护膝护腕从里面出来,浑身汗水油光闪亮,揉指甩腿做各种放松动作,或是兴头上突然对墙壁猛击几拳。他终于筋疲力尽,喝几口水,然后环视正等待分配一天工作的各位上级,脸上有不耐烦的表情。他掏出一大沓会议通知或请柬分发出去,让这个去参加什么会,让那个去参加什么会,让另一些人参加视察或检查。看他们欢天喜地离去，再来打发剩下的人。他说对不起啦，既然官多兵少，官就得当兵用，于是他让分管餐厅的上司去采买鲜菜，让分管澡堂的上司去检修水龙头，让分管家属的上司去家属区送煤饼，让分管桌椅的上司去刷油漆。

看到还有没事可干的人，他可能会轻慢地挥挥手：去，给我找些废皮子来。

片刻之后，果然有很多废皮子被找来，供他修补皮鞋。

大部分上司身体欠佳，也很讲究体面，都想坐汽车出去开会，不想去刷油漆什么的。有人曾起草一个文件，想订出一个轮流出席会议的制度，可是因为照例有太多不同意见而只能搁置。他们只得另想办法，就是极力搞好与T秘书的关系。听说T要做爸爸了，他们就拼命往他办公室里送当归鸡蛋红枣巧克力速溶奶粉。知道T有修补皮鞋的嗜好，他们四处为他寻找破皮鞋，实在找不着就想法把自己的鞋戳几个洞，或者在T的面前大谈修鞋的技术和动态，把市内某些著名修鞋匠贬得一无是处……有时谈得T高兴了，T也真的到衣袋里去摸一摸，摸出一张会议通知作为奖赏，派车的时候也手下略有人情。

上司们这种对T的讨好甚至到了过分的程度。这一天，机关收到某医药公司寄来的新产品狐臭灵小广告，还有精印的文字介绍，说这种狐臭灵为苹果香型清新柔和香味持久不信的话一嗅便知。大家如同平常收到了一张好戏票、一本艺术年历、一张宴会请柬，首先想到的当然是T。有人把狐臭灵放到鼻子前凑了一下，鼓足劲眼睛向上轮去，深深吸了一鼻子气，说确实是香。这立刻招致很多人的怒目，那意思是：放肆！T秘书还没有嗅过，你怎么胆敢这样？

他们都抢着要给T秘书送去，在T的面前显示忠诚。为这事，他们争夺得奋不顾身差点动起了拳脚。最后，竟有七八个人一齐去送狐臭灵，找到T以后谁也不甘落后地齐声说：请您嗅一下吧。嗅吧，嗅吧。

T秘书已经要睡觉了，对医药新产品也从不感兴趣，但碍着他们的一片爱戴之情，只好公事公办地把狐臭灵往鼻尖上贴了一下，说确实还可以。

他们也就心满意足，觉得尊卑秩序终于得到维护。接下去，再按职位高低一个个轮流嗅起来。

T秘书临别时还略加训诫：以后有事到办公室谈，明白吗？

当然，当然。他们都频频点头。

个人感情不能代替组织原则，明白吗？你们的心意我领了，但关键是你们要把自己的工作做好，懂不懂？

懂的，懂的。他们都争相欠身。

T秘书把门砰的一声关了。

离开T秘书家，几个局级领导大为光火：呸，什么东西？也同我们耍官腔？你不就是个小小秘书吗？算哪一盘菜呵？今天也人五人六的了？老子参加工作的时候你还穿开裆裤呢，老子当科长的时候你还给我提包呢……他们骂归骂，但人在屋檐下，不得不低头，下次见到T秘书的时候还是满脸笑容。

当然也有些清正之士，对机关里慢慢出现的这股吹吹拍拍之风痛心疾首。M局长就是其中一个。他决不去T秘书家里拜访，作腼腆木讷忠诚态，只是成天闷不吭声，埋头干自己的事。一杆苍蝇拍打烂了，又去换一杆。他也决不去研究办公大楼里的乒乒乓乓搬桌子声音为什么日长月久——那些人爱怎么忙就去怎么忙吧。他M也有可忙的。他戴上袖套和口罩，在大楼内外轻手轻脚地游转，不发出一点点声音。看见有苍蝇在什么地方停落，就弯腰屈膝，憋住气息，从害虫后面偷偷向前探步，刹那间全身如箭发时的弓颤弦响，手起拍落做一次惊天动地的打杀。他戴上老花眼镜，将蝇尸用竹签子一戳，挑到小玻璃瓶里去。看见里面密集的红眼绿腹黑翅已填满半瓶，摇一摇，油然生出微笑。

拍累了，他就挺直腰，坐下来歇一会儿，很惬意地看一看阳光和蓝天，感受着岁月的充实。

在他的目光所及之处，有一只断了线的红气球飘飘忽忽地小了，更小了，已成了一个极微弱的红点。你必须睁大眼睛盯住它，只要一眨眼，就满目茫茫再也寻不到了。

不知是哪个小孩丢失了它。

## 八

M 局长当然也端着保温杯，参加过很多机关会议。不过近来会议气氛不大好，总是充满着火暴暴的争吵：

——你工作不错，可是魄力太大，自信心太强，大家早就有感觉啦。

——就算我魄力大，但哪像你干什么都稳稳重重？一天到晚没听见你咳嗽，谁知道你心里有什么深思熟虑？

——算了吧，若要人不知，除非己莫为。我早就知道你对我十分关心爱护！

——你以为我是傻子？我早知道你对我要求严格一片苦心！

——记住吧，我会感谢你的，你这个个性突出思想活跃的家伙！

……这类吵闹对 M 来说已算不上莫名其妙，他已经善于翻译这些话中的关键词，弄懂它们的真实含义。

——激动什么？要降职，现在也轮不上你。

——凭资历，凭能力，凭我这白头发，我哪点比你差？为什么你能降我就不能降！

——我们强烈要求公平用人量才是降,谁降谁不降,文凭作参考!

——你别把唾沫溅在我脸上。我只是想弄明白一下,不降我,是不是组织上对我有什么看法?这个问题要弄清楚,要水落石出。

——不降我还能降你吗?你的生活浪漫问题还没组织结论吧?

——请各位想想,现在是什么时代了,还能搞论资排辈吗?

——没那么便宜,这次不给我降职机会,我就一定要告状,哪怕告到中央!

——不要忘了,上次四角三分钱的问题是个原则问题,在选人用人的时候一定要统筹考虑!

——人贵有自知之明吧?你凭什么这样敢说敢干?

——我们强烈反对私人友情过于深厚!

……讨论到了这一步,就开始进入比较实质性的阶段,即进入人事任免的敏感议题。不过七嘴八舌之下,谁也听不清谁。什么论条件大家都比例什么你这样爱我我不怕反对大男子主义没那么便宜形势大好我原来就只是个干事难道理发也算活泼抬桌子都要用劲小心电炉小心你这是什么意思禁止抽烟去找医生看看走走走你敢动手这就不莫吵了大丈夫敢说敢做……然后又有咣当嘣咚的声音,大概是椅子倒了,暖水瓶倒了。

叽叽喳喳的争吵声终于趋于平静。人们一看,是T秘书沉着脸进入会场了,照例要给会议做最终裁示了。有人从他手里接过一张纸,高声宣读一项群众的决议案:

一 总局所有干部都得以国家利益为重,以改革大局为重,个人服从组织,能下能上,能官能民,不能随意弃官丢权，不得私心膨胀向上伸手要求降职、免职、撤职。

二　不得越级降职、突击降职，随意降职，更不能在降职问题上搞裙带风关系网，要严格标准认真审查，降人唯贤，反对降人唯亲。所降人员中有不合格者，一经发现应严肃处理，及时将其提拔使用。

三　学历文凭应是降职标准中很重要的一条，但又不要搞唯文凭论。要注意把那些有真才实学并有丰富实际工作经验的人员，大胆而及时地降下来，充分发挥他们的作用。

四　四十五岁以上的人员不得降为科级，五十岁以上的人员不得降为副局级，五十五岁以上的人员不得降为局级。六十岁以上的人员一般作退休处理而不考虑降职，但务必安排好他们的生活。

五　身体状况不能胜任工作者不在降职范围，但为了减少降职工作的阻力，可考虑让他们保留原职但同时享受降职待遇。

六　年轻干部被降职前应该有两年以上的高层机关工作经历。各级应有培养年轻干部的计划，创造条件把他们提高到高层机关中去锻炼，锻炼好了再降。

七　各级降职人选应反复征求群众（主要是T秘书）的意见，并报群众和上级主管部门批准。

……

宣读完毕，响起了一片掌声和欢呼声。有人说，还是群众想得周到，群众果然是真正的英雄。还有人觉得新决议满足了自己的合理要求，带来了新生活的美好希望，便买来爆竹礼花以示庆贺。办公大楼外一时间噼里啪啦呼呼嘧嘧嚓嚓叭叭叭喇嘧呀呼——朵朵礼花在夜空中灿烂地开放。在火光的映照之下，很多人激动得泪花闪烁，甚至泣不成声地互相拥抱，完全无法用语言表达他们对祖国的无限感激和无限忠诚。

一九八六年五月

○ 原题为《火宅》，最初发表于一九八六年《芙蓉》杂志，后收入小说集《诱惑》。

**图书在版编目（CIP）数据**

西望茅草地 / 韩少功著. -- 上海：上海文艺出版社，2025. -- （韩少功作品系列）. -- ISBN 978-7-5321-8377-7

Ⅰ．I247.7

中国国家版本馆CIP数据核字第20252MX689号

责任编辑：丁元昌　江　晔
装帧设计：付诗意

书　　名：西望茅草地
作　　者：韩少功
出　　版：上海世纪出版集团　上海文艺出版社
地　　址：上海市闵行区号景路159弄A座2楼　201101
发　　行：上海文艺出版社发行中心
　　　　　上海市闵行区号景路159弄A座2楼206室　201101　www.ewen.co
印　　刷：浙江中恒世纪印务有限公司
开　　本：1240×890　1/32
印　　张：12.375
插　　页：5
字　　数：299,000
印　　次：2025年5月第1版　2025年5月第1次印刷
Ｉ Ｓ Ｂ Ｎ：978-7-5321-8377-7/I.6612
定　　价：78.00元
告　读　者：如发现本书有质量问题请与印刷厂质量科联系　T: 021-59404766